KB265735

조 동 일

소설의 사회사
비교론 3

지식산업사

소설의 사회사 비교론 3

초판 1쇄 인쇄 2001. 9. 27
초판 1쇄 발행 2001. 10. 9

지은이   조동일
펴낸이   김경희
펴낸곳   (주)지식산업사
        서울시 종로구 통의동 35-18
        전화(02)734-1978(대) 팩스(02)720-7900
        홈페이지 www.jisik.co.kr
        e-mail   jsp@jisik.co.kr
                 jisikco@chollian.net
        등록번호 1-363
        등록날짜 1969. 5. 8

책값   15,000원

ⓒ 조동일(CHO, Dong-il), 2001
ISBN 89-423-4026-1   93800
ISBN 89-423-0036-7 (전3권)

이 책을 읽고 지은이에게 문의하고자 하는 이는
지식산업사 e-mail로 연락 바랍니다.

차 례

《소설의 사회사 비교론》1

3. 소설 작품의 실상

4. 소설의 형성 과정

《소설의 사회사 비교론》 2

5. 소설을 산출한 시대

6. 소설의 생산·유통·소비

7. 소설에서 문제된 신분과 계급

《소설의 사회사 비교론》 3

8. 소설에 나타난 남녀관계

9. 소설에서 추구하는 의식각성

10. 소설의 위기 극복

8. 소설에 나타난 남녀관계

논의의 출발점

소설은 남녀관계를 다루는 것을 기본 내용으로 삼는다. 남자만 등장하는 소설이나 여자만 등장하는 소설은 예외적인 것이다. 남녀 양쪽의 인물이 있어야 소설다운 소설이 이루어진다. 남녀가 만나고 헤어지는 것이 소설에서 벌어지는 사건이다. 남녀관계를 어느 쪽에서 주도하는가 하는 것도 계속 문제가 된다. 남녀관계를 어떻게 그리는가에 따라서 소설의 특성이 달라진다. 그런 현상을 총괄해서 말하면 남녀가 소설에서 생극의 관계를 가진다고 할 수 있다.

남녀관계는 그 자체로 존재하는 것이 아니다. 남녀관계가 한 축이라면 상하관계가 다른 축이다. 남녀가 절대적으로 구분된다면, 상하는 상대적으로 구분된다. 귀족이 상층이라면, 시민은 하층이다. 시민이 상층이라면 민중은 하층이다. 귀족·시민·민중 내부에도 상하층의 구분이 있을 수 있다. 상하층은 서로 대립적인 관계를 가져 다투기만 하는 것은 아니다. 대립적인 관계와 우호적인 관계를 복잡하게 만들면서, 자기의 입장을 관철하기도 하고 상대방에 동화되기도 한다. 그런 현상도 생극의 관계를 가졌다고 총괄해서 말할 수 있다.

그 두 가지 현상은 하나로 합쳐진다. 소설은 남녀와 상하가 각기 또한 서로 生克의 관계를 가진다. 그래서 소설은 무척 복잡하다. 어느 한 작품을 두고서도 그 복잡한 양상을 모두 드러내서 말하는 것은 불가능하다. 아무리 분석해도 남는 것이 있다. 분석을 능사로 삼으면 작품 전체가 보이지 않는다. 소설을 이해하는 가장 좋은 방법은 남녀·상하의 생극관계가 나타난 양상이 서로 다른 작품을 들어 거시적으로 비교하는 것이다.

그 작업은 한꺼번에 해야 하지만, 이치를 따져나가는 방법이 아직 서툴러 그렇게 하지 못하는 탓에, 부득이 둘로 나누었다. 앞에서 상하관계에 관해 살핀 데 이어서, 여기서는 남녀관계를 문제삼기로 한다. 단일 실체의 양면이라고 해야 할 그 둘을 하나씩 드러내 논하면서 단일이 복합이고, 실체가 인식임을 밝혀 어느 한쪽으로 치우친 생각을 하지 못하게 하려고 한다.

중세에서 근대로의 이행기소설이 상하관계의 문제를 심각하게 다룬 것은 상하관계의 실상이 변하고 있었기 때문이다. 변하는 양상이 복잡하니 소설의 내용도 단순하지 않았다. 신분의 상하를 귀족과 평민으로 나누어놓은 관습이 뒤흔들렸다. 평민 신분이지만 돈을 벌어 계급사회의 상위자로 올라서는 시민이 귀족의 우위를 위협했다. 신분사회가 계급사회로 변하면서 상하의 구분이 재편성되는 커다란 변동이 있었다.

상하관계를 구분하는 특징을 들어 말한다면, 중세는 신분사회이고, 근대는 계급사회이고, 중세에서 근대로의 이행기는 신분과 계급이 이중으로 존재하면서 갈등을 일으킨 시대라는 사실이 이미 밝혀졌다. 남녀관계에서 나타난 변화도 같은 방식으로 정리해 말할 수 있다. 중세는 남존여비의 시대이고, 근대는 남녀평등의 시대라고 한다면, 중세에서 근대로의 이행기는 남존여비와 남녀평등이 공존하면서 갈등을 일으킨 시대라고 할 수 있다. 혼인을 하는 방식을 두고 말한다면, 중세는 부모가 결정권을 행사하는 중매결혼의 시대이고, 근대는 당사자가 스스로 배우자를 선택하는 연애결혼의 시대라면, 중세에서 근대로의 이행기는 그 둘이 공존하면서 갈등을 일으킨 시대라고 할 수 있다.

그런데 상하관계는 누구나 인정할 수 있는 객관적인 척도에 의해 구분된 사회현상이라면, 남녀관계는 당사자의 생각에 따라서 달라질 수 있는 심리현상이다. 신분의 귀천은 생각을 바꾼다고 해서 달라지는 상대적인 구분이 아니며, 표면과 이면이 어긋나는 이중성이 있는 것도 아니다. 그러나 남존여비는 지키고 따라야 할 관습이기는 해도 당사자들의 생각에 따라서 구체적인 양상이 달라질 수 있다. 표면상으로 존중하면서 그 이면에서는 뒤집어놓을 수 있다.

아내는 비록 (남편과) 가즈런하다 하지만, 남편은 아내의 하늘이다. 예의를 마땅하게 갖추어 공경하면서 섬기기를 아버지처럼 하라. 몸을 아래에 두고 뜻을 낮추어, 어른으로 존경함에 망령됨이 있지 않아야 한다. 오직 순종하는 것만 알아야 하고, 감히 어기고 빗나가려고 하지 말아야 한다. 가르치고 훈계하는 말을 성인의 말씀처럼 들어야 한다.[1]

15세기 한국에서 부녀의 행실을 가르치기 위해서 왕후가 쓴 글에서 부부관계에 관해서 이렇게 말했다. 남편은 아내와 대등하지 않고, 아내에게 하늘과 같은, 아버지나 성현 같은 높은 존재라고 했다. 아내는 오직 남편에게 순종하면서 가르침을 따라야 한다고 했다. 지위의 차이가 함께 인격의 차이 또한 뚜렷하다고 했다.

어느 대장이 아내를 호되게 무서워했다. 어느 날 부하 장졸들은 어떤가 알아보기 위해서, "아내를 무서워하지 않은 사람이 있으면 따로 세운 기 앞에 서라"고 했더니, 그렇게 한 사람이 하나뿐이었다. "어째서 그런 용기를 가졌는가" 하고 칭찬하자, 그 사람은 자기 아내가 사

---

1) 昭惠王后 韓氏,《內訓》第四章 夫婦章 上에 있는 말이다. 원문은 : "妻雖云齊 夫乃婦天 禮當敬事 如其父焉 卑躬下意 毋妄尊大 唯知順從 不敢違背 聽其教戒 如聞聖經."

12

람 많이 모인 데 가면 여색에 관한 말이나 하니 조심하라고 해서, 아내가 시키는 대로 따랐을 따름이라고 했다.[2]

같은 시대인 15세기 같은 곳인 한국에서 재상의 지위에 있는 남성은 이런 이야기를 기록에 올렸다. 군대를 지휘하는 대장뿐만 아니라 부하 장졸들도 모두 아내를 무서워한다고 했다. 용맹스러운 군인들이 그러니 다른 사람들은 말할 것도 없다고 했다. 부부관계란 알고 보면, 남존여비와는 반대가 되는 여존남비로 이루어져 있다고 했다.

앞에서 든 교훈서의 남존여비는 불변의 진실을 나타내고, 여기서 든 설화의 여존남비는 웃기기 위해서 지어낸 말인가? 아니다. 둘 다 말을 지나치게 한 극단론이다. 교훈서에서는 남존여비를 실행 가능한 범위를 넘어서서 요구했다. 설화에서는 있을 수 있는 정도를 넘어선 여존남비에 관해 과장되게 이야기했다. 남존여비를 정해진 규칙으로 받아들이고서 살아가는 부부가 남들이 알기 어려운 자기들만의 내밀한 관계는 여존남비로 하는 경우가 적지 않았다고 하는 것이 사태의 진상이라고 보아 마땅하다.

남존여비를 주장하는 교훈서는 여자가, 여존남비의 내막을 털어놓은 설화는 남자가 썼다. 그렇게 해서 상대방이 했어야 할 것 같은 말을 한 것은 자기 쪽의 주장을 기꺼이 양보해 정신적 우위를 확보하면서 화합을 이루자는 작전이었다고 할 수 있다. 이기려고 하면 지고, 지려고 하면 이긴다는 생극론의 원리를 알고 실행하는 슬기로운 전투를 양쪽에서 벌였다.

남녀관계를 다루는 소설은 그 양면을 함께 보여준다. 남존여비의 관계를 정해진 관습에 맞게 그려 근거가 있는 이야기임을 입증하고서, 남녀가 서로 대등하게 되거나 여존남비의 관계에 이르는 역전을 보여주

---

2) 徐居正, 박경신 대교·역주, 《太平閑話滑稽傳》(서울 : 국학자료원, 1998), 261~262면.

어 흥미를 자아낸다. 그런 소설이 중세에서 근대로의 이행기에 나타나 소설의 정착과 발전에 크게 기여했다.

중세문학에는 그 양면이 공존하면서 역전되는 양상을 보여주는 소설이 없었다. 위에서 든 교훈서와 설화는 각기 별개의 것이고 한 작품의 양면이 되지 못했다. 근대소설에는 남존여비를 부정하고 시작하는 것도 적지 않아 역전의 묘미를 구현할 수 없다. 그 중간에 들어 있는 중세에서 근대로의 이행기소설은 표면상의 남존여비와 그 이면의 여존남비를 함께 나타냈다. 그 작업을 남녀가 경쟁하면서 합작하는 관계를 가지고 수행했다.

중세, 중세에서 근대로의 이행기, 근대의 남녀관계 자체가 얼마나 달라졌던가 하는 것은 밝히기 어려운 일이다. 혼인제도의 변천은 자료를 찾아 논할 수 있고, 재산권·자녀양육권 등의 가족법상의 조항을 들어 전후의 사정을 비교해 고찰하는 것도 가능하다. 그러나 남녀의 사생활에서 여존남비가 일어나는 역전현상은 실증적인 자료를 들어 고증할 수 없다. 그 점에 관해서 말할 수 있는 자료는 오직 소설이다. 사회사에 관한 고찰을 먼저 한 다음 소설을 살피는 작업이 앞 장에서 상하관계를 다룰 때에는 가능하고 필요하지만, 남녀관계를 다루는 지금의 작업은 같은 방식으로 진행할 수 없다.

중세에서 근대로의 이행기의 한국소설에 남녀가 자기네들끼리 만나 사랑하는 사이가 되고 마침내 혼인하는 데까지 이른 작품이 여럿 있다. 궁지에 몰린 남주인공이 걸객 같은 모습을 하고 방황할 때 여주인공을 만나 사랑하는 사이가 되고 거듭되는 수난을 이긴 뒤에 재회했다고 하는 사건 전개가 《조웅전》을 위시한 영웅소설에 보인다. 《숙향전》에서는 여자주인공이 수놓은 그림을 남자주인공이 우연히 샀다가 그 솜씨를 보고 감탄해 수놓은 사람을 찾아내 만나게 되었다. 그런 경우에는 결연의 필연성을 천상에서 보장해준다고 했는데도, 남자 쪽의 부모가 완강하게 반대해서 시련을 겪어야 했다.

남자가 여자로, 여자가 남자로 변장해 상대방에게 접근해 인연을 맺었다고 하는 작품에서는 부모의 반대가 끼어들 겨를이 없다. 《김진옥전》에서는 남자주인공이 여장을 하고 여자주인공을 찾아가 한 방에서 자다가 정체를 밝히고 인연을 맺었다. 《정수정전》을 위시한 일련의 여장군전에서는 여자주인공이 남복을 하고 장수가 되어 싸움터에 나가서 남자주인공과 함께 싸우다가 정체를 밝히고 아내가 되었다.

그런 작품에서 보여준 남녀의 결연은 당시의 혼인제도와는 어긋났다. 혼인제도에서는 허용하지 않는 연애결혼을 작품에서 그려 관습을 타파하고자 하는 소망을 나타냈다. 혼인의 관습에서 정해놓은 남존여비를 소설 속의 남녀평등 또는 여존남비로 바꾸어놓는 방식으로 여성의 요구를 나타냈다.

《춘향전》에서는 지체 높은 남자주인공이 기생의 딸 춘향을 잠시 놀아나는 상대로 삼으려고 했다가 사랑하게 되어, 시련을 물리치고 아내로 맞이하는 결말에 이르렀다. 당시 사회의 관습에 따르면 하층민인 춘향은 첩이 되어야 마땅한데 처가 되었다고 하고서, 일부다처를 거부하는 뜻을 나타냈다. 그것은 소망의 표현이다. 처첩이 함께 등장해 일부다처를 이루는 것이 널리 허용된 관습이었다. 그런 소설이 상층 남성이 살아가는 방식을 실상에 가깝게 보여주었다.

중세에서 근대로의 이행기까지에는 동아시아뿐만 아니라 다른 여러 곳에서도 일부다처제가 허용되고, 다처는 처와 첩으로 구분되었다. 처는 존귀하고 첩은 미천해서 상하의 지체가 서로 달랐다. 그러나 남편과 처의 결합은 부모가 주도해야 하고, 첩과의 결합은 자기 스스로 결정할 수 있었다. 처와는 중매결혼하고, 첩과는 연애결혼을 하는 원칙이 동아시아에서는 엄격하게, 유럽에서는 융통성 있게 지켜졌지만, 그 반대의 경우는 없었다.

처와는 혼인절차를 거쳐야, 첩과는 처음 만났을 때 바로 동침할 수 있었다. 그 점을 분명하게 보여주는 한국소설 《九雲夢》이나 《玉樓夢》에서 신분이 미천해 첩이 되어야 하는 여성에 대한 남자주인공의 이끌림에는 정신과 육체가 하나로 결합되어, 연애결혼의 감격스러움이라고 할 것이 온전하게 살아 있다. 처는 존귀하고, 첩은 비천하다고 하는 처첩의 차등이 부부관계에서는 그대로 통용되지 않는다. 처와의 관계에서는 첩과의 관계에서보다 남존여비의 규범이 더욱 존중되어, 남존여비가 역전되는 것이 한층 힘들었다.

《花門錄》에서는 지체 높은 가문의 소년 화환이 호소저라는 소녀와 길에서 우연히 만나 첫 눈에 매혹되어 사랑하는 사이가 되고 정을 통했다. 화환은 자기 뜻대로 배필을 정할 수 없어, 부모가 정해준 상대와 혼인을 해야 했다. 호소저는 용납될 수 없는 행실 때문에 버림받은 여자가 되었다. 화환은 아내를 사랑할 수 없었으며, 아내는 사랑을 원하지도 않았다. 호소저를 잊지 못해 애태우다가 첩으로 맞이해서 애정 성취의 소망을 이루었다. 그 때문에 집안에서 처첩 갈등이 벌어졌다.

그 작품의 처첩은 원래 지체상의 차이가 없었다. 그런데 주인공과 만나 사랑하는 사이가 된 쪽은 행실이 잘못되었다는 이유에서 처가 될 수 있는 자격을 상실하고 첩이 되어야 했다. 처가 된 여자는 행실에서 그런 결함이 없어 훌륭하다고 하지만, 부부의 애정이 없었다. 처첩의 갈등은 훌륭한 처를 간악한 첩이 모해해서 벌어진다고 하는 통념이 표면상 타당하고 실제로는 부당하다.

동아시아의 일부다처소설

소설에서 취급하는 남녀관계는 총괄해서 정리하면 (가) 한 남자와 한 여자, (나) 한 남자와 여러 여자, (다) 여러 남자와 한 여자, (라) 여러 남자와 여러 여자 사이에서 벌어지는 것 넷으로 나눌 수 있다. 일부일처제의 구도를 갖춘 (가)는 소설의 기본을 이루어, 소설이 처음 나타났을 때부터 오늘날까지 계속 보이며, 위에서 여러 예를 들어 말한 바와 같이 진보적인 의의가 있다고 하겠지만 그 내용이 단조롭다. 남녀관계를 다각도로 다루어 흥미를 가중시키고 사회문제를 광범위하게 취급하기 위해서는 (나) 이하의 것들이 필요하다. 남녀관계가 실제로 (나) 이하의 것들로 전개되기 때문에 문제가 심각해지고 소설에서 다룰 소재가 풍부하게 되었다.

(나) 이하의 것들 가운데 (나)와 (다)는 서로 대조가 된다. (나)는 동아시아소설에서, (다)는 유럽소설에서 흔히 볼 수 있었다. 중세에서 근대로의 이행기소설에서는 (나)와 (다)가 그렇게 갈라져 있다가, 근대소설에 이르면 동아시아와 유럽 양쪽에서 모두 (라)가 나타났다. 중세에서 근대로의 이행기에는 (가)에 대한 거부가 어느 한쪽에서 보이다가 근대에서는 전면적으로 나타났다고 할 수 있다.

(나)와 (다)는 서로 대조가 되는 성격을 지녔다. (나)는 '일부다처소설'이라고 한다면, (다)는 '다부일처소설'이라고 할 수 있다. 그러나 일부다처는 허용되던 제도이지만, 다부일처는 그렇지 않았다. 한 남자가 여러 여자와 관계를 가지는 것은 당연하다고 하고, 한 여자가 여러 남자와 관계를 가지는 것은 간통이라고 했다. (다)는 '간통소설'(novel of adultery, adultery novel)이라고 일컫는다. 한 남자가 여러 여자와 관계를 가지는 일부다처제는 허용하고 한 여자가 여러 남자와 관계를 가지는 다부일처는 간통이라고 해서 단죄하는 것은 동아시아와 유럽에서 공통된 관습이었다.

그런데 동아시아에 많이 있는 일부다처소설이 유럽에는 없고, 유럽에 흔히 보이는 간통소설이 동아시아에는 없다. 그 이유는 일부다처제가 동아시아에서는 명확하게 제도화되어 있었으나 유럽에서는 사실상 인정되는 차이가 있고, 간통이 동아시아에서는 유럽에서보다 더욱 엄격하게 금지되었기 때문이라고 할 수 있다. 동아시아에서는 간통은 없어야 한다고 했으므로 간통소설을 지어 새삼스럽게 문제삼을 수 없었다. 유럽에서는 일부다처제가 사실상 인정되는 정도에 그쳐 남자가 처첩의 집을 오갈 따름이고 처첩이 한 집에서 같이 살게 하지는 않아 처첩관계를 다루는 일부다처소설이 생겨나지 않았다. 유럽에서는 첩은 물론이고 처도 자기 나름대로의 남자관계를 가져 간통소설의 소재를 제공했다.

　(가)의 일부일처 관계를 다루던 소설이 (나)의 일부다처제를 다루는 소설로 바뀐 것을 가치관 발전의 후퇴라고 여길 것은 아니다. 삶의 실상에서 어느 일부를 적출해서 다루는 소설에서 그 전면적인 양상을 문제삼는 소설로 방향을 돌린 것은 소설의 성장이다. (나)를 다루는 소설이 나타나자 소설시대가 본격적으로 시작되었다.

　(나)에서 취급한 일부다처의 관계는 실제로 흔히 있던 일이다. 중세에서 근대로의 이행기는 그런 시대였다. (나)의 관계를 작품화했다고 해서 작가가 일부다처제를 옹호하거나 합리화했다는 것은 적절하지 못한 견해이다. 남녀관계와 상하관계가 복합적으로 얽힌 소설을 쓰기 위해서 (나)를 택하는 것은 노력을 적게 하고 성과가 큰 방법이었음을 인정해야 한다.

　(나)에 해당하는 소설은 아주 많다. 중국에서는 《金瓶梅》, 《醒世姻緣傳》, 《玉嬌李》, 《紅樓夢》, 《岐路燈》 등 인정소설의 대표작이라는 작품은 거의 다 그런 설정을 사용했다. 일본의 인기소설 《好色一代男》, 《江戶生艶氣樺燒》, 《東海道中膝栗毛》, 《偐紫田舍源氏》, 《春色梅兒譽美》 같은 것들도 유사한 작품이다.[3] 한국소설에서는 《구운몽》, 《사씨남정기》, 《창선감의록》, 《옥루몽》 등의 인기작이 모두 일부다처의 관계를 다루었다.

　그 가운데 《金瓶梅》·《好色一代男》·《九雲夢》은 각기 중국·일본·한국소설의 대표작이라고 인정된다. 《금병매》는 중국소설 가운데 가장 높이 평가되는 이른바 四大奇書 가운데 하나이다. 《호색일대남》은 《雨月物語》이나 《南總里見八犬傳》과 함께 일본소설 가운데 가장 큰 인기를 누린 작품이다. 《구운몽》은 《춘향전》과 함께 한국소설의 최대걸작으로 평가된다.

　16세기말에서 17세기 사이에 그런 작품이 일제히 이루어진 것은 주목할 만한 일이다. 그 시기에 세 나라에서 모두 소설이 등장해 자리를

---

3) 이 네 작품 모두 《日本の古典名著》(東京 : 自由國民社, 1994)에 수록되어 있다.

잡고 문학갈래로서 중요한 구실을 하는 소설시대가 시작되었다. 소설이 그 전에도 있었다 하더라도, 소설다운 소설의 모습을 이 세 작품이 보여주었다. 동아시아소설이 유럽소설보다 먼저 17세기에 이미 뚜렷하게 발전하고 정착하게 된 것은 그런 작품의 공적이다. 유럽의 간통소설은 동아시아의 일부다처소설보다 늦게 생겨나 성장도 더디었다.

동아시아의 일부다처소설은 남녀관계를 다각적으로 나타내면서 사회의식을 다면화했을 뿐만 아니라, 영웅들 사이의 공상적인 대결을 범인들 사이의 현실적인 관계로 바꾸어놓는 작업을 폭 넓게 전개했다. 영웅소설이 위세를 떨치고 있을 때 일부일처소설은 예외가 있다는 것을 보여주는 데 그친 것과 달리, 일부다처소설은 거기서 한걸음 더 나아가 소설사의 주역을 영웅소설에서 애정소설로 바꾸어놓는 구실을 했다.

영웅소설 대신에 애정소설이 문학사의 주역이 된 것이 어떤 변화인가 작품 내부에서 보여준다. 《금병매》는 영웅소설인 《水滸傳》의 설정을 일부 직접 차용해 뒤집어엎으면서 영웅의 시대는 끝났다고 했다. 《호색일대남》은 軍紀物語에서 모든 도전자를 물리치고 승리를 거두는 뛰어난 劍客의 여행담 비슷한 것을 설정하고서 수많은 여성을 정복하는 好色漢의 이야기를 전개했다. 《구운몽》은 '영웅의 일생'이라는 오랜 전승을 이으면서, 전승의 영웅을 애정의 영웅으로 바꾸어놓았다.

《금병매》는 창작 시기를 두고 많은 논란이 있으나 1568년에서 1606년 사이의 작품이라고 하는 견해가 유력하다.[4] 四大奇書 가운데는 맨 나중에 이루어졌다고 하지만, 과거의 전승에 의거하지 않고 새롭게 창작해 현실문제를 직접 다룬 소설은 이 작품이 처음이어서 획기적인 의의를 가진다.[5] 《호색일대남》은 1682년의 작품이며, 江戶시대소설의 모습을 처음으로 뚜렷하게 보여주는 구실을 했다. 1687년에 이루어진 것

---

4) 中國社會科學院 文學硏究所 少數民族文學硏究所, 《中華文學通史》 3 (北京 : 畢藝出版社, 1997), 621면.

5) 김태곤, 《명대의 인정소설》, 중국소설연구회 편, 《중국소설사의 이해》(서울 : 1998), 211면.

으로 밝혀진[6] 《구운몽》은 한국소설을 획기적으로 발전시켰다고 평가된다. 《호색일대남》을 지은 井原西鶴(1642~1693)이나 《구운몽》의 작자 金萬重(1637~1692)은 두 나라 소설사에서 우뚝한 위치를 차지하고 후대에 많은 영향을 끼쳤다.

《금병매》는 작자가 알려지지 않았다. 작품에 蘭陵笑笑生이 지었다고 하는데, 그 사람이 누구인지 알 수 없다. 작품이 음란한 내용이어서 작가가 자기 이름을 내놓을 수 없었으리라고 하는 것은 적중한 견해가 아니다. 음란하지 않은 작품을 지은 작가라도 자기 이름 대신에 가명을 내놓는 것이 상례이다.

작자가 누구인가 밝히려는 노력이 계속되어, 王世貞(1526~1590),[7] 李開先(1502~1568),[8] 屠隆(1542~1604)이[9] 작가라고 하는 견해가 등장했다. 그 세 사람은 모두 과거에 급제해 벼슬한 사람이며 상당한 문장력을 가졌다. 그런 사람이라야 《금병매》처럼 뛰어난 작품을 쓸 수 있으리라고 생각하고, 생애와 작품의 구체적인 일치점을 찾으려고 한다.

그러나 王世貞과 屠隆은 고위관직에 올랐으므로 소설을 썼을까 의문이다. 李開先은 관직에서 밀려나 시정에서 불만스럽게 살아가면서 장사하는 일에 관해서 상당한 식견을 가져 작가일 가능성이 더 크다. 그렇지만 李開先이 생존한 시기 이후에 작품이 이루어졌다고 보는 편이 타당하다. 작자가 누구라고 하는 견해이든 "추론에 지나지 않으며, 직접적이고 유력한 증거가 없어 정론이 되기에는 부족하다"고 하는 말이 타당하다.[10]

구체적으로 어떤 사람인지 확인되지 않지만, 《금병매》의 작자는 '紳

---

6) 김병국 외 공역, 《西浦年譜》(서울 : 서울대학교출판부, 1992) 227면의 자료에 의거해 김병국, 〈九雲夢저작 시기 변증〉, 《한국학보》 51(서울 : 일지사, 1988)에서 내린 결론이다.

7) 朱星, 《金瓶梅考証》(天津 : 百花文藝出版社, 1981).

8) 卜鍵, 《金瓶梅作者李開先考》(蘭州 : 甘肅人民出版社, 1988).

9) 黃霖, 《金瓶梅考論》(瀋陽 : 遼寧人民出版社, 1990).

10) 中國社會科學院 文學研究所 少數民族文學研究所, 위의 책, 3·621면.

20

士’가 될 수 있는 귀족적인 학식과 문장력을 가지고, 시민의 삶을 살아가지 않을 수 없게 된 사람이라고 생각된다. 西門慶처럼 돈을 많이 벌어 성공하지 못하고, 부유한 시민에 대해서 반감을 가지는 빈한한 시민 또는 실패한 시민의 관점에서 세태를 묘사하면서 비판했다고 볼 수 있다. 시민의 삶을 그 속에 들어가 경험한 바를 받아들여 문제삼으면서, 지나친 욕망 추구는 허망해 자기 파멸의 길이라고 규탄했다. 시민의 삶을 비판할 때에는 귀족의 시각을 갖추었다. 격조 높은 시구를 빈번하게 등장시켜 풍자를 하는 데서 그런 시각이 잘 나타나 있다.

시민 출신인 井原西鶴은 학식이 미지수이다. 젊은 나이부터 俳諧로 이름이 난 것을 보면 일본의 고전에 대해서는 상당한 식견이 있었다고 하겠으나, 한학에는 조예가 깊지 않았다고 하는 것이 공통된 견해이다. 중국설화를 수용하고, 귀신이 출현하는 이야기도 넣고 하는 등으로 여러 형태의 다양한 문학 유산을 활용했다. 遊女列傳 또는 遊女評判記라고 할 수 있는 내용이 문학적으로 형상화된 작품이게 했다.[11]

상업도시 大阪이 경제적으로 성장하는 시기에 그 주역 노릇을 한 사람들은 ‘町人’이다. ‘정인’이라고 일컬어지는 집단은 품위가 없고, 천박하다고 하는 귀족의 비판에 맞섰다. 색정을 추구하는 시민의 삶을 있는 그대로 드러내 충격을 주면서 귀족적인 품격과 고아한 취미를 자랑하는 고전적인 수사법을 충분히 동원했다. 그런 수법은 소설을 쓰기 전에 俳諧 창작을 수련해서 얻은 것이다.

俳諧는 和歌의 각 행을 이루는 글자 수 57577 가운데 앞 대목의 575만 사용해서 고전적인 품격을 단순화하고 비속화했다고 평가되는 새로운 형식이다. 그렇게 해서 귀족문학이기만 한 和歌를 귀족과 시민이 공유하는 문학으로 만들었다. 처음에는 격조 낮은 파격으로 인식되던 俳諧가 차츰 평범한 가운데도 미묘하고 격조 높은 착상과 표현을 갖추어

---

11) 황소연, 〈好色一代男의 창작수법〉, 《일본문학연구》 창간호(서울 : 한국일본문학회, 1999)에서 지적한 사실이다.

和歌에서 이룩된 고전적 기풍을 시민의 것으로 전승하는 기능을 수행했다.

　‘武士’ 출신인 松尾芭蕉(1644~1694)가 俳諧의 격조를 높여 크게 숭상되는 바로 그 시기에 井原西鶴은 풍부한 시상을 자랑하면서 많은 작품을 즉석에서 창작하는 능력을 발휘해 관심을 끌었다. 사랑하던 아내가 34세에 세상을 떠나자 追善의 뜻을 나타내는 俳諧를 하루에 천 수나 지어 《俳諧獨吟―日千句》라는 이름의 단행본을 간행했다. 사람들을 모아놓고 하루에 俳諧를 천여 수씩 짓는 행사를 하고, 그 결과를 책으로 내는 일을 그 뒤에도 몇 번 더 해 왕성한 창작력을 보여주었다.[12]

　30대까지는 그런 작품을 다수 창작해 俳諧 작가로 이름을 날리던 井原西鶴이 41세에 이르러서 첫 소설 《好色―代男》을 내놓았다. 아내를 잊지 못해 하던 착실한 남편이 갑자기 방탕해진 것 같은 변화를 보였다. 귀족 취향을 따르는 격조 높은 문학을 하다가 시민 자신의 관심사를 바로 나타내기로 했다고 할 수도 있다.

　그러나 방향을 아주 바꾼 것은 아니다. 好色하는 주인공이 수많은 여인과 관계를 맺는 모습을 그리면서 간결하고 품격 높은 俳諧의 서정적 표현을 사용했다. 시민의 관심사를 귀족의 수법으로 나타내, 그 둘이 경쟁하면서 합작하는 소설을 이룩하고, 저질의 색정담이 격조 높은 예술이 되게 했다. 색정담을 서정시로 나타내는 일본문학 특유의 전통을 만드는 데 큰 기여를 했다.

　살아나가기 위해 생활에서 시민화하지 않을 수 없었던 귀족으로 추정되는 《금병매》의 작가는 귀족의 관점과 문장력을 간직하고 있어 부유한 시민이 살아가는 내막을 폭로하고 비판하는 데 사용했다면, 문학 수련을 통해 의식에서 귀족화한 시민인 《호색일대남》의 작가는 자기와 같은 시민의 삶이 천박하기만 하지 않고 그 나름대로 아름답다고 하는 데 수련해서 얻은 능력을 발휘했다. 귀족과 시민이 경쟁하면서 합작해

---

12) 曲脇理史·吉行淳之介, 《井原西鶴》(東京 : 新潮社, 1991), 18~29면.

소설을 만드는 공통된 작업을 서로 다르게 전개해, 공통되면서 상이한 작품을 보여주었다.

한 남자와 여러 여자의 관계를 남자의 관점에서 보여주면서 음란한 내용을 다룬 것은 서로 같다. 그러면서 성행위 장면을 《금병매》에서는 자세히 그리고 《호색일대남》에서는 암시적인 수법으로 처리했다. 《금병매》는 세태묘사가 충격을 주고, 《호색일대남》은 자연묘사가 신선하다. 두 작가 모두 상대방과 일체를 이루는 것이 작품이 긴장되게 하는 데 더욱 긴요한 일이라고 여겨, 귀족작가는 시민의 체험을, 시민작가는 귀족의 정서를 적극적으로 받아들였다.

한 남자와 여러 여자의 관계를 다룬 소설은 상대역이 계속 바뀌므로 삽화적인 구성을 갖추었다. 주인공은 그대로 있어 앞뒤가 연결되지만, 상대역이 달라질 때마다 새로운 사건이 벌어졌다. 《호색일대남》은 바로 그런 구성을 갖춘 작품의 대표적인 예이다. 《금병매》 또한 西門慶의 엽색기를 그런 방식으로 보여주면서, 가장 중요한 상대역인 潘金蓮이 살아온 내력을 말하는 데서는 여러 남성과 한 여성의 관계를 다루기도 했다. 반금련은 태어나서 죽을 때까지의 이야기가 다 들어 있다. 《호색일대남》은 주인공이 떠나가자 작품이 끝났지만, 《금병매》는 서문경이 죽은 뒤에 반금련의 이야기가 남아 작품이 계속되었다. 《금병매》는 서문경 중심의 삽화적 구성과 반금련 중심의 삽화적 구성이 서로 얽혀 유기적인 구성을 만들었다.

井原西鶴은 《호색일대남》과는 별도로 여러 남자와 한 여자 사이의 관계를 다룬 《好色一代女》을 썼다. 여성의 요구를 받아들여서 그렇게 했던 것은 아니고, 방탕한 여성에 대한 남성의 관심을 나타냈다. 《호색일대남》을 뒤집어놓아 남성독자를 다시 끌어들이고자 했다. 《호색일대녀》 또한 상대역은 계속 바뀌므로 삽화적인 구성을 갖추고 있다. 《호색일대남》과 《호색일대녀》를 합쳐서 한 작품을 만들면 《금병매》에서처럼 삽화적 구성이 복합되는 방식의 유기적인 구성을 갖추었을 것이다.

작품의 세 사례

비단 버선 한 짝과 세 치 작은 발, 이것은 무덤을 파는 가래이다. 침상에서 얽히고 이불 속에서 사랑하는 것은 (지옥의) 다섯 전각 아래 기름 가마 속의 삶이다. 저 금강경의 구절에서 말하지 않았는가. 거기서 "꿈·헛깨비·물거품·그림자와 같고, 번개 같고 또한 이슬 같다"고 했다.[13]

《金瓶梅》의 서두는 이렇게 시작한다. 남녀가 성욕을 충족시키는 향락에 탐닉하는 것을 경계하기 위해서 작품을 쓴다고 했다. 그러나 경계한다는 것은 겉으로 내세우는 구실이고, 시정인 남녀가 성행위를 일삼는 삶의 양상을 자세하게 다루는 것을 작품의 실질적인 내용으로 삼았다. 그 때문에 작품이 발표되던 당시에는 음서라고 지목되어 배격되었고, 오늘날은 세태를 핍진하게 그린 공적이 있다고 평가된다.

남주인공 西門慶은 거부이다. "약재를 널리 매매하고"(廣賣藥材), "생약포를 아주 크게 열어"(開着大大的生藥鋪) 거금을 모은 아버지의 유산을 물려받아 "글 읽기는 소홀하게 하고, 종일 한가롭게 놀고 방탕하게 지냈다"(不甚讀書 終日閑游浪蕩)고 했다.[14] 그런 상황을 산문으로 소개하는 데 그치지 않고, 시를 지어 나타내기도 했다.

동쪽 집에서 노래부르며 웃는 홍안 취해 있다가
서쪽 이웃으로 가서 다시 큰 잔치 벌이네,

---

13) 《金瓶梅》(長春 : 吉林大學出版社, 1994) 11~12면. 원문은 : "羅襪一彎 金蓮三寸 是砌墳破土的鍬鋤 枕上綢繆 被中恩愛 是五殿下油鍋中生活 只有那金剛經上兩句說得好 他說道 如夢幻泡影 如電復如露."
14) 같은 책, 13면.

싱그러운 복숭아 꽃 아래 며칠이나 누웠다가
모란 피는 곳 모두 사랑스럽다고 하네.[15]

그 위인은 돈이 많고 잘 놀기 때문에 인기가 있고 이름이 났다. 같이 노는 무리와 의형제를 맺었다. 형제의 순서를 정할 때 따르는 무리가 "지금 시대에는 다만 재물이나 세력으로 순서를 정하기를 좋아하는데 어찌 나이로 순서를 정하기를 좋아한단 말입니까"라고[16] 하면서 서문경을 맏형으로 삼았다.

서문경이 의형제의 무리를 거느리고 하는 일은 獵色行脚이다. 후처로 맞이한 아내 吳月娘, 첫째 첩 李嬌兒, 둘째 첩 卓二姐를 두었다가 卓二姐는 죽고, 潘金蓮을 첩으로 삼았으며, 반금련의 婢春梅와 사통하고, 다시 李瓶兒를 첩으로 삼았다. 《금병매》란 潘金蓮·李瓶兒·春梅의 이름에서 한 자씩 가져와 붙인 제목이다.

반금련은 《水滸傳》에도 등장하는 인물이다. 천하무적의 영웅 武松의 형수인 반금련이 西門慶과 사통하고 남편을 죽인 것이 두 작품의 공통적인 내용이다. 《수호전》에서는 그 일을 알고 武松이 서문경을 죽였는데, 《금병매》에서는 武松이 다른 사람을 서문경으로 오인해 죽이고 서문경은 무사했다고 한 점이 서로 다르다. 영웅의 위력으로 시민의 횡포를 제어할 수 없는 시대가 온 것이다.

서문경과 반금련이 만난 대목에서도 중요한 고비마다 시를 읊었다. 제2회가 끝나는 대목이 다음과 같다.

왕파는 깔깔 웃으면서 말했다. "내가 혼자서 하는 말입니다. 어르신께서는 어찌 참말로 아십니까? 누구겠어요." 다시 하회를 보고 판단하라. 시가 있어 증거가 된다.

---

15) 같은 책, 15면. 원문은 : "東家歌笑醉紅顔 又向西隣開玳宴 幾日碧桃花下臥 牧丹開處總堪憐."

16) 같은 책, 23면. 원문은 : "如今年時 只好敍些財勢 那里好敍齒."

> 서문 부랑자 미친 짓을 할 뜻이라,
> 여자 희롱하려고 목숨 걸고 애쓴다.
> 죽일 것 같이 뒤로 빼던 차 파는 왕노파
> 살려두고 맺어 무녀가 양왕 만나게 한다.[17]

　자기가 지금 지어내서 말하는 사건이 옛 사람의 시에 이미 올라 있다고 하면서, 그 시를 들었다. 구어와 문어, 순간적인 대화와 두고두고 음미할 시를 교체시켜 작품을 이끌어나갔다. 두 가지 서로 다른 글을 능숙하게 써서 다채로운 작품을 만드는 솜씨를 자랑하면서 독자를 사로잡았다. 예전에 楚나라 襄王이 巫山神女를 만났다는 고사를 서문경과 반금련에다 가져다 붙여 장차 일어날 일이 더욱 흥미롭게 했다.

　서문경은 부정적인 주인공이다. 유럽소설의 '건달'과 상통한다. 계속 새로운 상대를 찾아나서는 애정행각을 보여주는 것이 '건달'의 행각이다. 사기술과 돈의 힘으로 여성을 공략하는 것만은 아니다. 여성에게 호감을 줄 수 있는 신체적인 조건이나 사교술을 갖추었으므로 성공을 거둘 수 있었다.

　여성이 피해자가 되었다고 할 것은 아니다. 여성이 애욕을 바라고 있어 서문경과 결합되었다. 반금련은 팔려간 집의 주인, 武松의 형 武大와의 관계에서 만족하지 못하고, 무송을 유혹하는 데 실패했다가 실의에 빠져 있을 때 서문경을 보고 매혹되었다. 여러 남자와 한 여자의 관계도 포함시켜 작품을 다각화했다.

　반금련이 서문경과 처음 만난 장면은 남녀 결연의 전형적인 계기를 보여주었다. 武大가 장사를 하러 나가면 반금련은 단장을 곱게 하고 이층 방문을 열고 거리를 내려다보고 있었다. 하루는 길 가던 남자가 반금련의 요염한 자태를 쳐다보았다. 반금련은 막대기로 발을 풀어 내리

---

17) 같은 책, 57면. 원문은 : 王婆便呵呵笑道 我自說要 官人怎便認眞起來 你也 且看下回分解 有詩爲證 西門浪子意猖狂 死下工夫戲女娘 虧殺賣茶王老母 生交巫女會襄王."

려고 하다가 그것이 그 남자의 머리에 떨어졌다. 그 광경을 이웃에서 다방을 하는 王婆가 목격했다. 길 가던 남자는 서문경이었다. 서문경은 반금련의 모습에 매혹되어 王婆에게 인연을 맺도록 주선해달라고 부탁했다.[18]

서문경은 두세 번 횡재를 해서 가세가 번창하고, 뇌물을 주고 벼슬을 얻어 기세등등했다. 그러나 많은 처첩을 두어 서로 다투는 것을 막지 못하고, 색을 과도하게 탐낸 것이 화근이 되어 몰락의 길에 들어섰다. 李瓶兒에게 아들이 태어나자 반금련이 질투를 해 아들을 죽이고, 이병아도 죽게 만들었다. 반금련은 서문경을 독차지하려고 갖은 아양을 떨었으나, 서문경은 어느 날 저녁 淫藥을 과도하게 복용해 급사했다. 반금련은 다시 서문경의 사위와 사통하다가 발각되어 팔려가게 되었을 때, 武松이 되돌아와 죽여버리고 말았다.

작품의 결말에서는 서문경의 자식에 대해 말하면서 불교의 교훈을 제시했다. 서문경이 살았을 때 다른 여자가 낳은 아들은 죽고, 죽은 뒤에 본부인이 유복자를 낳았다. 부인이 그 아들을 노승에게 맡겨 중이 되게 했더니, 두 사람이 일진청풍과 함께 공중으로 사라졌다고 했다. 마지막에 제시한 시에서는 "西門豪橫難存嗣"(西門慶은 호쾌하게 놀아났어도 후사 두기 어려웠다)라고 하고, 그 말을 "可怪金蓮曹惡報"(潘金蓮은 악업에 대한 벌을 괴이하다 하게 받았다)라는 말과 나란히 놓았다.[19]

지나친 행동에는 반대급부가 있다는 것은 두 사람에게 모두 해당된다. 유복자가 승려가 되었다는 것은 서문경은 욕정을 과도하게 써서 후사가 없어졌다는 말이다. 노승과 아이가 공중으로 사라졌다는 데서는 헛된 욕망을 버리라고 했다. 무엇이든지 지나치면 해로우니 자제를 해야 한다는 세속적인 불교의식을 다각도로 구현했다.[20]

---

18) 같은 책, 42~57면.

19) 같은 책, 1667면.

20) 余崗·解廣蘭, 《金瓶梅與佛道》(北京 : 北京燕山出版社, 1998)에서는 그런 관점에서 작품을 논했다.

《금병매》에서 다룬 내용은 시민의 비극이라고 하는 견해가 타당하다.[21] 돈을 모으기만 하고 가치관을 새롭게 정립하고자 하는 이상을 가지지 못한 시민이 방탕한 생활에서 만족을 구하기만 하다가 파탄에 이르는 과정을 보여주었다. 그러면서 그런 대상을 그려 독자에게 제공하고자 한 시각이나 의도는 단일하지 않다.

같은 취향을 가진 시민이 스스로 즐기면서 읽도록 한 작품이면서, 그런 작태를 마땅하지 못하게 여기는 지식인의 반감, 하층민의 반발을 함께 나타내서 다면적인 긴장을 갖추었다. 시민이 해방을 구가하는 장면을 지식인의 문장력으로 묘사하면서 하층의 견지에서 살핀 우스꽝스러운 모습이 작품을 생동하게 했다. 우아한 시구와 실상을 그대로 보여주는 묘사, 그리고 갖가지 저속한 대화가 다양하게 얽히게 했다.

《금병매》는 《紅樓夢》에 많은 영향을 끼쳤다고 거듭 지적하면서 둘 사이의 연관을 통해서 중국소설사 전개의 커다란 맥락을 밝히려고 한다.[22] 한쪽에서는 상인집안, 다른 쪽에서는 귀족집안에서 일어난 일을 다루었으나, 주인공의 적절하지 못한 행동 때문에 가문이 몰락하고 마는 역사인 점이 서로 같고, 언어사용, 묘사나 서술의 수법 등 여러 면에서 주목할 만한 공통점이 있다고 한다. 그러나 한 남자와 여러 여자의 관계를 한쪽에서는 남성의 관점에서, 다른 쪽에서는 여성의 관점에서 다룬 것이 가장 큰 공통점과 차이점이다.

《금병매》에 결핍되어 있는 여성의 관심사를 《홍루몽》에서는 충실하게 받아들였다. 《금병매》의 西門慶이 우악한 인물이지만, 《홍루몽》의

---

21) 盧興基, 〈十六世紀一個新興商人的悲劇故事 ― 金甁梅主題研究〉, 杜維沫 外 編, 《金甁梅研究集》(濟南 : 濟魯書社, 1988) 참조.

22) 國梁, 〈從金甁梅到紅樓夢〉, 《金甁梅考證與研究》(西安 : 陝西人民出版社, 1984) ; 朱星, 〈金甁梅的文學評價以及對紅樓夢的影響〉, 復旦學報編輯部 編, 《金甁梅研 究》(上海 : 復旦大學出版社, 1984) ; 張俊, 〈從金甁梅到紅樓夢〉, 方銘 編, 《金甁 梅資料滙》(合肥 : 黃山書社, 1986) ; 徐朔方, 〈金甁梅和紅樓夢〉, 《論金甁梅的成 書及其他》(濟南 : 濟魯書社, 1988) ; 周雙利, 〈金甁梅與紅樓夢〉, 《閑話金甁梅》(呼 時浩特 : 內蒙古人民出版社, 1990) 등에서 그런 작업을 했다.

주인공 賈寶玉은 여성처럼 연약한 점이 상이하다. 서문경이 여러 처첩을 거느린 것과 달리 가보옥은 林黛玉, 薛寶釵의 두 처녀와 함께 자라면서 사랑의 다툼을 겪었다. 병약하고 섬세한 임대옥은 가보옥과 설보차가 혼인하자 충격을 받고 죽고, 가보옥도 벼슬도 집안도 버리고 출가해서 승려가 되었다. 그런 과정이 섬세하고 다감한 필치로 자세하게 그려져 있다. 이 소설을 탐독하면서 임대옥과 자기를 동일시하고, 가보옥을 사랑의 대상으로 생각할 독자는 여성독자이다.

그런 변화는 《홍루몽》의 시대에는 여성독자가 크게 성장하고, 남성독자 또한 여성적인 취향을 가지게 된 것을 말해준다. 중국의 여성이 소설을 쉽게 읽을 만한 학식을 갖추거나 소설의 언어가 여성이 이해하기 쉬운 것으로 바뀌지는 않았으므로, 그 두 가지 추론 가운데 뒤의 것이 더욱 타당하다고 생각된다. 남성독자가 여성의 취향을 가지게 된 것은 나서서 할 일이 없는 유한계급의 남성이 가정에 머무르면서 어머니의 치마폭에서 자라나 아내의 보살핌을 받고, 시비들에게 둘러싸여 소일하면서 그런 여성들과 공동의 관심사를 가지게 되었기 때문이라고 생각된다. 작품 속의 가보옥이 바로 그런 인물이다.

가보옥 같은 남성독자가 임대옥이나 설보차 같은 여성독자와 함께 탐독하는 소설이 바로 《홍루몽》이다. 가보옥 같은 귀족뿐만 아니라 경제적인 안정을 얻은 시민 또한 유한계급이 되어 여성 취향의 소설을 탐독하는 세태에 호응해서 《홍루몽》을 쓰면서 작자는 여유가 낭비이고, 안정이 곧 몰락인 그 이면의 내력을 드러내면서 환상에서 깨어나 비참한 삶의 실상을 보라고 촉구했다.

《好色一代男》은 일본 고전 《源氏物語》의 패러디이다. 주인공은 光源氏(히까루겐지)라고 하는 왕자에서 世之介(요노스게)라는 시민으로, 상대역은 궁중의 여인들에서 환락가의 여인들로 바꾸었다. 남녀의 관계를 색정의 관점에서 그리면서 애욕을 죄악시하던 사회통념에 반대하고, 진면목을 생생하게 보여주는 것이 작가의 소임이라고 여겼다.

작품의 분위기는 서정적이다. 서정적 분위기를 세련되게 다듬은 표현을 갖추어 나타냈다. 첫 구절에서 "벚꽃이 져서 한탄스럽고, 달은 限이 있어 入左山"이라고 했다.[23] 달이 그 산너머로 진다는 말은 생략하고 명사로 끝나는 문장을 썼다. 몇 마디 되지 않은 말로 경치를 묘사한 데 많은 사연이 함축되어 있다. "벚꽃이나 달을 보면 즐겁지만, 그런 즐거움이란 오래 가지 않아 꽃은 지고, 달도 진다"고 한 말을 그렇게 줄였다. 그러면서 "그러나 육체의 즐거움에는 한도가 없다"고 하는 말을 안에다 감추었다.[24]

서정시 같은 말을 한 그런 구절이 작품 도처에서 발견된다. "小鹽山의 이름난 나무에도 落花가 狼藉해, 이제는 오로지 애석하다는 느낌만 든다"고[25] 했다. "밝디 밝은 달이 뜨니, 눈앞의 대밭 잎사귀 끝에서 밤바람이 일어, 소매도 자연 축축해지고, 슬프지 않은데 눈물이 났다"고[26] 했다. 이런 대목도 속뜻까지 풀이하면 말이 길어질 수 있다.

그러나 인물 설정과 사전 전개에서는 현실로 관심을 돌렸다. 주인공 世之介는 부유한 상인과 이름난 遊女 사이에서 태어났다. 7세부터 60세까지를 한 대목씩 구분해서 여자들과의 관계가 어떻게 벌어졌는가 이야기했다. 계속 다른 여자를 상대하다가 떠나가는 여행과 모험의 과정을 다채롭게 그려 흥미를 끌었다. 大板新町, 伏見撞木町, 奈良木辻, 江戸吉原 등 당시의 이름난 환락가를 순회하면서 곳곳의 유녀들을 모두 상대했다. 그렇게 하는 것이 '町人'이 바라는 바였다.

---

23) 《井原西鶴集》(東京 : 國民圖書, 1927), 4면. 원문은 : "櫻もちるに歎き, 月は限りありて入左山." Sikaku Ihara, Kengi Hamda tr., *The Life of an Armorous Man* (Rutland, Vermont : Charles E. Tutle, 1963)와 이하라 사이카쿠, 손정섭·이주리애 역, 《호색일대남》(서울 : 현실과미래, 1998)을 참고했으나, 둘 다 말을 많이 바꾼 의역이어서 원문을 직접 이해하는 데는 도움이 되지 않는다.

24) Donald Keene, *World within Walls, Japanese Literature of the Pre-modern Era, 1600~1867* (New York : Holt, Rinehart and Winston, 1976), 171면에서 풀이한 말을 옮겼다.

25) 《井原西鶴集》26면. 원문은 : "小鹽山の名木も落花狼藉, 今一しほと惜しまるゝ."

26) 같은 책, 131면. 원문은 : "洦えかへる月の出つれば, 見わたす竹田の葉末に夜嵐のかよひ, 袖おのづからしめりて, なげかぬ涙かとおもわれ……."

7세의 일을 말한다고 한 첫 대목을 보자. 먼저 출생의 내력을 시적인 언어로 묘사하고, 태어난 지 6년이 되는 동안에 별 탈 없이 자랐다고 한 다음 7세가 되던 해 어느 날 성에 대해서 눈을 뜨게 되었다고 하고, 54세까지만 해도 여자 3,742인, 소년 725인과 관계를 가졌다고 했다.

9세 5월 4일에는 이웃 집 여인이 창포로 목욕을 하는 장면을 지붕 위에 올라가 "遠眼鏡"을 가지고 훔쳐보았다. 그것은 지나가는 남자를 여자가 이층에서 내려다보는 것과 반대가 되는 설정이다. 저자 자신이 그린 것으로 추정되는 삽화에도 그 장면을 보여준 것이 있다. 성에 눈을 뜨고, 여자의 신체를 훔쳐보고 탐내는 생애가 그렇게 해서 시작되었다. 자연물을 살피듯이·여자를 살피는 것이 주인공의 생애이고, 저자의 관심사이다.

11세 때 가련한 여자를 유곽에서 구해내서 부모에게 돌아가게 하는 일도 있었다. 15세 때 과부에게 유혹되어, 관계를 얼마 동안 지속하다가, 아이를 낳아 버렸다. 그 아이가 승려에게 양육되어 후속작품인 《好色二代男》의 주인공이 되었다고 했다.

출생부터 성에 대해서는 일찍 관심을 가지고 다른 일은 하지 않으려고 하는 문제아인 주인공을 17세 되던 해에 양친이 장사하는 법을 배우라고 상인에게 보냈다. 그러나 장사 일에는 뜻이 없었다. 18세 때에는 비단과 면을 파는 江戸의 상점에 올해 결산을 알아보라고 보냈다. 그러나 시키는 일은 하지 않고 그 길로 가출했다. 그 대목의 서두를 들면 다음과 같다.

江戸의 大傳馬町 三丁目에 비단과 면을 파는 상점이 있다. 결산을 알아오라고 해서, 18세가 되던 12월 9일, 京都를 떠나 구름이 솟아 있는 산을 넘으니, 杉나무 잎이 하얀 關路에 안개가 피어오르고, 젖은 짚신이 돌뿌리에 부딪히지만, 智慧를 얻어야 한다고 생각해 밟아나 갔다.[27]

그런데 고생해 길을 가면서 마음으로 다짐한 바가 아무 소용이 없었다. 일을 마치고 바로 돌아가지 않고 여색에 빠져 끝없이 헤맸다. 아버지는 아들의 행방을 알지 못해 애태우다가 부자의 인연을 끊었다. 아버지는 돈을 버는 것을 가장 긴요한 과업으로 삼았는데, 아들은 돈을 쓰면서 향락을 하는 데 몰두했다.

시민의 아들이 아버지의 분부를 받고 영업상의 업무를 맡아 처리하기 위해서 먼 여행을 떠났다가 일을 마치고 돌아가지 않고 엉뚱한 짓을 하면서 자유로운 몸이 되었다면서 해방감을 맛본 것이 《보은기우록》이나 《빌헬름 마이스터의 수업시대》와 같다. 세 작품에서 모두 아들은 아버지의 명을 어기고 업무상의 여행을 모험여행으로 바꾸어놓고, 아버지의 지배에서 벗어나는 새로운 흥밋거리를 추구했다. 위연청은 시인 노릇을 하고, 빌헬름은 연극에 빠진 것처럼, 世之介는 여색에 탐닉했다. 시, 연극, 여색은 정신적으로 폐쇄되어 있는 시민생활에서 벗어나게 하는 탈출구 노릇을 한 점이 서로 같다.

26세가 되자 연어 장수가 되어 산골 구석구석을 행상으로 다녔다. 그 때부터 장사를 하러 여러 고장을 돌아다니면서 여자들과 만나 이중의 인간수업을 했다. 29세에는 동행하던 여자가 피살되었다. 그런 결과가 함께 도망하려고 해서 생겼으니 모두 자기 탓이라고 하면서 자기 목에 칼을 대고 자살하려고 했다.

34세에 아버지가 죽어 막대한 유산을 물려받았다. 35세 때에는 吉野(요시노)라는 기생이 훌륭하다고 감탄하고, 주위의 반대를 무릅쓰고 정식 결혼을 하고서 아내로 맞이하고서는 다른 여자들과 마찬가지로 다시 돌보지 않고 버렸다. 여색을 탐내는 일을 나이가 먹어서까지 계속하다가, 60세가 되었을 때에는 여자들만 산다는 섬 女護島(니요고시마)로

---

27) 같은 책, 31면. 원문은 : "江戸大傳馬町三丁目に絹綿の店有のりける. 萬勘定聞くべしとて, 十八歳の十二月九日に, 京都を出て雲の立つ山を越ぇ,杉の葉白き關路の雫はき初むるより, めれ草鞋に物すごき岩角を, 智慧つけなばとて, 踏みならして……."

가서 여자들을 마음껏 차지해 즐기려고 일행 몇 사람과 함께 好色丸이라는 배를 타고 떠나갔다고 하는 것이 결말이다.

주인공이 나이를 먹으면서 새로운 곳에서 새로운 여자와 만나는 것으로 작품이 전개되었다. 모든 만남이 일회적인 사건이다. 한 번 보고 감탄한 경치를 다시 찾지 않듯이, 한 번 등장한 여자를 다시 만나지 않았다. 여자란 일회용 소모품이었다. 이성과의 만남이 여자 쪽에는 어떤 의미를 가졌는지 주인공이 생각하지 않듯이 작자도 관심을 가지지 않았다. 여자들에게는 그 나름대로의 생애가 없어, 작품의 유기적 구성을 만들어낼 수 없었다.

작품을 이루는 일회적인 사건은 모두 54개이다. 그것들을 연결시켜 놓은 삽화적 구성을 한 것을 두고 부정적인 평가를 한다. 돌림노래와 같은 방식을 사용했다고 해서 ‘連歌的’이라고도 하고, 빗의 이빨 같다고 해서 ‘櫛齒式’이라고도 한다. 장편소설이라고 하기에는 결격사유가 있어 단편소설의 연속일 따름이라고도 한다. 그러나 전후의 사건이 서로 대등한 의미를 가지는 것은 아니다. 주인공이 단계적인 변모를 하면서 성장을 하는 과정을 보여주는 점에서는 일관성 있는 작품이라고 할 수 있다.[28]

주인공의 의식이 깨어나고 경험이 확대되어 세상사를 깊이 아는 達人의 경지에 이르는 과정을 보여준다고 하면 유럽의 교양소설과 상통한다. 그러나 교양이 아닌 反교양을 얻었다고 보면 그렇게 말할 수 없다. 도덕에 어긋나는 일을 하고 다니면서 세상을 농락하는 점에서는 유럽의 건달소설과 상통한다.

말하고자 하는 것이 교양인가 아니면 反교양인가, 達人인가 건달인가 하는 시비를 작품 안에서 벌이지는 않았다. 그런 시비에서 벗어난 것처럼 보이는 초탈론을 폈다. 주인공이 보여주고 있는 것이 ‘浮世’의

---

28) 鈴木敏也, 《近世日本小說史》 上卷 (東京 : 目黑書店, 1922), 271~278면에서 그런 논의를 폈다.

삶이라고 서두에서부터 명시했다. 이 세상이 '浮世'라는 생각은 불교에 근거를 두었으므로 심오한 사상이라고 할 수 있을 듯하다. 삶이 무상하다고 하는 것을 "뜬세상"이라는 말로 바꾸어 나타냈다. "뜬세상"에서 살아가고 있으니 헛된 일에 집착을 하지는 말아야 한다고 했다.

불교와의 관계는 19세에 부모가 인연을 끊는다는 통보를 받고서, 거래하던 가게 지배인의 주선으로 절에 들어가서 승려가 된 대목에서 처음 나타났다. 며칠 동안 경을 읽다가 재미가 없어 그만두었다. 그 때 "지옥의 도깨비도 극락의 부처님도 모르던 옛날이 훨씬 좋았다고 생각했다."[29] 30세 때에는 생각이 더 깊어져 다음과 같은 경지에 이르렀다고 했다.

생애란 다섯 가지 빌린 물건이라, 잡아버렸을 때부터 閻魔大王에게 되돌릴 때까지, 모두 30년의 꿈이다. 이제부터 어떻게 될 것인가, 몸 둘 곳을 정할 수 없도다.[30]

다섯 가지란 地水火風空이다. 그 다섯 가지가 모여 사람의 생명을 이루었다가 흩어지면 죽어 염라대왕에게 갈 때에는 아무 것도 남아 있지 않다고 했다. 지나온 30년을 생각하면 허망한 생각이 들어 앞으로도 몸 둘 곳을 정하지 않고 되는 대로 살아가겠다고 했다. 다시 58세 때에는 자기 말로 "사람이란 넘어가는 해와 같아, 어느 한 사람도 세상에 머무르지는 못한다"고[31] 했다.

그런 대목에 '浮世'라고 하는 생각이 나타나 있다. 이 세상이 '부세'인 줄 알아 집착을 넘어서야 한다고 했다. 그렇게 말하는 데서는 '부세'가

---

29) 《井原西鶴集》, 34면. 원문은 : "鬼もちかづきにならず, 佛にもあはめ昔がまし と思ひ切り ……."
30) 같은 책, 133면. 원문은 : "世は借物, 取りにきた時閻魔大王へ返さうまで, 合はせて三十年の夢. 是れからは何になりともなれ, 身の置所も定まらず."
31) 같은 책, 134면. 원문은 : "人は入日のごとく, たれか一人も世にとゞまべし."

불교의 기본교리인 '무상'과 같다고 할 수 있다. 그러나 집착을 넘어서서 깨달음을 얻어야 한다고 한 것은 아니었다. 기대할 것이 없어 애써도 소용이 없으니 향락을 누리는 것이 마땅하다고 했다. 향락을 해야 할 이유가 된 점에서 '부세'는 '무상'과 아주 달랐다. 불교를 이용해 불교와는 반대가 되는 사고방식을 마련했다.

이 세상에서 기대할 것이 없으니 향락이나 해야 한다는 것은 일본 '町人' 특유의 사고방식이었다. 그런 생각을 가지게 된 이유는 '정인'은 열심히 일해 돈을 아무리 많이 벌어도 '무사'에게 눌려 살아야 했던 데 있다. '무사'의 억압에서 벗어나지 못해서 '부세'의 고뇌가 심각하게 생각되었다. 다른 목표를 세워 성취할 수는 없으니 돈을 번 다음에는 쓰면서 즐기면서 위안을 받고 만족을 얻고자 했다. 환락가에 드나들면서 浮世草子, 浮世繪 같은 것들을 찾고 歌儛伎를 구경하는 것이 '정인'답게 사는 길이라고 여겼다. '부세'는 향락을 해야 하는 곳이고 '부세'의 예술은 향락의 수단이었다.[32]

'정인'이 노는 세계에 '무사'는 위신 때문에, 하층민은 돈이 없어서 드나들지 않았다. '정인'은 '무사'의 감각을 가져다가 자기네의 풍류를 장식하는 데 썼다. '정인' 가운데 남자만 '浮世'의 고뇌를 느낀다고 하고, 여자의 동참은 배제했다. 여성인물은 遊女로 등장시켜 남성의 향락을 위한 수단이 되게 했다. 하층민으로 태어났기 때문에 유녀가 될 수밖에 없었던 처지에는 관심을 두지 않았다.

이 작품은 세 가지 내용을 갖추었다. 색정담으로 작품을 이어가면서, 서정적인 표현을 갖추어 격조를 높이고, 계속 새롭게 펼쳐지는 사회풍속도를 보여주었다. 그 셋이 하나로 연결되어, 어디 가서 누구와 만나 어떤 짓을 하든 모두 덧없는 일이지만 계속해서 하지 않을 수 없다고 하는 주제를 구현했다.

---

32) Howard Hibbett, *The Floating World in Japanese Fiction* (Rutland, Vermont : Charles E. Tuttle, 1959)에서 '浮世草子'의 그런 특징을 다각도로 고찰했다.

그러면서 한 남자가 여러 여자와 계속 만나고 헤어지는 과정을 보여주어 삽화적인 구성을 갖추었다. 정식으로 혼인해 아내로 삼은 여자도 바로 버리고, 그 뒤에 어떻게 되었는지 말하지 않았다. 창녀가 되었다가 부모에게 돌아가는 여자, 가출했다가 피살된 여자도 있으나, 그럴 수밖에 없었던 이유를 간략하게 말하고 지속적인 관심사로 삼지 않았다. 여성의 일생은 등장시키지 않았다.

부유한 상인이 돈을 써서 하는 일이란 여색을 탐내는 것뿐이다. 넘치는 정력을 발현하고 돈의 위력을 구현하는 다른 방법은 없다. 상품경제의 발전과 더불어 성장하는 시민이 신분적인 제약에서 벗어나지 못하고, 생산을 증대하고, 사회적 지위를 향상하고, 새로운 역사를 창조할 길이 막혀 있어 오직 성행위를 즐기는 데다 정열을 쏟았다.

기생과 창녀, 요정과 유곽이 발달되어 있어 그렇게 할 수 있는 기회를 제공했다. 재력에 따라서 출입하는 곳이 서로 다르게 등급이 정해져 있었다. 상인의 계급과 상대하는 여자의 계급이 서로 일치하게 하는 계급사회를 구성했다. 여러 종류의 하급 창녀도 있고, 유부녀이면서 창녀를 겸하는 여자도 있었다. 그런 여성들의 모습을 다채롭게 그리려 당대의 풍속도를 마련했다.

주인공은 장사를 하기 위해서 거래처를 순방하는 상인이었다가, 특별히 하는 일 없이 돌아다니는 건달 노릇을 하고, 살기 위해서 애써야 하는 하층민이 되었다. 그러다가 돈을 마음대로 쓰는 부유한 상인으로 살아가면서 여색에 빠졌다. 그러면서 믿지 않는 불교를 자기에게 유리하게 받아들여, 인생은 덧없고 살아온 과정이 꿈만 같으니 향락에 빠지는 것이 어쩔 수 없다고 했다. 상대방 여자들에게 끼친 악행 때문에 지옥의 징벌을 받을까 두려워하는 마음을 가졌지만 자기 행동을 반성하지는 않았다.

《九雲夢》의 주인공 양소유의 생애는 '영웅의 일생'에 의해 전개된다. 그러나 무력의 영웅이 아니고 애정의 영웅이다. 영웅과 영웅이 싸우는 시대는 가고 남자와 여자가 애정을 나누는 시대에 이르렀다고 한 《금병매》나 《호색일대남》의 경우와 같다.

《사씨남정기》와 《구운몽》은 둘 다 한 남성과 여러 여성의 관계를 다루었다. 《사씨남정기》에서는 여러 남성과 한 여성의 관계도 보탰다. 그 점에서는 《금병매》와 상통한다. 한 남성과 여러 여성의 관계가 《사씨남정기》에서는 부당하다고 판명되고, 《구운몽》에서는 정당하다고 하는 이유가 무엇인가? 한쪽에서는 여성을 주인공으로, 다른 쪽에서는 남성을 주인공으로 한 차이인가? 한쪽에서는 도덕을 문제삼고, 다른 쪽에서는 행복을 문제삼은 차이인가?

《사씨남정기》는 여성을 위한 소설로 써서 남성의 요구를 관철시켰다. 여성이 마땅한 도리를 섬기라고 하는 것이 남성의 요구이다. 사씨는 남성이라면 누구나 아내로 삼고자 할 여성이다. 《구운몽》은 남성을 위한 소설을 써서 여성의 요구를 관철시켰다. 남녀관계를 여성이 주도해서 이끌어가고자 하는 여성의 요구를 이면에서 나타냈다. 양소유는 여성이라면 누구나 연인으로 삼고자 할 남성이다. 《사씨남정기》는 《구운몽》처럼 고쳐 쓸 수 있고, 《구운몽》은 《사씨남정기》처럼 고쳐 쓸 수 있다.

《구운몽》은 《호색일대남》의 경우처럼 한 남자와 여러 여자의 관계를 다루어 상대역이 바뀌는 데 따라 새로운 사건이 벌어지는 삽화적 구성을 갖출 수 있다. 그러나 《구운몽》은 《금병매》와 함께 여성 인물이 겪은 사건도 일관성 있게 보여주어 그런 단순한 구성에서는 벗어나 있다. 《금병매》의 반금련처럼 여성의 생애를 보여주는 인물이 《구운몽》에서는 진채봉이다.

그렇지만 반금련은 여러 남성과 다면적 관계를 가졌으나, 진채봉의 경우 한 남성과 정혼한 다음 이별의 수난을 겪고 다시 만났다. 《금병매》는 《潘金蓮傳》과 《西門慶傳》의 복합으로 이루어졌다고 할 수 있으나, 《구운몽》은 양소유의 생애와 진채봉의 생애가 복합된 유기적 구성을 갖추었다. 양소유가 처음 만난 상대가 진채봉이게 하고, 다른 상대를 여럿 만난 뒤에 진채봉과의 혼약이 이루어지도록 해서, 한 남자와 한 여자의 관계에다 한 남자와 여러 여자의 관계를 덧보탰다. 한 남자와 한 여자의 관계에 끼어든 다른 여러 여자는 혼인 방해자이다. 그러면서 다른 여러 여자도 양소유의 배필이 될 수 있는 자격을 충분히 갖추어 그 나름대로 주역 노릇을 해서, 유기적 구성이 다면화되었다.

한 남성과 여러 여성의 관계를 다루는 삽화적 구성은 남성의 관심사를 나타낸다. 남성에게는 한 번 관계를 맺은 여자를 다시 찾지 않고 떠나가고자 하는 욕구가 있다. 그러나 여성은 떠나간 남자가 다시 만나기를 바란다. 사건을 그렇게 전개하려면 유기적인 구성을 해야 한다.《구운몽》은《호색일대남》은 물론《금병매》보다도 유기적인 구성을 더 잘 갖추어 여성의 관심사를 적극 받아들였다. 한국소설의 다른 여러 작품도 그런 특징을 뚜렷하게 갖추어 여성독자와 친밀한 관계를 가졌다.

《구운몽》에서는 양소유가 장수가 되어 나아가 외적을 물리치는 것은 나중에 곁치레 삼아 나오는 사건이고 생애의 전기간 동안 여인들의 사랑을 차지하는 데 뛰어난 능력을 발휘하는 애정의 영웅 노릇을 한다. 양소유가 과거를 보러 가다가 난리를 만나 산속에 들어가 피했을 때 거문고와 퉁소를 주고 연주하는 법을 가르치고 "후일에 필히 쓸 곳이 있으리라"고 했다. 도승이 영웅에게 무기를 주고 적군을 물리치는 방법을 가르친 것과 달리 악기를 주어 여인의 마음을 사로잡을 수 있게 했다. 양소유가 도사에게 혼사에 대해서 물으니, "그대의 아름다운 인연은 여러 곳에 있다"고 했다.[33]

양소유가 집을 떠나 과거 길에 올랐다가 맨처음 진채봉을 만났다. 진채봉은 이층에 있고, 양소유는 길을 가다가, 우연히 내려다보고 쳐다보게 되어 서로 매혹되었다. 그것은《금병매》에서 반금련과 서문경이 눈이 맞은 사건과 기본 설정이 동일하다. 두 사람이 직접 접촉할 수는 없으므로 매개자가 있어야 한 점도 서로 같다. 우연한 기회에 남녀의 사

---

33) 정병욱 주, 《九雲夢》(서울 : 민중서관, 1972), 52면. 이해하기 쉽게 하기 위해서 현대역을 인용한다.

랑이 이루어지도록 하는 통상적인 방법을 양쪽에서 함께 사용했다.

양소유가 길을 가다 버들이 風流롭고 情이 많음을 기리는 노래 〈楊柳詞〉를 지어 읊는 소리를 樓上에서 들은 진채봉이 문을 열고 내려다 보았다.[34] 양소유는 진채봉의 아름다운 모습에 매혹되었다. 두 사람은 서로 보기만 하고 아무 말도 하지 못했다. 사랑이 그렇게 시작되었다.

그 여자는 어사의 딸 진채봉이었다. 진채봉은 "여자의 장부 좋음은 종신의 대사라, 일생 영욕과 고락이 달렸으니, 문군은 과부라도 오히려 상여를 좇았으니 이네 나는 처자의 몸이니 비록 스스로 중매하는 혐의를 피치 아니하나, 부녀의 절행에는 해롭지 아니하다"고 생각하고, 시를 지어 유모에게 주고 〈양류사〉를 읊던 남자를 찾아 전하라고 하고, 양소유가 또한 답하는 시를 유모 편에 전했다. 두 사람이 주고받은 시는 각기 다음과 같다.[35]

樓頭種陽柳	누 앞에 버들을 심었으니
擬繫郎馬住	낭군의 말을 매어 머물게 하더니
如何折作鞭	어찌하여 꺾어 채를 만들어
催下章臺路	재촉하여 장대 길로 내려가뇨.

陽柳千萬絲	버들이 천만 실이나 하니
絲絲結心曲	실마다 마음 굽이에 맺혔도다
願作月下繩	원컨대 월하의 노를 만들어
季傳春消息	봄소식을 전코자 하노라.[36]

潘金蓮은 하층민이며 여러 남자를 겪은 음란한 여인이고, 어사의 딸

---

34) 같은 책, 29~39면.
35) 같은 책, 37면, 39면.
36) "월하의 노"는 부부 결연을 관장한다는 月下老人이 남녀를 맺어주는 노끈이다. "季傳"은 원문대로 인용했는데, "継傳"이라고 해야 할 것이다.

인 진채봉은 교양을 갖춘 상층의 처녀인 점은 서로 달랐지만 남자를 보고 매혹되는 것은 서로 같았다. 그런데 《금병매》에서는 남자가 적극적으로 나서서 매개자 왕파에게 자기의 뜻이 이루어지도록 해달라고 부탁했는데, 《구운몽》에서는 여자가 먼저 매개자 유모더러 자기의 뜻을 나타내는 편지를 전해달라고 했다. 그런 차이점이 왜 생겼는가 문제가 아닐 수 없다.

작품에서 묘사한 사회의 풍속이나, 작품을 쓴 사람의 의식이 서로 달라 그런 차이점이 생긴 것은 아니다. 남녀 어느 쪽의 독자에게 중점을 두었는가 하는 것이 결정적인 차이점이다. 《금병매》는 독자가 서문경이 되어 반금련을 바라보면서 서문경과 같은 생각을 하도록 한 작품이다. 《구운몽》은 독자가 진채봉이 되어 양소유를 바라보면서 진채봉과 같은 생각을 하도록 한 점이 다르다. 남성독자를 위한 소설인 《금병매》는 남녀관계는 바로 성행위라고 했으며, 정신적인 이끌림은 그 자체로 의의가 없고 성행위의 자극제일 따름이라고 여겼다. 여성독자를 위한 소설인 《구운몽》에는 여자와 남자 사이의 정신적인 이끌림이 황홀하다고 했으며, 성행위는 필요한 절차이기는 해도 드러내서 묘사할 의의는 없는 것으로 처리했다.

그러한 차이점을 두고 다양한 해석을 할 수 있다. 《금병매》는 사실주의, 《구운몽》은 이상주의를 택했으니, 《금병매》 쪽이 더욱 가치가 있다는 주장이 제기될 만하다. 그러나 소설의 임무는 그리는 대상의 사실적인 묘사가 아니고, 작자와 독자로 참여하는 사람들 사이의 토론을 핍진하게 전개하는 것이다. 소설은 거울이라는 견해를 버리고, 토론장이라는 견해를 받아들여야 한다. 남성작자가 쓴 작품이면서 여성독자가 바라는 바를 적극적으로 나타내서 여성의 주장을 적극화한 것이 《구운몽》의 가치이다.

두 작품 가운데 어느 쪽은 사실적이고, 어느 쪽은 이상적이라고 하는 것은 부적당한 판정이다. 남성독자에게는 남녀관계는 성행위로 다룬 소설이 사실적이다. 그러나 여성독자에게는 여자와 남자 사이의 정신적 이끌림을 잘 나타낸 소설이 사실적이다. 이렇게 말하면 여성의 성적 욕구를 얕잡아보는 남성의 편견 때문에 그릇된 발언을 한다는 반론이 제기될 수 있다. 어느 연구자도 남녀 양성을 구비하고 있지 못했으므로, 이에 대해서 공정한 판단을 할 수 없다. 그렇지만 남녀관계를 연구한 여성 전문가가 밝혀 논한 바를 차선의 증거로 삼는 것은 가능한데, 그 결과는 남자는 성행위를, 여자는 정신적 이끌림을 더욱 소중하게 여기는 것으로 나타났다.[37]

남녀의 정신적 이끌림을 성행위보다 더욱 소중하게 여기는 소설은 사실적이지 않다고 비난하는 것은 남성의 편견이다. 김만중은 사실적인 소설을 쓸 능력이 없어 환상적인 이야기를 펼쳐 보인 것은 아니다.《사씨남정기》에서 교씨와 동청이 놀아난 대목을 보면 그런 말을 할 수 없다. 〈端川節婦詩〉를 소설로 옮기는 것도 쉬운 일이다. 어머니를 첫 독자로 생각하고 여성 취향의 소설을 쓰기 위해서 각별한 노력을 한 결과가 《구운몽》에 잘 나타나 있는 것을 주목하고 평가해야 한다.

서두에서 南岳 衡山 이상세계에서 승려인 성진과 도가의 팔선녀가 만나 이 세상으로 유배되었다고 한 설정은 남녀의 정신적 이끌림의 신이로운 필연성을 입증하는 최상의 방법이다. 양가집 딸 진채봉이 지나가는 총각을 보고 한 눈에 반해 일생의 반려자로 삼겠다고 작정하는 그런 불가사의한 이끌림은 실제로 얼마든지 있는데 소설에다 그대로 옮겨놓으면 작위적이라는 비난을 듣는다. 그 때문에 생기는 어려움을 김만중은 남악 형산에서의 만남을 설정해서 해결했다. 양소유와 여덟 아

---

37) 여성 성의학자가 쓴 Anne Stiring Hastings, *Discovering Sexuality that Will Satisfy You Both* (Tiburon, California : The Printed Voice, 1993)에서 남성독자를 위해서는 "porno"가, 여성독자를 위해서는 "romance"가 인기상품이라고 했다. "For women, the use of romance, tenderness and seduction are analogues to the use of pornography for men. Romance novels sell millions each year, attracting women by creating sexual arouse or diffuse sexual feelings by describing relating men and women"라고 한 것이 그 핵심대목에서 한 말이다(117면).

내는 남악 형산에서 만나 품었던 소망을 이 세상에서 유감없이 실현하고 그 곳으로 되돌아가 모든 것이 허망함을 깨달았다고 하면서 욕망 추구에는 한계가 있다고 했다. 사랑을 성취해 행복을 누리기를 바라 마땅하지만 넉넉하게 이룬 것이 있다 해서 도취하거나 집착하지는 말아야 한다고 했다.

그렇게 하는 데서 한걸음 더 나아가 "一切有爲法 如夢幻泡影"라고 해서 사랑과 이별, 성취와 상실, 행복과 불행이 둘이 아니고 하나라고 가르친 것이 《구운몽》의 결말이다. 그것은 다른 두 작품에서 나타낸 불교사상과 표면상 유사하다. 《금병매》의 결말에서는 절에 맡겨진 西門慶의 유복자가 노승과 함께 공중으로 사라졌다고 했다. 《호색일대남》에서는 이 세상이 '浮世'여서 온통 허망하다고 거듭 말한 것이 생각나게 한다.

그러면서 불교를 이해하는 방식에서 상당한 차이점이 있다. 《호색일대남》에서 '浮世'인 이 세상은 모든 것이 허망하므로 무슨 짓이든지 거리낄 것 없이 욕망을 추구해 마땅하다고 한 것이 작품의 출발점이다. 출발점이 닫혀 있는 것만큼 결말은 열려 있어, 노년에 이른 주인공이 욕망 추구를 확대하기 위해 새로운 세계를 찾아 떠나는 모험을 한다고 했다. 그렇게 해서 선악의 구분을 무시하고, 부정해야 할 것을 긍정했다. 그런데 《금병매》와 《구운몽》에서는 주인공이 열려 있는 가능성을 마음껏 실현해 바라는 바를 모두 이룬 다음 삶이 허망하다고 하는 결말에 이르렀다.

그러나 《금병매》와 《구운몽》은 결말이 아주 다르다. 《금병매》의 결말에서 보이는 패망이나 징벌이 《구운몽》에는 없다. 서문경은 횡사하고 뒤를 이을 자식을 두지도 못했지만, 양소유는 부귀를 이룰 대로 다 이루고 많은 자식을 두어 영광을 잇도록 했다. 모든 것을 상실해 허망하다고 하는 것과 무엇이든지 다 이루었어도 허망하다고 하는 것은 다른 말이다. 《구운몽》에서 말한 "一切有爲法 如夢幻泡影"은 선과 악, 성취와 상실의 구분을 넘어선 깨달음이다. 그래서 공허하다고 할 수도 있고, 차원이 더 높다고 할 수도 있다.

이상에서 지적한 차이점은 세 작품의 기본 성향을 분별하는 데 소중한 의의가 있어 사회의식과 결부시켜 고찰할 필요가 있다. 불교가 《호색일대남》에서는 욕망 추구를 합리화하고, 다른 두 작품에서는 욕망 추구를 제어하는 구실을 했다. 시민의식과 귀족의식이 그처럼 서로 다르게 나타났다고 할 수 있다. 삶이 허망하다는 것이 《금병매》에서는 세태비판과 깊이 연결되고, 《구운몽》에서 공허하다고도 할 수 있고 차원이 높다고도 할 수 있는 인생론으로 제시된 것은 시민을 비판하는 귀족의식과 자기의 삶을 스스로 되돌아보는 귀족의식의 차이라고 할 수 있다. 그러나 세 작품 모두 그렇게 구분해서 이해할 수 있는 사상을 인간관계의 복잡한 양상을 통해 보여주어 다양한 의미를 구현하고 있다.

《금병매》는 淫書로 지목되어 배격되었다. 그러나 음서만이 아니고 사회현실에 대한 고발이 심각하게 나타나 있는 것을 바로 알아 작품을 평가해야 한다고 한다. 世情에 통달한 정도에서 《금병매》를 능가하는 작품은 없다고 한다.[38] 《구운몽》은 이상주의소설이고 사상소설이라고 한다. 그렇게 말하고 마는 것은 일면적인 평가이다. 《구운몽》은 사상보다는 애정을 찾는 독자들에게 인기가 있어 널리 읽혔다. 작품의 두 가지 면모가 따로 노는 것은 아니다. 남성작가가 자기 쪽의 관심사에서 벗어나 여성의 요구를 적극 받아들인 애정소설을 쓰기 위해 이상주의 사상이 필요했다고 보면 그 양면이 하나로 연결된다.

《구운몽》은 《금병매》나 《호색일대남》에서처럼 한 남자와 여러 여자의 관계를 다루었다. 위에서 볼 수 있는 바와 같이 시작해서 진채봉과 양소유가 사랑을 맺게 된 사연을 취급하는 데 그쳤다면 여성 취향의 애정소설이라는 견해가 타당할 수 있으나, 양소유는 2처 6첩의 여덟 여인을 아내로 삼았다. 그것은 남성 위주의 혼인이고, 여성에 대한 남성의 횡포라는 견해가 잘못되지 않았다. 그러나 다시 생각하면 사정이 달라

---

38) 魯迅, 정범진 역, 《중국소설사략》(서울 : 학연사, 1987), 204~205면.

진다.

양소유와 자기를 동일시한 남성독자는 양소유가 한 여인씩 차지할 때마다 새로운 즐거움을 느낄 수 있다. 그것이 작품의 표면이다. 여덟 여인과 양소유의 만남에서 여성 쪽이 줄곧 주도권을 가진다. 여성독자는 자기를 여덟 여인과 차례대로 동일시하면서 새로운 삶을 누리는 간접체험을 할 수 있다. 그것은 작품의 이면이다.

처지가 서로 다른 여덟 여성은 각기 자기에게 맞는 방식으로 양소유와의 사랑을 성취한다. 상층의 여성이든 하층의 여성이든 그 점에서 차이가 없다. 서로 다른 여성이 서로 다른 남성과 만나 각기 자기 나름대로 살아갔다고 하지 않고, 한 남성의 사랑을 성취하는 경쟁을 벌이도록 해서 직접 비교할 수 있게 한다. 처지가 다르면 사랑을 성취하는 방법과 과정이 어떻게 다른가 분명하게 확인할 수 있게 한다. 그 양상을 살피면서 남녀 어느 쪽의 독자라도 흥미를 느끼면서, 상층이면 행복한 것도, 하층이라고 해서 불행한 것도 아님을 깨달을 수 있다.

여덟 여인을 양소유와 만난 순서대로 들면 (1) 진채봉, (2) 계섬월, (3) 정경패, (4) 가춘운, (5) 적경홍, (6) 심요연, (7) 백능파, (8) 난양공주이다. 사회적인 위치의 상하를 들어 정리하면 커다란 격차가 있다. (8) 난양공주는 공주여서 최상위이다. (3) 정경패는 고위관원의 딸이어서 그 다음 위치이며 공주가 되어 난양공주와 동격이 되었다. (1) 진채봉은 상층에서 몰락한 처지이다. 어사인 아버지가 역적으로 몰려죽고 고아가 되었다. (6) 심요연은 지체 구분 밖의 외국인이다. (7) 백능파는 용왕의 딸이니, 지체 구분 밖의 異物이다. (2) 계섬월은 서울 기생이고, (5) 적경홍은 시골 기생이다. (4) 가춘운은 정경패의 시비여서 가장 천하다.

남자가 시민인 《금병매》에서는 시민 이하 층의 여자만 상대역이어서, 지체의 차이가 그리 크지 않았다. 서문경의 여자들이라도 처첩은 구분이 분명히 있고, '金·甁·梅'로 지칭된 세 첩은 李甁兒·潘金蓮·春梅 순서로 지체가 한 단계씩 더 낮았다. 그러나 지체가 낮으면 욕정을 충족하기 위해서 수단을 가리지 않는 정도가 더 심해지는 것을 보여주었을 따름이다. 《호색일대남》에 등장하는 여자들도 지체의 차이가 있지만, 구분해서 문제삼지 않았다. 그 두 작품은 신분의 차이를 보여주기는 했어도 특별한 관심사로 삼지 않았다.

《구운몽》에서는 신분의 차이가 계속 문제가 되었다. 남자주인공이 하급귀족에서 상급귀족으로 상승하는 변화를 보이면서, 상대역인 여자가 최상층에서 취하층까지, 공주에서 시비까지 분포되는 양상을 다루었다. 남녀관계가 사회층위에 따라 달라진다는 것을 통해 사회층위론을 전개했다고 할 수 있다. 한 남자와 한 여자의 관계는 다룰 수 있는 사건의 폭이 좁고, 여러 남자와 한 여자의 관계는 생각하기 어렵고, 여러 남자와 여러 여자의 관계에 관심을 가지도록 할 시기는 아니므로, 한 남자와 여러 여자의 관계를 통해서 그런 작업을 했다.

상층의 여자는 남자와의 만남을 성취하기 위해 복잡한 절차를 거쳐야 한다. 혼례를 작정하고 성취하기까지 수많은 단계가 있다. 그러나 하층의 여자는 남자와의 만남에 아무런 절차도 없다. 중매자가 개입할 필요가 없고, 혼례의 절차도 거치지 않고, 바로 잠자리를 같이 할 수 있다. 한 사회에서 동시대에 사는 사람들 사이에 상하 지체의 차이가 얼마나 큰가 하는 것을 보여주는 데 이보다 더 좋은 사례는 없다. 남녀관계로 상하관계를, 상하관계로 남녀관계를 보여주는 범위를 《구운몽》은 《금병매》나 《호색일대남》에 비해 월등하게 넓혔다.

난양공주를 등장시킨 것은 최상층 여자의 본보기를 보일 필요가 있었기 때문이다. 최상층 여자 공주의 배필을 구하는 부마 간택은 여자 쪽에서 주도권을 가지고 남자 쪽에게는 거부권도 없음을 알려주어 상하의 구분이 남녀의 구분보다 더 크다는 것을 밝혔다. 부마가 된 남자는 최상의 지위를 얻는 대신에 자유롭지 못하게 살아가야 하니 여난을 겪는다고 할 수 있다. 남녀의 대결에서 여자가 이겨 그렇게 된 것이 아니다. 상하의 대결은 있을 수 없다고 하는 사회적 장벽을 보여줄 따름이다.

양소유와 정경패의 관계는 상층끼리의 결연이어서 여러 단계에 걸쳐

이루어진다. 정경패의 집에서 양소유를 사위로 삼으려고 하자 양소유는
여장을 하고 그 집에 가서 도사에게 배운 음악을 연주해서 사랑을 구하
는 뜻을 암시했다. 정경패는 속은 앙갚음을 하기 위해서 자기 시비 가
춘운의 도움을 청해, 가춘운이 선녀로 가장해서 양소유를 유혹하도록
했다. 양소유가 상대방이 선녀가 아닌 가춘운임을 알아차리고 나무라자
다음과 같은 대화가 오고갔다.

       "…… 사람을 섬기려 하며 먼저 속임이 부녀의 도리 어떠하뇨?"
       춘운이 꿇어 대답하되, "다만 장군의 호령만 듣고 천자의 조서는
듣지 못하였나이다."
       양생이 그윽히 차탄하여 가로되, "옛 신녀는 아침에 구름이 되고
저녁에 비 되더니, 춘랑은 아침에 신선이 되고 저녁에 귀신이 되니
족히 대적하리로다. 강한 장수의 군이 약한 이 없다 하니 비장이 저
러하니 대장은 알리로다."[39]

보다시피 남녀관계를 전투에다 견주었다. 선녀로 가장한 시비 가춘
운의 공격을 감당하지 못했으니, 시비가 그렇게 하도록 시킨 장수 정경
패는 싸워서 이길 수 없는 상대라고 양소유가 고백하고 백기를 들었다.
양소유와 정경패는 서로 만나지 않고 싸워 정경패가 승리했다. 남녀관
계를 이끌어나가는 주도권 다툼에서 남성을 패배시키고 여성이 승리하
고자 하는 여성의 희망을, 예사 작가는 생각하기 어려운 교묘한 사건을
설정해 관철시켰다.
정경패가 양소유에게 시집가기 전에 자기 시비를 먼저 보내 동침하
게 한 것은 남녀불평등이다. 가춘운은 시비라는 이유에서 주인의 남편
에게 첩이 되어야 하고, 혼례도 갖추지 않고 몸을 허락해야 하는 것은
더욱 불공평하다. 그러나 그것은 사회관습이므로 어떻게 할 수 없었다.

---

39) 151면.

그런 관습을 타파해야 한다고 주장하는 소설이 나올 수 있는 시기는 아니었다. 작가가 할 수 있는 일은 그런 관습의 남존여비를 그 내부에서 여존남비로 바꾸어놓고자 하는 여성의 여망을 받아들여서 작품화하는 것뿐이었다. 여성의 내밀한 요구를 받아들여 전개되는 작품을 쓴 점에서 《구운몽》의 작자는 동시대 국내외의 다른 어느 소설가보다 앞섰다.

진채봉과 양소유의 결연에 관해서는 양소유가 산속에서 만난 도사가 "이 혼인 길이 어둡기가 밤 같으니 천기를 어디 미리 누설하리오"라고 했다.[40] 많은 장애가 있어 어렵게 이루어지는 인연의 한 본보기를 진채봉과의 관계를 통해서 보여주었다. 진채봉은 어떤 어려움이 있어도 양소유와의 만남이 이루어지리라고 믿고 기다렸다. 부모가 정한 혼사라도 그래야 하지만, 자기가 정한 배필이니 더 말할 것도 없다. 고난을 견디면서 기다리는 여인의 심정에 깊이 공감하게 하는 것이 작가의 임무라고 여겨 진채봉의 이야기를 앞에다 내놓았다.

외국인 자객인 심요연이나 용왕의 딸인 백능파를 등장시킨 것은 자기가 사는 사회 밖에는 남자처럼 무예를 익히고, 배우자를 적극적으로 구하는 여인이 있음을 암시하는 의의가 있고, 양소유가 사는 세계 밖에 다른 세계가 있음을 암시해서 양소유가 성진으로 되돌아갈 수 있는 길을 여는 데도 기여한다. 기생인 계섬월과 적경홍은 많은 남자를 상대하다가 마음에 드는 사람을 발견하면 적극적으로 유혹을 해서 배필을 삼고자 했다. 자유로운 처지를 잘 활용해서 최상의 선택을 하는 대상이 된 것이 양소유에게 커다란 행운이었다.

남성독자는 자기를 양소유와 동일시하면서 용모나 성격이 서로 다른 여덟 여인과 결연하는 간접체험을 할 수 있다. 그러나 여성독자는 자기를 여덟 여인과 차례대로 동일시하면서 각기 다른 처지에서 상이한 절차를 거쳐 양소유와 같은 남성과 결연하는 간접체험을 할 수 있다. 남성독자는 작가 김만중 같은 사람이고, 여성독자는 김만중의 어머니 같

---

40) 45면.

은 사람이다. 김만중이 어머니를 위해 이 작품을 지었다고 할 때부터 양쪽 독자가 생극의 관계를 가졌다.

이 작품은 남녀 양쪽 독자에게 환영받아 작품이 널리 유통되고 높이 평가되면서, 양쪽 독자는 서로 경쟁하게 했다. 그렇다면 어느 쪽이 우세했던가? 사건의 전체적인 전개에서는 남성이 우위에 있음을 확인하고, 남성독자는 안심했을 수 있다. 그러나 그것은 사회관습의 반영일 따름이다. 남녀결연을 다룬 사건 하나하나에서는 여성이 주도권을 가져, 여성독자는 즐거웠을 수 있다. 그것은 작가가 애써 이룩한, 표리를 전도하고 숨은 진실을 발현한 성과이다.

《구운몽》은 남녀 어느 쪽의 독자에게 더욱 흥미로운가 하는 문제는 영원히 해결되지 않는다. 어느 누구도 남녀 양성을 구비하지 않아 공정한 판단을 할 수는 없다. 그러나 남성독자의 흥미는 사회관습을 재확인하면서, 여성의 흥미는 사회관습을 어기면서 이루어진다. 작품을 오늘날 다시 읽으면서, 남성독자는 과거로 돌아가고자 하는 유혹을 받을 수 있고, 여성독자는 남녀관계에서 주도권을 가지고자 하는 요구가 오랜 연원을 가졌음을 확인할 수 있다.

비교의 대상으로 삼은 동아시아소설 세 편은 모두 한 남자와 여러 여자 사이의 남녀관계를 다루면서 귀족과 시민 사이의 상하관계를 동시에 문제삼았다. 《금병매》는 지위는 상실하고 학식은 남은 귀족의 관점에서 귀족이 향락을 일삼는 시민의 삶에 적극적인 관심을 가져 핍진한 묘사를 하면서, 반감을 나타내고 비판을 하기도 하는 이중의 태도를 보였다. 《호색일대남》은 시민이 욕망 추구에 몰두하는 시민의 삶에 관해 스스로 술회하면서 귀족의 감각을 받아들여 품격을 높인 결과 색정담이 서정시가 되게 했다. 그런데 《구운몽》은 그 두 작품과 상당한 거리가 있다.

《구운몽》은 최고위의 귀족이 자기와 같은 주인공의 삶을 다루면서, 여성의 관점을 택해 자기도취에서 벗어났다. 남녀관계의 주도권을 여성에게 넘겨주고, 하층의 여성일수록 남녀의 우위를 역전시킬 수 있는 재량권을 더 많이 가지는 것이 마땅하다고 했다. 오늘날의 여성이 보기에는 많이 부족하다고 할 수 있으나, 그 정도의 작품을 쓰는 것이 쉬운 일이 아니다.

동아시아소설은 17세기 이전에 이미, 한 남자와 여러 여자의 관계를 통해 귀족과 시민의 경쟁적 합작을 이룩하는 작품구조를 제대로 완성도 높은 대작을 마련해 중세에서 근대로의 이행기 세계소설사의 선두주자가 되었다. 그런 성공이 침체의 원인이 되었다. 그 뒤의 소설은 이미 마련한 성과를 부분적으로 수정하는 데 만족하고 근본적인 혁신을 할 수 없었다. 17세기까지에는 이렇다 할 성장을 이룩하지 못하고 준비단계에 머무르고 있던 유럽소설은 18세기 동안의 전환을 거쳐 19세기에 들어서야 여러 남자와 한 여자의 관계를 다루는 또 한 가지 형태의 소설을 확립해 근대소설을 이룩하는 데 앞섰다.

유럽소설에 나타난 남녀관계

유럽의 여성은 어떻게 살았던가? 동아시아의 여성보다 자유롭게 살고, 남성과의 평등을 일찍부터 누렸던가? 아니다. 복잡한 논의를 피하고 구체적인 자료를 들어 논의를 시작해보자.

동아시아뿐만 아니라 유럽에도 여자의 행동 규제를 주요 내용으로 한 가정생활 지침서가 많았다.[41] 그런 책을 동아시아에서는 여자가 스스로 읽도록 했는데, 유럽에서는 남자가 읽고 여자는 듣도록 했다. 그 가운데 하나인 《최고의 비방으로 가정 다스리기》(*A Godly Form of Household Government*, 1598)라는 책에서는 다음과 같이 말했다.

---

41) Olwen Hufton, *The Prospect before Her, A History of Women in Western Europe Volume One 1500~1800* (London : HarperCollins, 1995)에서 이에 대해 고찰했다.

아내와 더불어 편안하게 살고자 하는 남편은 이 세 가지 규칙을 지켜야 한다. 가끔 훈계하라. 이따금 꾸짖어라. 때리지는 말아라. 남편은 하느님이 여자를 남편 머리로 삼거나 남편과 대등한 권위를 가지도록 만들지 않고, 아담의 발이 되도록 만들지도 않았으며, 자기 머리가 지휘하고 다스리는 대로 남편과 함께 나란히 걸어가도록 만들었다는 사실을 알아야 한다.[42]

아내도 머리가 있어 자기 행위를 지휘하고 다스릴 줄 안다고 한 것은 큰 양보이다. 16세기말이 되니까 시대가 달라졌다고 인정해서 생각을 바꾸었다고 할 수 있다. 그렇지만 아내는 남편과 대등하지 않고, 남편의 발아래 있지도 않은 그 중간의 적당한 위치를 찾아야 한고 했다. 머리가 모자라 스스로 그렇게 하지 못할 때에는 남편이 훈계하거나 꾸짖어야 한다고 했다. 남편이 아내를 때리지는 말아야 한다고 한 것은 아내가 남편의 발아래 있지도 않다고 한 것과 함께 아내를 그 나름대로 존중하는 사고방식의 표현이다.

여성의 행실을 가르치는 교본인 《가정의 의무》(*Domestical Duty*, 1622)라는 책에서는 남성이 여성을 지배하는 이치는 《성서》에 근거를 두고, 자연의 법칙과도 합치된다고 서술했다.[43] 여성은 "어느 경우에든지 겸손해야 존중될 수 있다", "겸손을 마음 속에 간직하고, 자기 자신보다 남편을 더 생각해야 한다"고 했다.[44] 《기독교도 교범》(*A Christian Directory*, 1673)에서는 남편에 대한 아내의 의무를 조목조목 열거했다. 그 가운데 몇 가지를 들면 다음과 같다.

자진해서 남편에게 종속되어 복종하면서 살아라.

---

42) 같은 책, 36~37면.
43) N. H. Keeble ed., *The Cultural Identity of Seventeenth-Century Woman* (London : Routledge, 1994), 154면.
44) 같은 책, 159면.

남편을 스승으로 삼아 의지하면서, 자기 스스로 판단해 알았다든
가 똑똑하다든가 하고 생각하지 말고, 남편의 가르침을 청하라.

남편이 나무라는 결점을 고치려고 진지하게 노력하라.

남편이 잘 난 점을 자랑스럽게 여겨라.

분수를 지키면서 즐겁게 살고, 참지 못하고 잔소리하는 성미를 없
애라.[45]

여성은 글을 알아 독서를 하더라도 읽을 책을 자기 마음대로 선택하
지 않아야 한다고 했다. 종교적이거나 교훈적인 책이 일반적으로 허용
되고 권장되었으며, 유명한 여성의 생애를 다룬 역사서는 적합하다고
생각되었다. 육욕적인 시나 희곡, 낭만적 소설 같은 부적절한 독서물을
금지하는 것이 더욱 긴요한 일이었다. 여자는 분별의식이 없으므로 자
기 판단에 따라 책을 선택하도록 허용해서는 안 되고, "현명하고 학식
많은 남자"가 지도를 해야 한다.[46]

그런 편견이 중세의 유산이라고 생각하는 것은 잘못이다. 중세에서
근대로의 이행기의 사회변화는 여성의 지위를 향상시키지 않고 더욱
하락시켰다. 중세의 귀족이든 농민이든 여성이 일정한 권리를 가졌다.
귀족의 칭호나 재산이 딸에게도 상속되었다. 농민은 부부가 함께 일해
야 살 수 있었다. 그런데 중세에서 근대로의 이행기에 등장한 시민은
여성에게 재산권도 주지 않고, 일할 기회도 주지 않았다. 여성은 집안일
이나 하고 아이를 기르는 데 전념하고, 일체의 사회활동을 하지 않게
만들었다.[47]

---

45) 같은 책, 162면.

46) Jacqueline Pearson, "Women reading, reading women", Helen Wilcox ed.,
    Women and Literature in Britain, 1500~1700 (Cambridge : Cambridge Uni-
    versity Press, 1996), 81면.

47) Ruth Perry, *Women, Letters, and the Novel* (New York : Ams, 1980), 27~
    62면.

여성을 차별하는 데 기독교가 앞장섰다. 종교개혁을 일으킨 루터 (Luther)는 여성의 활동을 제한해, 아이를 키우고 집안일을 하는 것 이외에 다른 일에는 관심을 가지지 않는 것이 마땅하다고 했다.[48] 1720년대에는 여성에게도 영혼이 있는가 하는 신학상의 논쟁이 일어나기도 했다.[49]

그런 시대적 변화와 함께, 여자의 간통이 크게 문제되었다.[50] 유럽에서는 기독교 교리상 남편과 아내 양쪽의 간통이 모두 잘못이라고 한 점은 동아시아보다 한걸음 더 나아갔다고 할 수 있다. 그러나 실제로는 남자의 간통은 문제로 삼지 않고 여자의 간통은 용서하지 않았다. 위에서 든 《가정의 의무》에서는 불평등의 이유를 명시해서, 남편은 아내가 낳은 아이가 자기 자식인지 스스로 판단할 수 없기 때문에 아내의 간통을 엄격하게 금해야 한다고 했다.[51]

혈통과 재산이 아버지에게서 아들로 이어지는 원리를 엄격하게 지키기 위해서 아내의 간통을 철저히 막아야 한다는 주장은 전부터 있었지만, 근대로의 이행기에 등장한 시민사회, 개신교사회에서 더욱 강화되었다. 중세의 귀족사회에서는 여자도 상속권을 가지고, 가문이 어머니에게서 딸로 이어질 수도 있었다. 근대로의 이행기의 귀족도 그런 기풍을 어느 정도 이었다. 그런데 새롭게 등장한 시민은 재산을 남자가 독점하고 여자의 상속권은 인정하지 않았기 때문에, 아내의 간통을 더욱 엄격하게 다스렸다. 간통하는 아내는 남편이 즉석에서 죽여도 살인죄가 성립되지 않는다고 한 로마법이 계속 유효하다 했다.

그런데도 유럽에는 한 여자와 여러 남자의 관계를 다룬 소설이 흔했

---

48) Helen Watanabe-O'Kelly, "Women's Writing in the Early Modern Period", Jo Catling ed., *A History of Women's Writing in Germany, Austria and Switzerland* (Cambridge : Cambridge University Press, 2000), 31~32면.

49) Lesley Sharpe, "The Enligtenment", 같은 책, 47면.

50) Jacqueline Pearson, 위의 글, 54면 이하.

51) N. H. Keeble ed., 위의 책, 129면.

다. 그 점은 동아시아소설에는 한 남자와 여러 여자 사이의 관계를 다
룬 소설이 많은 것과 좋은 대조를 이루었다. 차이점이 생긴 이유를 해
명하려면 다각적인 고찰이 필요하다.

그것은 우선 사회관습의 차이이다. 동아시아에서는 한 남자를 남편
으로 한 여러 여자가 처첩의 관계를 가지고 한 집에서 살았다. 그러나
유럽에서는 한 남자와 관계를 가지는 아내 이외의 여자를 동아시아의
'첩'과 다른 '정부'(mistress)였다. '정부'는 남편과의 관계가 공인되지 않
은 채 따로 살았다. '정부'는 한 남자에 매이지 않고 다면적인 관계를 가
질 수 있어, 여러 남자와 한 여자의 관계가 흔했다. 일부다처가 화합하
면서 산다고 하는 소설 속의 설정이 유럽에서는 가능하지 않았다.

지체가 낮은 여성만 '정부' 노릇을 한 것은 아니다. 유럽의 여성은 일
반적으로 동아시아의 경우에 비해 외간남자와 접촉할 기회가 더 많은
개방된 공간에서 생활했다. 지체 높은 여성이 '살롱'이라는 이름의 사교
장을 열어 남성들과 사교를 하는 풍속이 17세기에 생겨났다. 18세기 작
가들은 살롱을 열고 있는 귀부인을 '정부'로 삼고 그 후원을 받아 창작
활동을 하는 일이 흔히 있었다. '살롱'이 간통소설의 산실이고, 보급소
였다.

그것은 또한 시대적인 차이이다. 동아시아소설과 유럽소설은 파격적
인 개인을 문제삼는 데서 시작해서 다면적인 인간관계를 다루는 복잡
한 구조를 갖추는 방향으로 나아간 공통점이 있으면서, 그 시기에서 차
이가 있다. 동아시아에서는 중세에서 근대로의 이행기가 시작되자 한
남자와 여러 여자의 관계를 다루는 소설을 확고하게 정착시키고, 변화
를 거부했다. 그런데 유럽소설은 이행기가 끝날 무렵에 이르러서야 다
면적 인간관계를 다루는 구조를 여러 남자와 한 여자의 관계에서 마련
했다.

여러 남자와 한 여자 사이의 관계는 사회관습을 바꾸어놓는 충격이
한 남자와 여러 여자 사이의 관계보다 컸다. 사회변화를 더욱 적극적으
로 나타내고, 흥밋거리를 확대해야 할 시기에 유럽에서는 소설이 발달

했으므로 동아시아의 경우보다 한걸음 더 나아갔다. 인습이 없어 과감할 수 있었다. 한 남자와 여러 여자의 관계를 다룬 소설은 이행기소설로 끝났지만, 여러 남자와 한 여자의 관계를 다룬 소설이 근대에 이르면 더욱 번창한 것은 더욱 새롭기 때문이었다.

여성독자의 비중이 동아시아보다 유럽에서 상대적으로 더 컸던 것도 고려해야 할 사항이다. 여성에게 책을 팔아 돈을 벌 수 있다는 것을 알아차린 작가들이 늘어나 교훈서에서 금지한 바로 그런 종류의 책을 여성을 상대로 해서 써냈다. 여성을 주변으로 돌리지 않고, 여성의 사랑과 결혼, 가정생활을 문학세계의 중심에다 배치하는 소설로 인기를 끌고 수익을 올렸다.[52]

한 여성과 여러 남성의 관계를 다룬 다부일처제 소설을 '간통소설'이라고 부르는 것은 편파적인 용어라는 비난을 받아 마땅하다. 한 남성과 여러 여성의 관계를 다룬 그 반대쪽의 작품은 '일부다처소설'이라고 한 것과 균형이 어긋난다고 할 수 있다. 그러나 '간통소설'(novel of adultery, adultery novel)은 이미 널리 사용되고 있는 용어이다.

이에 관한 기존연구는 풍성하다. "위대하다고 공인된"(canonized as 'great') 소설에는 간통을 중심주제로 한 것이 많다는[53] 사실을 '간통소설'에 대한 본격적인 연구의 출발점으로 삼는다. "서사문학의 위대한 전통은 프랑스, 독일, 미국 그리고 러시아에서 모두 간통의 주제를 취급했다"고[54] 하면서 유럽소설에 대한 광범위한 논의를 펴기도 한다. 간통은 "가장 시민적인 형태의 파격"이며, 영국의 빅토리아왕 시대 중산층의 관심사여서, 1857년부터 1914년 사이의 영국 출판물에는 어디서나 문제가 되었다고[55] 하고, 간통 때문에 벌어진 시비를 사회와 문화 전반의 광

---

52) Jacqueline Pearson, 위의 글, 91면.
53) Tony Tanner, *Adultery in the Novel : Contract and Transgression* (Baltimore : Johns Hopkins University Press, 1979), 11면.
54) Franco Moretti, *The Way of the World, the Bildungsroman in European Culture* (London : Verso, 1987), 188면.

범위한 현상으로 고찰하기도 한다.

일부다처는 공인된 혼인 형태의 하나이지만, 간통은 용납될 수 없다고 한 불평등에 대해서 오늘날의 논자가 책임을 질 수는 없다. 있었던 사실이 소설에 나타난 양상과 그 의미를 밝히는 것이 연구의 과제이다. 동아시아의 일부다처소설과 유럽의 다부일처소설인 간통소설은 어떤 공통점과 차이점이 있는가 밝혀 논해야 소설의 사회사에 대한 이해가 확대되고 심화된다.

"소설에 나타난 간통"을 연구한 책에서는, 간통은 이른 시기의 문학에서부터 나타나지만, "18세기말과 19세기의 소설에서는 간통이 아주 특별하고 중요성을 가진다"고[56] 했다. 왜 그런가? 그 시대가 간통의 시대라는 데서 해답을 찾은 것은 부적당하다. 그 시대는 소설의 시대이고, 소설을 흥미롭게 하려면 간통을 다룰 필요가 있었다고 하는 것이 적합한 대답이다. 그래서 다음과 같이 말했다.

간통과 서사 사이에는 긴밀한 관계가 있는 것이 확실하다. 간통의 관계 속에 들어가는 인물은 서사의 새로운 요소를 갖추고, 새로운 '이야기'를 생생하게 펼칠 수 있기 때문에, 소설가들은 서사를 이끌어가는 영감을 결혼이 아닌 간통에서 찾는다. …… 간통 또는 간통의 지속적인 가능성이 없으면 소설은 서사를 긴장되게 하지 못한다.[57]

두 남녀가 만나 사랑하고 결혼해 잘 살았다고 하기만 해서는 소설이 되지 않는다. 사랑이나 결혼에 방해자가 나타나 싸움이 벌어져야 한다. 그러자면 남자가 여럿이거나 여자가 여럿이어야 하는데, 유럽에서는 앞의 것을, 동아시아에서는 뒤의 것을 택했다. 여자가 여럿이어서 생기는

---

55) Barbara Leckie, *Culture and Adultery : the Novel, the Newspaper, and Law 1857~1914* (Philadelphia : University of Pennsylvania Press, 1999), 1면.

56) Tony Tanner, 위의 책, 12면.

57) 같은 책, 377면.

다툼은 수습할 수 있어도, 남자가 여럿인 경우는 그렇지 못해 파탄에
이른다. 유럽의 작가들은 그 파탄을 택했다. 상생보다 상극을 더욱 확대
시켜, 기존의 질서를 과감하게 파괴하고, 독자에게 강력한 자극을 주고
자 했다.

"사회적 기능의 필수적인 통일체 내부에 간통은 악성의 다원성을 집
어넣는다"고[58] 한 것이 그 점을 지적한 말이다. 유럽의 작가들은 질서를
해체하는 소설을 쓰는 데 관심을 가져 간통을 즐겨 다루었다. 그런데
질서 해체작업이 지나치면 소설 자체를 파괴한다고 했다. 간통은 남녀
관계 질서의 파괴하듯이, 간통소설은 소설구조를 교란한다. 남녀관계
질서 파괴를 보여주는 작가들이 소설구조의 교란을 초래하기에 이르렀
다. "간통을 다루는 시민소설은 마침내 그 자체가 불가능하다는 것을
보여주고, 성행위, 서사, 사회가 따로 흩어져 같은 방식으로 다시 모이
지 못하게 하는 데 이르렀다"고[59] 한 것이 그 말이다.

동아시아소설에서처럼 한 남자와 여러 여자의 관계를 다루는 것이
바람직하다는 말은 아니다. 소설은 인간관계를 다루면서 있어야 할 것
을 제시하기보다 있는 것을 파헤쳐 무엇이 문제인가 고찰하는 데 더욱
힘쓴다. 그 점에서 동서의 소설은 서로 다르지 않다. 그러나 유럽소설에
서 문제삼은 남녀관계는 파탄으로 치닫기만 하고 해결은 가능하지 않
은 것이 둘 사이의 차이점이다. 동아시아소설은 상생에 미련을 가져 상
극을 제대로 다루지 않았다면, 유럽소설은 상극에 치우쳐 상생을 부정
했다.

그러나 유럽소설에서 다룬 남녀관계를 일률적으로 처리하는 것은 잘
못이다. 시대에 따라 차이가 있고, 등장인물의 성격, 작가의 관점에도

---

58) 같은 책, 13면. 원문은 : "adultery introduces a bad multiplicity within the
requisite unites of social roles."
59) 같은 책, 14면 원문은 : "The bourgeois novel of adultery finally discovers its
own impossibility and as a result sexuality, narration, and society fall apart,
never to be reintegrated in the same way."

상당한 격차가 있었다. 구체적 고찰에 들어가려면 해당되는 작품을 모아 양상에 따라 분류할 필요가 있다. 그래서 얻은 결과를 제시하면 다음과 같다.

  (가) 한 여자와 여러 남자 사이의 관계가 제대로 이루어지지 않은
      소설
  라 파예트부인(Madame de la Fayette), 《클레브공작부인》(*La princesse de Clèves*, 1662) : 남편이 있는 여자가 다른 남자의 유혹을 물리치고 정절을 지켰다.
  루소(Jean-Jaques Rosseau), 《쥘리 또는 새로운 엘로이즈》(*Julie ou la nouvelle Heloïse*, 1761) : 남자와 여자의 사랑이 이루어지지 못했다.
  괴테(Johan Wolfgang von Goethe), 《젊은 베르터의 고뇌》(*Die Leiden des jungen Werthers*, 1774) : 남의 아내가 여자를 일방적으로 사랑한 남자가 자결했다.

  (나) 한 여자가 살아가기 위해서 여러 남자와 관계를 가진 소설
  데포(Daniel Dafoe), 《몰 플랜더스》(*Moll Flanders*, 1722) : 여주인공이 어렵게 살아가면서 남편을 자주 바꾸어야 했다.
  프레보(Prévost), 《마농 레스코》(*Histoire du chevelier des Grieux et de Manon Lescaut*, 1731) : 여자주인공이 방탕한 기질이 있어 한 남자와의 관계를 지속시키지 못했다.
  발자크(Honoré de Balzac), 《종매 벳트》(*La cousinne Bette*, 1847) : 여러 남자를 유혹해 이득을 얻고자 하는 여자가 등장하는 소설이다.

  (다) 한 여자와 여러 남자 사이의 관계가 실제로 이루어진 소설
  라클로(Laclos), 《위험한 관계》(*Les liaisons dangèreuses*, 1782) : 남녀관계가 문란한 귀족사회의 풍속을 그렸다.
  스탕달(Stendhal), 《적과 흑》(*Le rouge et le noir*, 1830) : 현숙한 부

인이 자기 집의 가정교사와 정을 통한 사건이 포함되어 있다.

호돈(Nathaniel Hawthorn), 《주홍글씨》(*The Scarlet Letter*, 1850) : 간통에 대한 징벌이 지나친 사회의 허위의식을 보여주었다.

　(라) 한 여자와 여러 남자 사이의 관계가 피할 수 없는 일이라고 한 소설

플로베르(Gustave Flaubert), 《보바리부인》(*Madame Bovary*, 1857) : 여주인공이 남편에게 실망하고 사랑의 환상을 찾아 간통을 하는 사건의 파문을 그렸다.

톨스토이(Tolstoy), 《안나 카레니나》(*Anna Karenina*, 1877) : 여주인공의 간통을 핍진하게 다루고 나무랄 수 있는가 하는 의문을 제기했다.

로렌스 (D. H. Lawrence), 《채털레이부인의 연인》(*Lady Chatterley's Lover*, 1928) : 여주인공의 간통이 당연하다고 했다.

(가)는 한 여자와 여러 남자의 관계가 제대로 이루어지지 않은 간통미수소설이라고 할 수 있어, 간통이 작품의 중심을 차지하고 있는 본격적인 간통소설 (라)와 대조를 이룬다. (가)를 대신해서 (라)가 등장하면서 중세에서 근대로의 이행기소설이 근대소설로 바뀌었다. (나)와 (다)는 그 중간형태이면서 약간 방계적인 위치에 선다.

(나)의 여주인공은 방탕한 성격이거나 살아가는 방도를 찾아 여러 남성과 관계를 가졌다. 그런 일은 유럽이 아닌 다른 어느 곳의 소설에서도 있을 수 있다. (다)는 품위를 지켜야 할 고귀한 신분의 여인이 간통을 한 사건을 다룬 소설이다. 그러면서 남녀관계 자체보다 남녀관계를 통해서 본 사회상에 더 많은 관심을 가졌다.

(나)에 들어 있는 발자크의 《종매 벳트》는 앞 장에서 신분과 계급의 문제를 다룰 때 이미 고찰했다. (다)로 든 스탕달의 《적과 흑》은 소설 작품의 실상을 살피는 본보기로 자세하게 고찰했다. (가)의 세 작품,

(다)의 두 작품, 그리고 (라)의 세 작품을 개별적인 고찰의 대상으로 삼
는다.

이들 작품을 분류해 고찰하기 위해 여주인공의 성격을 '포기하
는'(renonçante) 여자와 '동의하는'(contentante) 여자로 나누는 것도 적절
한 방법이다.[60] 사랑을 호소하면서 접근하는 외간남자에 대한 여주인공
의 대응을 둘로 나눈다. 사랑을 받아들이지 못하고 포기하는 여자도 있
고, 사랑을 받아들이는 데 동의하는 여자도 있다. 포기하는 여자 유형과
동의하는 여자 유형은 서로 반대가 되는 모순을 지녔다. 포기하는 여자
는 도덕적으로 훌륭하다는 평가를 받지만, 그것이 사는 보람일 수 없어
좌절을 겪었다. 동의하는 여자는 자기 결단에 따라 삶의 의미를 찾는
모험을 하다가 주위의 비난에서 벗어나지 못해 불행하게 되었다.

소설에서 남녀관계의 문제를 다루면서 포기하는 여자 쪽의 이야기부
터 먼저 전개했다. 파예트부인의 《클레브공작부인》은 포기하는 여자의
모습을 보여준 대표적인 작품이다. 루소의 《쥘리 또는 새로운 엘로이
즈》 또한 그 유형이면서, 사랑을 호소하는 남자가 결혼전의 연인이었다
는 점이 다르다. 스탕달의 《적과 흑》에 이르면 동의하는 여자가 등장했
다. 플로베르의 《보바리부인》는 동의하는 여자를 그린 작품의 좋은 본
보기이다. 톨스토이의 《안나 카레니나》의 여주인공 또한 같은 유형이
면서, 사랑을 위해서 모든 것을 희생시킨 점에서 한층 적극성을 띠었다.

유럽 근대로의 이행기소설의 남녀관계

《클레브공작부인》(*La princesse de Clèves*, 1662)은 작자를 밝히지 않

---

60) Nathalie Heinich, *États de femme, l'identité féminine dans la fiction oc-
cidentale* (Paris : Gallimard, 1996), 127~133면 ; 나탈리 에니크, 서민원 역 《여
성의 상태, 서구소설에 나타난 여성상》(서울 : 동문선, 1999), 138~145면에서 그
렇게 했다.

고 출판된 작품이다. 작자로 지목된 라 파예트부인(Madame de la Fayette)은 자기가 쓴 작품이 아니라고 완강하게 부인했다. 오늘날도 누가 작자라고 단정할 수는 없다. 작품 속에 서명이 없는 구애의 편지가 있어 온갖 추측을 자아낸 것과 같은 일을 작자가 작품을 내놓을 때도 해서, 자기가 누군지 알리지 않고 사랑을 둘러싼 음모의 내막을 밝혀 세상에 충격을 주는 방법을 썼다. 자기는 가면을 쓰고 있어야 다른 사람들의 가면을 벗길 수 있다고 생각해서 그렇게 했다. 귀족이 귀족의 의식을 넘어서기 위해서는 위장술이 필요했다.

라 파예트부인은 생애가 확실하지 않다. 파리에서 태어난 소귀족의 딸이고, 라파예트 백작과 결혼했다. 남편과 화합하지 못하고, 파리에 나와서 홀로 살아가면서 작품을 썼으나, 자기 이름으로 발표하지 않았다. 고귀한 품격을 지녔다고 존경받았으나, 대귀족이며 문필가인 라 로슈푸코(La Rochfoucauld)와 우정과 애정을 함께 나누는 관계였다. 몇 가지 작품을 남긴 가운데 《클레브공작부인》은 다음과 같은 반응을 불러일으켰으며, 오늘날도 높이 평가된다.

《클레브공작부인》의 출판은 즉각 하나의 사건이었다. 주제를 둘러싸고 비등했던 찬사·비난·반박·의문들을 통해서 한 가지 분명한 것은 이 작품이 동시대 사람들에게 본질적인 문제를 제기하고 있었다는 것이다. …… 사람들은 곧장 단순한 소설 이외의 다른 것이 거기 있다고 알아차렸다.[61]

작품의 서두는 "장엄하고 우아한 기풍이 프랑스에서 앙리 2세의 치세 마지막 몇 년만큼 대단했던 때는 없었다"는[62] 말로 시작된다. 작가가

---

61) Maurice Lever, *Le roman français au XVIIe siècle* (Paris : PUF, 1991), 곽동준 역, 《프랑스 고전주의소설의 이해》(서울 : 신아사, 1996), 228~229면.
62) Antoine Adam ed., *Romanciers du XVIIe siècle* (Paris : Gallimard, 1958), 1107면. 원문은 : "La magnificence et la galanterie n'ont jamais paru en

살던 루이 14세 시대의 자랑인 고전적 규범을 문학을 통해 나타내는 데 소설도 동참하려고 하면서, 그 이면의 문제를 드러냈다. 시대배경을 한 세기 반 전인 앙리 2세 통치기(1494~1549)로 끌어올려 시비를 피하고서, 표면상으로는 우아하고 품위 있는 언행을 하면서 서로 화합하는 귀족들이 권력과 애정을 둘러싸고 서로 시기하고 모함하기를 일삼는 상황을 보여주었다. 누가 누구와 은밀하게 결합해 누구를 배신할지 알 수 없어 긴장해야 되었다. 권력뿐만 아니라 애정에도 강자가 있어 상대역을 서넛 둘 수 있었다. 그런 여자도 있었다.

귀족 가문의 딸인 주인공은 16세 때에 궁정의 사교계에 나와 여러 사람의 관심을 끌다가, 별 특징은 없지만 한결같이 헌신적인 클레브(Clèves)공작의 아내가 되었다. 클레브공작은 존경할 만한 사람이어서, 특별한 애정은 없었지만 불행하지는 않게 살았다. 그러나 느무르(Nemours)공작이라는 사람이 주인공에게 다가와 사랑한다고 해서, 번민을 겪게 되었다. 느무르공작은 유혹의 명수여서 매력이 있지만 경계해야 할 인물이었다.

사랑한다는 말이 진정인가 알아내려면 고도의 첩보전이 필요한 사회였다. 서명이 없는 구애편지가 나타나, 느무르공작이 쓴 것인가 의심하는 사람이 필적 감정을 위해 주인공에게 가져왔다. 주인공은 느무르공작이 다른 여자를 사랑한다고 쓴 편지인가 의심했다. 그 때문에 자기가 느무르공작을 사랑하고 있다는 사실을 발견했다. 그 때문에 번민하고 있다가 마음을 가다듬었다. 느무르공작의 사랑을 거절하고 남편에게 충실하기로 작정하고, 남편에게 다음과 같이 말했다.

…… 남편 무릎에 몸을 내던지면서, 대답했다.

"아내가 남편에게 결코 할 수 없는 고백을 하겠어요. 내 행동과 마

France avec tant d'éclat que dans les dernières années du règne de Henry second." 서호성 역, 〈클레브공작부인〉이 《세계문학전집》 7(서울 : 금성출판사, 1990)에 수록되어 있다.

음의 결백이 용기를 주니까 …… 어떤 위험을 감수하고서라도, 나는 당신에 대한 도리를 기꺼이 지키겠어요. …… 내가 이 말을 하는 것은 남편에 대한 친근감과 존경이 다른 누구보다도 크기 때문이라고 생각해주세요. 할 수 있다면, 나를 가엾게 여기고 사랑해주세요."[63]

그런데 남편은 아내가 한 말 때문에 부쩍 의심이 생겨서 아내 주위를 염탐했다. 남편을 안심시키려고 말을 한 것이 역효과를 냈다. 느무르공작이 아내에게 접근하는 것을 알아차리고 질투심 때문에 괴로워하면서 아내를 나무랐다. 아무 일도 없다고 아내가 아무리 해명해도 곧이듣지 않고 상심을 하다가 세상을 떠났다.

남편이 세상을 떠나자 주인공은 자유로운 몸이 되었어도 느무르공작의 간절한 사랑을 받아들이지 않았다. 남편을 죽게 한 잘못을 뉘우치고, 죽은 남편을 위해 정절을 지키고자 해서 그랬던 것은 아니다. 사랑을 받아들이면 새로운 불행을 만든다고 생각해서 다음과 같이 말했다.

사랑의 정열이 나를 이끌 수 있다는 것은 고백합니다. 그러나 내 눈을 멀게 할 수는 없어요. 당신은 우아하고 능력이 있어 행복을 성취할 만한 모든 자질을 타고났다는 것을 모르도록 방해하는 사정은 없어요. 당신은 사랑의 정열을 이미 여러 번 겪었듯이 다시 또 겪을 거예요. 내가 당신의 행복일 수는 없겠지요. 당신이 나를 택한 것처럼 다른 사람을 택하는 것을 보게 되겠지요. 그렇게 되면 나는 너무 괴로워요. 질투의 고통을 겪지 말자고 다짐할 수도 없을 거예요.[64]

---

63) 같은 책, 1194면. 원문은 : " …… lui répondit-elle, en se jetant à ses jenoux, je vais vous faire un aveu que l'on n'a jamais fait à son mari; mais l'innocence de ma conduite et de mes intentions m'en donne la force …… . Quelque dangereux que soit le party que je prens, je le prens avec joye pour me conserver digne d'estre à vous …… . Songez pour faire ce que je fais, il faut avoir plus d'amitié et plus d'estime pour un mari que l'on n'en a jamais eu; conduisez-moy, et aimez-moy encore, si vous pouvez."

주인공은 느무르공작의 사랑이 변할 수 있다는 점을 두려워했다. 장애를 물리치고 사랑을 성취한 사람은 장애가 없어지자 마음이 변해 다른 상대를 찾아 나서서, 커다란 희생을 헛되게 만드는 습성이 있다는 것을 알아차리고, 견디기 어려운 괴로움을 자초하지 않기로 작정했다. 사랑을 둘러싼 싸움에 말려들어 희생자가 되기보다는 물러나서 자기를 지키는 것이 더욱 바람직하다고 판단했다.

그렇게 말하고 수도원에 들어갔다. 느무르공작은 만나주기를 간청하는 말을 전했으나, 세상일에는 흥미를 잃고 인연을 끊었다고 하는 대답을 얻었을 뿐이었다. 느무르공작은 그 때문에 실신을 할 정도의 슬픔을 맛보았으나, 상대방의 마음을 돌릴 수 없는 것을 알고 물러났다. 시간이 흐르고 상대방을 볼 수 없게 되자 정열이 식었다. 주인공은 수녀원을 떠나 자기 집으로 돌아가서도 청정한 은둔생활을 계속하다가 외롭게 세상을 떠났다. 작품 말미에서 "짧은 생애 동안에 누구도 흉내낼 수 없는 덕행의 모범을 보여주었다"고 했다.[65]

그 말을 그대로 받아들여 주인공이 정절을 지킨 것이 훌륭하다고 하는 것은 적절하지 못하다. 느무르공작의 사랑을 거부한 것은 남편에 대한 의무를 저버릴 수 없었기 때문이 아니고 자기를 지키기 위한 선택이었다. 사랑한다는 사람들 사이의 관계가 권력쟁탈과 마찬가지로 음모와 작전에 의해 휘둘리고 있는 데 대해서 환멸을 느껴 그 사회에서 물러나고자 했다. 그 점에 관해 다음과 같이 지적한 말이 적절하다.

---

64) 같은 책, 1247면. 원문은 : "L'avoue, ······ que les passions peuvent me conduir; mais elles ne sçauroient m'aveugler. Rien ne me peut empescher de connoistre que vous estes né avec toutes les dispositionss pour la galanterie et toutes les qualitéz qui sont propres à y donner des succès heureux. Vous avez dèjà eu plusieurs passions, vous en auriez encore; je ne feraois plus vostre bonheur; je vous verrois pour une autre comme vous auriez esté por moy."

65) 같은 책, 1254면. 원문은 : "sa vie, qui fut assez courte, laissa des exemples de vertu inimitables."

장엄하고 우아한 것을 넘어서서, 예의바른 태도와 사랑 사이의 긴
장을 넘어서서, 이 사회 깊은 곳을 지배하는 것은 우연, 통제되지 않
은 정열, 망상, 절대적인 무질서임을 알게 된다. 클레브공작부인은 바
로 거기서 물러났다.[66]

작자는 자기가 설정한 주인공 클레브공작부인과 같은 진지한 자세를
가지고 그 양상을 그려 고전적인 규범을 갖춘 문학을 이룩했다.[67] 귀족
사회의 모순을 귀족 특유의 냉철하고 분석적인 언어를 사용하면서 파
헤쳐 보인 성과가 뛰어나다. 그러나 거기서 끝나고 더 나아가지 못했다.
클레브공작부인이 겪은 것과 같은 불행을 피하려면 어떻게 해야 하는
가 하는 문제에 대한 해답은 제시할 수 없었다.

그 문제는 다음 시대가 해결해야 할 과제로 넘어왔다. 한 남자와 한
여자 사이의 순수하고 절대적인 사랑이 이루어져야 한다는 것이 쉽게
생각해낼 수 있는 대답이다. 귀족을 비판하고 나서면서 시민은 그렇게
주장했다. 그러나 귀족의 억압을 견디어야 하는 기간 동안에는 시민이
내놓은 대안이 새로운 비극의 원인이었다. 루소와 괴테가 보여주었다.

루소(Jean-Jacques Rousseau)는 개신교로 개종해 스위스 제네바로 이
주해 시계제조업에 종사한 집안 출신이다. 시계제조업자들은 몇 년 동
안 학교에 다니면서 라틴어를 공부해 아주 박식했으며, 정치와 경제에
대해서 많은 관심을 가졌다. 루소의 아버지도 그런 사람이었으며, 공화
정치에서 누리는 자유를 소중하게 여겼다.[68] 루소는 가업을 잇지 않고
문필가로 살아가면서, 악보를 베끼는 일로 모자라는 수입을 보충했다.

---

66) Henri Coulet, *Le roman jusqu'à la révolution* (Paris : Armand Colin, 1967) t.
   1, 261면

67) Harriet Stone, *The Classical Model. Literature and Knowledge in
   Seventeenth-Century France* (Ithaca : Cornell University Press, 1996), 150~
   169면에서 그 점에 관해 상론했다.

68) 게오르크 홀름스텐, 한미희 역, 《루소》(서울 : 한길사, 1997), 14~19면.

　루소는 실제로 귀족부인을 연모해 사랑의 편지를 썼다. 그 편지를 발전시켜 작품을 만들었다. 편지 더미에 지나지 않던 초고에 줄거리를 붙여 소설이 되게 했다. 그래도 구성이 엉성하고 지나치게 장황한 결함이 있었는데, 대단한 반응을 얻었다. 암스테르담에 거주하는 동향인 마르크-미셸 레(Marc-Michel Rey)에게 맡겨 출판했더니 예상 밖에 많이 팔렸다. 1761년에서 1800년 사이에 최소한 100종의 합법적인 간행본과 해적판이 나왔다. 독자들이 쥘리와 그 연인이 털어놓는 가슴속 이야기에 도취되는 동안에 해적판 출판업자까지도 수익을 올렸다.[69]

　루소는 고백록을 많이 썼다. 《쥘리 또는 새로운 에로이즈》(*Julie ou la Nouvelle Héloïse*, 1761)를 내놓은 뒤에, 《고백록》(*Confession*), 《루소가 장-자크를 판결한다》(*Rousseau juge Jean-Jacques*), 그리고 미완성의 《고독한 산책자의 꿈》(*Les rêveries du promeneur solitaire*)을 남겼다. 그런 고백록에서 신을 향해 참회를 하고 구원을 얻으려고 하지 않고, 자기 잘못에 대한 세상의 용서를 구했다. 자기 생애를 되돌아보면서 주위의 사람들을 비난하고 자기를 변호하기도 했지만, 내면의 생각을 있는 그대로 기록하고, 자기가 저지른 혐오스러운 악덕을 숨기지 않고, 사회의 불의를 용기 있게 규탄했다. 개개인이 자기는 누구이고 무엇을 해야 하는가 하는 문제를 두고 심각하게 생각하는 시대에 이르렀으므로 루소의 고백록이 널리 읽혀, 커다란 충격과 깊은 감동을 주었다.

　《쥘리 또는 새로운 엘로이즈》가 성공을 거둔 것은 고백록의 형태를 사용했기 때문이었다. 자기 자신을 직접 드러내는 실제의 고백록은 유고로 남겼지만, 소설로 쓴 고백록인 그 작품은 쓰자마자 바로 출판할 수 있었다. 그러나 그 작품은 소설이면서 소설이 아니다. 인명과 사건을 꾸며냈으므로 소설이라고 하지만, 자기 체험과 직결되어 있는 내용을 확장해서 한 시대의 고민을 담았다. 엉성한 수법의 서간체를 사용한 것이 결함이라고 하지 않고 계속 높이 평가된다.

---

69) 같은 책, 135~136면.

작품의 내용을 보자. 알프스 기슭 쥬네브 호수가 자그마한 도시의 오랜 귀족의 딸 쥘리(Julie)와 의지할 곳 없는 가난한 평민 출신의 가정교사 셍-프레(Saint-Preux)는 사랑하는 사이여서 육체관계도 가졌으나, 신분의 차이를 문제삼는 아버지 때문에 헤어져야 했다. 쥘리는 나이가 많고 분별 있는 귀족이면서 지주인 볼마르(Wolmar)의 아내가 되어 결혼의 신성함에 감동하고, 어머니로서의 임무에 눈을 떠서 두 아이에게 사랑을 쏟으면서 행복하게 살았다. 볼마르는 아내의 옛 애인을 동정해 연정이 우정으로 바뀔 줄 믿고 셍-프레를 자기 아이들의 가정교사로 삼았다.

셍-프레는 아름다운 전원에서 살아가게 된 것을 다행으로 생각하며, 정열을 억제해 관대한 처사를 배신하지 않도록 주의했다. 그러나 쥘리를 사랑하는 마음을 없애지 못해 괴로워하면서 쥘리와 편지를 주고받았다. 병에 걸린 쥘리는 볼마르의 아내로서 지켜야 할 도리를 저버리지 않게 해준 신에게 감사하면서, 저 세상의 영원의 거처에서는 사랑이 성취되기를 바란다는 말을 셍-프레에게 남기고 죽었다.

이 작품은 두 사람이 주고받은 편지로 진행되는 서간체소설이다. 중세의 신부인 아베라르와 수녀인 엘로이즈가 해서는 안 될 사랑을 열렬하게 하면서 편지를 주고받은 것과 같은 일이 다시 일어났다는 뜻에서 제목을 《새로운 엘로이즈》라고 붙였다. 서간체소설이므로 사건의 전개보다 내면의식의 표백이 더 큰 비중을 차지한다.

표면상으로 보면 쥘리는 셍-프레와 육체관계를 다시 가지지 않아 아내로서의 도리를 저버리지 않았다. 그러나 내면의식에서는 셍-프레에 대한 사랑 때문에 고민했다. 간통인가 아닌가는 육체관계를 두고 판정하는 것이 관례이므로, 이 작품에서는 간통이 이루어지지 않았다. 그러나 남녀주인공의 정신적인 관계는 간통이 이루어진 경우보다 더욱 밀착되어 있다. 두 사람이 결합되지 못하므로, 사랑하는 마음이 더욱 간절해지고, 주고받는 편지의 사연이 계속 길어졌다. 셍-프레가 쥘리에게, 쥘리가 셍-프레에게 준 편지에서 각기 한 대목씩 들어보자.

쥘리, 내가 숨을 쉴 수 있게 해주오. 그대는 내 피를 끓게 하네. 그대는 나를 떨게 하고, 펄떡이게 하네. 그대의 편지는 훌륭하고 성스러운 사랑을 간직한 그대 가슴처럼 불타오르고, 그대는 내 가슴에도 천상의 열정을 가져다주네.[70]

그래, 내 님이여, 우리는 먼 거리에 있어도 하나가 되고, 운명이야 어쨌든 행복하리라. 우리 두 사람의 마음은 진정한 행복으로 하나가 되어, 서로의 이끌림으로 거리의 법칙을 무시하고, 이 세상의 맨 끝까지 이르리라.[71]

두 사람 사이의 실제적인 거리를 좁힐 수 없기 때문에 안타까워, 진정한 사랑으로 타오르는 천상의 열정을 간직한다고 했다. 두 사람 사이의 거리가 아무리 멀어도 마음에서는 하나가 되는 것이 진정한 행복이라고 했다. 사랑은 시련 때문에 더욱 뜨거워지게 마련이고, 이루어지지 못하는 정신적 사랑은 아무런 결함이 없으니 절대적이라고 할 수 있다. 그런 사고방식을 근거로 삼아 낭만적 사랑이라는 신화가 이루어졌다.

이 작품은 낭만적 사랑의 이상을 향해 일방적으로 치닫지 않고, 이상과 현실 두 영역을 설정하고 그 둘 사이의 관계를 다루었다. 낭만적 사랑의 신화를 제시하고 미화하면서 그것이 사회적 제약 때문에 이루어지지 못하고 파괴되는 상황을 그렸다. 이상과 현실의 두 차원이 유사하지는 않지만 비교 가능한 양산으로 공존하게 하고, "현실과 부딪혀 가

---

70) Jean-Jacques Rousseau, *Oeuvres complètes II* (Paris : Gallimard, 1964), 227면. 원문은 : "Julie, laisse-moi respirer. Tu fais bouillonner mon sang; tu me tressaillir, tu me fais palpiter. Ta lettre brule comme ton coeur du saint amour de la vertu, et tu portes au fond de mien son ardeur céleste."

71) 같은 책, 236면. 원문은 : "Oui, mon ami, nous serons unis malgré notre éloignement; nous serons heureux en dépit du sort. C'est l'union des coeurs qui fait leir véritable félicité; leur attraction ne connoit point la lois des distances, et les notres se toucheroient aux deux bouts du monde."

장 아름다운 이상이 무너져, 일관성을 잃고 마는" 파탄을 그렸다.[72]

이상과 현실의 이중성은 사랑의 성격에서도 나타난다. 여성은 남성의 육욕을 충족시켜주는 대상이면서, 아내로서 또는 어머니처럼 정신적 위안을 주기도 하고, 순결한 도덕의 화신인 천사여서 우러러보며 따르게 한다고 했다. 현실적인 요구가 이루어지 않아 점차 상승을 해서 더 높은 위치로 올라갔다. 작품이 그런 단계를 밟아 전개되었다.[73] 그것이 대단한 인기의 비결이다.

이루어질 수 없는 사랑 때문에 괴로워하는 것은 소설에서 지어낸 일이 아니고 실제 상황이고, 한 시대의 열병이었다. 한 시대 열병의 증세를 절실하게 그린 이 작품은 사실적이라고 할 수 있다. "구체적인 사실을 다채롭게 그렸기 때문이 아니고, 시민의 도덕관이 제기하는 심각한 문제를 다룬 점에서 사실적인 소설이다"라고 하고, "《클레브공작부인》이 환상적인 기사 이야기나 취급하던 귀족소설을 당대 현실의 영역으로 돌려놓은 것과 같은 과업을 《새로운 엘로이즈》는 시민소설에서 이룩했다"고[74] 한 것이 적절한 지적이다.

귀족사회의 문란한 남녀관계에 대해서 혐오감을 가지고 시민은 일부일처를 지키는 것을 새로운 도덕률로 삼았다. 시민사회의 남녀관계의 실상 또한 그런 명분과는 달랐다는 것을 나중에 발자크가 보여주게 된다. 그러나 루소는 도덕적으로 엄격한 사람이라 일부일처의 도덕이 실현되어야 한다고 굳게 믿고서, 이상과 현실이 다르다는 사실을 두고 심각하게 고민하는 작품을 썼다.

라클로(Choderlos de Laclos)의 작품인 《위험한 관계》(*Les liaisons*

---

72) Jean Weisgerber, *L'espace romanesque* (Lausanne : L'Age d'Homme, 1978), 167면.

73) Dorothea E. von Mücke, *Virtue and the Veil of Illusion, Generic Innovation and the Pedagogical Project in Eighteenth-Century Literature* (Stanford : Stanford University Press, 1991), 115~160면에서는 이런 관점에서 작품을 분석했다.

74) Henri Coulet, 위의 책, 416면.

dangereuses, 1782)에서는 귀족사회의 사교계라는 곳에서 벌어지는 남녀관계를 다루었다. 사교계의 여왕인 메르테이유(Merteil) 부인은 수많은 정사를 거듭한 끝에 심정이 고갈되어, 함정을 만들어 사람을 속이는 것을 유일한 즐거움으로 삼았다. 메르테이유 부인의 애인이었던 발몽(Valmont) 남작은 행실이 나쁜 호색한이었다. 메르테이유 부인은 호기심이 발동해 발몽 남작을 시켜서 친구의 딸, 정숙한 유부녀 등을 농락하고 버리도록 했다. 그러다가 그 두 사람 사이가 나빠져, 메르테이유 부인은 자기 환심을 사려는 사람을 시켜 발몽 남작을 결투해서 죽이도록 했다가 그 악행이 드러나 외국으로 피신했으나 천연두에 걸려서 죽었다.

귀족사회 사교계의 남녀관계를 그린 점에서 《위험한 관계》는 한 세기 전의 《클레브공작부인》과 상통한다. 양쪽에서 모두 한 남자와 여러 여자, 한 여자와 여러 남자 사이의 관계가 겹겹으로 이루어져 풍속이 달라지지 않았음을 확인할 수 있다. 그러나 《클레브공작부인》에서는 그런 풍조에 휘말리지 않고 자기를 지키려고 하는 주인공을 등장시켜 귀족다운 품위를 보여주려고 했는데, 《위험한 관계》에서는 호기심을 만족시키기 위해 남녀관계에서 책략을 부리는 것을 일삼는 사악한 여자를 주인공으로 삼아 귀족사회의 타락상을 그렸다. 그런 악행의 대가를 받아 주인공이 불행하게 되어 죽었다고 해서 세상이 바르게 될 가능성이 있는 것은 아니다.

이 작품은 등장인물 여럿이 서로 주고받는 편지를 통해서 사건을 전개했다. 루소의 《쥘리 또는 새로운 엘로이즈》가 나와 큰 인기를 끌고 있는 것을 보고 그 영향을 받아 남녀관계를 서간체로 다루는 소설을 썼다. 그런데 루소의 진실된 호소를 기만에 찬 술책으로 바꾸어놓았다. 사랑한다고 고백해서 상대방의 마음을 사로잡는 것이 작전이다. 작전에서 성공하면 상대방을 버려 희생자를 만들어냈다. 자기 속마음은 숨기고 작전을 성공시키는 데 유리한 편지를 써야 했으므로 표현의 효과는 최대한 노리면서 사연은 짧다.

이 작품은 부도덕 교본이고, 연애술 입문서이고, 심리소설의 선구이기도 한 다면적인 성격을 지닌다. 그런 책을 쓴 것은 흥밋거리를 찾고자 했기 때문이다. 그 점에서 귀족문화의 위엄을 버리고 시민사회의 통속문학에 근접했다. 나타낸 내용은 귀족의 지배가 한계에 이른 증거를 제공한 것이다. 귀족사회가 도덕으로 구제불능의 상태에 이르고, 합리적인 계산은 책략을 위해 쓰이기나 해서 아무런 긍정적 가치가 없다는 것을 스스로 폭로했다.

나는 우리의 불행을 예견하는 데 이미 너무나도 무력한 이성이 불행에 빠진 우리를 위로하는 데서는 더욱 무력하다는 것을 실감한다.[75]

작품의 맨 마지막에서 이성이 무력하다면서 이렇게 한 말에 귀족의 이성을 내세우면서 한 시대를 지배해온 귀족의 무력감이 표백되어 있다. 불행을 예견하지도 못하고 위로하지도 못하는 이성이라면 무슨 소용이 있는가? 이성 때문에 희생된 감성을 되찾아야 진실을 회복할 수 있는 것이 아닌가? 루소가 《쥘리 또는 새로운 엘로이즈》에서 이미 제기한 이런 의문이 타당하다고 《위험한 관계》에서도 입증했다.

《쥘리 또는 새로운 엘로이즈》에서 전개된 남녀관계는 《위험한 관계》의 경우와 커다란 차이가 있다. 《위험한 관계》에서는 간통의 요건인 혼외정사를 일삼는 남녀의 인물이 정신적으로는 밀착되어 있지 않았다. 《쥘리 또는 새로운 엘로이즈》에서는 혼외정사가 이루어지지 않아 간통은 이루어지지 않았지만 남녀주인공은 정신적으로 밀착되었다.

그 이유는 남녀의 신분 차이에서 찾을 수 있다. 남녀가 모두 귀족인 경우에는 혼외정사가 이루어져도 특별히 문제되지 않았던 것이 소설 이전의 실제 사회상이었다. 그러나 시민 남자가 귀족인 유부녀에게 접

---

75) Choderlos de Laclos, *Oevres complètes* (Paris : Gallimard, 1951), 399면. 원문은 : "j'éprouve en ce moment que notre raison, déjà si insuffiante pour prévenir nos malheurs, l'est encore davantage pour nous en consoler."

근하는 경우에는 육체관계를 가지는 것이 허용되지 않았으므로, 육체와 정신을 분리시켜 정신적인 사랑을 애타게 호소했다.

《위험한 관계》와 《쥘리 또는 새로운 엘로이즈》는 한 여자와 여러 남자의 관계를 서간체소설로 그린 18세기 프랑스의 작품이라는 점에서 중요한 공통점이 있다. 그러면서 하나는 귀족들 사이의 남녀관계를 육체적 교섭에다 중점을 두고, 다른 하나는 시민과 귀족 사이의 남녀관계를 정신적 이끌림에 치중해서 다룬 점이 크게 다르다. 《위험한 관계》는 최후의 귀족문학이라면, 《쥘리 또는 새로운 엘로이즈》는 최초의 시민문학이다.

그런데 《쥘리 또는 새로운 엘로이즈》가 먼저, 《위험한 관계》는 나중에 나타났다. 《위험한 관계》의 작자는 《쥘리 또는 새로운 엘로이즈》를 읽고 영향을 받았다. 선후관계가 그렇게 된 것을 두고 당착이라고 할 것이 아니다. 귀족문학과 시민문학은 서로 엇갈릴 수 있다는 것을 보여주는 데 소설이 특별한 기여를 했다.

최후의 귀족소설은 행세하는 사람들이 숨겨놓은 내막을 후대의 시민문학과 상통하는 방식으로 파헤쳤다. 최초의 시민소설은 삶의 실상에 구애되지 않고 이상적인 생각을 펼쳐 이른 시기 귀족문학의 고답적인 기풍을 재현했다. 귀족작가는 시민의 동향에는 관심을 두지 않고 자기네의 삶만 그리다가 귀족의 지배가 한계에 이른 양상을 보여주었다. 시민작가는 시민과 귀족의 관계를 적극 문제삼으면서 시민의 한계를 스스로 인정해 패배주의에 사로잡혔다.

《쥘리 또는 새로운 엘로이즈》에서 시민 남자가 귀족 여자에게 사랑을 호소하다가 실패하는 것은 한 시대의 특징을 보여주는 전형적인 사건이다. 시민이 성장해 귀족과 대등하게 될 수 있다고 주장했으나, 귀족은 동의하지 않고 자기네 특권을 지키고자 하는 시대의 갈등이 남녀관계를 통해서 그렇게 표현되었다. 조건 없는 정신적 이끌림을 무엇보다도 소중하게 여기는 낭만적 사랑을 통해서 구현한 시민의 정신주의는 남녀관계에서도 이해와 득실을 따지는 귀족의 합리주의를 넘어서는 설득력을 가지고 사회를 뒤흔들었지만, 사회를 개조하고 역사를 창조할 수 있는 힘을 갖추지는 못했다.

다음 순서로 괴테(Johann Wolfgang von Goethe)의 《젊은 베르터의 고뇌》(*Die Leiden des jungen Werther*, 1774)를 살펴보자. 《젊은 베르터의 슬픔》으로 널리 알려진 이 작품의 이름을 정확하게 옮긴다면, 《젊은 베르터의 고뇌》이다. "Werther"는 "베르터"라고 적고, "Leiden"은 "고뇌"라고 번역하는 것이 마땅하기 때문이다.

《젊은 베르터의 고뇌》또한 한 여자와 여러 남자의 관계를 다룬 작품이다. 유부녀를 사랑하는 남자의 내심을 서간체소설로 토로한 것이 루소의 《쥘리 또는 새로운 엘로이즈》와 같다. 그 작품과 깊은 관련을 가지면서도, 상당한 차이점이 있어 사건 건개가 단순하지 않고, 복합적인 설정과 다면적 의미를 갖추었다.[76]

《쥘리 또는 새로운 엘로이즈》는 남녀주인공이 주고받는 편지로 전개되는데, 《젊은 베르터의 고뇌》는 남주인공의 편지만으로 이루어져 있다. 편지는 대부분 남주인공이 자기 말을 들어주는 친구에게 보낸 것이고, 일부만 여주인공에게 보낸 것인데, 여주인공이 남주인공에게 보낸 편지는 없다. 남주인공이 여주인공을 일방적으로 사랑했다. 여주인공이 자기 말을 할 기회는 주지 않았다. 여성을 최대한 미화해서 그렇게 한 것은 아니고, 남성 위주의 발상을 나타냈다고 할 수 있다.

《쥘리 또는 새로운 엘로이즈》에서는 여주인공이 죽으면서 이 세상에서는 이루지 못하는 사랑을 저 세상에서는 이루자고 했다. 《젊은 베르터의 고뇌》에서는 일방적인 사랑이 이루어지지 않자 남주인공은 자살했는데, 과연 그래야만 했던가 의문이다. 사랑 때문에 죽었다고 보아야 할 이유가 불충분하다. 여러 가지 사정이 복합되어 생긴 번민을 실연에다 가져다 붙였다고 보는 편이 타당하다.

---

76) Dennis F. Mahoney, *Der Roman der Goethezeit* (1774~1829) (Stuttgart : Metzlersche, 1988), 16면.

《쥘리 또는 새로운 엘로이즈》에서는 남주인공은 시민이고 여주인공은 귀족인 신분의 차이가 뚜렷해서 사랑이 이루어지지 않았는데, 《젊은 베르터의 고뇌》에서도 그런 사정이 있었던가 불분명하다. 여주인공은 하급귀족 정도의 신분인어서 베르터보다는 상위에 있었던 것 같으나, 차이점을 명시하지 않았다. 베르터가 시민이기 때문에 겪은 수모와 좌절은 여주인공이 아닌 다른 사람들과의 관계에서 나타났다. 귀족들의 연회에 참석했다가 쫓겨난 사건이 베르터에게 큰 충격을 주었다. 그 때문에 좌절감에 사로잡힌 탓에 사랑을 더욱 간절하게 원했다.

　불행이다. …… 나의 활동력은 난조를 일으켜 불안한 권태로 바뀌었다. 나는 한가하게 지낼 수도 없고, 아무 일도 할 수 없다. 나는 무엇을 생각해낼 수도 없고, 자연에 대해서 느끼는 바도 없고, 책이 싫어졌다. 자기를 상실한 탓에, 모든 것을 상실했다. 날품팔이가 되었으면 하고 바랄 때가 많은 것이 진실임을 그대에게 맹세한다. ……[77]

여기서 말한 날품팔이는 날품팔이만이 아니다. 주어지는 일을 충실하게 하는 데 만족하고 다른 생각은 하지 않는 날품팔이의 자세로 살아가므로 시민은 행복하다. 그런데 주인공은 그런 착실한 시민이 되지 못하고, 더 바라는 것이 있어 불행해졌다. 무언가 다른 생각을 하고, 자연을 관찰하고, 책을 읽고, 자기 자신에 대해서 성찰해도 아무 것도 이루어지지 않기 때문에 그렇게 하는 데 대해서 혐오를 느꼈다. 시민생활의 궤도를 이탈해 "나의 활동력이 난조를 일으켜 불안한 권태로 바뀌었다"

---

77) *Goethes Werke* VI (München : C. H. Beck, 1989), 53면. 원문은 : " Es ist ein Unglück …… meine tätigen Kräfte sind zu einer unruhigen Lässigkeit verstimmt, ich kann nicht müssig sein und kann doch auch nichts tun. Ich habe keine Vorstellungskraft, kein Gefühl an die Natur, und die Bücher ekeln mich an. Wenn wir uns selbst fehlen, fehlt uns doch alles. Ich schwöre dir, manchmal wünschte ich, ein Tagelöhner zu sein, …… ."

고 하는 증세를 나타냈다. 정체를 알기 어렵고 제어할 수 없는 고뇌가 생겨났다. 그것이 바로 작품의 주제이다.

베르터는 부유한 시민인 아버지의 희망과 후원에 따라 법과대학을 졸업하고 법관의 길에 들어선 장래성 있는 젊은이였다. 그런데 신분을 구분하고, 주어진 자유를 억압하는 사회분위기에 적응하지 못하고, 절망에 사로잡혀 좌절하고 말았다. 시민의 지위에서 벗어나 상승한다면 고뇌에서 벗어날 수 있다고 여겨, 그런 쪽으로 기대를 가졌다. 자기를 돌보아주는 귀족을 만나고, 그 집에서 귀족들을 모아 연회를 벌이는 데 초대를 받았을 수 있었다. 그러나 "우리들 하급관리는 거기 끼이지 못한다"는[78] 것을 눈치채지 못하고, 거기 가서 어울리려고 하다가 다른 사람들이 거북하게 여긴다는 것을 알아달라는 주인의 말을 듣고 물러나야 했다. 그 때문에 고뇌가 더 심해졌다.

주인공과 같은 처지였던 괴테 자신은 관리로서 승진을 거듭하다가 25세에 이 작품을 내놓고 5년 뒤에 귀족이 되었다. 괴테는 고뇌에서 벗어나는 길이 사랑에 있다고 착각하지도 않았다. 상승의 꿈이 이루어지지 않고 사랑에서도 실패해서 자살하고만 젊은이의 비극을 그려 많은 독자가 한탄의 눈물을 흘리게 하고서, 괴테 자신은 남성으로서, 세속인으로서, 작가로서 지나치다고 할 만한 영광을 누리면서 오래 살았다.

그대를 위해 죽는 행복을 차지하다니! 로테여, 그대를 위해 나를 바치다니! 그대를 편안하게 하고 그대 삶의 커다란 행복이 다시 이룩될 수 있게 한다면, 나는 용기를 가지고, 기꺼이 죽겠노라. 그러나 아! 자기에게 속한 사람들을 위해 피를 흘리고, 그 죽음을 통해 자기 동지들에게 몇 백 갑절 새로운 생명의 불을 붙이는 것은 오직 소수의 고귀한 사람들만 할 수 있는 일이다.[79]

---

78) 같은 책, 68면. 원문은 : "Wir Subalternen nicht hineingehören."
79) 같은 책, 123면. 원문은 "Dass ich des Glückes hätte teilhaftig werden können, für dich zu sterben! Lotte, für dich mich hinzugeben! Ich wollte

주인공은 이렇게 말하고 자살했다. 자기가 죽는 것이 상대방을 위하는 일이라고 했다. 자기가 죽으면 추근대는 사람이 없어지니 상대방이 편안하게 지낼 수 있게 되므로 그렇게 말할 수 있다. 그런데 상대방을 위해 자기를 희생하니 거룩한 일을 한다고 하는 지나친 생각을 했다. 그런 거룩한 일은 소수의 고귀한 사람만 할 수 있다는 이유를 들어 자기는 고귀한 사람이라고 했다. 고귀한 사람이 자기 생명을 희생해 수많은 생명을 구하는 그런 거룩한 일을 자기도 한다고 했다.

그것은 모두 착각이다. 사랑이 이루어지지 않아 죽으면서, 고귀한 사람이 남들을 위해 자기를 희생하는 위대한 죽음을 이룩한다는 것은 잘못된 발상이다. 그런 생각을 하면서 터무니없이 절대화된 자아는 환멸의 허무주의로 기울어지지 않을 수 없어 반드시 파멸한다.[80] 그런데 작가는 착각을 변호하고 파멸을 비극이라고 했다. 주인공에 대해서 비판적인 거리를 두지 않고 독자 또한 자기를 주인공과 동일시하도록 유도해 사리를 분별할 수 없게 했다.

괴테는 작품의 주인공을 통해 자기는 비범한 예외자이기를 바라는 마음을 나타내고 그럴 수 없어 고뇌에 사로잡힌 독자들을 사로잡았다. 그것이 바로 인기의 비결이었다. 경제적인 활동을 통해 새롭게 대두하기는 했으나 사회적 진출이나 정신적 만족에서 아무 것도 보장되어 있지 않아 불만이고, 귀족에 대해서 깊은 열등감을 가진 시민이 일용노동자와 같은 길을 가지 않으려고 내심에서 거부하는 데 호응해서 빗나간 상상의 불을 지폈다. 괴테는 그런 작품을 써서 수많은 사람이 탐독하게 해서 자기는 비범한 예외자임을, 주인공과는 아주 다른 방식으로 입증

---

mutig, ich wollte freudich sterben, wenn ich dir die Ruhe, die Wonne deines Lebens wiederschaffen könnte. Aber ach! das ward nur wenigen Edeln gegeben, ihr Blut für die Ihrigen zu vergiessen und durch ihrer Tod ein neues, hundertfältiges Leben ihren Freunden anzufachen."

80) 김수용, 《예술의 자율성과 부정의 미학 : 독일 이상주의 문학 연구》(서울 : 연세대학교출판부, 1998), 157~171면에서 그런 관점에서 이 작품을 논했다.

했다. 독일문학의 특성에 대해서 다음과 같이 지적한 말이 《젊은 베르테의 고뇌》에 잘 부합된다.

독일문학이 융성한 위대한 시대의 독일인의 세계관은 주로 이상주의적이고 성급히 무엇을 단정하려들며 특히 유토피아적인 성격을 두드러지게 드러낸다. 그들의 사고는 존재를 지향하기보다 당위를 지향했다. 그들의 주된 의도는 존재에 잠재하는 여러 경향들을 개발하려는 것이 아니라, 꿈이나 상상 속의 모험적인 세계를 관념적으로 선취하려는 것이었다.[81]

귀족사회에서 벌어진 한 여자와 여러 남자 사이의 관계는 도덕과는 무관하게 전개되는 책략이나 음모로 이해되었다. 그래서 승패가 관심거리였다. 그러나 시민사회에서 한 여자가 여러 남자와 관계를 가지는 것은 간통이라고 해서 큰 문젯거리가 되었다. 여자가 간통을 한 것은 도덕에 대한 배신이라고 규탄하거나, 내막을 알아보면 그럴 만한 이유가 있으므로 이해하고 동정해야 한다고 하거나 승패의 관점이 아닌 정당성의 관점에서 논란을 벌였다. 도덕과 정열 사이의 우열을 두고 심각한 논란이 벌어졌다.

호돈(Nathaniel Hawthorn)의 《주홍 글씨》(*The Scarlet Letter*, 1850)는 "품위를 지켜야 할 여자가 여러 남자와 관계를 가진 소설"인 (다)의 한 작품으로 든 것인데, 거기 속하는 다른 작품 라클로의 《위험한 관계》나 스탕달의 《적과 흑》과 커다란 차이가 있다. 특히 《위험한 관계》와는 극도의 대조를 이룬다. 1782년의 작품인 《위험한 관계》는 시대를 앞질러가고, 1850년에 이루어진 《주홍 글씨》는 변화를 역행하려고 하는 풍조의 문제점을 살핀 동시대의 작품으로 보고 함께 고찰할 필요가 있다.

---

81) 게오르그 루카치, 반성완·임홍배 역, 《독일문학사, 계몽주의에서 제1차세계대전까지》(서울 : 심설당, 1987), 17~18면.

《위험한 관계》에서 그린 18세기 프랑스의 귀족사회에서는 간통이 사실상 묵인되고 간통을 한 여자라도 자유롭게 떳떳하게 살아갈 수 있었다. 가톨릭의 사제자는 남녀관계의 문제에 대해서 특별한 간섭을 하지 않았다. 그만큼 세속화된 사회가 된 것이다. 《적과 흑》에 등장하는 19세기 프랑스의 시민은 18세기 귀족을 흉내내기나 하고 독자적인 이념을 이룩하지 못했으므로 따로 문제삼을 필요가 없다.

그런데 《주홍 글씨》에서 나타낸 19세기 미국의 시민사회의 관습은 간통을 엄격하게 금하고, 간통한 여자는 죄인 취급을 했다. 청교도라고 일컬은 엄격한 도덕주의 성향의 개신교도들은 남녀문제를 교회에서 감독하고 목사가 그 일을 맡아야 한다고 했다. 종교적인 범죄와 사법적인 범죄를 동일시하는 중세의 관습을 지속시켰다. 그래서 근대로 나아가지 못하고 중세에서 근대로의 이행기에 머물렀다.

《위험한 관계》와 《주홍 글씨》에 나타난 삶의 방식이 그렇게까지 반대가 된 이유는 귀족에 대한 시민의 반발에서 찾아야 한다. 귀족의 지배를 무너뜨리고 자기네가 주인이 되는 사회를 이룩하기 위해서 시민은 경제적이거나 정치적인 우위를 차지하는 것 못지않게 도덕적 우월성을 중요시했다. 귀족은 타락된 생활을 해서 신의 분노를 사고 있지만 자기네는 성서의 가르침을 받들고 고결하게 살아 죄악에 빠지지 않겠다고 다짐했다. 18세기 프랑스의 귀족이 가장 타락한 쪽이라면, 영국에서 미국으로 건너가 식민지를 개척해 이상향을 세우고자 한 19세기 미국의 청교도가 종교적 순결을 주장하는 시민 가운데 가장 극단이었다.

새 식민지의 개척자들은 새로 계획한 유토피아가 아무리 인간적인 미덕과 행복에 넘쳐 있다 하더라도 처녀지의 일부를 공동묘지와 감옥터로 할당하는 일을 무엇보다도 우선 첫 단계에서 하여야 할 실제적인 필요사항의 하나로 여겼다.[82]

---

82) Nathaniel Hawthorn, *The Scarlet Letter* (New York : Grolier, 연도미상), 52

헤스터(Hester)라는 여인이 간통을 해서 아이를 낳았다고 가슴에 간통을 뜻하는 "Adultery"의 약자인 "A"를 주홍으로 써서 달고 다녀야 했다는 것이 작품 제목에서 말한 사실이다. 엄격한 도덕을 요구하는 종교가 지배하는 사회라고 해서 누구나 순결을 지킬 수 있는 것은 아니었다. 사랑하는 남녀가 적법한 절차를 거치지 않고 육체관계를 가지는 것은 막을 수 없는 일이었다. 바로 그 점을 문제삼지 않고 그 뒤에 벌어진 사건으로 관심을 옮겨 이 작품은 예사 간통소설과는 다른 도덕적이고 종교적인 성향을 지녔다. 미국 청교도의 정신을 가진 작가가 자기를 점검하고 비판하는 작품을 썼다.

여인의 잘못을 나무라고 간통의 상대가 된 남자가 누구인가 고백하라고 강요하는 일을 교회에서 관장해야 해서, 성스러운 목사라고 존경을 받고 있는 딤즈데일(Dimmesdale)이 그 일을 맡았다. 그런데 간통 상대가 된 남자는 다른 사람이 아닌 바로 딤즈데일 목사 자신이었다. 여인은 그 비밀을 밝히지 않고 수모를 견디었다. 딤즈데일을 원망하지 않고 둘의 관계를 후회하지 않고, 딤즈데일을 보호하기 위해서 끝까지 비밀을 지켰다.

여인은 인내와 겸양으로 처신해 이웃의 신뢰를 얻고 존경을 받기까지 했다. 죄악의 결과인 아이는 천진난만하게 자라 어머니의 마음을 평화롭게 했다. 목사는 번민에 시달리고 신혼생활을 제대로 할 수 없게 되었지만, 맡은 임무를 수행해 죄지은 여인을 처형대에 세우도록 해야 했다. 드러난 죄인보다 숨은 죄인이 더 큰 괴로움을 겪었다.

그러다가 여인은 세상을 떠날 때 비로소 묻어두었던 비밀을 밝혔다. 죄지은 여인과 성스러운 목사 사이의 우열이 마침내 완전히 역전되었

면. 호손, 김병철 역, 〈주홍글씨〉, 《세계문학전집》 19(서울 : 학원출판공사, 1993), 389면. 원문은 : "The founders of a new colony, whatever Utopia of human virtue and happiness they might originally project, have invariably recognized it among their earliest practical necessities to allot a portion of the virgin soil as a cemetery, and another portion as the site of a prison."

다. 그것과 함께 청교도가 자랑하는 엄격한 윤리의 모순도 백일하에 드러났다. 그런 사회는 불신받아 마땅했다. 귀족에 대한 시민의 우위를 엄격한 종교적 도덕에서 찾으려고 한 시도는 지속될 수 없었다.

유럽 근대소설의 남녀관계

근대로 들어설 때 유럽에서는 새로운 결혼관이 생겨났다. 바로 낭만적 사랑이 결혼의 전제조건이 된다는 것이다. 사랑하는 남녀는 결혼을 해서 함께 살아야 한다는 생각은 오래 전부터 있었으며 새삼스러운 것이 아니었다. 그러나 사랑을 하지 않으면 결혼을 할 수 없고, 사랑이란 모든 이해타산을 넘어서 상대방에게 전적으로 빠지는 낭만적 사랑이어야 한다는 사고방식은 낭만주의 시대의 산물이다.

그러나 낭만적 사랑에 대한 전폭적인 긍정과 예찬은 남녀주인공의 결혼에 이르지 못하고 헤어져야 하는 안타까운 사정을 다룬 샤토브리앙(Chateaubriand)의 《아탈라》(*Attala*, 1801)나 《르네》(*René*, 1806) 같은 작품에서나 나타났다. 낭만적 사랑으로 맺어진 남녀가 결혼해서 그 사랑을 그대로 간직하면서 잘 살았다는 소설은 없다. "잘 될 만해서 잘 되기"의 이야기 유형은 소설일 수 없기 때문에 그런 것만은 아니다. 낭만적 사랑은 결혼을 위해 필요조건이 되기는 해도 충분조건이 될 수는 없기 때문이다.

사랑과 사랑 이외의 조건이 맞아들어가야 원만한 결혼이 이루어진다는 평범한 진리를 낭만적 사랑에 대한 일방적인 평가를 들어서 부인할 수는 없었다. 사랑 이외의 조건은 무엇인가? 이 질문에 대한 대답은 간단하지 않다. 서투른 논의를 전개하지 말고 소설 작품을 들어 대답하는 것이 적절한 방법이다. 낭만적 사랑과 함께 등장한 다른 조건이 근대결혼을 이루는 데 더욱 긴요한 구실을 했던 사실을 소설에서 가장 설득력 있게 밝혀냈다.

제인 오스틴(Jane Austin)이 쓴 《오만과 편견》(*Pride and Prejudice,* 1813)이 그런 소설의 좋은 예이다. 자기는 결혼하지 않은 여성작가가 결혼의 유형, 과정, 결혼을 둘러싼 당사자들 및 가족들 사이의 갈등을 다각도로 분석하는 소설을 쓰면서, 낭만적 사랑이라는 것과 사랑 이외의 조건이 어떻게 결합되는지 살폈다. 시대가 바뀌어 결혼이 달라진 양상을 그렇게 다루어 근대의 결혼론이라고 할 수 있는 것을 보여주었다.[83]

 "재산이 많은 미혼 남자가 아내를 필요로 한다는 것은 보편적으로 인정된 진리이다."[84] 소설의 첫 문장에서 결혼에 관한 논의를 이렇게 시작했다. 남자가 아내를 필요로 한다고 하고, 재산이 있다는 것을 그 전제로 삼았다. 재산이 있어야 한다는 것은 아내 될 사람이 요구하는 조건이다. 이 말은 "미혼인 여자가 재산이 많은 남자를 남편으로 삼고자 하는 것은 보편적으로 인정된 진리이다"라고 하는 것으로 바꾸어놓을 수 있다. 그 다음 문장은 다음과 같다.

 그런 남자가 처음 이 동네에 발을 디뎌놓았을 때 감정이나 생각이 어떤 사람인지 전혀 알려지지 않았는데도 근처에 있는 여러 집안에서 이 진리가 하도 잘 자리잡고 있기 때문에, 그 남자는 곧 그 가운데 어느 집의 딸이 차지하게 될 소유물이라고 생각되고 있었다.[85]

---

83) Warren Colman, "Fidelity as a Moral Achievement", Christopher Clulow ed., *Rethingking Marriage, Public and Private Perspectives* (London : Karnac, 1993), 78~81면에서 이 작품을 결혼론의 관점에서 분석한 것을 흥미롭게 읽고 참고로 삼는다.

84) Jane Austin, *Pride and Prejudice* (New York : W. W. Norton, 1966), 1면. 원문은 : "It is a truth universally acknowledged, that a single man in possession of a good fortune, must be in want of a wife."

85) 같은 책, 같은 곳. 원문은 : "However little known the feelings or views of such man may be on his entering a neighbourhood, this truth is so well fixed in the minds of the surrounding families, that he is considered as the rightful property of some one or other of their daughters."

여자 쪽에서는 재산 많은 남자가 자기네 소유물이 되기를 바랐다. 재산을 대단하게 여기고 결혼을 소유물로 생각하게 된 것은 신분사회가 계급사회로 바뀌고 있기 때문이다. 그 전에는 신분에 따라 결혼을 했으므로 재산이 따로 문제되지 않았다. 그러나 신분의 고하와는 관계없이 빈부가 생겨나고 있어서 재산을 따져 결혼을 해야 하는 새로운 풍속이 생겼다. 재산이 있는 신랑감은 탐이 나는 소유물이 되었다. 여자는 먹고 사는 문제를 해결하기 위해서 소유물을 확보해야 했다.

신분을 가려 결혼을 할 때에는 당사자의 선택은 부차적인 의의를 가졌을 따름이다. 재산을 따져 결혼을 하게 되자 재산에서는 일단 합격인 사람이 인품은 어떤지 멀리서는 알기 어려우므로 부모가 맡아서 판단할 수 없고 당사자의 접근이 불가피했다. 재산이 많은 신랑감을 소유물로 만들려면 당사자가 나서서 유혹하는 적극적인 작전이 필요하게 되었다.

남자는 재산이 있어야 결혼 상대가 되는데, 여자는 어떤 조건을 갖추어야 하는가? 이에 대한 대답은 문면에 나타나 있지 않으나, 사랑을 받을 만한 미모나 성품이 조건이다. 그런 조건을 갖추고 있는 여자는 남자가 낭만적 사랑을 하는 대상이 되어 결혼 상대자로 선택되어 마땅하다고 생각했다. 여자 쪽은 재산이 없는 경우에 재산의 의의에 상응하는 그런 조건을 더 잘 갖추어야 했다. 낭만적 사랑을 미끼로 해서 소유물을 확보하기 위해서 한층 적극적으로 노력해야 했다.

재산이라는 조건과 낭만적 사랑이라는 조건은 잘 맞아들어가는가 하면 그렇지 않다. 재산이 많은 남자는 여자를 얕잡아보아 낭만적 사랑의 대상으로 삼지 않을 수 있다. 자기를 낮추고 상대방을 높여야 낭만적 사랑이 이루어지는데 재산이 그렇게 하지 못하게 막는 것이 상례이다. 낭만적 사랑은 남자 혼자 하면 되는 것이 아니고 여자도 해서 쌍방의 정열이 합치되어야 비로소 성립되는데, 여자가 먼저 사랑에 빠지면 재산 있는 남자에 대한 예의를 어겨 자격 상실로 폄하될 수 있다.

그래서 재산과 사랑은 어긋날 수 있다. 재산을 이유로 한 결혼과 사랑 때문에 하는 결혼이 갈라질 수 있다. 그래서 생기는 결혼의 두 가지 대표적인 유형을 보여주었다. 콜린스(Collins)라는 목사는 여주인공 엘리자베드(Elizabeth)에게 청혼했다가 거절당하고 엘리자베드의 친구인 샤를로트(Charlotte)와 결혼했다. 그 결혼은 재산을 이유로 해서 이루어졌다. 엘리자베드의 동생인 리디아(Lydia)는 위캄(Wickham)이라는 군인을 사랑해서 부모의 승낙을 얻지 않고 집에서 뛰쳐나가 자기네들끼리 같이 살았다. 그 결혼은 사랑의 충동 때문에 생긴 탈선이라고 했다.

여주인공 엘리자베드는 상당한 재산이 있고 또한 자기를 사랑하는 다시(Darcy)라는 청년과 결혼해서 두 가지 조건을 모두 충족시키고, 자기의 기쁨과 부모의 만족을 다 얻어냈다. 그러나 그것은 외관상의 성공이고 그 내막을 살피면 많은 차질과 모순이 있었다. 다시는 재산이 있는 사람이면 으레 그렇듯이 오만한 자세로 다른 사람들을 대했다. 엘리자베드는 다시의 사람됨을 겪어보지도 않고 의심스럽게 보는 편견을 가지고 있었다. 작품의 제목에다 내놓은 두 단어 "오만"과 "편견"으로 얽힌 인간관계가 원만하게 되는 것은 어려운 흥정이다.

다시와 엘리자베드가 결혼에 이른 것은 작전의 성공이지만, 그냥 축복받아야 할 것이 아니다. 작가는 "지극히 상업적이고 물질적인 용어"를 다수 사용해 거래가 성립되는 과정을 면밀하게 분석했으며,[86] 어느 날 오해가 풀려 모든 조건을 넘어서는 원만한 관계가 시작되었다고 하지는 않았다. 낭만적 사랑이라는 것은 그 자체로 의의를 가지지 않고 거래를 성립시키는 구실임을 알아차리게 했다.

결혼을 위한 두 가지 조건, 재산과 사랑은 서로 충돌해 언제든지 말썽을 일으킬 수 있었다. 여자가 먹고사는 문제를 해결해주는 남자를 택해 취직을 하듯이 결혼을 하고서 낭만적 사랑도 함께 기대하다가 실망하게 되는 것은 근대시민사회에서 항상 있는 일이다. 그런데 플로베르

---

86) 도로시 밴 겐트, 최진영 역, 《영국소설론》(서울 : 종로서적, 1987), 제7장 〈오만과 편견〉에서는 이런 관점으로 작품을 논했다.

(Gustave Flaubert)가 《보바리부인》(*Madame Bovary*, 1857)을 써서 그 점을 문제삼자 큰 말썽이 일어났다. 덮어놓고자 하는 내막을 구태여 드러냈기 때문이고, 드러내는 수법이 충격적이기 때문이었다.

《보바리부인》은 발간되자 바로 법의 심판을 받은 작품이다. 유부녀의 간통을 다루었다는 것이 죄목이었다. 소설에서 간통을 다루는 것은 전에도 흔히 있었던 일인데, 이 작품만 특별히 문제가 된 것은 그만한 이유가 있었다, 작가를 "공중도덕과 종교에 대한 침해"(offenses à la morale publique et à la religion)라는 죄목으로 기소한 검사의 논고를 들어보자.

이처럼 처음 실수한, 처음 추락한 이후에 이 여자는 간통을 찬양했다. 간통을, 간통의 시를, 간통의 욕망을 찬미하는 노래를 불렀다. 여러분, 그것은 간통 자체보다 더욱 위험하고, 한층 부도덕합니다.[87]

이것은 작품의 다음 장면을 두고 한 말이다.

그 여자는 혼자 되풀이해서 말했다. "내게 애인이 생겼다! 애인이!" 이렇게 생각하면서 새로운 사춘기가 도래한 것처럼 즐거워했다. 사랑의 즐거움, 단념하고 있던 행복의 열병에 마침내 사로잡혔다. ……
그러자 읽은 기억이 있는 여러 책의 주인공을 불러냈다. 간통을 한 그 여인들이 합창단을 이루어 다정한 목소리로 노래를 부르기 시작하자 황홀해졌다.[88]

---

87) André Brick, *The Novel, Language and Narrative from Cervantes to Calvino* (Washington Square : New York University Press, 1998), 126면. 원문은 : "Ainsi dès cette première faute, dès cette première chute, elle fait la glorification de l'adultère, elle chante la cantique de l'adultère, sa poésie, ses voluptés. Voilà, messieurs, qui pour moi est bien plus dangereux, bien plus immortal que la chute elle même!"

88) Gustave Flaubert, *Madame Bovary* (Paris : Gallimard, 1972) 219면. 원문은

　주인공 엠마(Emma)는 낭만적 사랑의 환상에 빠졌다. 낭만적 사랑에 대한 기대를 혼자만 가지고 있어 파탄이 일어났다. 낭만적 사랑의 환상이 허망하다는 것을 보여주었다. 낭만적 사랑을 예찬하는 낭만주의 시대를 지나, 그것은 일방적인 착각에 지나지 않는 허위의식임을 밝히는 사실주의 시대가 시작되었다. 일방적인 착각이라는 말에는 일방적이라는 말과 착각이라는 말이 들어 있다. 낭만적 사랑을 둘이 함께 하지 않아 일방적이고, 기대와는 달리 파탄을 초래했으니 착각이다.

　사랑을 하게 되었다고 황홀해하는 것이 상대방과 함께 나누는 기쁨이 아니고 자기 혼자만의 생각이다. 혼자만의 생각은 사랑에 대한 환상적인 기대와 연관되어 있다. 사랑에 대한 환상적인 기대는 책을 읽어서 얻는 것이다. 실제로 행동을 한 자기 자신, 상상해서 그린 자기 자신의 모습, 그런 상상의 원천이 된 책 속의 인물은 서로 다른데, 셋이 서로 같다고 여긴 것은 착각이다. 자기 행동에 대해서 실상과는 다른 의미를 부여하는 것이 착각인 줄 모르고 기뻐하고 있는 것이다.

　그런데도 작가가 주인공을 통해 자기 생각을 나타내 독자 또한 같은 생각을 하도록 한다고 본 검사의 생각은 너무 단순하다. 이 작품을 읽고 사랑의 환상을 가질 독자도 있기는 하지만, 그것은 작품을 잘못 읽은 탓이다. 작품을 잘못 읽을 독자가 있으리라는 이유에서 작자를 단죄하는 것은 법의 횡포이다.

　작가는 작품에서 일어나는 일에 관해서 일정한 거리를 두고 관찰·분석하면서 독자 또한 그렇게 하도록 유도했다. 그것이 작품을 쓰는 일관

다음과 같다.

　"Elle se répétait : 《J'ai un amant! un amant!》, se délectant à cette idée comme à d'une autre puberté qui lui serait survenue. Elle allait donc posséder enfin des joies de l'amour, cette fièvre du bonheur don il avait désespéré. ……

　Alors elle se rappela les heroïnes des livres que elle avait lus, et la région lyrique de ces femmes adultères se mit à chanter dans ses mémoire avec des voix de soeurs qui lui charmantaient."

된 방법이다. 낭만적인 작가가 주인공의 대변자 노릇을 한 잘못을 청산하는 새로운 소설작법을 그렇게 구체화했다. 인생을 있는 그대로 그리겠다고 하는 사실주의 작가의 길을 택하면서, 사회구조가 아닌 사회 속의 개인을 관심의 대상으로 삼아, 비판과 개조가 아닌 관찰과 해부를 능사로 삼아 자연주의에 근접했다.

맨처음 장면이 처음 보는 아이가 전학해 와서 웃음거리가 된 것을 학우들의 시점에서 관찰하고 서술했다. 생소한 곳에 와서 어색한 거동을 보이는 그 아이 샤를(Charles)이 장차 여주인공 엠마의 남편이 될 사람이다. 엠마의 어린 시절에 관해 말하지 않고 남편 될 사람부터 선보인 것은 작품 제목을 《엠마》라고 하지 않고 《보바리부인》이라고 한 것과 함께 주의해 보아야 한다. 엠마는 누구의 아내로 살아가야 하는 처지임을 독자가 잊지 말도록 하기 위해 그렇게 했다. 샤를과 엠마 사이에서 벌어지는 사건에 대해서 샤를의 거동을 처음 본 학우들처럼 계속 호기심을 관찰하도록 했다. 누구든지 자기 나름대로 애쓰고 있는 것을 심리적 거리를 두고 보면 우스꽝스럽다.

작품이 한참 진행되면 샤를은 멀리 두고 엠마에게는 가까이 다가가 어떤 생각을 하는지 마음속까지 들어가 그려냈다. 그래서 한 편이 된 것은 아니다. 남의 일에 대해서 야유하는 심정을 가지고 살피는 태도를 버리지 않았다. 엠마가 흥분해서 들뜰수록 바라보는 시선은 더욱 차분해져서, 대상과 시각 사이의 거리가 반어를 만들어냈다.

누구를 사랑하게 되었다고 감격하는 것은 바보스러운 일이다. 남편 때문에 생긴 환멸을 연인이 해소해줄 수 있는 것은 아니다. 환멸이 환멸을 낳는다. 환멸이 없는 사랑의 세계는 낭만적 환상의 창조물이어서, 실제로는 있을 수 없다. 그런 덫에 걸려 희생이 되는 가련한 여인을 냉혹하게 비웃었다. 허무주의자의 내심을 그런 방식으로 나타냈다.

톨스토이(Lev Tolstoy)는 《안나 카레니나》(*Anna Karenina*, 1877)에서 플로베르의 《보바리부인》의 경우처럼 한 여자와 여러 남자의 관계를 간통으로 다루는 소설을 쓰면서 삼인칭 관찰자의 시점을 택했다. 설명

은 제외하고 사람들이 서로 만나 사건을 벌이는 장면을 충실하게 묘사
했다. 그러면서 어떻게 사는 것이 마땅한가 하는 도덕적인 의문을 계속
던진 점이 플로베르와 달랐다.

플로베르는 작중에서 일어나는 일을 거리를 두고 관찰하면서 등장인
물들의 착각을 냉소거리로 삼았는데, 톨스토이는 등장인물 내면에서 진
행되는 고민에 동참하자고 했다. 그렇게 하면서 겉으로 보이는 인상이
나 세상 사람들이 하는 말에 의거하지 말고, 내면의 진실을 파악하라고
독자에게 요구했다. 여러 형태의 남녀관계를 서로 대조가 되게 전개하
면서 비교해 평가하도록 했다.

고급관리의 아내인 안나는 남편 카레닌과 함께 불행하다고 할 수는
없으나 평범한 생활을 하다가 브론스키를 사랑하게 되어 모든 정열을
바치고, 잘못이 단죄되자 자살했다. 단죄하는 사람들이 그럴 자격이 없
었다. 안나가 사회의 인습이 요구하는 위선적인 여인이었다면 파탄을
면할 수 있었으나, 그렇게 하기를 거부하고 자책감 때문에 절망해 달리
는 열차에 몸을 던졌다.

안나와 브론스키의 사랑은 다른 두 가지 남녀관계와 대조를 이루었
다. 안나의 오빠인 오블론스키는 아내 돌리를 임신 기계로만 생각하고
많은 여자를 상대로 향락을 누렸다. 시골 귀족 레빈은 브론스키가 안나
를 알게 되어 버린 여자 키치와 결혼해서 시골에 가서 행복하게 지냈
다. 세 가지 형태의 남녀관계를 모두 그려 사람이 살아가는 방식이 다
양함을 보여주면서, 한 여자와 여러 남자의 관계가 인생의 진실된 가치
를 가장 잘 보여준다고 했다. 그래서 설교자 톨스토이와는 다른 예술가
톨스토이의 진면목을 보여준 작품이다. "시적 깊이에서 유럽문학의 어
떤 작품보다도 완전하다고 생각한다"는 평가를 얻었다.[89]

안나는 젊고 아름다우며, 근본적으로 선량하지만 파멸의 운명을 지

---

89) 얀코 라브린, 이철 역, 〈대립적 세계의 가치관〉, 톨스토이, 이철 역, 《안나 카
레리나》(서울 : 범우사, 1995) 부록, 518면.

닌 여인이다. 어린 나이에 숙모의 선의의 중매로 화려한 경력을 가진, 장래가 촉망되는 관리 카레닌과 결혼해 페테르부르크의 사교계에서 선망의 대상이 되었다. 어린 아들을 사랑하고 스무 살이나 연상인 남편을 존경하면서, 타고난 낙관적인 기질로 생활의 즐거움을 찾고자 했다.

그런 안나가 모스크바 여행길에서 우연히 만난 브론스키라는 사람에게 격렬한 사랑을 느꼈다. 그 때문에 모든 것이 달라졌다. 눈에 띄는 것은 모두 잘못된 것으로 보였다. 모스크바에서 돌아오는 자기를 마중하기 위해 페테르부르크역에 나온 카레닌의 귀가 볼품없고 지나치게 커다란 것을 갑자기 깨닫게 되었다. 그래서 브론스키를 더욱 사랑하게 되었다고 했다.

《보바리부인》의 엠마와 이 작품의 안나가 보여준 행실은 기본 성격이 같다. 둘 다 간통이라고 규정되는 것이다. 그런데 두 작가는 같은 행실을 서로 다른 관점에서 다루었다. 플로베르가 엠마에 대해서 냉소적인 관찰자 노릇을 한 것과 달리, 톨스토이는 안나를 이해하고 옹호했다. 엠마가 연인에게 걸었던 기대는 일방적인 착각으로 판명되었다고 했으나, 안나는 브론스키와 관계를 오래 지속하면서 모든 것을 바칠 수 있었다고 했다.

아들을 남편에게 내주는 희생까지 감수하면서, 안나는 브론스키와 처음에는 이탈리아에서, 다음에는 중앙아시아 브론스카의 영지에서 함께 지내면서 사랑의 도피여행을 계속 했다고 했다. 사랑은 비교의 차원을 넘어선 절대의 경지라고 했다. 공공연한 탈선을 일삼는다고 빈축을 사도 개의하지 않았다고 하면서, 그쪽의 허위의식에 의문을 제기했다.

그러나 남녀주인공의 처지가 달라지는 것은 어쩔 수 없는 일이었다. 안나는 여자이므로 사교계의 노여움을 사서 냉대받고 모욕당하고 버림받았으나, 브론스키는 남자이기에 비난받는 일 없이 여러 곳에 초청받고 옛 친구들을 만나는 즐거움을 누리기도 했다. 안나와는 한순간이라도 같이 있는 것을 치욕으로 생각하는 여자들과 어울리기도 했다.[90] 결국 안나는 죽고, 브론스키는 터키와의 전쟁에 의용군을 이끌고 나갔다.

이 작품은 사랑에 대한 예찬으로 전개되었다. 안나의 선택을 통해 사랑은 지위나 명예, 모성애보다도 더욱 소중하다고 하면서, 사랑을 모르는 사람들이 비판은 공허하다고 했다. 브론스키는 카레닌이나 오블론스키보다 값지게 살았다고 했다. 그러면서도 브론스키가 버린 여자와 결혼해서 시골에서 살아간 레빈의 사랑은 그것보다 더욱 고귀하다고 하면서 사랑의 등급론을 전개했다. 브론스키의 사랑에는 레빈이 실현하고 있는 정신적 사랑, 진정한 기독교적 사랑이 결여되어 있다고 했다.

로렌스(D. H. Lawrence)의 《채털레이부인의 연인》(*Lady Chatterley's Lover,* 1928)은 간통을 단죄하는 사회의 위선에 대해서 다시 한 번 비판한 작품이다. 전쟁에서 성불능자가 된 사람의 아내가 출전중에 아내를 빼앗기고 산지기가 된 남자와 결합되는 사건에 문명비판적인 의미를 부여한다고 했다. 간통이라고 단죄되는 사랑의 정당함을 주장했다. 성행위를 통해서 우주의 생명과 접합된다고 했다. 남녀의 올바른 성행위만이 금전과 기계와 원숭이와 같은 무질서한 세계에 대한 싸움이며, 문명의 파괴에 대한 저항이라고 했다.

우리들의 시대는 본질적으로 비극의 시대이다. 그렇기 때문에 우리는 이 시대를 비극적인 것으로 받아들이려 하지 않는다. 큰 재해는 이미 닥쳐왔다. 우리는 폐허 가운데 있으며 새로운 보금자리를 만들고, 새로운 조그마한 희망을 품으려 하고 있다. 그것은 상당히 어려운 일이다. 미래를 향하는 평탄한 길은 하나도 없다. 그러나 우리는 다른 길로 돌아가기도 하고 장애물을 넘어 기어오르기도 한다. 어떠한 재난이 닥치더라도 우리는 살지 않으면 안 된다.[91]

---

90) 같은 책, 524~525면.

91) 유영 역, 〈채털리부인의 사랑〉, 《세계문학전집》12(서울 : 학원출판공사, 1993), 38면. D. H. Lawrence, "Lady Chatterley's Lover", *D. H. Lawrence* (London : Heinemann, 1976), 763면. 원문은 : "Ours is essentially a tragic age, so we refuse to take it tragically. The cataclysm has happened, we are among the

작품의 서두에서 이렇게 말했다. 제1차세계대전의 파국이 닥쳐와서 살아나갈 수 없는 절망과 비극의 시대가 시작되었다고 했다. 주인공의 남편이 출전했다가 부상을 당해 하반신이 마비된 것이 그런 증후의 구체적인 예라고 했다. 그 때문에 아내의 삶도 온통 파괴되어 절망에서 헤맬 수밖에 없다고 했다. 파국·비극·절망이라고 하는 것에서 벗어나는 길이 있다는 착각은 버리고 어떻게 하든지 살아가는 것이 유일한 대책이라고 했다. 살아간다는 것이 이 작품의 주인공에게는 남편이 아닌 다른 남자와 성행위를 하는 것이다. 그 절정에서 내뱉는 소리가 삶의 약동이라고 하면서, 다음과 같은 묘사를 자세하게 펼쳐 보였다.

형용할 수 없는 동작이 모든 육체 조직과 의식 속으로 깊이깊이 파고드는 순수하고 깊은 흥분의 도가니가 일기 시작하자, 마침내 그녀는 완전무결한 불덩이가 되어버렸다. 거의 알아들을 수 없는 소리를 무의식적으로 냈다. 심야에 울려나오는 소리! 생명의 소리였다.[92]

이런 대목 때문에 이 작품은 출판하는 데 어려움이 있었다. 플로베르의 《보바리부인》의 경우와 유사한 처분을 당할 것을 염려해, 멀리 이탈리아에서 출판해 영국이나 미국으로 반입하는 방법을 썼으나, 금서가 되는 것을 피하지 못하고, 작가는 인세 수입의 상당 부분을 잃기만 했다. 이 작품을 판매금지하는 재판이 근래까지 계속되었다.[93] 그 때문에

---

ruins, we start to build up new little babitats, to have new little hopes. It is rather hard work; there is now no smooth road into the future; but we go round, or scamble over the obstacles. We've got to live, no matter how many skies have fallen."

92) 같은 책, 139면. D. H. Lawrence, 위의 책, 848면. 원문은 : " …… pure deepening whirlpools of sensation swirling deeper and deeper through all her tissues and consciousness, till she was one perfect concentric fluid of feeling, and she lay there crying in unconscious inarticulate cries. The voice out of the uttermost night, the life!"

작품이 더 유명해져서 판매부수가 늘어났다.

문학작품은 풍속을 해친다는 이유에서 처벌될 수 없다고 옹호하는 것은 그 자체로 타당하다. 그러나 사법적 판단이 부당하다는 반론 때문에 작품의 가치가 과장되게 일컬어지는 것을 경계해야 한다. 절망적인 시대에는 음란하다고 지목되는 작품이라야 예술로서 가치를 가진다고 할 수는 없다. 비극의 시대를 넘어서는 길을 본능적 충동에서 나오는 생명의 소리에서 찾아야 한다는 것은 받아들이기 어려운 주장이다.

그런데도 이 작품은 대단한 가치를 가진다고 높이 평가된다. 현대문명의 위기를 고발한 의의가 있다 하고, "원초적 자아" 또는 "우주의 생명"이라고 하는 궁극적인 것을 찾으려고 한 사상을 대단하게 평가해야 한다고 한다.[94] 그러나 그런 거창한 논의를 펴고자 하면 시야를 넓게 가져야 한다. 유럽근대문명의 파탄이 인류의 종말일 수는 없다. 유럽문명권에서 망쳐놓은 역사를 바로잡기 위한 제3세계의 노력에도 관심을 가져야 한다.

유럽문명권에서는 근대에 이르러 여성의 지위가 현저하게 향상되어, 남녀평등을 이룩했다. "서양의 사회사에서 이루어진 가장 큰 혁명은 20세기 동안에 여성이 누구의 딸이나 누구의 아내가 아닌 자기 자신의 주체성을 가지게 지위 향상을 한 것이다"라고[95] 한 데 동의한다. 그것은 인류역사의 오랜 숙제를 해결한 획기적인 처사이다. 남녀평등을 넘어서서 여성우위에까지 이른 것이 後天開闢의 당연한 귀결이라고 해도 좋다. 그러나 그 결과 여성은 행복을 구가하고 있는가 하면 그런 것은 아니다. 승리에는 패배가 따르게 되고, 선진이 후진이 되는 것이 정한 이

---

93) Nicholas J. Karolides et al., *100 Banned Books, Censorship Histories of World Literature* (New York : Checkmark, 1999), 300∼303면에서 경과를 밝혔다.

94) 그런 논의를 펴는 저작이 국내에서도 이루어져 강정석, 《D.H. Lawrence의 생명의 근원》(서울 : 한신문화사, 1990) ; 조일제, 《D.H.로렌스문학연구》(서울 : 한국문화사, 1995) 같은 것들을 찾아볼 수 있다.

95) Nathalie Heinich, 위의 책, 329면.

치이다.

남성과 여성의 대결에서 유리한 위치를 차지한 여성은 더 많은 것을 요구하면서 남성을 핍박해 한층 무력하게 만든다. 무력한 남성에게서 얻을 수 없는 만족을 대상을 바꾸어 얻으려고 하지만, 다른 대상도 여성이 상상하고 희망하는 이상형은 되지 못한다. 여성의 요구는 나날이 높아지고 남성의 능력은 나날이 줄어든다. 간통소설은 행복된 결말에 이르지 못하고 환멸이나 파탄으로 끝나는 것이 기이한 일이 아니다.

거기서 한걸음 더 나아가, 결혼이니 가정이니 하는 범위를 넘어서야 남녀의 대결을 제대로 전개할 수 있다고 한다. 결혼을 할 필요는 없다고 하는 풍조가 만연해 마침내 가정이 해체되고 있다. 그래서 인류는 막다른 골목에 이르렀는가? 그렇지 않다. 유럽문명권이 세계 전체가 아니다. 다른 곳에 사는 사람들은 다른 길로 가고 있으므로 전후좌우를 모두 살피고 인류에게 희망이 없는가 있는가 논해야 한다.

제3세계소설에서 보여준 여성의 삶

20세기에 이루어진 제3세계소설은 남녀관계가 주축을 이루는 소설을 찾아보기 어렵다. 남녀관계가 등장해도 그것은 더 큰 문제를 다루기 위해서 필요한 부분인 경우가 대부분이다. 남녀관계의 양상 또한 19세기까지의 동아시아소설이나 20세기까지의 유럽소설과 다르다. 한 남자와 여러 여자의 관계를 다룬 소설이 이어지지 않고, 그것이 여러 남자와 한 여자의 관계를 다룬 소설로 대치되지도 않았다.

자살소동이나 치정사건이 없는 것이 제3세계소설의 특징이다. 남녀관계를 다루는 제3세계소설은 유럽의 경우에는 볼 수 없는 새로운 주제를 구현하면서 시야를 활짝 열었다. 남녀관계를 그 자체로 흥밋거리로 삼지 않고, 사회와 역사에 대한 차원 높은 논의를 펴는 출발점으로 삼았다.

남녀의 낭만적 사랑을 다루는 변화는 제3세계소설에서도 나타났다. 낭만적 사랑은 성사되지 않고 파탄에 이른다고 한 점도 유럽의 경우와 같다. 그렇지만 파탄에 이른 이유에서는 커다란 차이가 있다. 황 응오크 파크(Hoang Ngoc Phac)의 《토 탐》(*To Tam*, 1925)을 보자. 문학을 좋아하는 토탐이라는 처녀는 담투이(Dam Thuy)라는 시인의 작품을 애독하다가 우연히 만나 열렬하게 사랑하는 사이가 되었다. 그러나 토탐은 다른 사람과 결혼해야 할 처지여서 헤어져야 했다.

토탐이 담투이에게 마지막으로 만나자고 해서 만난 대목을 들어보자. 담투이가 자기 친구에게 하는 말로 그 때의 일을 회고했다. 토탐은 결혼이 임박했다는 말은 하지 않았다고, 만나자는 편지를 담투이에게 보냈다고 했다. 강둑을 함께 걷다가 이제 헤어져야 한다고 했다. 사랑의 추억은 흐르는 강에다 맡기자고 하는 시를 써주었다. 그 다음 대목은 직접 인용한다.

"일찍 떠나가는 것을 용서해주세요. 급한 일이 있어 집에 돌아가야 해요" 하고 그 여자가 말했다.

나는 막았지만, 말을 듣지 않았다.

"제발 가게 해주세요."

그러더니 갑자기 울음을 터뜨렸다.

눈물을 흘리면서 말했다.

"이제부터는 어느 때든지, 어디서든지 만나지 말아요."

토탐은 쓰러지는 듯이 내 어깨에 머리를 떨어뜨려 잡아주어야 했다. 눈물이 내 조끼를 적시고 소매까지 흘렀다. 눈물에 젖은 넥타이로 눈을 닦았다.[96]

---

96) 같은 책, 313면. 원문을 들면 다음과 같다.

"—— Permettez-moi de m'en aller plut tôt, me dit-elle, il faut que je rentre pour une affaire urgente.

Je protestai, mais elle m'en empêcha :

헤어지기 싫은데 헤어져야 하는 애절한 사정을 이렇게 나타냈다. 토 탐은 병석에 누운 어머니의 소원을 받아들여 다른 사람과 결혼해야 했다. 어머니의 뜻을 받들어야 하는 자식의 도리를 어기지 못했다. 원하지 않은 결혼식이 거행된 뒤에 어머니는 세상을 떠나고, 토 탐 또한 비통한 심정을 적은 일기를 담투이에게 남기고 병이 들어 죽었다.

이 작품을 읽고 당시의 월남 독자들은 괴테의 《젊은 베르터의 고뇌》가 유럽에서 준 충격과 감동 같은 것을 받았다고 한다.[97] 이루지 못한 사랑 때문에 고민하는 심정이 서로 같다는 말이다. 그렇지만 두 작품은 적지 않은 차이점도 있다.

이 작품은 극단으로 치닫지 않았다. 자식은 부모에게 복종해야 하고 가족간의 유대가 개인의 행복보다 더욱 소중하다고 하는 낡은 가치관에 맞서서 사랑이 소중함을 주장하면서도 자기 희생으로 끝나고 항거를 하지는 않았다. 주인공이 자살을 하지는 않았다. 베르터는 자살할 만한 사유가 없는데 자살하고, 토 탐은 자살한 만한 사유가 있는데도 병들어 죽었다.

사랑이 이루어지지 못하는 비극을 다룬 소설은 전에도 있었다. 《金雲翹》의 주인공이 곤경에 빠진 아버지를 구하기 위해 사랑하는 사람을 버리고 몸을 팔아 창기가 되어야 했던 것이 이 작품에서 부모를 위해 자기 사랑을 희생한 점과 상통한다. 여자는 나약하다고 하지만 자기를 희생시키면서 고난을 견디는 용기와 인내력을 가졌다고 칭송하면서 또한 가련하게 여기는 주제가 월남소설에서 계속 나타난다.

―― Je vous en prie, laissez-moi partir.

Puis soudain, elle éclata en sanglots.

―― Voilà, dit-elle à travers ses larmes, à l'avenir, nous reverrons plus jamais nulle part.

Elle laissa tomber sa tête sur mon épaule, comme si elle allait défaillir je dus la soutenir, des larmes mouillèrent ma veste de l'èpaule jusqu'à ma cravate dont elle se saisit pour s'essuyer les yeux."

97) 같은 책, 301면의 해설에서

한국소설에서도 蔡萬植의 《탁류》(1938)는 그 비슷한 내용으로 전개되었다. 초봉이라는 가련한 여주인공은 마음에 두고 사랑하는 사람이 있었으나 무능한 아버지가 바라는 대로 가난한 집안에 도움이 될 인물과 결혼하기로 했다. 그것이 모든 비극의 단초였다.

아버지가 정해놓은 혼처를 어머니가 딸에게 설명하는 대목을 보자. "고향이 서울이고, 양반의 집 과부의 외아들이고, 재산은 천석이나 추수하고, 지금 은행에 다니는 것은 무슨 큰 경륜이 있어 일을 배울 겸 그리하는 것"이라고 했다. 결혼은 신식으로 돈을 많이 들여 하고, 결혼한 뒤에는 사위가 처가를 도와줄 것이라고 했다.[98]

《흥부전》의 흥부처럼 된 아버지를 도우려고 《심청전》의 심청 같은 효도를 했다고 작가가 판소리의 문체를 이어받은 솜씨로 해설해서 고금이 이어지게 했다. 그러나 《흥부전》이나 《심청전》에서 볼 수 있는 반전은 일어나지 않았다. 시대가 바뀌어서 헛된 기대는 금물이었다.

그처럼 훌륭하다는 위인이 사실은 형편없는 사기꾼이어서 아무 도움도 주지 못하고, 전부터 하던 버릇대로 다른 여자를 보러 다니면서 간통을 하다가 그 현장에서 맞아죽었다. 내막은 잘 모르고 겉으로 나타난 재산만 보고 상대를 고르면 그런 낭패를 볼 수 있다. 일제의 침략이 있고 난 뒤, 재산이 모든 가치를 결정하는 시대가 되어 투기꾼이나 사기꾼이 넘쳐나게 되었다. 주인공의 아버지는 그 때문에 피해자가 되었으면서 세상 형편을 바로 알지 못해 아무 대가도 받지 못하고 딸을 희생시켰다.

그러나 딸은 절망하지 않고 살았다. 자살 같은 것은 전혀 생각하지 않았다. 그 뒤 여러 남성들에게 짓밟히다가 가장 파렴치한 악당의 씨를 받아 낳은 딸을 소중하게 기르는 것을 가장 큰 행복으로 삼았다. 자기를 계속 괴롭히는 악당을 견디지 못해 죽이고서 경찰에 잡혀가면서 마음에 두고 사랑하던 사람의 얼굴을 바라다보는 것을 커다란 위안으로

---

98) 《채만식전집》 2(서울 : 창작과비평사, 1987), 149~150면.

삼았다. 작가는 그 대목에 〈서곡〉이라는 제목을 붙였다. 어떤 경우에도 절망이 없다고 작가는 말하려고 했다.

작가는 주인공의 생애를 금강에다 견주었다. 작품 서두에서 금강의 흐름을 공중에서 내려다본 듯이 묘사한 말을 앞세워 그렇게 생각하도록 했다. 처음에는 맑게 흐르던 금강이 흐름을 바꾸어 몇 구비 곡선을 그리다가 아주 더러워져서 작품의 무대가 되는 도시 군산 곁으로 흘러 간다고 했다. 주인공의 생애에 닥친 시련을 금강에다 견주어, 그 둘이 합쳐진 모습에서 민족의 수난을 생각하게 한다. 식민지 통치 때문에 더 럽혀진 민족의 역사를 금강을 통해 보여주는 서론을 펴다가, 주인공의 운명을 자세하게 그려 본론을 삼았다. 그러면서 어떤 절망도 이겨내는 저력을 보여주었다.

채만식의 《탁류》에 이어서 같은 신문에 연재된 韓龍雲의 《薄命》(1938)에서는 더욱 참혹한 지경에 이르렀어도 절망하지 않고, 박해에 대해서 정성으로 보답하는 순영이라는 여인의 모습을 보여주었다. 산골에서 계모에게 구박받던 소녀가 서울로 유인되어 술집 작부가 되어 시달리다가 물에 빠져 죽게 되었을 때 자기를 구해준 생명의 은인인 대철이라는 남자의 아내가 되었다. 아들 수복을 낳아 기르면서 삯바느질로 생활비를 마련해 행복하게 살기를 바랐다. 그런데 남편 대철은 하는 일 없이 지내다가 전에 하던 금광을 다시 한다고 집을 나가면서 가진 돈을 다 털어가더니, 이혼을 하겠다는 편지를 보냈다.

순영은 수복을 재워놓고 광명이라고는 반딧불만큼도 없는 흑암 지옥같이 캄캄하고 음울한 자기의 세계를 서로 불쌍히 여기는 듯이 고요히 비춰주고 있는 찬 등잔 아래에서 대철의 편지를 다시 들었다. 한 번 보고, 두 번 보고, 아무리 보았으나 어느 구절에든지 따뜻한 맛은 조금도 없었다.[99]

---

99) 《한용운전집》 6(서울 : 신구문화사, 1973), 213면.

여러 해를 두고 금광에 종사하였으나 일이 뜻대로 되지 아니하여 곤란만 닫던 중에, 처자의 생활을 돌볼 수가 없으므로 자격지심이 들어서 그런 것이라고 생각했다. 그러고 보니 대철의 정경이 도리어 딱하고 가엾다. 그러한 곤란 중에 있는 남편을 넉넉히 도와주지 못하는 자기의 능력 없는 것이 한되었다. …… 편지를 쓸 때 여북이나 뼈가 저리도록 마음이 아팠을까. 어떻게 하여 이러한 남편을 도와줄 수가 있을까. 돈이나 힘으로써 도와주지는 못한다 할지라도 마음이라도 위로해주어야 옳을 것이 아닌가.[100]

그 때의 일을 이 두 대목에서 서로 다르게 말했다. 실제상황은 앞에서 한 말과 같은데, 순영은 뒤의 생각을 하면서 남편에게 잘 하지 못하는 자기의 무능을 자책했다. 그것은 착각이라고 할 수 있다. 그러나 진상이 밝혀진다고 해서 순영의 생각이 달라질 것은 아니다. 아편중독자가 되고 병이 들어 초라하기 이를 데 없는 행색을 한 대철을 찾아내서 치료하고 간호하기 위해 온갖 정성을 쏟았다. 길거리에 나앉아 걸식을 하게 된 처지가 되었어도 남편을 극진하게 보살폈다. 순영이 남편을 부축해서 걸식을 하러 다니는 광경을 여권운동가들이 지나가면서 보고서 다음과 같은 말을 나누었다.

“이것 좀 보아요.”
그 여자도 시선을 돌리고 다른 여자들도 고개를 돌린다.
“우리 조선의 여성운동이 될 수가 있을까?”
“닫다가 무슨 소리야?”
“우리 운동선상에 나선 여자는 자나깨나 투쟁에 대한 관심이지, 딴게 있어?”
“또 아니 변증법적 이론이야? 우리 운동이 시간은 문제지만 언제

---

100) 같은 책, 213~214면.

든지 되지 않을까?”

“우리가 경험한 바로 보아서는 모든 현상이 그렇지만, 우선 여기서 당장 목도하는 바는 그렇지 않아요.”

“글쎄, 무엇 때문에 말이야? 말을 구체적으로 해야 알지.”

그들 일동은 흥미를 가지고 귀를 기울인다.

“우리는 저런 것을 보면 죽이고 싶은 생각이 나요.”

말하는 여자는 흥분이 된다.

“무얼 죽여?”

듣는 사람들은 다소 공포를 느끼는 듯한 표정을 짓는다.

“아따, 저기 있는 열녀 말이야.”[101]

열녀란 순영을 두고 한 말이다. 걸식을 하고 다니면서 못난 남편을 돌보는 순영과 같은 구시대의 열녀가 있어 여권신장이 되지 않는다고 분개했다. “여자는 남편에게 복종만”하고, “손톱만한 권리도 없는” 구시대의 잘못을 타파해야 한다고 역설했다.[102] 그러나 순영이 남편에게 복종한 것이 아니다. 남편이 어떻게 하라고 하지 않고, 무엇을 원한다고 하지 않아도, 자기의 모든 것을 희생해서 남편을 위해 봉사했다.

남편은 병이 심해져서 죽으면서 자기가 어떤 사람인가 하는 내막을 털어놓았다. 고향도 성도 속이고 산 사람이라고 했다. 물에 빠진 순영을 구해준 것은 스스로 한 일이 아니라고 했다. 같은 배를 타고 있던 여승이 돈을 주고 부탁해서 한 일이라고 했다. 금광을 한다는 것은 돈을 가져가기 위한 구실에 지나지 않았다고 했다. 어디 가서든지 사기행각을 일삼으면서 살아왔다고 했다.

그 전말을 듣고, 분노가 치밀어온다든가, 속아 산 것이 원통하다든가 하는 생각은 하지 않고, 다만 견디기 어려운 충격을 받고 “순영의 지식

---

101) 같은 책, 268면.
102) 같은 책, 같은 곳.

으로는 세상 사람이 어떠한 것인지를 도저히 추측할 수도 없었다"고 생각했다.[103] 남편이 죽자 "천지간에 터럭만큼이라도 아무런 관련되는 것이 없어서 몸이 허전하고 마음이 텅 비어서 바람이 없어도 날아갈 것 같았다"고 했다.[104] 그 뒤에 순영은 자기가 물에 빠졌을 때 구해주도록 주선한 여승을 찾아가 절에서 수도하는 사람이 되었다고 하는 것이 작품의 결말이다.

순영은 구제불능이어서 동정의 여지가 없는 노예이거나 아니면 이해관계나 자존심 같은 것을 모두 버린 보살이다. 여권운동가는 노예로 여겨 규탄했지만, 작가는 보살로 이해하도록 암시했다. 불교와의 관련을 거듭 언급하기만 하고 구체적인 말은 하지 않아 독자가 스스로 생각해보도록 했다.

불교의 관점을 받아들여 생각하면, 그런 남편을 만난 것은 악업 탓이다. 언제 어떻게 지었는지 몰라도 커다란 악업을 지어서 엄청난 시련을 겪게 되었으니 피하지 말고 받아들여야 한다. 악업을 소멸시킬 수 있는 것은 선업밖에 없다. 악업을 소멸시키는 선업을 할 때에는 이유를 묻지 말고 이해관계를 초월해야 한다. 상대방이 어떻게 나오는가 하는 데 따라 태도를 바꾸지 말아야 한다. 그렇게 하는 것이 보살행이다.

예사 사람이 보살행을 할 수 있는가? 이 질문에 대해서 저자 한용운은 지나치게 낙관적인 대답을 했다고 할 수 있다. 그것이 작품의 가장 큰 결함이라고 할 수 있다. 그러나 한용운은 이 작품에서 예사 사람의 평범한 이야기를 하고자 했던 것은 아니라면, 거기서 멈추지 말고 생각을 더 해보아야 한다. 보살행은 최악의 역경에 처해서 더 물러설 수 없으면 할 수 있다. 자포자기하고 마는 남자로서는 불가능하지만, 그 길마저 없는 여자에게는 가능하다. 독자의 생각이 거기까지 미치게 하려고 한 줄 알면 작품에 대한 평가가 달라진다.

---

103) 같은 책, 248면.
104) 같은 책, 285면.

작품에서 구태여 최악의 상황을 그린 것은 무슨 까닭인가? 인생이 고해임을 깨우쳐주려고 했다고 할 수 있지만, 그것만은 아니다. 식민지 시대에 겪은 처참한 불행을 그런 방식으로 그렸다고 볼 수 있다. 식민지 시대니까 절망을 할 수밖에 없다고 하지 않고, 절망에서 희망을 찾는 길을 악업과 선업의 관계를 통해 나타냈다고 이해할 수 있다.

식민지 시대가 되어 모든 것이 정상에서 벗어난 상황이라 악업은 넘치지만 선업은 찾아볼 수 없어 불균형이 심해졌다는 것도 작품에서는 하지 않은 말이지만 독자는 생각해낼 수 있다. 그럴수록 이유를 따지지 말고 아무 조건 없는 선업을 짓는 것이 세상을 바르게 하는 길이다. 선업을 지으려면 증오를 버려야 한다. 침략에 대한 증오도 버려야 침략을 없앨 수 있다.

한용운이 쓴 그런 소설은 널리 공감할 수 없는 특이한 생각을 나타냈다고 해야 할 것 같다. 비슷한 소설이 어디 또 있을 것 같지 않으므로 길게 거론한 것이 잘못이라고 할 수 있다. 그러나 세상을 널리 돌아보면 그렇지 않다. 한용운의 《박명》과 흡사한 작품이 다른 데도 있다. 말레이지아 작가 사마드 사이드(Samad Said)의 《살리나》(*Salina*, 1961)를 그 본보기로 들 수 있다.

이 작품은 영국의 식민지 통치를 받다가 일본군에게 점령당한 싱가포르에서 있었다고 하는 일을 다루었다. 여러 인종 수많은 사람이 변두리 빈민가에 모여 사는 모습을 그렸다. 일본군과 영국군 사이의 전쟁 때문에 피해를 입은 사람들이 거기서 어렵게 살아간다고 했다. 식민지 통치의 고통에다 전쟁의 참상이 보태져서 가중된 절망을 어떻게 극복할 수 있는가 하는 문제를 다루었다.

주인공 시티 살리나는 제2차세계대전 이전에는 부유한 가정에서 자랐다. 아버지는 싱가포르에서 이름난 보석상을 경영하고 있었다. 사랑하는 사람도 있었다. 그런데 일본군의 공습으로 부모와 사랑하는 사람을 잃고, 일본군 정욕의 제물이 되었다. 그 뒤 몸을 팔아 살아가는 거리의 연인으로 전락해서 빈민가에서 살아갔다.

압둘 파카르라는 악당을 기둥서방 삼아 먹여살리면서 온갖 모욕을 받았다. 압둘 파카르가 죽은 애인과 닮은 것이 그 이유라고 스스로 말했지만, 그것만으로는 납득할 수 없는 일이었다. 살리나는 천성이 선량해서 아무 조건 없는 봉사를 했다. 자기 노력이 어떤 결과를 가져오는가 생각하지 않고, 마음속으로 이렇게 되물었다.

'내가 그이에게 잘못해준 게 대체 뭘까' 하고 그녀는 생각하기 시작했다. 없었다. 충분히 해줄 만큼 해주었다고 해도 과언이 아니다. 내가 남편이었고 그이가 아내라고 가정하더라도 난 한 사람의 남편으로서 모든 조건을 충족시켰다고 생각한다. 음식과 의복을 대주고 용돈을 매일 5링깃을 주었으며, 그리고 극진하게 대해 오지 않았던가. 그 모든 것들이 충분치 못했다는 말인가?
　내가 그이의 마음을 즐겁게 해주지 못한 것이나 아닐까? 아무리 생각해도 그렇지 않은 것 같다. 몸과 마음을 다 바쳐 왔는데, 그것으로도 충분하지 못했다면 그럼 어찌 해야 한단 말인가?[105]

그런데 압둘 파카르는 조금도 고마운 줄 모르고, 자기 행실을 고치지 않았다. 이웃의 처녀 나히다에게 못된 짓을 하고, 다른 여급과 동거생활을 하면서 살리나를 때리고 괴롭혔다. 때리고 못살게 굴어 살리나가 울면 다음과 같이 말하곤 했다.

"너 왜 우는거야? 네 아버지라도 죽었니?"
압둘 파카르는 되는 대로 내뱉았다.
시티 살리나는 더욱 슬펐다. 그녀에게는 아버지는커녕 가족이라곤 아무도 없었다. 모두 2차대전의 희생물이 된 것이다.[106]

---

105) 사미드 사이드, 정영림 역, 《살리나의 연인들》(서울 : 지학사, 1987), 130면.
106) 같은 책, 136면.

살리나가 사는 곳은 이슬람사회이다. 교양과 학식이 많은 라스만, 이슬람 종교지도자가 주위에 있어서 감화를 주었다. 그래도 세상이 달라지지는 않았다. 살리나는 신앙생활에 힘쓰지 않았지만, 어떤 역경에서든지 굽히지 않고 바르게 살아갔다. 말레이 작가들이 쓴 책을 읽고 자라나는 아이들에게 감화를 주었다.

비록 말레이 책들이 질이 낮다 할지라도 말레이 작가들의 마음속에, 그리고 생각 속에 담겨져 있는 사상이 무엇인지 살펴보고 또 동족에 대해 뭐라고 썼는지 알아보는 것이 좋지 않겠어요.[107]

영어책만 읽지 말고 말레이어로 쓴 책도 읽으라고 힐미라는 청년에게, 살리나의 감화를 받은 처녀 나히다가 이렇게 말했다. 힐미의 모친 역시 영국군이 투하한 폭탄에 남편을 잃고 늙은 몸으로 남의 집 삯빨래를 하면서 아들 힐미를 학교에 보내 가르치느라고 무척 고생했다. 힐미는 자기 어머니뿐만 아니라 온 동네 사람들의 희망이었다. 힐미는 살리나를 누나라고 부르면서 따랐다.

힐미와 나히다는 서로 사랑했다. 나히다는 17세이고, 힐미는 19세여서 예전 같으면 결혼하기에 늦은 나이였다. 그런데 두 사람의 결혼은 뜻대로 이루어지지 않았다. 악이 넘치는 세상이라 시련이 닥쳐왔다. 자리나라는 여인이 나히다의 아버지를 유혹해 자식들을 학대하고, 남편이 죽은 뒤에는, 압둘 파카르에게 희생이 된 나히다에게 술집에 나가라고 강요했다. 어두운 시대가 한참 계속되었다.

그러다가 시대가 바뀌었다. 영국의 식민지 지배가 끝났다. 힐미는 그 소식을 듣고 독립의 함성이 울리는 곳으로 기차를 타고 가다가 병석에 누운 살리나가 보낸 편지를 인편에 받고 뜯어서 읽는 것이 마지막 장면이다. 편지 한 대목에서 이렇게 말했다.

---

107) 같은 책, 316면.

오랫동안 널 보지 못했구나. 난 내 동생이 진심으로 보고 싶어. 누나는 새 삶을 시작하려 하고 있으며, 행복한 내 삶에 대한 꿈을 들려주고 싶구나. 넌 그걸 도와줄 수 있을게고, 난 내 동생의 도움이 절실히 필요해.[108]

전에는 살리나가 힐미를 이끌어주더니, 이제 힐미가 살리나에게 희망을 줄 때가 되었다. 살리나는 민족수난을 상징하는 여인이다. 민족수난에 따르는 희생, 천대, 모욕을 온 몸으로 견디면서 새 시대가 시작되는 날을 인생의 가장 밑바닥에서 기다렸다. 자라나는 세대가 그 뜻을 받들어 독립된 나라의 영광스러운 미래를 설계하는 구실을 맡았다.

아프리카 나이지리아의 여성작가 부치 에메체타(Buchi Emecheta)가 쓴 《어머니 노릇의 즐거움》(*The Joys of Motherhood*, 1979) 또한 역경을 견디어내는 여성의 자세를 그린 소설의 좋은 본보기가 되는 작품이다. 자기와 같은 이그보(Igbo)민족 출신의 나이지리아작가 아체베(Achebe)가 식민지 통치를 겪는 수난을 남성을 중심으로 다룬 데 맞서서 여성의 처지를 문제삼는 반론을 제기했다. 전통사회가 붕괴되고 백인의 지배가 시작되면서 어떤 고통을 겪어야 했던가를 한 여성의 수난을 중심으로 그리면서, 여성은 남성처럼 절망에 빠지지 않고 잃어버린 주체성의 수호자임을 보여주었다.[109] 영어로 써서 미국에서 처음 출판한 작품이고, 영어권의 여성비평가나 학자들이 높이 평가해 널리 알려져 있지만,[110] 제3세계라면 어디서나 있을 수 있는 전형적인 내용을 다루었다.

---

108) 같은 책, 459면.

109) Patrick Colm Hogan, *Colonialism and Cultural Identity, Crises of the Tradition in the Anglophone Literatures of India, Africa and the Caribbean* (Albany, New York : State University of New York Press, 2000), 173면.

110) 이 작품에 관한 연구업적 가운데 한국 유학생이 미국대학에 제출한 박사논문 Kyeng-Hee Choi, *When the Colonized Mothers Speak : Post-colonial and Material Narrative of Toni Morrison, Pak Wanso, and Buchi Emecheta* (Indiana University Ph. D. Dissertation, 1996)도 있다.

주인공인 에누 에고(Enu Ego)는 "뛰어난 씨름꾼"이고, "웅변에 재능이 있다" 하고,[111] "세계에서 가장 용감한 사냥꾼"이라고 칭송되던[112] 존경스러운 추장의 딸로 태어났으며, 자식을 많이 둘 팔자라고 했다. 그 둘 다 행복을 약속하는 조건이다. 그런데 식민지 통치가 시작된 것을 근본 이유로 해서, 예정된 행복 대신에 가혹한 시련이 닥쳐왔다. 자기 신분과 맞는 남자와 결혼을 했으나 나쁜 귀신이 붙은 탓에 둘 사이에는 아이가 생기지 않고, 남편은 폭력을 휘두르기만 했다. 그래서 새로운 인생을 스스로 개척해야 했다.

첫째 남편을 버리고 얻은 두 번째 남편 은나이페(Nnaife)는 영국인이 지배하는 해안도시에서 영국인에게서 고용살이를 하면서 세탁 일을 하는 사람이라 비굴한 자세로 비참하게 살았다. 영국인 여편네의 속옷까지 세탁하면서도 창피스럽게 여기지 않는 남편을 보고 분개했다. 그 대목에서 식민지 통치가 강요한 굴종의 가장 아픈 증세를 나타내보였다.

자기 남편이 백인 여자들의 속옷가지를 빨아 너는 것을 볼 때마다, 에누 에고는 고통을 받고 있는 사람처럼 움추러들었다. 은나이페가 자기가 다루는 것은 고급 의류와 실크라고 자랑하는 말을 들으면, 그런 느낌이 마음을 아프게 하면서 더 깊은 곳까지 파고들었다.[113]

그러나 마음이 아파도 어쩔 도리가 없었다. 추장의 딸이 아버지로부터 물려받은 자존심을 세울 방법이 없는 상황이었다. 먹고살기 위해 부부가 함께 무슨 일이든지 가리지 않고 해야 했다. 지나간 시절의 안정

---

111) Buchi Emecheta, *The Joys of Motherhood* (New York : George Braziller, 1979), 10면.

112) 같은 책, 154면.

113) 같은 책, 47면. 원문은 : "But every time she saw her husband hanging out the white woman's smalls, Enu Ego would wince as someone in pain. The feeling would cut deep when, with sickening heart, she heard Nnaife talking effusively about his treatment of dainty clothes and silk."

을 모두 잃은 식민지 통치하의 민중에게는 생존을 하는 것이 우선 문제였다.

살기 위해 애쓰는 동안에 임신을 해서 첫 아이를 낳았으나 곧 죽었다. 그 때문에 미칠 지경이 되었다가 자식을 많이 낳았으며, 두 아들과 여섯 딸을 실패를 하지 않고 장성하도록 키웠다. 자식을 많이 둘 팔자라는 예언은 적중했으나 아이들을 먹이고 가르치기 위해서 온갖 고생을 다 해야 했다. 어머니 노릇을 하기 위해 자기를 희생하는 것이 괴롭다 하지 않고 큰 기쁨으로 여겼다.

남편은 문제의 인물이었다. 벌이가 시원치 않아 가족들을 고생시키다가, 군대에 징집되어 나갔다. 게다가 아내를 하나 더 얻어 집에 데리고 왔다. 두 아내는 질투를 할 겨를도 없이 둘 다 먹고살기 위해서 분투하면서 서로 도와야 했다. 그 정도로 그치지 않고, 남편은 잡혀들어가 감옥살이까지 했다. 남편이 그처럼 형편없는 위인이라고 해서, 이혼을 하거나 내쫓을 수 있는 것도 아니었다. 여자의 권리를 주장한다는 것은 너무나도 사치스러운 일이었다.

아이들에게 아버지가 있다는 것만으로도 남편은 자기 구실을 한다고 인정해야 했다. 나머지 모든 일은 아내가 맡아야 했다. 살림을 꾸려가고 아이들을 기르는 일을 아내가 도맡아, 힘든 만큼 보람 있다고 여겨야 했다. 제3세계 사회 도처에서 볼 수 있는, 제1세계로 건너간 제3세계의 이민자들 사이에서도 흔히 볼 수 있는 억척스러운 어머니의 모습을 유감없이 보여주었다. 그런 가운데 자식 교육에 대해서 특히 힘쓰고 가장 큰 보람을 찾았다.

맏아들은 선교사가 운영하는 학교에서 공부하고, 미국으로 유학가서 어머니의 소망을 이루었다. 그러나 미국에 머물러 살면서 백인여자와 결혼하고, 가족과의 관계를 끊다시피 했다. 작은 아들도 자기 갈 길을 갔다. 교육을 위해 힘쓴 결과는 자식들이 어머니와 멀어지고 어머니를 도와주지 않게 된 것으로 나타났다. 성공했다고 남들이 부러워하는 어머니가 쓸쓸하게 세상을 떠나야 했다. 그 뒤에 맏아들이 돌아와 장례를 야단스럽게 치루어 효자라는 소리를 들었다.

"자식들에 대한 사랑과 의무가 그 여자에게 노예의 쇠사슬과 같았다"고[114] 한 것이 적절한 표현이다. 그런 노예의 삶을 살면서 괴로워하기보다는 오히려 즐거워했다. 죽음을 맞이하는 마지막 대목에서 마을 사람들이 몰려와 "어머니 노릇의 기쁨은 모든 것을 자기 자식들에게 주는 기쁨이었다"고 했다.[115] 그 말에 작품 제목에서 뜻한 바가 잘 나타나 있다.

인류역사의 전환과 관련해서

지금까지 거론한 작품을 보면 제3세계에서 여성의 사회적 지위가 높아진 것은 아니다. 20세기에 들어와서도 제3세계에서는 여성이 앞 시대처럼 종속적인 위치에 머무르고 있다. 그런데도 제3세계의 작가들은 여성은 불리한 위치에서 당하는 수난을 굳건하게 견디는 강인한 자세를 보여주었다고 소설에서 그렸다. 그래서 여성이 참고 견디면서 사는 자세를 노예의 굴종이라고 나무라는 여권운동가들의 견해를 유럽문명권에서 수입해 제3세계에 적용하는 것이 과연 바람직한 일인가 하는 의문을 가지게 한다.

유럽의 작가들은 세상을 남녀의 대결장으로 보지만, 제3세계문학에서는 수난을 강요하는 외부의 침략세력에 대응하는 남녀의 자세를 비교해 평가하는 것을 기본관심사로 삼았다. 그 때문에 제3세계에서는 간통소설을 찾아보기 어렵다. 제3세계소설 속의 여성이 개인의 수난을 통해 집안의 불행을, 집안의 불행과 함께 민족의 수난을 견디어내면서 절

---

114) 같은 책, 186면. 원문은 : "Her love and duty for her children were like her chain of slavery."

115) 같은 책, 224면. 원문은 : "The joy of being a mother was the joy of giving all to your children, they said."

망하지 않고, 없는 가운데도 희망을 찾는 것이 할 일이라는 자각을 보여준 것은 대단한 의의가 있다.

여성에 대한 가해자 노릇을 계속하고 있는 남성에게는 가능하지 않은 일을 여성은 하고 있어 여성의 우위를 입증한다. 여성은 남성처럼 우월감을 가지지도 않고, 남성에게 억압당한다는 이유에서 열등감에 사로잡히지도 않고, 민족의 어머니, 민중의 어머니, 인류의 어머니로서 해야 할 일을 굳건하게 하고 있는 모습을 제시하려고 제3세계 소설가들은 애썼다. 최고조에 이른 절망에서 희망을 찾는 길이 거기 있다고 했다.

제3세계에서 그런 소설이 일제히 나타난 것은 세계사의 범위에서 진단해야 할 사건이다. 남성중심주의의 중세이념 때문에 퇴색된 여성의 책임의식, 그 근원이 되는 지모신 신앙이 식민지가 되어 수난을 겪는 시대가 되자 되살아난 것이 사태의 본질이다. 그래서 중세와는 다른 시대가 시작되었지만, 유럽에서 말하는 기준을 적용해 근대에 이르렀다고 하는 것은 적합하지 않다. 남녀평등의 시대가 근대라고 한다면, 제3세계에서는 그런 의미의 근대가 시작된 것은 아니다. 여성이 남성보다 더 많은 책임의식을 가지고 공동체 전체의 수난을 견디어나가는 시대는 중세에서 근대로의 이행기이면서 또한 근대를 넘어서서 다음 단계로 나아가는 시대이다.

오늘날 제3세계에서도 경제적 여유가 있고 고등교육을 받은 도시 시민층은 유럽문명권에서와 같은 방식의 남녀평등을 이룩했다. 그런 배경을 가진 여권론자들이 유럽문명권에서 하는 소리를 되풀이하면서 배우지 못하고 가난한 여성들도 자기네와 같은 지위를 얻어야 한다고 주장한다. 그런 주장이 잘못되었다고 할 수는 없지만, 시민이 아닌 민중 쪽의 여성은 들에서 농사를 짓든, 시장에서 장사를 하든 남성보다 더욱 부지런하게 일하면서 가계를 꾸려가고 자녀를 양육하고 있다는 사실을 알아야 한다. 그처럼 중노동에 시달리는 것이 권리가 없어 노예노동을 면하지 못하고 있는 탓이라고 한다면 여성의 기여를 스스로 과소평가한다.

여성은 남성을 투쟁의 대상으로 삼고 있는가? 아니면 밖에 있는 더 큰 적과 싸우기 위해 남성과 경쟁을 하고, 남성이 무능해서 생기는 약점을 갑절로 노력해 메워야 하는가? 그 어느 쪽의 관점을 가지는가에 따라 모든 것이 달라진다. 경제적 여유가 있고 고등교육을 받은 도시 시민층에서 여성이 남성을 투쟁의 대상으로 삼는 것은 진보가 아니고 임무의 망각이라고 할 수 있다.

유럽문명권 제1세계의 횡포에 대해서 제3세계가 일제히 맞서야 하는 지금의 상황에서 제3세계의 상층은 제외되어 있는 것도 아니고, 제1세계에 가담해야 하는 것은 더욱 아니다. 상층 지식인은 외래문명의 대리점 노릇을 그만두고 정신을 차려야 한다. 제3세계가 지닌 역량의 가장 소중한 임무를 망각하고 있어 하층에서 더 큰 임무를 져야 하는 부담을 민족의 어머니인 여성이 더욱 분발해서 감당해야 하는 줄 아는 것이 그 첫걸음이다.

오늘날 가족의 해체가 인류 문명의 큰 위기로 닥쳐오고 있다. 유럽문명권에서는 결혼하지 않고 일시적으로 동거하는 남녀 사이에서 태어난 아이들이 나날이 늘어나 불행하게 자라나서는 가족 파괴 행위를 부모 세대보다 더 심하게 한다. 그것이 다른 곳에서도 배우고 따라야 할 선진의 모범인가? 그런 풍조가 전세계에 밀어닥칠 것인가? 아니다. 그렇지 않다.

제3세계에서는 가족의 유대를 계속 지켜 인류 문명의 위기를 극복할 것이다. 유럽문명권마저도 변하게 하는 새로운 가치관을 수립할 것이다. 가부장의 지배, 남성의 권위를 유지해서 그렇게 한다는 것은 아니다. 아내가 남편의 일탈을 제어하고, 어머니가 가족의 중심이 되는 모계 사회의 저력을 제3세계 빈곤층이 지니고 있어 새로운 가족윤리를 마련하는 근거로 삼고 있다고 보는 것이 타당하다. 지모신 숭상이 오랫동안 거부되고 망각되었다가 이제 되살아난다.

가족은 해체되지 않고 재건된다. 가족 해체의 위기가 가족의 구조가 바뀌면서 극복된다. 남성중심의 가족을 대신해 여성중심의 가족이 이루

어지면서 인류 문명의 전환이 이루어질 것이 예상된다. 그 증거가 어디
있단 말인가? 지금까지 다룬 소설에 있다. 소설에서 말하고 있는 깊은
진실을 사회학자나 역사학자들은 아직 간과하고 있다.

9. 소설에서 추구하는 의식각성

독일의 교양소설

소설의 한 사명은 의식각성을 추구하는 것이다. 의식각성을 추구하는 소설은 '교양소설'(Bildungsroman)에서 시작되었다고 하니, 이에 대해서 고찰하기로 한다. '교양소설'이 무엇인가 두고 논란이 많다.[1] 그래서 그 정의나 범위를 밝혀두어야 한다. 교양소설은 발전소설, 교육소설 등과 구별되는 특수한 의미를 가지는가 아니면 그것들을 모두 포괄하는 넓은 의미를 가지는가? 교양소설은 독일 특유의 소설인가 다른 나라에도 있는 소설인가? 이 둘이 기본 쟁점이다.

두 쟁점은 하나로 연결되어 있다. 개념 구분을 미세하게 하는 것을 능사로 삼으면 포괄적인 문제의식이 사라진다. 세계소설에 대해서 광범위한 이해를 하기 위해서는 그렇게 하지 말아야 한다. 교양소설은 독일에서 생겨나고 독일에서 그 이론이 먼저 정립되었지만 유럽 다른 나라에도 있는 소설이라고 이해하고 필요한 논의를 전개하는 것이 흔히 있

---

1) Rolf Selbmann, *Der deutsche Bildungsroman* (Stuttgart : J. B. Metzlersche, 1984), 9~33면 ; 오한진, 《독일 교양소설연구》(서울 : 문학과지성사, 1989), 11~66면 ; Gehart Mayer, *Der deutsche Bildungsroman* (Stuttgart : J. B. Metzlersche, 1992), 12~30면에서 이에 대한 논란을 폈다.

는 일이다.[2] 최근에는 유럽의 범위를 넘어서서 세계 어디서든지 의식의 각성을 추구하는 소설은 모두 교양소설이라고 하는 확대된 개념이 널리 통용되고 있다.[3] 적용의 범위가 넓어지면 개념이 확대되는 것이 당연한 일이다.

최초의 개념 규정이 편협하게 이루어졌던 것은 아니다. 교양소설이 무엇인가 처음 밝혀 논한 딜타이(Dilthey)는 한 젊은이가 "냉혹한 현실과 투쟁하면서 다양한 삶의 체험들을 이해하고, 자신을 발견하며, 세계에 있어서 자신의 사명이 무엇인가 확신"하게 되는 것이 그 특징이라고 했다.[4] 그런 것은 독일뿐만 아니라 유럽 어디에도, 세계 어디에도 있을 수 있는 소설의 한 기본 형태이다. 그 내력과 변화를 살피면 세계소설사 전개의 일단을 파악할 수 있다.

교양소설의 원형으로 인정되는 작품은 괴테(Goethe)의 《빌헬름 마이스터의 수업시대》(*Wilhelm Meisters Lehrjahre*, 1796)이다. 주인공이 자기 집을 떠나 세상이 어떤가 겪는 체험을 하면서 의식의 각성을 이룩하는 과정을 다룬 것이 교양소설의 기본 요건이라고 한다. 그런 소설은 유럽이 아닌 곳에도 흔히 있다. 이미 살핀 바와 같이, 한국의 《報恩奇遇錄》이나 일본의 《好色一代男》은 《빌헤름 마이스터의 수업시대》와 흡사하다. 시민의 생업에 충실하는 아버지의 명령을 받고, 그럴 생각이 없는 아들인 주인공이 장사 길에 올라 여행을 떠나서는 딴 짓을 하면서

---

2) Franco Moretti, *The Way of the World, the Bildungsroman in European Culture* (London : Verso, 1987) ; Marc Redfield, *Phantom Formations, Aesthetic Ideology and the Bildungsroman* (Ithaca, New York : Cornell University Press, 1996)에서는 유럽의 교양소설에 대한 광범위한 논의를 폈다.

3) Geta Leseur, *Ten Is the Age of Darkness, the Black Bildungsroman* (Columbia : University of Missouri Press, 1995)에서는 미국의 흑인소설에서 ; Wangari wa Nyatetu-Waigawa, The Liminal Novel, *Studies in the Francophone-African Novel as Bildungsroman* (New York : Peter Lang, 1996)에서는 아프리카소설에서 교양소설이 이루어져 있는 양상을 고찰했다.

4) 오한진, 위의 책, 12면.

별난 경험을 한 점이 서로 같다.

그런데도 《빌헬름 마이스터의 수업시대》만 교양소설이라고 할 수 있는가? 이에 대해, 기본 설정이 동일한 교양소설이 세계 여러 곳에서 생겨났다는 사실이 아직 인식되지 못하고 있는 것은 잘못임을 지적하고, 논의의 범위를 확대하는 것으로 대응책을 삼을 수 있다. 그러나 교양소설의 요건을 보태서 문제를 해결하는 것이 적절한 대책이다. 주인공이 겪은 체험을 통해서 얻은 의식의 각성이 인생론으로 대단한 의의가 있다고 작가가 자부하고 세상에서 인정해, 소설이 교양독서물이 되게 한 소설이 교양소설이라고 하면, 다른 두 작품은 빠지고 《빌헬름 마이스터의 수업시대》만 남는다.

소설이란 교양에 위배되는 흥미만 제공하는 저질 독서물이므로 마땅히 배격해야 한다고 하는 주장을 시정하고, 소설을 읽어 교양을 얻으라고 하는 인식의 전환을 가져오는 데 그 작품을 쓴 괴테가 앞장섰다. 다른 곳에서 소설에 대한 인식이 그렇게 바뀐 것은 세계명작이라고 칭송되는 소설을 유럽에서 받아들인 이후의 일이다. 대학의 교양교육에 소설 읽기가 당연히 포함되어야 한다는 오늘날의 관습이 그렇게 해서 형성되었다.

그러나 유럽이 아닌 다른 곳에서, 소설에서 교양을 얻을 수 있다는 사고는 수입했어도 작품을 본뜬 것은 아니다. 제3세계에서는 자기 역사를 새롭게 창조하는 방향을 제시하는 새로운 소설을 만들어내서 소설을 혁신했다. 그런 것까지 교양소설이라고 부르려면 그 개념을 확대해야 한다. 그런 사실까지 고려해야 교양소설에 대한 더욱 타당하고 포괄적인 이해가 이루어진다.

《빌헬름 마이스터의 수업시대》에서 제시한 인생론의 핵심은 사회갈등을 해결하는 길이 예술에 있음을 확인하고, 귀족의 딸과 결혼해 상하의 대립을 넘어서서 화합을 꾀한 것으로 요약된다. 그렇게 말한 데 서로 의미가 다른 여러 층위가 포함되어 있다. 아주 보편적인 층위, 대체로 보편적인 층위, 대체로 특수한 층위, 아주 특수한 층위를 가려낼 수 있다. 교양소설의 개념을 아주 좁은 것에서 넓은 것까지 가려서 논할 수 있는 단서가 거기 있다.

"다양한 체험의 인생수업을 하고 의식의 각성을 얻었다"고 한 것은 아주 보편적인 층위이다. 모든 교양소설은 다양한 체험을 통한 의식의 각성을 얻는 소설이라고 정의할 수 있다. 주인공이 젊은이고 집을 떠나 여행을 한 것이 체험의 기회라고 한 것은 대체로 보편적인 층위이다. 교양소설에는 그런 것이 많다.

"집을 떠나"를 "부모와 헤어져"로 바꾸면 해당되는 작품이 더 많아진다. 인생에서 당면하는 문제를 해결하는 데 예술이 소용된다고 한 것은 대체로 특수한 층위이다. 유럽의 교양소설에는 그런 작품이 흔하지만, 유럽 밖으로 나가면 사정이 다르다. "상하의 대립을 넘어서서 화합을 꾀했다"고 한 것은 아주 특수한 층위이다. 독일의 교양소설 가운데 일부에서만 보이는 그런 내용을 교양소설 일반의 특징이라고 하면서 교양소설을 비난하는 데 쓰는 것은 잘못이다.

《빌헬름 마이스터의 수업시대》의 뒤를 이은 독일의 교양소설은 작품이 많아 일일이 거론하기 힘들다. 작품론을 전개하면서 교양소설의 개념이나 특징에 어떤 변이가 일어났는가 살핀 내역까지 든다면 너무 복잡해진다. 여기서 독일소설사를 논하자는 것은 아니므로, 그 가운데 시대나 경향을 보아 대표적인 예라고 할 수 있는 것을 몇 가지만 들어 고찰하기로 한다.

그 뒤 낭만적인 경향의 교양소설이 몇 편 나타났다. 아이헨도르프(Joseph Freiherr von Eichendorff)의 《타우게니히츠의 일생》(*Aus dem Leben eines Taugenichts*, 1826)이 그 좋은 본보기이다.[5] 기본 설정을 보면, 스페인의 건달소설 《라자로의 생애》와 물레방앗간에서 태어난 아이의 방랑기라는 점에서 상통한다. 그러나 건달소설이라고 하지 않는 것은 사기 행각을 일삼는 대신에 아름답고 성스러운 것을 찾아다니면

---

5) 오한진, 위의 책, 244~265면에서 이 작품을 논했다.

서 예찬하는 시를 바치는 방랑시인 노릇을 하기 때문이다.

아무 것도 가진 것이 없이 집에서 내쫓긴 미천하고 무식한 아이가 어째서 그럴 수 있었던가를 묻는 것은 적합한 질문이 아니다. 방랑시인은 모든 기존의 가치와 편견에서 벗어나 매혹적이고 경이롭고 성스러운 세계를 찾아 마땅하다고 하기 위해서 그런 인물을 등장시켰다. 예술가가 자기 사명을 깨닫고 창조의 새로운 경지를 찾아나서는 예술가소설을 교양소설의 형태로 마련하면서, 예술가가 사회에서 소외당하는 수난을 주인공의 가련한 처지를 통해 나타냈다.

켈러(Gottfried Keller)의 《초록 옷의 하인리히》(*Der grüner Heinlich*, 1855)에서는[6] 하층민으로 자라났으나 대단한 가능성을 가진 젊은이가 학교에서 퇴학당하고 객지로 돌아다니면서, 연극도 하고, 그림을 그리기도 했다. 그러나 그 어느 것으로도 만족하지 못하고, 어머니가 위독하다는 말을 듣고 고향으로 돌아가, 버리고 떠난 연인과 결혼했다. 주인공이 죽는 것으로 끝을 냈다가 평범한 시민으로 지내면서 합리적인 삶을 이룩한다고 고쳤다. 그렇게 해서 황폐한 자아에 대한 두려움을 극복하고 안정을 찾은 것이 정신적 각성임을 분명하게 했다.

켈러는 자기 작품의 주인공인 "재주 있고 생명력 넘치는 젊은이"는 "모든 선과 미를 추구하면서 자기의 운명과 미래에 대한 행운을 추구하기 위해 세계로 나아가", "모든 것을 맑은 눈으로 바라보며, 삶을 즐기는 사랑스러운 친구로서 모든 사람들과 친분을 맺는다"고 했다. 그렇더라도 피할 수 없이 다가온 수난 때문에 절망한 사유를 한참 말한 뒤에, "나의 책이 주는 도덕은, 자신과 가족의 관계를 균형 있게 유지하지 못한 개인 역시 국가적 공동생활에 있어서도 영예롭고 영향력 있는 위치를 차지할 수 없다는 것이다"라고 했다.[7]

그러나 "생명력"이니 "도덕"이니 하는 것이 명칭에 상응하는 의의를

---

6) 오한진, 위의 책, 166~195면에서 이 작품을 논했다.
7) 오한진, 위의 책, 170면.

가진 것은 아니다. 중요한 것은 작가의 의도가 아니고, 작품의 실상이다. 절충주의나 유화주의를 택해 역사 발전에 적극적으로 기여하지 못하고 작품구조마저 밋밋하게 만들었다. 논설이나 객담을 마구 넣어 긴장된 전개를 방해하는 괴테 이래의 관습을 버리지 못했다.

루카치는 켈러가 "괴테의 리얼리즘이 남긴 가장 훌륭한 유산들을 새로운 시대에 걸맞는 새로운 삶의 형상화를 위해 새로이 해석했고, 민족적 세계관을 지닌 민중적이고 고전적인 작가이며, 그 내용과 표현 형식에 비추어 보더라도 동시대의 가장 뛰어난 세계문학 수준에 도달한 작가"라고 평가했다.[8] "새로운"이라는 말을 거듭 사용하고, "민족적"·"민중적"·"고전적"이라고 하는 수식어를 두루 동원해 칭송했다. 그런데 실제로 무엇을 이루었는가? 평범한 시민이 합리적으로 살아가자는 것을 자아각성의 도달점으로 삼자는 결론을 내려 어떤 기여를 했는가? 켈러에 대한 과도한 평가로 독일의 교양소설에 대한 비판을 막을 수 없다.

시민은 귀족에 대해서 적대감을 가지지 말고 사회변혁을 꾀하려고 하지도 말고 주어진 범위 안에서 착실하게 살아야 한다는 것이 독일 교양소설의 공통된 주제이다. 그렇게 해서 사회가 안정되어야 한다고 했다. 집을 떠나 여행을 하면서 예술가가 되고자 하는 꿈을 키우면서 환상에 들떠 있던 기간이 지나면 현실을 있는 그대로 받아들이면서 평범하게 살아가는 것으로 만족해야 한다. 그렇게 해서 예술은 생활을 침해하지 말아야 한다고 했다.

귀족과 시민, 예술과 생활의 대립을 그 정도의 안이한 타협으로 해결하려고 한 것은 독일 시민의식 또는 시민문학의 한계이다. 귀족의 지배를 무너뜨리고 새로운 사회를 건설할 능력을 가지지 못한 독일의 시민이 자기네의 무능과 패배의식을 조화로운 삶을 동경하는 내면의식으로 내세워 은폐한 소설이 교양소설이라고 하는 비판이 지나치지 않다. 의

---

8) 게오르게 류카치, 반성완·임홍배 역, 《독일문학사, 계몽주의에서 제1차 세계 대전까지》(서울 : 심설당, 1987), 162면.

식을 각성하는 교양이라는 것이 사실은 허위의식이라고 할 수 있다.[9]

그렇다고 해서 교양소설은 독일 역사의 파행적 전개의 산물이라고 규정하고 마는 것은 적합하지 않다. 의식의 각성을 추구하는 소설을 진지한 어조로 써서, 패륜이나 부추긴다고 비난받던 소설이 읽으라고 권장할 만한 교양서적일 수 있게 한 것은 공적으로 평가해야 한다. 역사발전이 뒤떨어진 독일인이라야 가질 수 있는 그런 발상이, 다른 나라에서 널리 받아들여지지 않고 있다가 시대 변화와 더불어 본고장에서도 배척된 것을 안타깝게 여겨야 한다. 독일 교양소설에서 발견되는 결함이 모든 교양소설의 필수적인 요건일 수 없다.

스페인에서 시작된 건달소설은 다른 여러 나라에 전파되어 유사한 작품이 다투어 나타났는데, 교양소설이 그렇지 못했던 이유는 몇 가지로 이해할 수 있다. 건달소설을 만들어낼 때 스페인은 선진국이었으나 교양소설을 산출한 독일은 후진국이어서 다른 나라가 따르려고 하지 않았다. 건달소설은 기존의 가치를 파괴해 인기를 끌고, 교양소설은 없는 가치를 정립하려고 하다가 미움을 샀다. 그러나 건달소설은 한 시대를 주름잡는 풍운아로 화려한 삶을 누리다가 일단 물러났다고 한다면, 삶을 제대로 누리지도 못하다가 배척된 교양소설은 미완의 사명을 멀리까지 던져주었다.

루카치가 《초록 옷의 하인리히》의 작가 켈러를 높이 평가한 것은 시민문학이 타락하기 전의 건강한 모습을 마지막으로 보여주었다고 인정했기 때문이다. 1848년에 프랑스에서 2월혁명이 일어난 것을 계기로 19세기 후반 동안 유럽 일대에서 시민이 지배자로 등장하는 변혁이 일제히 추진되자 문학의 양상이 크게 달라졌다고 루카치는 진단했다.[10] 귀족과 맞서 싸우면서 역사발전을 주도하던 시민이 새롭게 성장한 노동

---

9) Hubert Orlowski, 이덕형 역, 《독일 교양소설과 허위의식》(서울 : 형설출판사, 1996)에서 그런 논의를 전개했다.

10) Georg Lukacs, *Der historische Roman, Werke 6* (1965, Neuwied : Luchterhand, 1969)에서 편 견해이다.

계급의 도전에 맞서서 "처음으로 자기네의 경제적·정치적 지배의 존속만을 위해서 싸우"는[11] 보수세력으로 전락하면서 시민문학은 진보적인 의의를 잃고 타락의 길에 들어섰다고 비판했다.

그러한 변화를 더욱 정밀하게 이해하려면, 근대로의 이행기가 근대로 바뀌면서 무엇이 어떻게 달라졌는가 파악해야 한다. 시민이 귀족과 맞서 싸우는 근대로의 이행기에는 사회집단 사이의 관계를 실상과 합치되게 나타내 작품의 갈등구조를 이룩하던 소설이, 시민이 사회의 지배자로 등장한 근대에 이르면 시민 집단 내부에 매몰되어 개인끼리의 관계를 평면으로 다루는 소설로 바뀌었다. 이행기소설의 역사의식을 상실한 근대소설은 일상적인 삶을 정밀하게 묘사하는 기법을 가다듬는 데 힘썼다. 시민과 노동계급 사이의 새로운 투쟁은 더욱 발전된 역동적인 소설을 요구했지만, 수세에 몰려 보수화된 시민작가들은 투쟁을 외면하거나 멀리서 관찰하는 데 그쳤다.

유럽 교양소설의 새로운 경지

근대로의 이행기가 끝나고 근대가 되자, 교양소설이 필요하지 않게 되었다. 시민의 자식이 집을 나가 새로운 체험을 하면서 사회집단이 서로 어떤 관계를 가지고 살아가야 마땅한가 탐구해야 할 과제가 없어졌다. 의식의 각성을 추구하는 것이 소설의 사명이라는 생각도 버렸다. 교양소설에서 즐겨 펼치던 엉성한 논설을 배제하고 시민생활 내부의 모습을 정밀하게 묘사하는 것을 소설의 장기로 삼았다. 그렇게 하는 데 앞장선 프랑스소설이 크게 행세했다.

그러나 젊은 주인공이 의식의 각성을 이룩하는 과정을 그린 소설이 없어진 것은 아니다. 유동성과 내면성을 특징으로 하는 청춘의 삶을 경

---

11) Georg Lukacs, 위의 책, 107면.

험하면서 자기 스스로 이룩하고자 하는 바를 사회에서 요구하는 바와
합치시키기 위해 고심하는 젊은이를 다룬 소설을 교양소설이라고 개념
을 확장하면,[12] 거기 해당하는 작품은 위에서 든 고전적인 모형의 범위
를 넘어서도 많이 발견된다. 프랑스나 영국의 근대소설 가운데 그런 것
이 흔히 있다고 하지만,[13] 러시아소설에 더 적합한 본보기가 있다.

그 좋은 본보기로 들 수 있는 작품이 도스토예프스키(Dostoyevsky)
의 《죄와 벌》(*Prestupleniye i nakazaniye*, 1866)이다. 이 작품의 주인공
인 라스콜리니코프는 자기 집을 떠나 도시에 가서 공부하는 대학생이
었다. 대학교육이 확대되면서, 교양소설 주인공이 으레 겪는 가출, 고독,
고난 등의 과정에 대학생이 되면 들어서는 것이 세계 전체에서 흔히 볼
수 있는 새로운 현상이 되었다. 유럽의 후진국인 러시아는 선진국과의
격차를 줄이기 위해 대학을 세우는 데 특별히 힘써, 대학생을 주인공으
로 한 교양소설이 러시아에서 먼저 나왔다.

그의 방은 높은 5층 건물 꼭대기의 지붕 밑 방이어서 방이라기보
다 오히려 다락과 같은 느낌이 들었다. …… 그는 외출할 때마다 항상
계단을 향하여 문을 활짝 열어 놓은 아주머니네 부엌 옆을 아무래도
지나지 않으면 안되었다. 그때마다 청년은 어쩐지 병적으로 두려운
마음이 들게 되었고, 그것이 부끄러워서 얼굴을 찌푸리는 것이었다.
아주머니에게는 하숙비가 너무 많이 밀려 있었기 때문에 얼굴을 마
주치는 것이 두려웠던 것이다.

하지만 그렇다고 해서 그가 그토록 소심하고 겁쟁이라는 말은 아
니며, 그 점에서는 오히려 정반대 성격의 소유자였다. 그런데 그것이
언제부터인가 우울증과 흡사한, 안절부절 못하는 긴장된 기분이 되

---

12) Franco Moretti, 위의 책, 4~17면에서 편 견해이다.

13) 같은 책에서는 작품 스탕달(Stendal)의 《적과 흑》(*Le rouge et le noir*), 플로
베르(Flaubert)의 《감정교육》(*L'education sentimentale*) 오스틴(Jane Austin)
의 《오만과 편견》(*Pride and Prejudice*)을 그 본보기로 들어 고찰했다.

118

어 있었다. 너무나도 자기 세계 속에 틀어박혀 세상 사람과는 멀리
지내고 있었기 때문에, 아주머니는 물론 어느 누구와도 만나는 것이
싫고 무서웠던 것이다.[14]

서두에서 라스콜리니코프를 이렇게 소개한 데 집을 떠나 도시에 가
서 공부하는 대학생의 전형적인 모습이 아주 잘 나타나 있다. 앞 시대
를 대표하는 인물인 《빌헬름 마이스터의 수업시대》의 주인공이 아버지
의 명령을 받고 빌려준 돈의 이자를 받으러 간 여행길에서 겪은 것과는
다른 성격의 당혹감이나 적응장애가 새로운 문제를 제기한다. 자기 집
을 떠나 있는 라스콜리니코프 같은 대학생은 가난과 고독에 시달리고,
좌절감과 우울증에 빠져 편안하게 지내지는 못하고, 과격한 생각을 하
고 문제의 인물이 될 수 있다. 돈이 없어 겪는 고통을 돈을 벌어 해결하
려고 하지는 않고, 사회 전체를 이리 저리 뒤집어놓는 상상에서 대응책
을 찾으려고 한다.
　번민과 망상에 시달리면서 라스콜리니코프는 자기가 비범한 인물이
라고 믿었다. 사회관습을 무시하고, 법률에 구애되지 않고 훌륭한 일을
할 수 있다고 자부했다. 그러면서 돈이 필요할 때 찾아가는 전당포 주
인인 노파를 증오했다. 고율의 이자를 받아 가난한 사람들을 더욱 비참
하게 하고 과도한 축재를 일삼으면서 자기 동생마저 학대하는 사악한
노파를 죽여 사회악을 제거하고 노파의 재산을 유익하게 쓰는 것이 마
땅하다고 여겨 행동에 옮겼다.
　그런데 사전에 치밀하게 계산하고 한 행동이 뜻대로 되지 않았다. 노
파를 도끼로 쳐서 죽이고 귀중품을 제대로 챙기지도 못하고 있다가 갑
자기 나타난 노파의 동생마저 죽이고 황급하게 도망쳐야 했다. 마땅한
일을 했다는 자부심은 사라지고 견딜 수 없는 번민에 시달리다가, 창녀
노릇을 하면서도 순수한 마음을 지닌 소냐에게 감화를 받아 자기 죄를

---

14) 도스토예브스키, 박형규 역, 《죄와 벌》(서울 : 신영출판사, 1994), 19면.

고백하고 용서를 구하기로 했다. 경찰에 자수해 시베리아 유형의 길을 떠나면서 소냐를 포용하고 갱생할 것을 맹세했다. 소냐 덕분에 새 사람이 된 심정을 작품의 마지막 대목에서 다음과 같이 묘사했다.

'모든' 과거의 고통이 무엇이란 말인가? 비로소 감격을 맛본 그의 눈에는 모든 것이, 자기의 범죄조차도 선고나 유형까지도 뭔가 표면 뿐이고 기괴한, 마치 자기 신상에 일어났던 일이 아닌 것처럼 느껴지는 것이었다. 그러나, 그는 이날 밤 오랜 시간 계속하여 뭔가를 생각하거나 뭔가에 생각을 집중시킬 수 없었다. 더욱이 뭔가를 의식적으로 해결하려고 해도 아무 것도 해결할 수가 없었을 것이다. 변증법 대신에 생활이 찾아온 것이다.[15]

이렇게 말한 이유는 무엇인가? 변화가 완결되지는 않았다고 말하려고 했을 수 있다. 작품은 논문이 아니므로 미완의 가능성을 남기고서 끝내는 것이 바람직하다고 생각해서 이렇게 썼을 것이다. 죄를 짓고 벌을 받는 것은 가상일 따름이고 진실의 영역은 별도로 있다고 하는 깊은 사상을 나타내려고 했다고 할 수도 있다. 변증법 대신에 생활에 찾아온 변화는 느낌으로 알 따름이고 논리화해서 설명할 수 없다는 점을 납득할 수 있게 제시하려고 했다고 할 수도 있다. 작품을 한 대목만 들어보아도 이처럼 많은 생각을 하게 한다. 전반부에서 주인공이 가졌던 것과 같은 어느 한쪽의 논리적 사고로 작품을 선명하게 이해하려고 하는 것은 잘못이다.

그러나 라스콜리니코프가 추구한 의식의 각성은 작품의 진행과정에서 크게 달라진 것을 쉽사리 정리해 말할 수 있다. 자기는 비범한 인물이라고 하는 착각이 무너졌다. 종교에 대한 불신이 신앙으로 바뀌었다. 사회악을 제거하기 위해서는 살인을 할 수 있다는 생각을 버리고 살인

---

15) 같은 책, 578면.

이 법률상의 죄이기 전에 종교적인 죄임을 깨달았다. 사회문제 해결을 주장하다가 영혼의 구제가 더욱 값지다고 하게 되었다. 자기는 다른 사람은 하지 못하는 특별한 일을 해서 사회발전을 위해 기여해야 한다고 하다가 다른 모든 사람과 마찬가지로 신의 구원을 받아야 한다고 하게 되었다. 지성보다는 신앙이, 논리전개보다는 마음가짐이 소중하다고 하게 된 것도 커다란 변화이다.

작품 자체의 전개가 명백하게 말해주듯이 라스콜리니코프가 처음 가진 생각은 잘못되었다. 그렇다고 해서 뒤에 나타난 심경 변화가 타당하다는 주장은 성립되지 않는다. 노파를 죽여서 사회악을 제거한다고 하는 대신에 사회악을 조장하는 제도를 개혁하고, 돈의 횡포를 시정하기 위해 노력하는 길이 있다. 혼자 잘났다고 하지 않고 사회모순의 피해자들이 함께 나서서 싸우는 방법도 있다. 자기 잘못을 뉘우치고 종교에 의지하면 마음이 편안해질 수 있으나 사회악은 줄어들지 않는다. 모든 사람이 진실한 신앙인이 되면 사회악이 없어질 것이라는 상상은 그 전제가 충족될 수 없으며, 사회악이 다시는 생겨나지 않도록 하는 사회제도를 대안으로 제시하지 않아 더욱 받아들이기 어렵다.

도스토예프스키가 주인공을 통해서 추구한 두 가지 의식의 각성은 그 나름대로의 타당성이나 진실성이 있기는 하지만 모두 빗나갔다. 우열을 가리려고 하지 말고, 둘 다 빗나갔다는 공통점을 더욱 중요시해야 한다. 빗나간 이유는 개인과 사회가 분리되었기 때문이다. 고독한 개인이 홀로 이랬다 저랬다 하면서 번민에 사로잡혔을 따름이고, 사회와 연관되어 있지 않고 역사와 함께 움직이지 않았다.

《죄와 벌》은 사람은 어떻게 살아야 하는가 하는 문제를 진지하게 물으면서 소설의 타락을 거부한 점이 동시대 서부유럽의 소설과 달랐다. 그러나 서부유럽에서는 한물 간 교양소설을 러시아에서 살리는 구실은 하지 못했다. 잡계급이라고 한 비정통의 하급귀족 지식인이 자기 계급 내부에 매몰되어 사회의식이나 역사의식을 상실한 시민의 증후를 보이면서 쓴 작품이어서 소설사의 새로운 지평을 열지 못했다.

젊은이가 아버지와 함께 평온하게 살던 집을 떠나 새로운 체험을 하게 되는 계기는 장삿길에 오르는 여행이나 대학생이 되어 도시로 가는 것만이 아니다. 노동자가 되는 것도 중대한 전환이다. 자본주의가 발달하자 농촌의 농민이 도시로 나가 노동자가 되었다. 늙은 부모는 남겨두고서 젊은이들이 먼저 나가 새로운 생활을 하면서 전에 겪지 못하던 충격을 견디어야 했다. 자기 노동으로 엄청난 생산을 하면서 빈곤에 시달리는 생활에 대해서 스스로 반성하고, 무엇이 문제이며, 어떻게 해야 하는가 알고 행동해야 했다.

그래서 노동자를 주인공으로 한 교양소설이 생겨나야 하는 것이 당연한 일이었다. 그것 또한 서부유럽에서는 하지 못하고 러시아에서 수행한 과업이다. 러시아는 자본주의의 발달은 늦었으나 노동운동에서는 앞서서 새로운 소설을 이룩했다. 노동운동이 정치투쟁으로 발전해서 사회주의 혁명을 성취하자 고리키(Maksim Gorky)의 《어머니》(*Mat*, 1907) 같은 작품이 소설의 전범으로 숭상되었다.

닐로브냐라는 여성을 주인공으로 등장시켰다. 닐로브냐는 노동자인 남편의 술주정에 시달려야 하는 평범한 아내였다. 그런데 대를 이어 노동자가 된 아들 파벨이 의식각성을 겪으면서 투쟁에 참가하고 혁명가가 되는 길에 들어서자 차차 달라졌다. 그 과정을 자세하게 그리면서 혁명이 준비되고 진행되고 확대되는 데 대해서 알려주고, 참가자들의 의식이 깨어나게 하는 것이 작품창작의 의도였다.

파벨의 동지들은 모두 닐로브냐를 어머니라고 불렀다. 모든 노동자들이 형제이게 하는 어머니는 단결의 구심점이고, 수난받는 민중의 상징이 되었다. 파벨과 동지들이 다 잡혀가자, 작품의 마지막 대목에서는 어머니가 투쟁의 진면에 나섰다. 투쟁의 이유와 경과를 알리는 전단을 나누어주면서 모여든 군중에게 이렇게 외쳤다.

빈곤과 굶주림, 그리고 질병, 이 따위 것들이 사람들이 죽어라고 노동해서 받는 대가입니다. 모든 게 우리를 못잡아먹어 안달이어서,

우리는 매일매일 노동과 진흙구덩이, 그리고 사기 속에서 우리의 생명 전체를 죽여가고 있는 것입니다. 반면 다른 사람들은 우리의 노동을 가지고 마음껏 즐기고 배불리 처먹으면서도 쇠사슬에 묶인 개처럼 우리를 무지 속에 묶어두고 있습니다.[16]

같은 말이라도 어머니가 하면 설득력이 더 커진다. 아들들은 물론 어머니까지도 혁명을 위해 떨쳐나섰다는 것은 혁명의 정당성을 입증하고, 참가자를 확대하는 데 대단한 힘이 된다. 작품의 마지막 대목에서는 헌병들이 출동해 어머니를 잡아갔다고 하면서, 그 장면을 다음과 같이 묘사했다.

"피바다를 이룬대도 진리는 죽지 않을 것이다⋯⋯."
그들이 손을 후리쳤다.
"천벌을 받을 어리석은 놈들! 진리가 네 놈들 머리 위에 떨어질 날이 있을 게다!"
헌병이 그녀의 목을 잡고 누르기 시작했다.
"불쌍한 것들⋯⋯."
그녀에게 대답하기라도 하듯 군중 속에서 누군가 흐느끼는 소리가 새어 나왔다.[17]

이 작품은 혁명 진행을 촉진하는 구실을 실제로 수행했다. 무정부주의나 모험주의에 기울어지는 오류를 시정하고, 공산주의 사상이 노동대중의 투쟁과 정당하게 결합되는 복잡한 과정을 알려주기까지 했다. 레닌은 원고 단계에서 이미 작품을 읽고, "혁명에 가장 필요한 책"이라고 높이 평가하고 널리 보급되도록 했다.[18]

---

16) 막심 고리키, 최윤락 역, 《어머니》(서울 : 열린책들, 1990), 503면.
17) 같은 책, 506면.
18) 정판룡, 《고리끼》(서울 : 자유지성사, 1995), 186~193면.

혁명이 성사되어 고리키가 작품을 통해서 염원하고 제시한 소비에트 공화국이 이룩되었다. 이 작품은 공산당이 이끌어가는 새로운 체제가 요구하는 문학창작의 전범으로 크게 숭앙되어, 후속작품이 계속 나왔다. 그 가운데 오스트로프스키(Nikolai Aleksevitch Ostrorvsky)의 《강철은 어떻게 단련되는가》(1934)가 특히 높이 평가되어 소비에트문학의 최고걸작이라고 평가되는 영광을 차지했다.

두 작품이 이루어진 시기는 삼십 년 가까운 간격이 있어, 그 사이에 혁명이 성공하고 소비에트 체제가 자리를 잡았다. 타도해야 할 적은 자취를 감추고, 사회주의화 과정에서 새로운 갈등이 생겼다. 《강철은 어떻게 단련되는가》라는 작품 이름을 보면 사회주의 국가가 공업화하는 과정을 다룬 것 같지만 그렇지 않다. 이 작품 또한 《어머니》에서와 마찬가지로 혁명이 일어날 때에 있었던 영웅적인 투쟁을 고리키가 마련한 전범을 따르면서 칭송한 것이다.

그러나 고리키의 작품과 같은 소설을 다시 썼다고 해서 고리키가 한 일을 다시 한 것은 아니다. 고리키는 탄압을 받으면서 몰래 쓰던 소설을 집권 공산당이 권장하고 지원하는 조건에서 다시 내놓으면서, 내용에서는 한층 극단적인 상황을 설정했다. 아직 어린 노동자가 팔다리를 다치고, 눈이 멀기까지 하는 불운을 겪으면서도 혁명을 위해 헌신하는 모습을 처절하게 그렸다. 그것은 무슨 까닭인가? 혁명을 다시 할 필요가 있어서 그랬던 것은 결코 아니다. 체제를 옹호하는 데 필요한 작품을 당국의 요구에 맞게 썼을 따름이다.

오스트로프스키 같은 소비에트 작가는 과거의 이야기를 더욱 극단화해서 다시 한 작품을 써서 당대의 독자들이 집권 공산당을 따르도록 설득하는 구실을 했다. 혁명의 정당성으로 혁명후에 들어선 체제의 정당성을 입증하고, 혁명의 영웅을 본받아야 할 교훈으로 제시했다. 혁명을 위해 헌신한 영웅이 모든 어려움을 무릅쓰고 공산당의 지침을 높이 받들고 인민을 위해 봉사한 것처럼 사회주의 건설기에도 공산당을 충실하게 따르라고 했다.

영웅적인 투쟁을 그리는 방법을 고정화시키고 규격화시켜 가치관이나 행동지침을 확고하게 통일하고, 이탈자가 생기지 않게 했다. 그것은 작가 자신의 선택이기 이전에 당국의 요구였다. 작가는 당의 정책을 인민에게 전달하는 기술자였다. 인민을 교양시키는 소설을 쓰라는 요구를 작가는 충실하게 따라야 했다. 그래서 교양소설이 교양시키는 소설이 되었다. 공산당 지배하에서 새로운 모순이 생기고, 인민의 나라가 인민을 억압하는 새로운 현실은 다룰 수 없게 작가들을 묶어두어, 사회 내부의 격동을 생동하게 표출하는 창작을 할 수 있는 길을 막았다.

그런 작품이 스스로 주장하는 진실성을 잃고, 감동을 주지 못하는 것은 이중의 착오를 저질렀기 때문이다. 모순이 역사발전의 원동력이라고 하면서 혁명이 이루어지기까지의 상극 투쟁을 그리는 데 치중하는 편향성을 보인 작품이, 당대사회를 단일화하는 무리한 상생을 이룩하는 구실을 하도록 해서, 작품의 내용과 기능을 분리시켰다. 자산계급의 지배를 무너뜨리고 무산계급의 독재를 통해 평등을 이룩했다는 사회는 표면상 신분이나 계급이 없다고 하면서, 서로 다른 신분과 계급의 경쟁적 합작품이라는 본질이 손상되게 소설을 써서 새로운 지배층을 위해 봉사했다.

러시아에서 그러고 있는 동안에 서부유럽의 소설은 해체의 위기에 빠져 허우적거리기만 한 것은 아니다. 역사의식을 상실한 시민의식에 매몰되지 않고, 자기 시대에 대해서 비판적인 자세를 가지는 이상주의적인 작가들이 있었다. 무산계급 혁명으로 찬란한 미래가 보장되어 있다고 하는 데 동의하지 않고, 생극의 양면을 아우르기 위해 상생의 의의를 재확인하는 새로운 소설을 이룩하려고 애썼다. 좌우 양극단의 노선에서 빚어낸 유럽의 위기를 함께 극복하는 거시적인 통찰력을 갖추려고 했다.

유럽을 하나로 생각한 것은 커다란 진전이다. 민족국가끼리의 경쟁에서 벗어나는 편협한 자세에서 벗어나 세계사를 이해할 수 있는 거점을 마련했다. 거기서 더 나아가 시민과 노동계급 사이에서 벌어지는 새

로운 싸움을 해결하는 방안은 찾지 못하고, 제국주의 침략에 항거하는
세계 전체의 투쟁에 대해서는 더욱 둔감했지만, 유럽이 위기에 이르렀
다는 생각을 깨우쳐주고 더욱 큰 규모의 자아 각성을 작품화하려고 했
다. 유럽의 위기가 무엇인지 정확하게 진단하지는 못했지만, 묻고 따지
는 자세가 진지해 감명을 주었다.[19] 그런 작가들 가운데 프랑스의 로맹
롤랑(Romain Rolland), 독일의 헤르만 헤세(Hermann Hesse)와 토마스
만(Thomas Mann)을 특히 주목할 만하다.

  이 세 사람은 교양소설을 줄기차게 쓰면서, 시민의 지배가 확립된 시
기에 이르러 시민과 귀족의 관계가 아닌 시민 자신이 나아갈 향방이 심
각한 문제로 제기된 상황을 깊이 의식하고 철저하게 검토하고자 했다.
당대의 소설이 시민이 일상생활의 관심사에 매몰되어 나타난 현실에
대한 근시안적 묘사를 하고 마는 데 반대하고 다시 깨어나야 한다고 역
설했다. 역사의 진로를 거시적인 안목으로 논의하면서, 국가의 범위를
넘어서 유럽인이 함께 추구해야 할 이상을 제시하고자 했다. 타락된 시
대의 풍조를 거슬러 살면서, 소설이 문명의 위기를 진단하고 바로잡을
수 있는 커다란 사명을 수행할 수 있기를 바라고 분투했다.

  먼저 로맹 롤랑의 《장-크리스토프》(*Jean-Christophe*, 1912)를 보자.
이 작품은 음악가의 생애를 음악처럼 전개한 대장편소설이다. 라인강변
의 소도시에서 대대로 음악가인 집안에서 태어난 주인공 크리스토프가
음악을 통해 정신적인 성장을 해나가는 과정을 보여주었다. 〈새벽〉
(L'aube)이라고 이름 지은 첫 장을 다음과 같은 말로 시작해, 음악이란
어떻게 해서 생겨나는가 하는 의문에 대답한 데 작품 전편을 이해하는

____

19) Georg Lukacs, 위의 책, 308~410면에서 "humanistische Protestliteratur"를
   하는 시민계급의 작가들이 노동계급과 제휴해 진보적인 문학을 이룩했다고 한
   견해는 좋은 참고가 되지만 그대로 받아들이기 어렵다. 러시아의 노동계급문학
   이 서부유럽 시민문학의 진보적인 의의를 인정하고 함께 나아가야 한다고 하는
   지론을 펴기 위해서 사태의 일면에 근거를 둔 일방적 평가를 했기 때문이다. 루
   카치가 전혀 이해하지 못한 제3세계문학과 견주어보면 유럽의 진보적인 문학은
   좌우 어느 것이든 커다란 한계를 가진다.

126

단서가 있다.

강이 울부짖는 소리가 집 뒤로 올라간다. 아침부터 비가 창문을 두
드린다. 한 모퉁이 금 간 유리에 서린 김이 물이 되어 흐른다. 노르무
레한 빛이 스러진다. 방안은 포근하고 흐릿하다.
갓난아이가 요람 속에서 움직인다. 노인은 신을 문에다 벗어놓고
들어왔어도, 걸을 때마다 마루가 삐걱거리고, 아이는 칭얼거리기 시
작한다.[20]

프랑스와 독일 사이에서 흐르면서 두 나라 사이의 싸움의 장소가 된
라인강의 소리를 독일에서 갓 태어난 아이가 듣고 있다고 하면서, 최초
의 가장 순수한 상태로 돌아가 모든 갈등을 넘어서자고 했다. 아이가
듣고 있는 그 모든 소리를 받아들이면 음악이 된다. 아이가 자라 작곡
을 배우고 기교를 연마하면서 자기 마음속에 축적되어 있는 소리를 그
대로 살리면 진실된 음악이 된다.
그런데 세상에는 남들의 이목을 즐겁게 하느라고 꾸며낸 거짓된 음
악을 하면서 명성을 다투는 사람들이 적지 않아 음악사마저 질투와 경
쟁으로 더럽혀지게 했다. 그런 사이비 음악을 배격하고 진실된 음악을
하기 위해 싸우는 것이 크리스토프가 평생토록 해야 할 과업이었다. 집

---

20) Romain Rolland, *Jean-Christophe* (Paris : Albin Michel, 1931), 1, 19면. 롤랑,
손석린 역, 《장크리스토프》(서울 : 학원출판사, 1993), 1, 18면. 원문을 들면 다음
과 같다.

"Le grondement du fleuve monte derrière la maison. La pluie bat les
carreaux depuis le commencement du jour. Une buée d'eau ruisselle sur la
vitre au coin fêlé. Le jour jaunâtre s'éteint. Il fait tiède et fade dans la
chambre.

Le nouveau-né s'agite dans son berceau. Bien que le vieux ait laissé, pour
entrer ses sabots à la porte, son pas a fait craquer le plancher : l'enfant
commence à geindre."

안에서 음악을 하도록 강요하는 것을 견디어내고 대단한 재능을 보여 장래가 촉망되던 어린 시절에 이미, 세상 사람들의 칭송에 휘말리지 말고 자기 나름대로 내심의 진실성을 추구해야 한다는 것을 깨닫고, 평생 그렇게 하려고 분투했다.

깨달음의 계기를 제공한 사람은 음악과는 아무 관련이 없이 행상 노릇이나 하는 못난 위인 외숙이었다. 음악과는 무관한 줄 알았던 외숙이 어느 날 누구보다도 감동적인 노래를 부르는 것을 듣고 놀랐다. 무대 위의 음악과는 다른 마음속의 음악이 어떤 것인가 알아차렸다. 그러나 바른 길을 가는 것이 쉬운 일은 아니었다. 외숙이 준 충격을 정당하게 받아들이기 위해서 계속 자기 자신과 싸워야 했다.

작곡을 잘했다고 인정받기 위해 자기 작품을 들려주니, 외숙은 "훌륭한 음악가가 되려고, 남들의 칭찬을 받으려고" 만든 거짓된 작품을 자랑하면서 오만하게 굴지 말아야 한다고 했다. 크리스토프는 크게 반발하면서도 그 말이 옳다는 것을 내심으로 인정했다. 자기의 재능을 무시한 외숙에게 "집요한 원한을 가슴에 품고 있으면서, 작곡을 할 때에는 언제나 외숙을 생각했다" 하고, 외숙에게 보이기 부끄럽다고 여겨지는 것은 찢어버렸다.[21]

그런 구실을 하는 외숙은 《보은기우록》에서도 볼 수 있었다. 두 작품의 일치점은 인류의 지혜가 서로 같다는 것을 입증해준다. 양쪽에서 모두 숨어서 사는 무명인사인 외숙이 세상에서 인정하는 가치를 넘어서는 본질적인 가치가 있다고 주인공에게 일깨워주었다. 주인공은 아버지 쪽에서 바라는 바에 따라 세상에 나가 활동하면서 크게 성공하면서도 그 성과에 만족하지 않고, 진실에서 벗어나지 않기 위해 외숙의 가르침

---

21) Romain Rolland, 위의 책, 103면 ; 손석린 역, 위의 책, 84면. 원문은 : " ······
pour être un grand musicien, pou qu'on t'admirât.", " ······ malgré sa rancune
tenace, pensait-il toujours à l'oncle maintenant, quand il écrivait de la
musique; à souvent il déchirait ce qu'il avait érivait de la musique, par honte
de ce que Gottfried en aurait pu penser."

을 기억하고 따랐다. 외숙을 따르면서 숭앙하기만 했던가 반발하기도 했던가 하는 것은 그리 큰 차이점이 아니다.

《보은기우록》에서 아버지 쪽은 儒家의 길을, 외숙은 道家의 길을 제시해서 그 둘이 상보적인 관계를 가지게 한 것이 《장-크리스토프》에도 거의 그대로 나타난다. 儒家니 道家니 하는 구분이 개념화해 있지 않은 곳에서도 진실을 찾는 자세는 다르지 않다. 세상에 나가 활동하는 길을 택해야 많은 사람에게 혜택을 베풀 수 있다. 그러나 혜택을 베푸는 데 잘못이 없는가 내면의 충실을 더욱 소중하게 여기는 자세를 가지고 스스로 점검해야 한다.[22]

크리스토프의 앞길에는 많은 난관이 기다리고 있었다. 바이올리니스트인 아버지가 주정뱅이 노릇을 하다가 실직해 집안은 어렵고, 자기 음악을 이해해주지 못하는 주위의 사람들과 충돌하고 실연을 당해 괴로워해야 했다. 그래도 굽히지 않고, 혁명적인 투쟁을 하는 모습을 그렸다. 진실한 음악을 하고자 하는 뜻을 펴기 위해 점차 더 큰 곳으로 나아가, 자기 고장에서 큰 도시로, 독일에서 프랑스로 나아가, 마침내 국적을 넘어선 유럽인으로 성장했다고 했다.

롤랑은 이 작품을 써서 모든 적대감을 넘어서서 서로 화합하는 커다란 이상을 예술을 통해서 달성하고자 하는 소망을 나타냈다. 예술이 생활을 위해서 어떤 의의를 가질 수 있는가 의심하지 않고 예술이 아니고서는 커다란 이상을 구현할 수 없다고 하면서 예술을 찬양했다. 그것은

---

22) 나는 1959년 불문과 2학년 학생일 때 《장-크리스토프》를 읽으면서 깊은 감명을 받았다. 1965년 국문과 석사과정 1학년일 때 《보은기우록》을 만나 큰 충격에 사로잡혔다. 두 작품에 등장하는 외숙이 같은 구실을 하는 것을 발견하고, 인류는 서로 같은 생각을 한다는 것을 알아차리는 놀라움을 경험했다. 그러면서 두 작품의 주인공처럼 나도 세상에 나가 활동하면서 뜻하는 바를 성취하더라도 물러나 진실을 찾는 자세를 버리지 않아야 하겠다고 다짐했다. 학술저서에 이런 개인적인 경험담을 삽입하는 것은 규칙에 어긋난다고 하지 말자. 이 책을 쓰는 동기가 어디 있고, 얻고자 하는 결과가 무엇인가 납득할 수 있게 밝히려면 이 대목을 서두에 내놓을 만하다.

위대한 이상주의이지만, 유럽이 당면하고 있고 또한 저지르고 있는 수많은 파탄을 직시하지 않은 결함이 있다.

롤랑이 《장-크리스토프》에서 제시한 화합의 이상은 몇 년 뒤에 제1차세계대전이 일어나자 헛된 환상임이 판명되었다. 젊은이들이 의미 없는 전쟁에 나가 죽어야 하는 사태가 벌어졌다. 사태가 그렇게 전개되어도 절망하지 않고, 화해의 이상을 다시 추구하는 사람들이 있었다. 그 가운데 한 사람인 헤세는 현실을 직시하면서 무엇이 어떻게 달라져야 한다고 하지 않고, 낭만적 환상을 그 자체로 추구하는 정신적인 여행을 하는 소설을 썼다.

헤세의 소설은 거의 다 교양소설이다. 주인공이 소년 시절에 겪는 시련과 자아 각성을 다루는 주제를 여러 작품에서 계속 펼쳐 보였다. 그러면서 사회생활보다 내면정신을 더욱 중요시한 것이 특징이다. 경험할 수 있는 세계에 대한 묘사이기를 거부하고 정신적 탐구로 일관하는 작품을 쓰면서, 정신적 각성의 차원을 높여 주인공이 옛적 성자들의 깨달음을 재현하는 종교적 경지에 들어가는 것을 궁극적인 지향점으로 삼았다.[23]

그런 작품 가운데 《데미안》(*Demian*, 1919)은 전쟁의 참화를 겪으면서 유럽문명을 비판하는 내용을 구체적으로 지니고 있어 관심을 가지고 거론할 필요가 있다. 이 작품은 전개방식이 특별하다. 일인칭 서술자인 주인공이 어려서부터 만난 자기의 상급생이면서 별세계에서 온 異人 같은 데미안이라는 의문의 인물의 가르침을 받고 의식의 각성을 이룩한다고 했다. 내면적인 각성을 찾아가는 과정을 다루어 '영혼의 전기'(Seelenbiographie)라고 할 수 있는 작품을 그런 방식으로 구현했다.[24] 데미안은 유럽의 위기에 대해서 다음과 같이 경고했다.

---

23) 박광자, 《헤르만 헤세의 소설》(대전 : 충남대학교출판부, 1998), 183~206면에서 독일의 교양소설을 헤세가 어떻게 이어받고 변모시켰는가 고찰했다.
24) Gehart Mayer, 위의 책, 204면.

틀림없이 곧 전쟁이 일어날거야. 물론 그것으로 세계가 개선되지는 않아. 노동자가 공장 주인을 죽이거나, 혹은 러시아와 독일이 서로 총질을 하거나 지배자가 바뀔 뿐이지. 그렇지만 그것이 아무 쓸데없는 노릇은 아닐거야. 오늘날 이상의 무가치를 증명하고, 석기시대의 여러 신들을 제거해줄거야.[25]

그 말대로 되어 제1차세계대전이 일어나 데미안과 서술자가 모두 전쟁에 나가야만 했다. 전쟁에서 부상을 당한 서술자가 "내 친구이며 지도자인 데미안과 같은 나 자신의 모습을 볼 수 있"게 되었다는 말로 작품을 끝냈다.[26] 그 말은 파국에 이르자 모든 것이 잘못되었음을 깨닫고 새로운 출발을 하게 되었다는 말로 이해할 수 있으나, 너무나도 모호해 정확하게 이해할 수 없으며, 신비주의의 냄새가 짙어 당황하게 한다. 헤세는 유럽을 떠나 다른 문명 특히 인도로 탈출하고자 하는 생각을 나타내는 소설을 쓰기도 했는데, 그 내용 또한 너무 들떠 있어 절실하게 파악되지 않는다고 하지 않을 수 없다.

토마스 만은 《마의 산》(*Zauberberg*, 1924)에서 동시대의 문제를 다른 각도에서 다루었다.[27] 이상 제시는 보류한 채 파탄의 증세를 진단하는 데 힘쓰기 위해, 스위스 산속에 있는 결핵요양소를 작품의 무대로 삼았다. 주인공으로 등장한 독일의 평범한 청년인 공과대학 출신의 기술자

---

25) 헤르만 헤세, 강두식 역, 《데미안, 향수》(서울 : 신영출판사, 1994), 121면 ; Hermann Hesse, *Demian* (Berlin : Shurkamp, 1966), 176~177면. 원문은 : "Sie werden kommen, glaube mir, sie werden bald kommen! Natürlich werden sie die Welt nicht 'verbessern'. Ob die Arbeiter ihre Fabrikaten totschlagen, oder ob Russland und Deuchland aufeinander schiessen, es werden nur Besitzer getauscht. Aber umsonst wird es doch nicht sein. Ed wird die Wertlosigkeit der heutigen Ideale dartun, es wird Aufräumen mit steinzeitlichen Göttern geben."

26) 같은 책, 145면.

27) 오한진, 위의 책, 196~218면에서 이 작품을 교양소설의 하나로 논했다.

가 자기 사촌이 요양생활을 하고 있는 스위스의 결핵요양소를 단기간 방문하기로 했는데, 자기도 결핵이라는 진단을 받고 장기간 머물렀다는 것이 기본 설정이다.

주인공은 산다는 것이 무엇인가 하는 깊은 고민에 사로잡히고, 죽음의 문턱을 왕래했다. 병을 이기지 못해 죽어가고 또한 절망 때문에 자살하는 사람들이 실현 가능성이라고는 없는 사상 논쟁을 벌이는 데 말려들었다. 또한 이루어질 수 없는 사랑 때문에 괴로워하는 데 휘말려 현실을 잊고 있었다. 7년이나 지나 바깥 세상에 나오자 제1차세계대전이 일어나 출전했다가 전사했다고 했다.

요양소는 낮·건강·정상을 특징으로 하는 외부와는 달리 밤·병·비정상을 특징으로 하는 이면의 세계이다.[28] 그러면서 또한 유럽의 축소판이다. 유럽 각국 사람들이 모여들어 한 가족처럼 지냈다. 이탈리아인 낙관론자와 폴란드인 비관론자가 유럽의 장래를 두고 서로 다른 주장을 펴 그런 문제에 대해서는 아무 생각이 없던 주인공을 고민스럽게 했다. 그런 세계를 설정해서 유럽문명의 이면을 뒤집어 보였다고 할 수 있다.

그런 요양소가 주인공에게는 학교와 같은 곳이었다. 유럽문명의 장래에 관한 생각에서 더 나아가 죽음은 무엇이고 삶은 어떤 의의가 있는가 하는 문제를 두고 깊이 고심하게 된 것이 의식의 각성이다. 그런데 무엇 하나 시원한 대답은 없고, 의문만 계속되었다. "낙관론과 비관론을 둘 다 넘어서서 인간성의 개념을 찾아 새로운 형태의 인문주의를 이룩하기를 희망했다"고[29] 하는 데는 동의할 수 있지만, 그 내용이 무엇인가 정리해서 말하기는 어렵다.

주인공이 생각한 바가 무엇이고, 그것을 통해 작가가 구현하려고 한 주제가 어떤 것이든 현실과는 거리가 멀고 역사의 진행 방향과 합치되

---

28) 황현수, 《토마스 만의 문학과 사상》(서울 : 세종출판사, 1996), 103~104면에서 그런 견해를 폈다.

29) Gehart Mayer, 위의 책, 242면에서 이 작품을 교양소설의 하나로 고찰하고 주제 파악에 관해 얻은 결론이다.

지 않았다. 작품의 결말 부분에서는 바로 그것이 문제라고 했다. 주인공이 세상에 다시 나오자 유럽 전체를 뒤흔드는 전쟁이 일어나 걷잡을 수 없는 파국으로 치달아, 사상이니 예술이니 하는 것이 무슨 소용이 있는가 하는 의문이 생기게 한다고 했다.

배낭을 등에 지고 칼을 꽂은 총을 메고, 외투도 구두도 진흙투성이가 된 청년들! 우리들은 인문주의적이고 심미적인 방법으로 그들의 다른 모습을 상상할 수도 있을 것이다. 말을 몰아넣고 있는 근사한 기마의 모습, 애인과 해변가를 거닐고 있는 모습, 정다운 약혼녀의 귀에 입술을 대고 속삭이는 모습, 행복하고 다정스럽게 활을 쏘는 법을 가르치고 있는 모습을 상상하고 그려볼 수 있을 것이다. 그러나 여기선 그렇지 않다. 그들은 지금 포탄이 쏟아지는 진흙 속에 얼굴을 처박고 누워 있다.[30]

주인공이 전쟁에 나가 진흙탕에 엎드려 있는 모습을 이렇게 묘사했다. "인문주의적이고 심미적인 방법"(humanistische-schöseliger Weise)이라고 한 것과는 아주 딴판인 전쟁이 일어난 현실이 어떤 말로도 미화할 수 없을 만큼 비참하다고 했다. 현대에 와서는 무기나 전투 방법이 달라져 귀족적인 여유와 낭만주의적 상상을 앗아갔기 때문에 그런 것은 아니다. 작품에서 다룬 전쟁, 유럽에서 일어난 제1차세계대전은 승

---

30) 토마스 만, 곽복록 역,《마의 산》(서울 : 동서문화사, 1976), 982면. Thomas Mann, *Der Zaugerberg* (Frankfurt am Main : S. Fischer), 1003면. 원문은 : "Das junge Blutt mit seinen Ranzen und Spiessgewehren, seinen verschmutzen Mänteln und Stiefeln! Man könnte sich humanistish-söhnseliger Weise auch andere Bild erträumen in seiner Betrachtung. Man könnte es sich denken : Rosse regend und schwemmend in einer Meeresbucht, mit der Geliebten am Strande wandelnd, die Lippen am Ohre der weichen Braut, auch wie es glücklich freudschaftlich einander im Bogenschuss unterweist. Statt dessen liegt es die Nase im Feurdreck."

자나 패자 그 어느 쪽도 영광을 누릴 수 없는 살육전이어서 의미를 부여할 수 없었다.

그런 전쟁은 제국주의 침략에서 벗어나기 위해 제3세계가 벌여야 할 투쟁과는 전혀 달랐다. 다음에 들 민족해방투쟁의 문학에서 묘사한 전쟁 장면과 견주어보면 극단화된 차이를 확인할 수 있다. 역사가 요청하는 정당한 전쟁을 하고 있는 사람들을 그리는 소설에서는 "인문주의적이고 심미적인 방법"에 의한 상상이 현실과 따로 놀지 않고, 현실 인식을 더욱 생동하게 한다.

작가의 역량이 부족해서 결함을 나타낸 것은 아니다. 시대의 흐름을 홀로 거슬러 사는 어려움이 결함으로 나타났을 따름이다. 유럽문명을 위기에서 구출하는 문학을 하고자 한 로맹 롤랑, 헤르만 헤세, 토마스 만의 노력은 역사 창조의 새로운 방향을 제시하지 못하고 공연한 이상이나 관념에 들떠 그 자체로 결함이 있었다. 세상을 바꾸어놓지 못했을 뿐만 아니라, 문학이 그릇되고 있는 것을 바로잡지 못했다. 건강한 문학은 밀어내고 병든 문학이 등장하는 변화를 막을 힘이 없었다.

근대소설이 사회변화의 동력을 외면하고 현실묘사에 안주하는 데서 한걸음 더 나아가 관심을 내면으로 돌려 심리묘사에 치중하는 현대소설이 나타나 주류가 되었다. 그 선두에 선 프루스트(Marcel Proust)나 조이스(James Joyce)는 기존의 소설을 해체하는 작품을 로맹 롤랑이나 토마스 만의 작품과 비슷한 규모의 대장편으로 써서, 의식의 망각을 의식의 각성이라고 했다. 교양소설을 뒤집어놓은 反교양소설을 써서 자아와 세계의 관계를 마땅하게 조절하고자 하는 노력을 무의미하게 만들었다.

제3세계에서 개척한 길

소설을 되살리고, 교양소설을 혁신하는 일은 유럽 밖의 다른 문명권

134

에서 맡았다. 그 이유는 역사의 역동적인 발전이 그쪽에서 계속되기 때문이다. 사회개혁을 위한 근대로의 이행기의 투쟁이 치열하게 벌어지는 데 동참하는 작가들은 긴장된 구조를 갖춘 작품을 이룩하면서 어떻게 생각하고 행동하는 것이 정당한가 하는 물음을 심각하게 제기하지 않을 수 없다. 유럽인의 침략으로 식민지가 된 고통에서 벗어나 해방을 쟁취하기 위해서 세계사의 방향에 대한 커다란 통찰을 요구하는 새로운 시대의 과제를 작가들이 받아들여 소설을 써서 응답해야 한다.

유럽문학과 맞서는 제3세계문학을 이룩한 대표적 선구자 라빈드라나트 타고르(Rabindranath, Tagore)는 인도인의 정신적 자각을 촉구하는 격조 높은 시를 쓰는 데 그치지 않고, 새로운 교양소설을 이룩하는 데도 앞장섰다. 식민지 통치에서 벗어나는 의식의 각성이 이루어지는 과정과 그 내용을 구체적으로 제시한 《고라》(*Gora*, 1910)가 그런 작품이다. 그 작품은 원래 자기 벵골어로 쓴 것인데, 토마스 만이 《마의 산》을 발표한 1924년에 영어로 번역되어 널리 알려졌다.[31]

《마의 산》과 《고라》는 서로 좋은 대조가 된다. 세계를 지배하면서 번영의 극치를 자랑하는 유럽의 작가는 결핵요양소 생활에 관해 길게 말하면서 절망에 사로잡힌 인간상을 보여주었는데, 식민지가 되어 시달리면서 빈곤과 무지가 극심한 인도의 작가는 모든 어려움을 넘어서고자 하는 희망을 가지고 분투하는 주인공을 내세웠다. 의식의 각성이 한 쪽에서는 나락으로 떨어지고, 다른 쪽에서는 천상으로 올라갔다.

---

31) 타고르, 유영 역, 《고라》(서울 : 범우사, 1991)는 1924년 영역본의 번역으로 생각된다. 그런데 그 번역이 잘못되었다고 하고 새로운 번역이 Rabindranath Tagore, Sujit Mukherjee tr., *Gora* (New Delhi : Sahitya Akademi, 1997)로 출간되었다. 새로운 번역에 의해 작품을 이해하고 인용한다. Patrick Colm Hogan, Colonialism and Cultural Identity, Crises of the Tradition in the Anglophone Literatures of India, *Africa and the Caribbean* (Albany, New York : State University of New York Press, 2000), 213~255면 ; 유영, 《타골의 문학 : 그 신화와 신비의 미학》(서울 : 연세대학교출판부, 1983), 111~138면의 작품론을 참조한다.

한쪽에서는 있는 그대로의 진실을 말했는데, 다른 쪽에서는 환상을 그려서 그런 차이가 생겼던가? 아니다. 번영이 극도에 이르면 쇠망하고, 불행이 극도에 이르면 소생할 수 있는 것이 당연한 이치이다. 다른 사람들은 번영이 언제까지나 계속되고, 불행에서 벗어날 길이 없다고 하고 있을 때, 예언자의 통찰력을 가진 작가는 번영에서 쇠망으로, 불행에서 소생으로 이르는 전환을 알아차리고 미래의 소리를 전한다. 쇠망을 예견한 사람은 침울한 소리를 내고, 소생으로 나아가자고 하는 말은 밝고 힘차다.

《고라》는 인도 민족운동의 뛰어난 지도자가 눈부신 활약을 하는 모습을 보여준 작품이다. '인도애국협회'의 회장이라고 하면서 다음과 같이 소개한 인물이 작품의 주인공이다.

회장의 이름은 고우르모한이었는데, 친구나 일가친척들은 고라라고 불렀다. 동료들 중에 이해하기 어려울 만큼 출중했다. 피부가 너무나 맑고 누런 반점이 하나도 없어, 대학 시절 산스크리트교수는 '雪山'이라고 불렀다.[32]

뛰어난 지도자는 외모부터 별난 사람인 듯이 설정했는데, 그 이유는 뒤에 밝혀진다. 인도를 구하는 애국운동을 어떻게 했는가 우선 다음과 같이 제시했다. 인도를 구하는 길이 어디 있는가 하는 논란이 벌어질 때 고라가 동지들에게 한 말을 들어보자.

현재 우리가 해야 할 유일한 일은 우리나라에 속한 모든 것에 대해

---

32) 7면의 원문은 : "The president's name was Gourmohan; his friends and relations called him Gora. He had, in unreasonable way, outstripped all others around him. The Sanskrit teacher of his college used call him Rajatgiri (Snow mountain) because his complexion was aggressively fair, without any tinge of yellow to soften it."

조건 없고 주저하지 않는 존경심을 나타내고, 그런 존경심을 자기 것의 가치를 모르는 동포에게 불어넣어주는 것이다. 우리나라에 대해서 줄곧 부끄럽게 느끼다가, 우리는 우리 마음을 약화시키는 노예가 되는 감옥을 허용했다. 지금의 상태에서는, 우리는 무엇을 하던지 학교 교과서에서 다른 사람들이 했다고 가르치는 것을 모방할 따름이다. 그처럼 잘못된 일에다 심신을 바칠 수 있을까? 그래서는 우리를 더욱 격하시키기만 한다.[33]

이런 주장은 정신주의적인 개량주의라고 비난할 수 있다. 그러나 이광수의 〈민족개조론〉과는 커다란 차이가 있다. 민족의 불행을 타개하기 위해서 노예근성이라고까지 표현한 그릇된 심성을 바로잡아야 한다는 것은 두 사람의 공통된 생각이지만, 그렇게 하기 위해서 이광수는 열악한 민족성을 개조해야 한다고 했는데, 타고르는 자기 민족을 스스로 불신하는 잘못을 시정하고 대담하고 용맹한 자신감을 되찾아야 한다고 했다. 이광수처럼 생각하면 민족성 개조의 모범을 밖에서 찾아 선진민족을 따르며 배우는 것이 당연하지만, 타고르의 노선에 서면 남들의 역사에서 교훈을 찾으려고 하지 말고 인도문명을 재발견해야 한다고 한다.

인도가 영국과 어떻게 싸워 독립을 되찾을 수 있는가? 이 문제는 작품 전체 어디에서도 정면으로 거론하지 않았다. 영국인 식민지 통치자

---

33) 22~23면의 원문은 : "Our only work at present is to express unreserved and unhesitating respect for everything that belongs to our country, and thereby infuse such respect within those countrymen who do not value what is their own. By continuously feeling ashamed of our country we have allowed the prison of servility to weaken our country. If each of us were to set an example by overcoming this weakness, only then shall we find our field of work. In our present state, whatever we want to do becomes an imitation of what our school books tell us others have done. Can we ever devote our heart and mind fully to such unreal work? That will only degrade us further."

는 언론의 자유라는 것을 원칙상 허용했지만, 독립운동에 관한 직접적인 언급은 피하는 것이 필요한 작전이었다. 독자가 다 알고 있는 말은 구태여 드러내놓지 않아도 작품 전개에 지장이 없다. 인도가 독립하기 위해서 무력을 길러야 하는가? 산업을 일으켜야 하는가? 제도를 개혁해야 하는가? 그것은 다 필요한 일이지만 가능하지 않다. 국권을 되찾지 않고서는 할 수 없는 독립후의 과제이다. 항의하고 시위하는 것이 최상형태의 독립운동인데, 그렇게 할 수 있는 힘은 정신력이다.

정신력은 힌두교에서 찾았다. 인도인이 잃어버린 자신감을 되찾고, 당면한 이해관계를 넘어서 단합하고, 모든 어려움을 타개하는 용기를 가지게 하는 힘을 힌두교가 제공한다고 했다. 영국인이 자랑하는 과학에 맞서는 정신적 가치, 투쟁과 경쟁을 부추기는 역사철학을 넘어서서 인류가 모두 하나가 되는 화합의 이상을 실현하는 철학을 힌두교에서 찾아야 한다고 했다. 그렇게 하기 위해서 여러 종파로 나누어져 서로 다투는 힌두교를 하나로 합치고, 인습에 사로잡혀 시대를 외면하고 있는 보수주의를 청산하는 새로운 힌두교를 이룩하자고 했다. 《고라》는 그런 사상을 말로 역설하기만 하지 않고 행동으로 보여준 인물의 생애를 다룬 소설이다.

작품의 주인공 고라는 처음부터 그런 훌륭한 인물이었던 것은 아니다. 존경받는 지도자로 활동하는 모습을 작품 서두에다 제시하고서, 어떻게 해서 그런 경지에 이르렀는가 밝히는 작업을 서술적 역전을 통해서 그 뒤에 했다. 어떻게 태어나고 자라나면서 의식의 각성을 이룩했는가 하나씩 해명해 교양소설로서 필요한 요건을 갖추었다.

고라는 1857년에 '세포이'라고 일컬어진, 영국군에 소속된 인도인 병사들이 반란을 일으켰을 무렵에 태어났다. 인도인 병사였던 아버지는 영국인 고관의 목숨을 살려준 공로로 지위와 토지를 얻었다. 곧 퇴직하고 바라나시를 거쳐 캘커타에 정착해 아들을 키웠다고 했다. 그래서 고라는 캘커타 사람이 되어, 그 곳을 무대로 활동했다.

고라는 어려서부터 이웃에서나 학교에서나 골목대장이었다. 선생들을 애먹이는 것을 일삼다가, 조금 자라서는 학생클럽을 조직하여 애국의 노래를 외치고 웅변대회 같은 것을 열기도 했다. 마치 혁명단의 수령같이 행동하면서, 어른들의 집회에서 자기주장을 내세우기도 하고, 학자들마저 논쟁의 상대로 삼았다고 했다.

그러다가 마침내 힌두교철학의 높은 경지에 이른 스승을 만나 가르침을 받았다. 그것만으로 부족해서 자기 혼자서 깊은 명상에 잠겨 궁극적인 진리를 깨닫는 경험을 했다. 어느 가을 밤 어느 강둑에서 갑자기 제어하기 어려운 즐거움이 닥쳐왔다. "자기 홀로 어둠 속에 앉아 있다가 느낀 이 환희가 모든 의문에 해답을 주고, 모든 불안을 없앴다"고 했다.[34] 그런 과정을 거쳐서 깨달은 사람이라야 인도의 지도자가 될 수 있었다. 모든 것이 하나라고 하는 궁극의 원리를 체득하는 철학 수련을 다시 해야, 영국인이 가져온 근대문명을 넘어서서 커다란 진리를 향해 나아갈 수 있었다.

그렇다고 해서 현실의 어려움이 해결되는 것은 아니었다. 농촌을 돌아보면서 농민의 빈곤, 나태, 우매함 때문에 절망했다. 종교와 신분에 따라 엄밀하게 나누어져 있으면서 서로 적대감을 가지는 사회에서 힌두교도이고 브라만 신분인 자기가 어떻게 처신해야 많은 사람들에게 다가갈 수 있는지 판단하기 어려웠다. 사소한 문제를 두고 싸움이 벌어져 경찰에 잡혀가고 재판을 받게 된 사태에 말려들어 곤욕을 치렀다.

그 뒤에 다시 일이 벌어졌다. 농민들을 적극적으로 도우려고 하다가 감옥살이를 하게 되었다. 인도의 다른 민족운동가들이 모두 그렇듯이 감옥이 최상의 학교였다. 갇혀 있는 동안 그는 어떠한 방법으로 다시 조국을 위해 봉사할 것인가 늘 마음에 그리고 있었다. 감옥에서 비로소 진정한 깨달음을 얻어, 궁극적인 진리를 현실 속에서 실현할 수 있게 되었다.

---

34) 140면의 원문은 : "This ecstatic feeling, experienced as he sat there by himself in the darkness, answered all his questions and set an rest all his misgivings."

그러나 현실문제를 해결하기 위한 투쟁에는 어려움이 따랐어도, 극단에까지 가지는 않았다. 생사의 갈림길에 서지 않았으며, 극도의 빈곤을 겪은 것도 아니었다. 가족과 헤어져 외톨이가 되는 처지와는 거리가 멀어, 언제나 부모가 가까이 있었고, 어머니를 깊이 사랑했다. 그러나 작품 후반에서 커다란 반전이 일어나, 안이한 생각에 사로잡혀 있던 독자에게는 감당하기 어려운 충격을 준다.

아버지가 병이 위독해졌을 때, 오랫동안 숨겨온 일을 죽기 전에 말하지 않고는, 잠을 들 수가 없을 것 같다고 하고, 출생의 비밀을 아들에게 털어놓았다. 고라는 자기 아들이 아니고 영국인 학살 소동이 일어났을 때 자기 집에 피신한 아일랜드 사람의 아들이라고 하고, 자기네 집에서 하룻밤을 숨어 지낸 고라의 어머니는 고라를 낳고 그만 죽어버리고, 고라는 그 날부터 자기네 집에서 자라게 되었다고 했다. 이 말을 듣고 고라는 다음과 같은 충격을 받았다.

어려서부터 시작해서 해마다 쌓아온 자기 삶의 토대가 완전히 사라졌다. …… 어머니도, 아버지도, 나라도, 가문도, 전통도, 신마저도 없다. 자기의 모든 것이 다만 '無'일 따름이었다.[35]

그러나 이런 절망상태에서 끝나지 않았다. 절망이 희망이고, 부정이 긍정이었다. 모든 것이 부정되어 헛된 집착을 끊으니 무엇이든지 받아들일 수 있게 되었다. 어느 하나를 편벽되게 사랑하지 않아 모든 것을 대등하게 사랑하게 되었다. 가을 밤 강에서 힌두교철학의 궁극적인 이치를 체득했다고 한 첫 번째 깨달음, 투쟁하다가 감옥에 들어가서 인도를 위해 더욱 헌신해야 하겠다고 다짐한 두 번째 깨달음을 넘어서서,

---

35) 471면의 원문은 : "The very foundations of his life, strengthened over the years from childhood, vanished completely ……. He had no mother, no father, no country, no race, no name, no lineage, no god. All of him constituted a 'no'.

이제 모든 차별과 편견을 넘어서서 인류 전체가 하나라고 하는 세 번째
의 깨달음을 얻었다. 앞의 두 차례 깨달음이 불충분하고 미완이지 않을
수 없는 한계를 넘어선 최종단계의 해답을 얻었다. 그래서 다음과 같이
말했다.

제가 밤낮으로 스스로 되고자 갈망했으면서도 오히려 되지 못했던
것을 이제야 마침내 실현하게 되었습니다. 오늘 저는 진짜 인도인입
니다. 저에게 있어서는 이미 힌두, 마호메트교도, 또는 그리스도교도
사이에 아무런 갈등이 없습니다.[36]

여기 이르러 사건진행사의 의문도 모두 풀렸다. 고라는 피부는 너무
나 맑아 "雪山"이라고 불렀다고 서두에서 말한 것은 백인의 혈통을 타
고났기 때문이다. 그러나 그것이 공연한 오해는 아니다. 백인의 혈통을
타고난 인도인이기 때문에 둘 사이의 대립을 넘어서는 길을 깨달아 실
현할 수 있었던 것이 설산수도에 상응하는 의의를 가진다.

고라의 부모가 영국인이라고 하지 않고 아일랜드인이라고 한 것은
주목할 만하다. 영국의 식민지 상태에서 영국인이 된 아일랜드인이 인
도를 다스리는 데 동원되었다가 영국인에 대한 박해를 피해 도망쳐야
하는 상황에서 아이를 낳고 죽었다. 그런 설정을 해서, 아일랜드인의 혈
통을 지닌 고라는, 인도와 영국의 화합을 희구하는 데 그치지 않고 영
국에 대한 아일랜드인의 원한마저 풀어야 하는 의무를 지니고 있다는
것을 암시했다.

영국 작가 키플링(Kipling)은 인도를 무대로 해서 쓴 소설 《정글 북》
(*Jungle Book*, 1894)에서 사람의 자식이 늑대에게 양육되어 늑대처럼
행동하게 되었다고 했다. 인도인에게 양육된 유럽인이 신체적인 특징에

---

36) 475면의 원문은 : "That which I sought day and night to become but I could
not, today I have indeed become that. Today I am Bharatiya. Within me there
is no conflict between communities, whether Hindu or Muslim or Krishtan."

서는 차이가 있어도 정신이나 문화의식에서는 조금도 손색이 없는 인도인으로 자랐다고 한 것은 그 비슷한 설정이면서 커다란 차이점이 있다. 키플링은 늑대에게 양육된 사람은 처음부터 늑대와 달라, 대등하게 보이는 것이 사실은 차등임을 일깨워주었다. 타고르는 인도인에게 양육된 유럽인은 피부색이 다르면서도 완전한 인도인으로 자랐다고 하면서 차등처럼 보이는 것이 사실은 대등임을 일깨워주었다.

고라가 인도인으로 자라나 인도민족운동의 지도자가 되었다고 하는 것은 피부색에 따라 사람의 등급을 나누는 인종주의에 대한 강력한 반론이다. 인도사회에서는 고라의 신체적인 특징을 문제삼아 차별하지 않고, 능력과 식견이 뛰어나다는 것을 인정해 지도자로 받들었다. 고라가 능력과 식견이 뛰어난 이유는 가장 훌륭한 인도인이면서 인도인의 편견을 넘어서는 세계인이기 때문이다.

영국인 노릇을 한 아일랜드인의 자식이라는 사실은 모르고 있었으므로 불행으로 생각하지 않아 훌륭한 인도인이 되는 데는 장애가 되지 않았다. 알고나자 불행이 다행으로 바뀌어 인도인의 편견을 넘어서서 세계인이 되는 최종적인 각성을 하는 데 결정적인 도움이 되었다. 그렇게 만든 것은 혈통이 아닌 문화이다. 아일랜드인이나 영국인은 원래 세계인이 될 수 있는 소질을 지녔다고 한 것은 전혀 아니다.

고라는 부모를 떠나 집을 나서서 고난을 겪어야 의식의 각성을 크게 이룰 수 있다고 하는 교양소설의 기본 과정을 과거 어느 작품의 주인공보다 더욱 철저하게, 한층 큰 규모로 거쳤다. 독일 교양소설의 전형적인 작품에서는 시민과 귀족의 화합을 염원하고, 로맹 롤랑이나 토마스 만은 독일의 범위를 넘어서서 유럽이 하나이고 공동의 운명체임을 확인하려고 했으나, 타고르는 더 큰 과업을 맡았다. 인도와 영국, 아시아와 유럽, 동양과 서양 사이의 대립을 넘어서는 길을 찾았다.

독일에서 시민과 귀족이 화합하자고 한 것이 패배의식이나 허위의식의 표현이라면, 타고르 또한 같은 비난을 들어 마땅하다고 할 수 있을 듯하지만 그렇지 않다. 귀족은 청산의 대상이 되어 역사에서 사라져야 할 신분인데 독일에서는 성숙되지 못한 시민이 두려워하고 존경해 그대로 남아 있게 한 것은 비난받아 마땅한 반동이다. 그러나 영국·유럽·서양이라고 지칭되는 쪽은 인도·아시아·동양 쪽이 성장하면 사라져야 하는 것은 아니다. 계급모순은 상극의 투쟁으로 해결할 수 있지만, 민족이나 문명권 사이의 갈등을 해결하는 방안은 상생의 원리에 따른 공존이고 화해이다. 차별에 맞서서 대등을, 갈등을 넘어서는 화합을 주장하고 실현하는 것이 진보이다.

《고라》에서 제시한 사상은 오늘날의 재평가에서 크게 중요시되어, "내가 보기에 《고라》는 지금까지 씌어진 모든 소설 가운데 가장 위대한 작품의 하나이다"는 견해를 낳기까지 한다.[37] 대립을 넘어서서 진정한 화압을 이룩하는 논리는 유럽에서는 전례를 찾기 어려운 "진정한 변증법"이라고도 한다.[38] 대립되어 있는 모든 것의 궁극적 실체는 하나라고 한 것은 인도 '베단타'(Vedanta)철학에서 물려받은 발상이며, 유럽의 변증법보다는 동아시아의 생극론과 더욱 가까운 관계를 가진다. 차이점이 있다면 '베단타'철학에서는 '하나'를 소중하게 여겨 '相生'에 치우쳤다면, 생극론에서는 '대립'의 실상을 또한 중요시해서 '相生'과 '相克'이 하나라고 한다.

타고르의 《고라》는 그처럼 소중한 의의를 가진 작품이지만, 제3세계 소설의 새로운 방향을 통괄해서 보여줄 수는 없는 편향성을 지녔다. '상생'을 이룩하고자 하는 데 치우쳐서 '상극'의 실상을 제대로 파악하지 않은 것이 결함이다. 식민지 통치의 불행을 막연하게 지적하는 데 그치고, 사회개혁과 민족해방을 위한 투쟁이 어떻게 전개되는가 말하지 않았다. 의식의 각성을 그 자체로 다루는 사상소설에 그치고, 역사발전을 위한 진통을 그 실제 양상을 통해 문제삼은 사회소설은 아니다.

---

37) Patrick Colm Hogan, *Colonialism and Cultural Identity, Crises of the Tradition in the Anglophone Literatures of India, Africa and the Caribbean* (Albany, New York : State University of New York Press, 2000), 213면.
38) 같은 책, 214면.

근대로의 이행기에 벌어진 투쟁을 다루는 것이 제3세계소설에서도 긴요한 과제이다. 그런데 그 양상이 지역에 따라 달라 소설 또한 같을 수 없었다. 유럽에서는 귀족의 지배를 무너뜨리기 위한 시민의 투쟁이, 다른 곳에서는 지주의 횡포에 맞서서 해방을 이룩하기 위한 농민의 투쟁이 기본을 이루었다. 그 이유는 시민의 성장이 두드러진 곳과 그렇지 못한 곳이 서로 다르고, 농민에 대한 억압이 상대적으로 약하기도 하고 강하기도 한 차이가 있었기 때문이다.

유럽의 교양소설은 시민이 귀족과 적대관계를 가지지 말고 화합을 이룩하자고 한 것과 같은 타협안을 지주와 소작인의 관계를 다루는 다른 곳의 교양소설에서는 내놓을 수 없었다. 절충주의나 유화주의를 택해 역사 발전에 적극적으로 기여하지 못하고 작품구조마저 밋밋하게 만들었던 불만이 남아나지 않게 되었다. 소설을 쓰다가 논설을 펴는 것도 마땅하지 않게 되었다. 자아와 세계의 대결을 다시 긴장되게 해서 소설에 새로운 생명을 불어넣었다.

지주와 소작인의 관계를 다룬 그런 소설의 좋은 본보기가 터키소설인 야사르 케말(Yasar Kemal)의 《메메드》(*Memed*, 1955)이다. 속편과 구별하기 위해 《홀쭉이 메메드》(*Ince Memed*)라고 일컬어지는 이 작품은 저자의 첫 소설이며, 같은 주인공을 계속 등장시킨 연작의 제1부이다. 그러나 대표작으로 인정되고, 널리 평가되고 있어 집중해서 다룰 만하다. 자아와 세계의 대결을 다시 강화해 의식의 각성을 추구하는 새로운 사회소설이 나타난 양상을 살피는 데 좋은 자료가 된다.[39]

이 작품을 교양소설로 이해하고자 하는 것은 작가와의 대담을 기록한 책에서 한 말이다. 순진한 청년이 험악한 세상과 부딪혀 견디기 어려운 시련을 겪고 어떻게 해야 하는가 깨닫는 과정을 다룬 작품이라 "교양소설에 상응하는 작품이 아닌가?" 하는 질문을 제기할 수 있다고

---

39) 〈서사시의 전통과 근대소설〉, 《한국문학과 세계문학》에서 이 작품에 대해 고찰했다.

했다.[40] 그 질문에 대해서 작가는 교양소설인가 생각하지 않고 쓴 작품
이라고 했다.[41] 유럽의 교양소설을 본뜨고자 하는 생각이 없었으므로
의식의 각성을 새롭게 추구하는 더욱 발전된 교양소설을 이룩할 수 있
었다.

메메드는 우연히 산적이 되었다. 메메드를 자기네 항거의 표상으
로 삼고자 하는 민중이 자기네가 선택하는 길로 메메드를 내보냈다.
자기가 어떻게 되는지 알지도 못하고 메메드는 항거를 하지 않을 수
없게 되었다. 산적의 생애는 끊임없는 투쟁의 연속임을 알고서는 투
쟁을 위해 헌신하는 사람이 되었다.[42]

작가가 이렇게 말한 데 작품의 내용이 잘 요약되어 있다. 우선 전체
를 총괄해서 몇 가지 특징을 지적할 수 있다. 행동이 의식보다 앞선다.
행동을 하고서 의식이 각성되었으므로 그 의식이 진실되다. 의식의 각
성은 개인이 혼자 하는 일이 아니다. 민중의 여망을 구현하는 것이 의
식각성의 바람직한 형태이다.

작품의 순차적인 전개에서 몇 단계의 변화를 선명하게 보여주었다.
가련한 소작인이 착취를 일삼고 연인을 빼앗아가는 지주의 횡포와 맞
서다가 살인을 하고 도망쳐, 잡혀 죽지 않기 위해서 산적이 되었다. 메
메드가 죽었다는 소문을 듣고 연인 하트체가 울자, 세상 풍파를 많이
겪은 여인이 이렇게 말했다.

그 총각이 죽었는지 어쨌는지 네가 어떻게 아느냐? 아직 살아 있

---

40) Alain Bosquet라는 프랑스 작가와의 대담인 Eugene Lyons Hébert and Barry
Tharaud tr., *Yasar Kemal on His Life and Art* (Syracuse, New York :
Syracuse University Press, 1999), 130면.
41) 같은 책, 134면.
42) 같은 책, 같은 곳.

는 사람을 두고 찔찔 짜는 법이 아니다. 내 젊었을 땐 아흐메트 장사가 죽었다는 소문을 스무 번도 더 들었다. 그런데도 아흐메트 장사는 오늘날까지 살아 있다.[43]

도망치느라고 산 속으로 들어간 메메드가 이렇게 승격되었다. 전설에서 전해지는 투쟁의 영웅과 합치되는 활약을 한다고 인정되고 민중의 오랜 소망을 실현한다고 알려져 뜨거운 지지를 받았다. 지주에 대한 투쟁을 시작하자 메메드는 다음과 같은 인물로 바뀌었다.

이윽고 추쿠로바 전역은 모두들 훌쭉이 메메드의 이름을 입에 올리면서 갑자기 활기를 띠었다. 아토즐루 마을을 불태운 뒤로 그는 전설의 인물이 되었다. 수많은 사람들이 아토즐루 마을을 보러 몰려갔다.[44]

메메드는 마침내 해야 할 과업이 무엇인가 깨달았다. 홀로 영웅이 되는 것이 아니고 동지들과 함께 투쟁을 해야 한다는 것을 알았다. 동지가 먼저 하는 말에 대해서 동의하는 말을 다음과 같이 주고받았다.

"걱정 마, 메메드. 인간이란 생우유를 빨고 자란 미친 짐승들이야. 그놈을 조만간에 해치우세."
메메드가 이빨을 갈았다. "조만간에!" 칼날처럼 날카로운 절규가 터져나왔다. 그러고서 그는 불타버린 넓은 평원을 가로질러 먼 곳을 응시했다.[45]

---

43) 야사르 케말, 홍진주 역, 《메메드》(서울 : 학원사, 1982), 211면 ; Yasar Kemal, Guine Dino tr., *Mèmed le Mince* (Paris : Gallimar, 1961), 343면.
44) 홍진주 역, 284면 ; Guine Dino 역, 337면.
45) 홍진주 역, 299면 ; Guine Dino 역, 356면.

야사르 케말은 이 작품에서 20세기초 터키가 공화국이 되기 직전 왕조시대 말기의 상황을 다루었으나 역사소설을 쓰고자 한 것은 아니다. 자기 시대까지 아직 해결하지 못한 사회모순을 과거의 시공을 빌려 문제삼았다. 억압에 맞서서 투쟁을 하는 일반적인 과정이나 단계에 관한 일반론이라고 할 것을 제시했다.

과장이나 비약이 심한 것은 결함이라고 할 수 있을 것 같으나 그렇지 않다. 민중의 서사시나 영웅전설은 과장의 기법을 자유롭게 구사해야 현실 안주에서 벗어난다. 무력한 피해자가 광범위한 민중의 지지를 받아 거대한 투쟁을 벌이게 되는 과정에는 비약이 있게 마련이다. 그런 유산을 적극 활용해 유럽의 근대소설과는 다른 새로운 소설을 이룩하는 제3세계의 과업을 적극 시도했으니 평가해야 마땅하다.

이집트 작가 마흐푸즈(Naguib Mahfouz)의 《거울들》(*al-Miraya*, 1972)에서는 과거와 현재를 연결시켜 다루었다.[46] 자기가 살아오는 동안에 만난 사람들에 관해서 회고한다고 하면서 영국의 통치에 항거하는 투쟁이 일어난 1919년경부터 시작해, 나세르의 혁명, 이스라엘과의 전쟁, 나세르 이후 시대로의 전환 등을 겪고 당대까지 이르는 이집트현대사에 대한 진단과 비판을 보여주었다.

쉰 다섯이나 되는 등장인물에 관한 이야기를 이름자의 자모순으로 배열했다. 그래서 모두 시대를 반영하는 그 나름대로의 거울 노릇을 해서 다양한 세태를 파악할 수 있게 했다. 일인칭 서술자가 여러 인물들의 다양한 삶을 함께 겪으면서 얻게 된 의식의 각성을 일관된 주제로 삼았다.

손에 손에 국기를 들고 외치고 있었다. 이윽고 나는 총알이 날아오는 소리를 들었다. 그렇다! 트럭 위에서, 말들 궁둥이 위에서부터 날

---

46) 이에 대한 작품론 Roger M. Allen, "Mirrors by Naguib Mahfuz", Trevor Le Gassick ed., *Critical Perspectives on Naguib Mahfuz* (Washington D.C. : Three Continents, 1991)를 참고한다.

아오는 소릴 들었던 것이다. 또 높은 헬멧을 쓰고, 앞으로 튀어나온 듯한 콧수염을 한 이상스럽게 생긴 영국인들을 내 눈으로 직접 보았던 것이다. 나는 보았다. 광장 여기저기에 널려진 수많은 시체를, 피로 얼룩진 옷가지 그리고 땅바닥을 …… 나는 들었다! 가슴속 깊은 곳에서 목구멍으로 토해 내던 외침을,

　“조국이여 영원하라!”[47]

　서술자가 아직 어렸을 때 자기 이웃에 살던 모범 청년이 영국의 지배에 반대하는 시위에 참가했다가 피살된 사건을 이렇게 회고했다. 무엇이 어떻게 되는지 모르고 있다가, 시위대가 총에 맞아 수많은 사람이 죽어 넘어진 놀라운 광경을 보고 큰 충격을 받았다. 영국의 지배에서 벗어나 독립을 되찾기 위한 투쟁이 일어난 것을 알아, 서술자의 의식도 깨어나기 시작했다.

　이집트가 독립을 이룩하고, 다시 혁명을 하고 사회변혁을 추진했지만, 큰 성과는 없었다. 출세를 위해서 변신을 거듭하면서 주의를 자주 바꾸는 기회주의자들이 끼어들어 일을 망쳤다. “온갖 비웃음을 다 받으며 비평을 가지고 사업을 시작”해 돈을 받고 예술작품을 평가하던 위인이 혁명이 일어나 사회주의 정책을 표방하자, “늘 그랬듯이 그는 야심을 품고 사회주의 연구에 뛰어들”어 이익을 얻다가 다시 반공주의자로 변신한 것을 보고 깊은 혐오감을 나타냈다.[48]

　그런가 하면 “봉건주의 정권”에서는 “공산주의자”이고, “좌익 정권”일 때에는 “보수주의”여서, 언제나 반대만 하는 인물, 저항을 하기 위해서 태어난 인물도 있다고 하면서 그 증상을 더욱 심각하게 그렸다. 재난이 일어나면 오히려 내심으로 기뻐하는 것이 반대자의 행태라고 하

---

47) 나집 마흐푸즈, 송경숙 역, 〈쉰 다섯 개의 거울〉, 《도적과 개들》(서울 : 지학사, 1986), 174면 ; Nagib Mahfuz, Roger Allen tr., *Mirrors* (Chicago : Bibliotheca Islamica, 1977), 29면.
48) 송경숙 역, 238~240면 ; Roger Allen 역, 87~88면.

면서 다음과 같이 말했다.

그는 1967년 6월 5일 전국을 휩쓴 패전의 재난을 가슴 깊은 곳에서 기뻐하고 있는 사람들 가운데 하나였다. 그것은 이상하긴 하지만, 혁명의 모든 적들이 취하고 있는 입장이었다. 체제에 저항하기 위해 태어나서 영원한 반대자로 행동했던 이 기이한 친구도 그 부류에 속했던 것이다.[49]

재난을 환영하는 반대자는 다음과 같은 심각한 증후를 나타내고 있다고 비판했다.

그는 익살을 부리거나 농담을 하는 것을 들어본 일이 없는 유일한 이집트인일 것이다. 그에게는 어떤 예술적 취미도 없었으며, 노래조차도 좋아하지 않았다. 마치 자신이 어떤 종류의 쾌락이나 아름다움으로부터 거세당한 희귀한 존재인 양, 그는 자신이 읽은 사소한 문학 작품에 대해서도 특이한 정치적 해석을 붙이곤 했다.[50]

이런 대목에서 서술자는 정치에 대한 과도한 신뢰를 경계하고, 정치 이념이 개인적인 이익을 추구하는 데 이용되고 사고를 제한하고 구속하는 구실을 한다고 나무랐다. 의식의 각성이 더욱 고양되어야 이집트의 불행을 바로 알아차릴 수 있다고 했다. 외세를 물리치는 정치적인 혁명을 통해서 치유하기 어려운 더 깊은 상처가 남아 있는 데 대해서 올바른 인식이 있어야 한다고 깨닫는 방향으로 독자를 이끌어나갔다.

정치를 한다고 나서서 설치지 않고 학문이나 예술에서 자기 본분을 수행한다는 사람들은 희망을 주지는 못하더라도 해독을 끼치지는 않을

---

49) 송경숙 역, 251면 ; Roger Allen 역, 97면.
50) 송경숙 역, 252면 ; Roger Allen 역, 99면.

것 같지만 그렇지 않다고 했다. 대학 시절의 한 교수가 총명하다고 이름이 난 사람이었는데 유럽에 유학을 해 박사학위를 취득하는 동안에 무기력하고 비굴하게 된 모습을 그려 깊은 상처를 진단했다. 과학만 절대적인 가치를 가졌다고 주장하는 학자가 과학을 위해 미국으로 이민 가는 것을 방해하는 썩은 현실을 나무라는 거동을 보여주어 무엇이 문제인가 드러냈다. 미국에 영화공부를 하고 돌아와 인생 최대의 희망을 달성했다고 하는 동창생이 집에 들어서다가 바나나 껍질에 미끄러져 죽었다는 사건을 통해 헛된 환상을 깼다.

그러면 대안이 무엇인가? 어떻게 해야 이집트는 되살아나는가? 작자는 이런 물음에 대답해야 했다. 작품 서술자의 의식이 각성되는 것을 통해 이집트가 소생하는 길을 제시해, 그 성과를 제3세계 전역에 확대시킬 수 있게 하는 방향으로 전개하면서 이런 물음에 대답해야 했다.

논설을 써서 대답한 것은 아니다. 긍정적인 인물의 모습을 보여주는 것이 대답을 하는 유일한 방법이다. 가난에 찌들린 하급공무원 생활을 하면서 아랍어고전을 열심히 공부하고, 기존 학계에서는 알아주지 않는 뛰어난 저서를 내는 인물을 등장시켜 그런 본보기를 보여주었다. 서술자는 그 인물을 만나 경이로운 체험을 했다고 했다.

그의 진가는 아랍어고전에 집중되어 있었고 산문이건 시건 간에 그 모두를 암기하고 있었다 해도 과언이 아닐 것이다. 그는 어느 날 내게 이렇게 말했다.

"당신들은 너무나도 서구문학에 압도당해 있어. 마치 그게 전부인 양 말이야. 제 나라 아랍문학은 전혀 모르면서도. 어디 좀 봅시다. 서구 시 가운데서 당신이 좋아하는 무엇이건 간에 한번 대보시오. 내가 그에 맞설 만한 아랍시를 얘기해볼 테니까 ……."

나는 떠오르는 대로 허구의 시와 산문을 그에게 주어댔다. 그러면 그는 그에 상응하는 아랍문학을 놀라울 정도로 제시해 냈다.

우리가 말을 할 적마다 그는 즉시 단어의 발음을 수정해가며 이렇

150

게 얘기하곤 했다.

“우리말이 적절히 구성되지 않은 채 그대로 인쇄되어선 안되지.”[51]

의식의 각성이 유럽문명의 도전 때문에 위축되고 파괴된 아랍문명을 되살리는 수준에서 이루어졌다. 유럽문학의 이식에 머물러 위축되어 있던 당대의 문학이 망각하고 있던 자기 전통의 보편적인 의의를 재발견해 당당하게 나설 수 있게 했다. 작자 자신이 새로운 소설을 마련한 근거를 이런 방식으로 밝혔다.

일찍이 1919년 혁명기간 동안 민족정신을 일깨워주던 아랍어선생의 모습도 존경스럽게 그렸다. “영광이 깃든 민족적 고전”과 “역사적 영웅”에 대해서 이야기하는 것을 “눈물을 글썽이면서” 들었다 하고, “민족정신과 불굴의 의지를 배웠다”고 했다. “그 분 덕분에 우리는 아랍어를 좋아하게 되었고, 아랍시를 깊이 사랑할 수 있게 되었다”고 했다.[52] 그 선생님은 학생들의 투쟁을 선동했다고 해서 파면당하고, 나중에는 문교부장관, 국회의원이 되어 뜻을 펴려고 하다가 고향으로 돌아갔다고 했다.

인생의 실패자가 훌륭하게 산 것은 이따금 있는 일이다. 서술자의 대학 동창생이 대학을 중퇴하고 여러 직업을 전전하다가 신문기자가 되고, 이념 활동 때문에 파면되고 투옥되고 가정 파탄까지 겪었으나, 신념을 버리지 않고 대단한 저술을 계속한 것을 높이 평가했다. 주장하는 내용보다 삶의 자세가 더욱 소중하다고 했다.

나는 진보적인 아랍사상에 관한 그의 서적을 현대의 가장 재미있고 활력이 넘치는 책들 중의 하나라고 주저함·없이 여기고 있으며, 나는 그의 대중적인 면모와, 개인적인 삶의 갈등, 그리고 육체적인 괴

---

51) 송경숙 역, 314~315면 ; Roger Allen 역, 157~158면.
52) 송경숙 역, 433~434면 ; Roger Allen 역, 268~269면.

로움, 지성의 통일성과 또한 그 순수함을, 파괴와 건설, 이합집산, 절망과 희망의 여러 가지 요소로 심히 요동하고 있는 이 시대 혼란의 시대의 본보기로 여긴다.[53]

혼란의 시대를 일거에 청산하는 이상주의적인 방안을 마련하는 것은 기대하지 않았다. 진보적인 아랍사상이라고 하는 사상의 내용이 무엇인가는 밝혀 논하지 않았으며, 사회갈등을 해결하는 방안을 진지하게 찾은 내용이라고 암시하는 데 그쳤다. 마흐푸즈 자신이 쓰는 소설과 같은 것이라고 짐작하면 잘못되지 않는다. 작중인물, 서술자, 작가 자신의 경우에 모두, 사회개혁을 위한 구체적인 강령보다 어떤 허위도 배격하고 진실을 찾으려고 하는 비판정신이 더욱 소중하다고 하면서 그것을 얻는 것을 의식각성의 핵심 과제로 삼았다.

야사르 케말의 《메메드》와 마흐푸즈의 《거울들》은 제3세계문학에서 추구하는 사회개혁을 위한 의식각성의 두 가지 모형을 보여주었다. 한쪽에서는 주인공의 행동이 달라지는 것을, 다른 쪽에서는 서술자의 생각이 변하는 것을 보여주었다. 한쪽에서는 적대자가 맞서서 싸우는 투쟁을 전개하고, 다른 쪽에서는 갖가지 허위에 대한 비판을 소중하게 여긴 차이점도 있다. 그러나 그 둘 다 유럽소설을 이식하는 풍조를 거부하고 자기 전통을 이은 독자적인 창작방법을 사용해 해체의 위기에 이른 소설을 다시 살려내고, 의식의 각성을 추구하는 임무를 더욱 차원 높게 실현한 공통점이 있다.

타고르의 인도는 유럽의 식민지 통치를 받고 있어 진통이 심각했지만 해결의 방향은 명확했다. 야사르 케말의 터키나 마흐푸즈의 이집트는 식민지는 아니면서도 유럽과의 관계가 불리하게 된 상황을 타개하기 위해 자기 내부의 혁신이 선결과제로 등장했다. 라탄아메리카의 경우에는 상황이 더욱 복잡했다. 원주민이 유럽인 이주자에게 정복당하

---

53) 송경숙 역, 347면 ; Roger Allen 역, 187면.

고, 그 둘의 복합체가 내부적 갈등을 심각하게 지닌 채 미국의 간접적인 지배를 받게 되었다. 원주민이 겪은 수난을 중심에다 둔 이야기를 이주자의 언어인 서반아어나 포르투갈어로 써내면서 미국과 맞서는 작가가 제시하는 의식의 각성은 단순할 수 없다.

라틴아메리카에서는 민족문학이 독립되어 있지 않다. 원주민은 서로 달랐다 해도 원주민과 이주민의 복합체라는 점에서 서로 같고, 언어를 함께 사용하면서, 공동의 문제를 제기한다. 우리는 누구이며, 주체성을 가지는 근거는 어디 있는가? 우리의 소망은 무엇이고, 어떤 의의를 가지는가? 우리가 겪어온 수난은 어떻게 이해해야 하는가?

이에 대해서 대답하는 임무는 작가가 지고 있다. 대답을 하는 방법은 문학작품창작이다. 시를 쓰기나 해서는 자세한 내용을 갖추지 못하므로 소설이 필요했다. 개별학문으로는 감당하지 못하는 총체적 탐구를 소설에서 맡아야 했다. 소설의 사명이 다른 어느 곳에서보다 더 커지지 않을 수 없게 되었다.

그런데 유럽에서 수입한 사실주의소설을 가지고는 뜻한 바를 이룰 수 없었다. 눈에 보이는 대로 묘사하기나 하는 소설은 우리는 누구인가 하는 정신적 고민을 풀어줄 수 없다. 원주민이 유럽인의 침략을 받기 전에, 신화를 비롯한 여러 형태의 구비문학을 통해 원주민이 세계를 인식하던 방법에서 출발점을 구하지 않고서는 남의 눈에 비친 자기의 모습을 그리고 만다.

콜럼비아 출신의 가르시아 마르케스(Gabriel Garcia Marquez)를 라틴아메리카 소설가의 대표적인 본보기로 들어 살필 수 있다. 이 작가는 환상과 경이로 가득 찬 설화의 세계에 빠져 어린 시절을 보내면서 얻은 잠재의식의 인도를 받아, 현실과 비현실, 사실과 환상을 교묘하게 융합시킨 작품을 썼다. 라틴아메리카 소설에 광범위하게 나타나는 '마술적 사실주의'(realismo magico, realismo maravilloso)의 좋은 본보기를 보여주었다. 그것은 얼핏 보면 유럽소설에서 흔히 볼 수 있는 전위적인 수법 같지만, 자기 전통을 계승해서 라틴아메리카문학에서 독자적인 창조

물이다.[54]

가르시아 마르케스의 대표작으로 널리 알려진 《백년의 고독》(*Cien anos de soledad*, 1967)을 보자. 기본 설정은 부엔디아스(Buendias)라는 가문이 100년 동안 6대에 걸쳐 살아온 내력을 다룬 내용이며, 라틴아메리카의 역사를 요약했다고 이해된다. 그러면서 그 집안의 내력은 다음과 같이 몇 가지 점에서 특이하다고 설정해, 소설에서 말하고자 하는 바를 구현하는 방법으로 삼았다. 겹겹이 얽혀 있는 의미의 층위를 하나씩 걷어내면서 이해하기 위해 쉬운 것부터 들기로 한다.

그 집안은 제1대에 선조 호세 아르까디아 부엔디아와 우르슬라는 사촌간이었다. 사촌이 부부가 된 이래로 자주 근친상간을 하면서 그 때문에 좋지 못한 결과가 생길까 두려워했다. 근친상간을 하면 돼지 꼬리를 가진 아이가 태어난다는 예언이 제6대의 자손에게 적중되었다. 그것은 생존의 위협을 물리치고 혈통을 보존하고자 하는 의지의 표현이라고 이해할 수 있다. 혈통 존중의 의지가 당연하다고 하면서 파멸에 이르는 위험이 있다고 했다.

제1대 시조 선조 호세 아르까디아 부엔디아와 우르슬라는 뜻을 같이 하는 젊은이들과 함께 세상을 피해 멀리 떠나 마꼰도(Macondo)라고 하는 이상향을 건설하고 대대로 거기서 살았다고 했다. 그곳은 압제자나 침략자에게 유리되지 않은 순수한 영역이며, 기독교에서 말하는 에덴동산이나 토마스 무어의 유토피아처럼 죄악이나 허위가 없는 곳이다. 그런 곳이 있다고 믿고 찾아 주체성의 근거로 삼자고 했다.

그러면서 그곳에서 그 집안 사람들은 고독하게 살았다고 했다. "백년의 고독"이라는 말을 표제에 내세울 만큼 고독의 의미를 중요시했다. 고독은 집안 사람들 내부의 관계이면서 또한 그 집안과 외부의 단절을 의미한다. 마꼰도의 이상향에서 모든 행복을 누린다고 할 만큼 공상이

---

54) Maria-Ellena Angulo, *Magic Realism, Social Context and Discourse* (New York : Garland, 1995), 33~47면.

확대된 작품을 쓸 수는 없었다. 세상과 어긋나게 살아가는 외로운 선택에는 그 나름대로의 고통이 따른다는 것을 시인해야 했다. 그것이 의식 각성의 마땅한 자세이다.

마꼰도는 다른 세상과 분리되어 평화와 안정을 누린다고 하지도 않았다. 바깥의 사람들이 밀어닥쳐 괴롭히고, 그 내부에서도 변란이 일어나 피를 흘렸다고 했다. 주체성을 지키고자 하는 소망을 가진다고 해서 라틴아메리카에 닥친 수난을 피할 수는 없다. 라틴아메리카의 역사가 얼마나 불행한가 바로 알아야 한다고 했다.

폭정을 물리치기 위해 반란을 일으키고, 외래 자본가의 횡포에 맞서서 싸워야 했다. 마꼰도에 와서 바나나 농장을 세운 외국 기업의 횡포에 맞서서 노동쟁의를 일으키는 사람들이 정부군의 혹독한 탄압을 받은 것이 특히 기억할 만한 사건이다. 그 대목을 자세하게 살펴보자.

제4대의 인물 호세 아르까디오 세군도가 시위에 참가해 정부군과 맞선 대목을 보자. 군대를 지휘하는 대위는 5분 안에 해산하지 않으면 발포하겠다고 했다. 호세 아르까디오 세군도가 그 말을 듣고 격분해서 고함을 지르자, 어떤 광경이 벌어졌는가 보자.

긴장과, 신비할 정도로 깊은 침묵에 도취된 호세 아르까디오 세쿤도는 죽음의 환상에 사로잡힌 그 군중을 움직이게 할 수 있는 것은 아무 것도 없다는 사실을 알고서 앞에 서 있는 사람들의 머리를 딛고 올라가서, 평생 처음으로 목소리를 높였다.

"야, 이 새끼들아! 일 분을 다 기다릴 것도 없다."

그의 고함소리가 끝날 무렵 두려움보다도 일종의 환각을 불러일으키는 사건 하나가 벌어지고 말았다. 대위가 사격 개시 명령을 내렸고, 열네 개의 기관총좌들이 동시에 그의 명령에 응답했던 것이다. 그렇지만 모든 것이 희극처럼 보였다. 숨가쁘게 울리는 총성이 들리고, 불꽃이 뿜어져 나오는 것이 보였지만, 순간적으로 살아 있는 화석이 되어버린 것처럼 보이는 밀집한 군중들 사이에서 최소한의 반응도, 말소리 하나도, 한숨소리조차도 감지되지 않았기 때문에 마치 기관총들에는 폭죽탄들이 장착되어 있었던 것처럼 보였다. 그러자 갑자기 역 한쪽에서 죽음의 비명소리 하나가 그 마법의 정적을 깨뜨렸다. "아아아악, 어머니!" 지진과 같은 힘, 화산이 폭발하는 것 같은 숨소리, 하늘을 무너뜨리고 지축을 뒤흔드는 듯한 포효가 엄청난 폭발력과 더불어 군중 한가운데서 터져나왔다.[55]

실상을 보여주기 위해서 길게 인용하지 않을 수 없다. 무장을 하지 않고 평화로운 시위를 하는 군중을 향해 중무장한 정규군이 총탄을 무제한 발사하는 일이 역사에는 이따금 있고, 소설에도 더러 등장하지만, 이렇게까지 실감나게 그려 보여준 예는 다시 찾기 어렵다. 무수히 많은 사람을 쓰러뜨리고, 주위가 온통 피바다가 되는 장면을 정면에서 그려 총탄의 위력은 바로 알게 했다.

그러나 총탄은 무력했다. 많은 살상자를 내고서도 바나나 농장을 지키지 못했다. 외국 자본가가 세운 바나나 농장은 군대의 지원을 얻어 아무리 강경책을 써도 노동쟁의를 누르지 못하고 주민들의 항거를 누르지 못하고 물러갔다. 마꼰도 사람들은 승리했지만, 참담한 후유증이 남아 있었다. 그 대목은 다음과 같이 서술했다.

마꼰도는 폐허가 되어 있었다. 거리의 웅덩이들 속에는 부서진 가구들과 빨간 창포꽃으로 뒤덮인 짐승 뼈들과, 찾아왔을 때처럼 경망스럽게 마꼰도를 떠났던 외지 유랑인들이 남기고 간 마지막의 기억들이 남아 있었다. 바나나 열풍으로 그토록 급히 세워졌던 집들은 빈 껍데기만 남아 있었다. 바나나 회사는 시설을 철거했다. 철조망으로 둘러싸였던 옛 도시에는 부스러기만 남아 있었다.[56]

---

55) 가브리엘 가르시아 마르케스, 조구호 역, 《백년의 고독》(서울 : 민음사, 2000), 제2권, 150~151면.
56) 같은 책, 186면.

백년 동안 이어진 그런 수난을 계속 견딘 사람은 제1의 할머니 우르술라였다. 중간에 시력을 잃고 몸이 극도로 쇠약해지면서도, 남편과 자식, 그리고 손자들이 명대로 살지 못하고 사라지고 처형당하고 할 때도 끈덕지게 살아남아, 집안의 중심이 되어 모든 일을 보살피고, 남은 사람들이 희망을 가지도록 했다. 어려움을 이겨내는 여성의 힘이 위대하다는 것을 보여주었다.

마지막 시기의 모습을 "살아가면서 조금씩 조금씩 몸이 줄어들어 태아처럼, 미라처럼 되어갔고, 생애 마지막 몇 달 동안에는 잠옷 속에 말려든 작은 살구씨 같은 모습이 되어버렸"다고 했다.[57] 아무 움직임이 없자 "가엾은 고조할머니가 늙어서 돌아가셨네" 하고 아이들이 외치자, "난 살아 있어!" 하고 외쳤다. 그렇게 하고서도 죽음이 찾아온 것이 명백한 사실임을 시인하고서, "오, 하느님. 그러니까 이게 바로 죽음이란 거로군요" 하고 탄식한 다음, 다급하고 열성적인 말로 이틀 동안이나 자기 집안 사람들을 위해 기도를 드렸다. 최후의 순간에 이른 것을 다른 사람들도 알 수 있었다면서, 그 대목을 다음과 같이 서술했다.

죽음을 맞이할 거라는 확신을 가지고 있었다. 그러니까, 장미꽃들이 명아주 냄새를 풍기고 있었고, 이집트 콩이 든 바가지를 떨어뜨렸는데, 그 콩알들이 땅에서 완벽한 기하학적 무늬를 그리며 불가사리 모양을 이루었고, 어느 날 밤에는 오렌지 빛으로 반짝이는 원반들이 열을 지어 하늘을 나는 것을 보기도 했던 것이다. 우르술라는 죽은 몸으로 성 목요일 아침을 맞이했다. 바나나 회사가 있던 시절 여러 사람들의 도움을 받아 마지막으로 그녀의 나이를 계산해 보았는데, 그 당시 그녀가 백열다섯 살에서 백스무 살 사이라고 결론지었다.[58]

위대한 인물이 세상을 떠날 때 보인다고 하는 징조들이 다 나타났다.

---

57) 여기서부터는 같은 책, 202~203면.
58) 같은 책, 203면.

가문의 시조이면서 여섯 대에 걸친 수난을 다 겪고 백 살이 훨씬 넘게 산 우르술라 할머니가 누구보다도 위대하기 때문이다. 위에서 든 이상스러운 일들이 착각이라고 여겨 배격하지 말자. 그런 일은 실제로 있다. 하늘과 땅, 초월과 현실, 상상과 경험은 둘이 아니기 때문이다. 작가는 독자에게 이렇게 말했다.

식민지 통치에 대한 인식과 항거

위에서 든 작품들이 제3세계문학의 좋은 본보기이기는 해도 식민지 통치를 직접 문제삼으면서 민족해방의 과제를 다룬 것은 아니다. 《고라》는 식민지 통치하에서 쓴 민족운동의 소산이지만, 자기 진영 내부의 문제를 제기하는 데 그치고 적과의 투쟁은 전개하지 않았다. 《메메드》에서는 유럽문명권과 대결하는 과제가 창작방법을 통해 제기되었을 따름이고, 《거울들》에서는 유럽의 지배에서 벗어난 뒤에도 계속 남아 있는 문제를 취급했다. 《백년의 고독》은 패배하는 상황을 알아차리자고 하면서, 압제자에 대한 항거보다 자기 성찰을 더욱 중요시했다.

식민지 상태에서 겪는 고통을 계속 문제삼으면서 민족해방을 추구하는 작품은 내용상 차이가 있으므로 이제부터 다시 고찰하기로 한다. 식민지 통치는 전통사회를 해체하는 구실을 해서 주인공이 자기 집이나 고장에서 떠나 과거와는 아주 다른 경험을 하게 한다. 전에 없던 험난한 고난을 헤쳐나가기 위해서 각별한 각오를 하면서 투지를 가다듬어야 한다. 그것은 자본주의가 전투적인 노동자를 만들어내 새로운 교양소설의 주인공이 되게 한 것과 일면 상통하면서 다른 점이 있다. 식민지 통치 때문에 고통을 겪다가 항거하게 되는 전환은 노동자가 주동이 된다 하더라도 민족적 각성의 과제이다.

식민지 통치자는 자본주의를 이식해 노동자를 만들어내 착취하면서 계급모순을 격화시켜 계급모순을 해결하면 민족모순도 해결될 것 같이 보이지만, 그렇지 않다. 민족모순은 식민지 통치자가 피지배민족의 문화를 말살하고 열등의식을 심어주는 방식으로 격화되었으므로 자부심을 되찾아야 해결될 수 있다. 정치투쟁 못지않게 문화투쟁의 과제가 심각하게 제기된다. 타고르나 마흐푸즈가 이미 힘써 벌인 문화투쟁을 더욱 강화하지 않고서는 정치투쟁이 고양되지 않는다. 민족모순을 해결하지 않고서는 계급모순이 해결되지 않는다.

식민지 지배에서 벗어나기 위해 민족해방운동을 일으킨 제3세계 모든 곳에서 그런 작품을 창작해 더욱 새로운 형태의 교양소설을 이룩하고, 세계문학사를 혁신하는 과업을 일제히 수행했다. 커다란 고난이 위대한 작품을 산출했다. 헤아리기 어려울 정도로 많은 작품에서 주목하고 평가해야 할 의식각성을 추구했다.

그런 작품의 좋은 본보기가 가까이 있어, 강경애의 《인간문제》(1934)를 먼저 들 수 있다.[59] 서두는 옛날이야기로 시작해서 한가로운 느낌을 주지만, 당대 사회에서 벌어지는 치열한 대결을 문제삼은 작품이다. 흉년이 들어 굶어죽게 된 소작인 청년들이 악덕 지주의 집을 습격해 먹을 것을 가져갔다가 관가에 잡혀가 죽고 추방당해, 남은 가족들이 아들딸을 부르며 울며 흘린 눈물이 고여 지주의 집을 삼켰다고 했다. 그렇게 해서 '장사못' 전설이 자기 시대에 재현되고 있다는 것을 보여주었다.

착하고 정직한 아버지는 아무리 고달프더라도 자기가 섬기는 지주 정덕호의 명령이라면 물불을 헤아리지 않는 충직한 하인이었다. 지주의 명령으로 돈을 받으러 갔다가 굶고 있는 사람을 동정해 덜 받아왔다가 지주에게 맞아 죽고서, 원망 한마디 하지 않으면서, "영감이 나를 미워서 따렸겠나, 부모 자식 새 같으니"라고[60] 하고 세상을 떠났다. 어머니 또한 어렵게 살며 가슴앓이를 하다가 죽었다.

선비는 같은 마을에 사는 첫째라는 총각과 정을 주고받는 사이였으

---

59) 이상경, 《강경애》(서울 : 건국대학교출판부, 1997)에서 작가와 작품에 대해 간명하면서 알찬 고찰을 했다.
60) 강경애, 《인간문제》(서울 : 창작과비평사, 1992), 34면.

나, 지주의 집에 들어가서 살면서 일하다가 정조를 유린당하고 버림받
아 떠나가야 했다. 나고 자란 마을, 견딜 수 없게 사랑스러운 농작물과
가축에 대한 애착을 버리고 정처 없이 길을 나섰다. 그 모습을 다음과
같이 그렸다.

그날 밤! 선비는 봇짐을 옆에 끼고 덕호의 집을 벗어났다. 사방은
먹칠을 한 듯이 캄캄하였다. 그러나 낮에부터 쏟아질 줄 알았던 비는
쏟아지지 않으나 바람만 슬슬 불기 시작하였다. 선비는 읍으로 가는
신작로에 올라섰다. 선들선들한 바람이 그의 타는 볼 위에 후끈후끈
부딪치고 지나갔다.
저편 동쪽 하늘에는 번갯불이 번쩍 일어서 한참이나 산과 산을 발
갛게 비추었다. 그때마다 우르르 …… 타는 소리가 들린다. 선비는 전
같으면 이런 것들이 무서우련만 이 순간 그에게 있어서는 아무 것도
두려울 것이 없었다. 그는 죽음으로써 모든 것을 당하리라고 최후의
결심을 굳게 하였던 것이다.[61]

집을 나서서 새로운 세계를 향한 것은 유럽 교양소설의 주인공과 상
통하지만, 사태가 심각한 정도에 커다란 차이가 있다. 생사의 기로에서
다른 선택을 할 여지가 없다는 점이 메메드의 경우와는 같다. 메메드는
산에 들어가 산적 영웅이 되지만, 선비는 도시로 나가 새로운 투쟁을
시작한다. 자기 마을에서 지주와 소작인 사이의 민족내부 모순 때문에
시달리던 단계를 넘어서서, 새로운 생계 수단을 찾아 도시의 공장에 들
어가 일하면서 제국주의와 맞서는 민족의 투쟁에 참가하는 비약을 이
룩했다.
제국주의의 침략과 더불어 강화된 자본의 지배 때문에 지주의 횡포
가 더 심해졌다. 비싼 공산품을 사서 쓰는 데 필요한 현금을 확보하기

---

61) 같은 책, 236~237면.

위해 소작인을 더욱 착취했다. 그 때문에 항거가 일어나 지주로부터 탄압을 받게 되면, 피해자들이 도시로 나가 공장노동자가 되어 새로운 착취를 겪다가 노동운동에 참가해 제국주의자와 바로 대결하게 되는 것이 어디서든지 볼 수 있는 공통적인 과정을 이 작품에서 특히 선명하게 그렸다.

싸우는 상대가 제국주의 침략자라고 명시하지 않았지만, 검열에 걸려 작품 곳곳이 삭제되는 수난을 피할 수 없었다. 신문에 연재한 소설이어서 조판된 신문이 검열을 받을 때 난도질당했다. 그래도 굽히지 않고 정면 돌파를 하려고 하면, 소설을 발표할 수 없고 신문마저 정간되거나 폐간되었다. 그래서 우회전술을 쓴 것을 알아야 한다. 말하지 못한 사실과 빠진 대목을 독자가 스스로 메우면서 읽어야 한다.

선비가 서울에 가서 남산을 구경할 때의 광경을 다음과 같이 그린 대목을 보자. 오직 눈으로 볼 수 있는 사실만 묘사하고, 해석이나 평가는 달지 않았다. 그러나 식민지가 되어 수모를 겪고 있는 상황을 선명하게 나타내고 있다는 것을 독자는 알아차릴 수 있다.

저 번화한 도시에는 얼마나 많은 덕호가 들어 있을까? 하는 생각이 번개같이 그의 머리에 떠올랐다.

그때 요란스러운 소리에 그들은 머리를 돌렸다. 소나무 아래로 작은 게다 큰 게다가 뒤섞여서 비탈길로 올라가고 있다. 게다를 따라 시선을 옮기니 푸른 솔밭 위로 화강석으로 깎아 세운 도리이(鳥居)가 반공중에 뚜렷하였다.[62]

"얼마나 많은 덕호"는 "얼마나 많은 착취자"이다. 일제는 시골의 지주보다 더 크고 엄청난 착취자임을 그런 말로 암시했다. "게다"를 신고 남산을 올라가는 사람들은 일본인이다. "도리이"(鳥居)라는 것은 성스

---

62) 같은 책, 282면.

러운 곳의 입구에 세우는 일본식 문이다. 그 뒤에 "조선신궁"(朝鮮神宮)이 있다고 이 대목보다 앞에서 이미 말했다. 조선왕조의 성스러운 산인 남산에다 일제가 그런 것을 세워 식민지 지배의 정신적 지주로 삼았다.

　일제의 지배는 민족의 항거를 불러왔다. 자본의 횡포는 노동자가 저항하게 했다. 그런 사실을 구체화하기 위해 첫째와 선비가 둘 다 마을을 떠나 도시로 갔다고 했다. 서울을 거쳐 인천으로 가서 새로운 투쟁을 시작했다. 일제의 침략과 더불어 번성하기 시작한 인천은 식민지를 수탈하는 자본주의의 기지이며, 또한 노동운동의 중심지였다. 첫째는 타작 마당에서 농민을 선동하다가 땅을 떼이고 인천에 가서 부두노동자가 되어, 파업을 주도할 수 있게 성장했다. 선비 또한 인천에 가서 공장에서 일하면서 구속, 학대, 착취에 시달리다가 조직적 투쟁을 하는 데 참가했다.

　해가 벌겋게 타올랐다. 그들은 저 해를 바라보면서 단결의 힘이란 얼마나 위대한가 깨달았다. 그리고 오늘의 저 햇발은 그들의 이 단결함을 보기 위하여 저렇게 씩씩하게 솟아오르는 듯하였다. 그들은 저 햇발에 비치어 빛나는 저 바다 물결을 온 가슴에 안은 듯하였다. 그리고 그들의 눈에 비치는 모든 만물은 새로움을 가지고 그들을 맞는 듯싶었다. 동시에 무력하고 성명 없던 자기들이 오늘 이 순간에는 이 우주를 지배하는 모든 권리란 권리는 다 가진 듯이 생각되었다.[63]

　부두노동자들이 단결해 파업 투쟁을 벌이는 광경을 이렇게 그리면서 어둠이 가고 밝음이 오고, 모든 것을 바꾸어놓은 새로운 시대가 오는 것처럼 말했다. 그러나 그것은 희망을 말한 것에 지나지 않았다. 노동자들이 단결하는 힘이 아무리 커도 탄압을 이겨내지 못했다. 경찰의 검거를 피해 흩어지고 도망쳐야 했다.

---

63) 같은 책, 325~326면.

공장에서 일하는 선비는 극악한 노동조건 때문에 큰 고통을 겪었다. 노동시간이 길고, 작업환경이 나쁜 것은 물론이고, 죄수처럼 외출이 금지된 채 혹사당해 받는 월급을 강제로 저축을 해야 했다. 그대로 있을 수 없어 노동쟁의를 꾀하는 데 선비도 가담했다. 그러나 과중한 노동 때문에 몸이 견디어내지 못하고 작업현장에서 쓰러졌다. 첫째는 아내로 맞이해 아들 딸 낳고 살기를 간절히 바라던 선비가 공장에서 시체가 되어 나갈 때야 다시 만날 수 있었다.

소작농의 자식들이 지주의 횡포 때문에 농촌에서 밀려나 도시로 나가 공장 노동자로 일하면서 더 큰 착취자인 자본가와 싸운 것은 자본주의 사회로 들어설 때 일제히 나타난 공통적인 과정이다. 식민지 통치자가 자기네 이익을 위해 그 과정을 주도한 곳에서는 견딜 수 없는 착취에 대해 격렬한 투쟁을 하지 않을 수 없었던 것도 예외가 없는 일이었다. 《인간문제》는 그 투쟁을 그리면서 더욱 발전시키고자 한 소설의 좋은 본보기이다.

그러면서 다른 많은 작품에서는 찾기 어려운 특별한 가치가 있다. 식민지 통치자의 억압 때문에 창작의 자유가 없는 상황과 적절하게 맞서서 희생은 줄이고 설득력을 높이는 작전을 폈다. 먼 과거의 전설과 당면한 현실을 연결시켜 이야기해 현재에 머무르지 않고 미래의 전망을 생각하는 긴 안목을 가지게 했다. 연약하고 다감한 여성을 주인공으로 등장시켜 시련과 투쟁에 공감을 가지고 동참하게 했다. 삶의 실상을 생생하게 그리는 데 힘쓰고 관념적인 설명은 배제했다.

식민지 통치 때문에 가장 큰 고통을 겪은 곳은 아프리카이다. 아프리카의 식민지 통치는 아시아의 경우보다 오래 계속되고, 더욱 처참한 결과를 낳았다. 그러므로 항거의 소설이 계속 나온 것이 당연한 일이다. 그 가운데 특히 주목할 것이 프랑스 식민지 카메룬의 작가 몽고 베티(Mongo Béti)의 《잔인한 도시》(*Ville cruelle*, 1954)이다.[64]

---

64) Eza Boto, *Ville cruelle* (Paris : Présence Africainc, 1971)을 자료로 이용하고,

이 작품은 카메룬 남부의 시골 마을에서 살고 있는 방다(Banda)라는 주인공이 그 근처에 있는 탕가(Tanga)라는 도시에 가서 머무른 사흘 동안 겪은 일을 다룬 내용이다. 방다는 자기 마을에서 학교라는 곳을 다녔지만, 공부를 제대로 하지 못해 도시에서 사용하는 언어인 불어를 하지 못하는 시골뜨기이다. 학교를 운영하는 백인들은 무료 교육을 실시한다고 자랑하고서 흑인 아이들에게 공부 대신 일을 시켰다. 방다는 그것이 잘못인 줄 알아 다음과 같이 불평을 하는 정도의 의식은 가졌다.

나는 여덟 해 전부터 그자들의 학교에서 곡식이나 심고, 감자나 캐느라고 애쓰기만 하고, 학교에서 으레 하는 것은 하지 않았다. 내가 너무 커진 것을 알아차리고, 그자들은 나를 문밖으로 내쫓았다. 물론 졸업장 같은 것은 없이.[65]

그 이외에 Jingiri J. Achiriga, *La révolte des romnciers noirs* (Québec : Naaman, 1978) ; 오생근, 〈1950년대 아프리카소설에 나타난 도시의 양상 : 에자 보또의 《잔인한 도시》를 중심으로〉, 《외국문학》 2(서울 : 전예원, 1984) ; Richard Bjornson, *The African Quest for Freedom and Identity, Cameroonian Writing and the National Experience* (Bloomington : Indiana University Press, 1991)의 작품론을 참고한다. 작가의 본명은 "Alexandre Biyidi"인데, 이 작품을 발표할 때에는 "Eza Boto"라는 필명을 사용하고, 그 뒤에는 "Mongo Béti"라는 필명을 널리 사용해 그렇게 알려져 있다. 2000년 8월 16일 남아프리카 프레토리아에서 열린 제16차 국제비교문학회 발표대회에서 강연을 하면서, 자기가 프랑스에 머물다 귀국하니 일자무식인 어머니도 자기를 "몽고 베티"라고 부르는 것을 듣고 큰 충격을 받았다고 했다. 그 전 날 내 발표를 듣고서 한국이 어째서 제3세계냐 하고 물었다. 나는 식민지 통치를 겪고, 그 때문에 분단된 불행한 한국이 어째서 제3세계가 아닌가 하고 반문해서 납득할 수 있게 했다. 자기가 강연할 때 영어 번역이 자막에 나오는 원고에 없던 말을 보태 제3세계 여러 나라를 열거할 때 한국도 넣었다.

65) Eza Boto, 위의 책, 12면. 원문은 : "Je trimais depuis huit ans dans leur école à planter, à arracher des pommes de terre, et jamais à faire ce qu'on fait babituellement dans une école, quand ils s'abisèrent que j'étais vraiment trop grand et me boutèrent à la porte, sans aucun dipôme, naturellement."

방다가 찾아간 도시는 식민지 통치의 모순과 부정이 집중되어 있는 비인간적인 장소임을 명시하기 위해 작자는 "잔인한 도시"라고 명명했다. 《인간문제》의 주인공들은 농촌에서 쫓겨나 도시로 가서 노동자가 되었는데, 방다는 농촌에 거주하고 있으면서 도시를 잠시 방문했다가 험한 꼴을 당했다. 그렇지만 식민지 통치의 죄악을 도시를 통해 고발하면서 의식의 각성을 촉구한 점은 서로 같다. 잠깐 동안의 도시 여행을 통해 방다는 많은 것을 깨달았다.

방다가 도시에서 목격한 것은 무엇보다도 먼저 기계의 움직임이었다. 괴물같이 생긴 기중기가 "요란한 소리를 내고 진동하면서 레일 위를 굴러 강으로" 향하더니, "두 개의 이빨로 긴 통나무를 자랑스러운 듯이 물어서 몸을 일으키는" 광경을 보고 놀랐다. 집어올린 통나무는 공장에 들어가서 성난 도끼들이 문명의 기준에 맞추어 자르는 과정을 거쳐, 열차 위에 얌전하게 누워 어딘지 모를 목적지를 향해 갔다.[66]

아프리카의 자원을 그렇게 약탈해 백인은 부유해지고, 흑인은 가난해졌다. 탕가는 둘로 나누어져 있어, 백인들이 모여 있는 남탕가는 화려함을 뽐내고, 흑인들의 거주지인 북탕가는 사람이 살 곳이 못되었다. 북탕가의 흑인들이 기계를 돌리며 일을 해 남탕가의 백인들이 부유해지게 하면서 자기들은 비참한 생활을 했다. 기계의 움직임이 더 커질수록, 양쪽의 격차가 한층 심각하게 벌어졌다. 농촌보다 훨씬 못한 북탕가의 빈민가를 구경하면서 많은 것을 생각했다고 하면서 그 참상을 독자에게 제시해 독자 또한 현실을 직시하게 했다.

방다는 긴요한 볼일이 있어 탕가로 갔다. 자기가 애써 농사 지어 수확한 카카오 2백 킬로그램을 팔아 병상에 누워 있는 어머니를 봉양하고, 결혼자금을 마련하겠다는 큰 기대를 가지고 남탕가에 있는 수납처를 찾아갔다. 그러나 가져간 카카오가 품질이 나쁜 불합격 판정을 받았

---

66) 같은 책, 18면. 원문은 : "Chuintant et branlant, roulant sur deux rails, elle s'avançait vers le fleuve …… elle se redressait tenant triomphalement une longue brille accrochée à ses deux dents."

다. 수납관은 불량품은 폐기처분해야 한다면서 태우는 시늉만 내고 다
른 데로 빼돌렸다. 방다는 검사관에게 항의하다가 경찰에 연행되었다.
그 때의 심정을 이렇게 묘사했다.

　지역 경비대원들에게 끌려 경찰서로 가는 동안에, 방다는 깊은 좌
절감을 느꼈다. 살아오는 동안에 처음 경험하는 심정은 아니었다. 여
러 차례 같은 지경에 이른 것 같았다. 그러나 그 순간에는 좌절의 심
경이 아주 날카로워졌다.[67]

　좌절감이 날카로워졌다는 것은 그릇된 세상과 정면으로 부딪혀 의식
이 깨어났기 때문이다. 경찰서로 끌려가는 동안에 카카오 검사관이 하
던 말이 되살아나 온 몸을 흔들었다. 그 충격 때문에 자기가 지금 어디
있는가 알아차리게 되었다. 식민지가 된 처지가 어떤 것인가 발견하게
되었다.

　"질 나쁜 카카오군. …… 불에 넣어! …… " 그 말이 돌덩이처럼 날
아와 방다를 땅에 쓰려뜨려, 짓눌러 힘을 쓰지 못하게 했다. 그 말이
몸을 가득 채웠다.
　그 말이 뱃속에 들어와, 변비처럼 굳어 창자 속을 이리저리 옮겨다
녔다. ……
　그 말이 두뇌 속에 들어가 작동을 망쳤다. 방다는 자기 나라와 가
족들로부터 헤아릴 수 없을 만큼 먼 곳 외국 땅에 있다고 느꼈다.[68]

---

67) 같은 책, 48면. 원문은 : "Pendant que les gardes régionaux le conduisaient au
commisariat de police, il éprovait un profond, très profond sentiment de
frustration; cette impression non plus n'était pas nouvelle dans sa vie. A
maintes circonstances déjà, il lui avait semblé éprouver cette même chose :
seulement, à cet instant elle prenait une forme suraiguë."
68) 같은 책, 49면. 원문은 다음과 같다.
　"《Mauvais cacao …… Au feu! ……》 Comme un bloc de pierre, les mots

경찰관들이 하는 말을 귀를 기울여 들어도 알아듣지 못하자, 그 사람들은 자기 동족이 아니고 멀리 북쪽에서 왔다는 것을 새삼스럽게 깨달았다. 평소에는 무심하게 여기던 진실이 일거에 나타났다. 경찰서로 들어설 때에는 어머니의 모습이 다음과 같이 떠올랐다고 했다. 어머니의 모습이 바로 조국이다.

경찰서에 들어서기 전에, 어머니의 모습이 마지막으로 한번 떠올랐다. 대나무 침대 위에 누워 있는, 가엾고, 깡마르고, 검고, 비참하고, 냄새 나고, 사람 같지 않으며, 동정받아 마땅한 어머니를.[69]

경찰서에서 가까스로 풀려 나와 자기 삼촌을 찾아가니, 카카오가 불량품 판정을 받은 것은 심사관에게 뇌물을 바치지 않은 탓이라고 했다. 다시 분개할 일이었다. 그런데 삼촌이 그 말을 하면서 세상이 어떤가 알고 현명하게 처신해야 실수를 하지 않는다고 충고했다. 그러나 자기는 그렇게 하면서 비굴하게 살고 싶지 않았다는 생각이 들었다.

그 다음에는 삼촌과는 반대로 격렬하게 항거하다가 수난을 당하는 사람을 만났다. 우연히 만난 오딜라(Odila)라는 처녀가 위기에 처한 자기 오빠 쿠메(Koumé)를 도와달라고 했다. 쿠메는 임금 체불에 항의해 폭동을 일으켰다가 경찰의 추적을 피해 피신했다. 부정을 그대로 두지

---

l'avaient terrassé et le tenaient sous eux, impuissant. Ils le remplisseient entièrement.

Ils étaient dans son ventre : il sentait la constipation déplacer ses viscères. ......

Ils étaient dans son cerveau dont ils brouillaient le mécanisme : Banda avait l'impression de se trouver en terre étrangère, à une distance incommensurable de son pays natal et des siens."

69) 같은 책, 51면. 원문은 : "Avant de pénétrer dans le bureau de commissaire, il revit une dernière fois l'image de sa mère, une pauvre chose, maigre, noire, misérable, dégoûtant, inhumaine, digne de pitié, qui gisait sur un lit de bambou."

않고, 용감하게 투쟁하는 쿠메를 만나보고 방다는 큰 감명을 받았다.

쿠메 같은 투사도 있는데, 순응도 항거도 하지 못하고 방황하는 방다처럼 어정쩡한 인물을 주인공으로 한 것은 납득하기 어려운 처사라고 할 수 있다. 그러나 한꺼번에 높은 곳으로 올라갈 수는 없다. 작자는 예사 사람들이 나날이 살아가는 현실에서 시작해서 의식의 각성이 조금씩 이루어지는 과정을 보여주면서 독자가 동참하게 했다고 생각된다.

쿠메는 죽고 방다는 살아남았다. 쿠메는 야음을 타서 강을 건너 도망치다가 익사했다. 방다는 쿠메의 시체를 확인하다가 몸에 지니고 있는 돈을 발견하고, 돈은 가지고 시체는 그대로 두고 물러났다. 사람들이 많이 모인 교회의 미사에 참석해 엿들으니 경찰이 시체를 찾았다고 했다. 그 대목에서 백인의 종교인 기독교가 흑인들에게 얼마나 우스운가 말하면서, 교회에서도 만사가 돈이라고 했다. 방다가 마음속으로 하는 말을 다음과 같이 적었다.

아! 모든 사람에게 대단한 것은 오직 돈이다. 선교사라는 자는 아주 영리하다. "신부님, 저는 고통에 빠져 있습니다. 당신을 기다렸습니다. 가까이 와주세요. 간청합니다. 제 죄를 들어주십시오 ……."
"잠깐. 내 자식아, 너는 올해의 헌금을 냈느냐?"[70]

이렇게 말한 것은 두 가지 의미를 지닌다. 한편으로는 백인의 종교에 대한 반감을, 다른 한편으로는 돈에 대한 방다의 집념을 나타냈다. 카카오를 팔지 못해 무일푼이 된 방다는 돈이 필요했다. 돈이 구세주였다. 쿠메가 지녔던 돈을 가지는 것만으로 부족했다. 그럴 때 기적이 하나

---

70) 같은 책, 132면. 원문은 : "Quais"! Pour tous la grande affaire c'est l'argent. Seulement le missionnaire, c'est plus malin. 《Me voici donc à l'agonie, mom père. Je vous attendais. Approchez-vous, je vous en supplie, et écoutez mes péchés …… 》 《Minute, mon fils. Avais-tu déjà payé ton denier du culte pour l'année en cours? …… 》"

168

나타났다. 백인이 잃어버린 돈 가방을 찾아주고, 광고에서 약속한 사례를 받을 수 있게 되었다.

그 무슨 이상한 이야기냐 하고 나무랄 것은 아니다. 방다가 살아가기 위해서는 기적이 일어나야 했다. 방다는 오딜라와 결혼하기로 작정하고 마을로 돌아왔다. 어머니가 세상을 떠나자, 방다는 쿠메와 함께 먼 곳에 가서 살겠다는 기대를 버리지 않았다. 다음과 같은 말로 작품이 끝났다.

그리고 그 목소리, 자기 목소리, 굴곡과 억양마저 듣기 좋은 목소리가 방다를 계속 부추겼다. "방다야, 떠나기 위해 무엇을 기다리느냐? 너는 부끄럽지 않느냐? 일어나라, 아내를 데리고 떠나거라."[71]

쿠메의 적극적인 투쟁은 패배로 끝나고, 의식이 아직도 덜 깨어난 방다는 막연한 기대에 들떠 있다. 그 어느 쪽에도 해결책이 없지만, 작품의 결말이 절망은 아니다. 현실을 직시하는 것으로 일관하지 않고 설화적인 상상을 이은 소설을 쓴 것이 잘못이 아니다.

영어로 이루어진 아프리카소설 가운데 유럽에서도 높이 평가하는 수준에 이르렀다고 인정된 첫 번째 본보기로 널리 알려지고 거듭 연구되고 있는 작품이 아체베(Chinua Achebe)의 《무너져내린다》(*Things Fall Apart*, 1958)이다.[72] 영국의 식민지 나이지리아의 작가 아체베는 제국주의 침략이 닥쳐와 아프리카 전통사회가 무너지는 충격을 다루었다. 주

---

71) 같은 책, 234면. 원문은 : "Et la voix, sa voix, dont il aimait à entendre les inflexions, toutes les intentions, ne cessait de lui susurrer : 《Banda qu'attends-tu donc pour partir? Est-ce que tu n'as pa honte? Lève-tois, prends ta femme et va-t'en》."

72) Chinua Achebe, *Things Fall Apart* (London : Heineman, 1958) 작품을 한남철 역, 《무너져내린다》(서울 : 태창문화사, 1979) ; 임정빈 역, 《모든 것이 무너진다》(서울 : 동쪽나라, 1994)로 두 번 번역했다. 앞의 번역이 원문에 더욱 충실하고, 다시 나온 번역에는 빠진 대목이나 틀린 곳이 많다. 원문을 직접 번역해 인용하므로, 역서의 면수는 밝히지 않는다.

인공은 자기 나름대로 정신을 차려 새로운 사태를 파악하고 충격에 대응하려고 했으나 실패하고 자살을 하지 않을 수 없게 되었다는 비극이 작품의 결말이다. 감당하기 어려운 도전과 맞서 싸우지 못하고 패배했다고 해서, 의식의 각성을 추구한 것이 잘못이었다고 할 수는 없다.[73]

오콩쿼(Okonkwo)라고 한 이 작품의 주인공은 타고르의 고라처럼 탁월한 지도자도, 야사르 케말의 메메드 같은 영웅도 아니지만, 자기 마을에서는 신념이 굳고 용감한 용사라고 칭송되는 사람이다. 《거울들》의 서술자가 하듯이 사회변화를 차분하게 분석할 겨를을 가지지는 못해도, 무엇이 어떻게 잘못되었는지는 알았다. 《인간문제》의 등장인물들처럼 단결해서 투쟁하는 방법을 알지 못했어도, 자기 혼자라도 투철한 의지를 가지고 완강하게 싸웠다.

아프리카에서는 아프리카의 이야기를 하는 것이 당연하다. 19세기 후반에 영국인 침략자들이 나이지리아 북쪽 이그보(Igbo)족의 고장까지

---

73) 이 작품에 관한 논의는 헤아리기 어려울 정도로 많이 이루어졌으며, 논자의 입각점에 따라 상당한 격차를 보이고 있다. Eustace Palmer, "Chinua Achebe, Things Fall Apart", *An Introduction to African Novel* (London : Heineman, 1972)에서는 자기의 언어 이보어를 직접 노출시키고 속담을 많이 사용하는 등의 방법으로 영어소설을 독자적으로 쓴 점을 중점적으로 고찰했다. Charles R. Larson, "Chinua Achebe's Things Fall Apart : the Archetypal African Novel", *The Emergence of African Fiction* (London : Macmillan, 1978)에서는 전형적인 유럽소설과는 다른 새로운 작품을 써서 아프리카소설의 모형을 제시하고, 소설에 새로운 생명을 불어넣은 공적을 평가했다. Robert M. Wren, "The 'Pacification' of Umuofia : Things Fall Apart", *Achebe's World, the Historical and Cultural Context of the Novels of Chinua Achebe* (Harlow, Essex : Longman, 1980)에서는 아프리카의 전통적인 질서와 식민지 개척자가 원시부족을 평정하는 질서 사이의 충돌을 문제삼으면서 정당성에 관한 주장을 비교해 논했다. Neil Ten Kortenaar, "How the Centre is Made to Hold in Things Fall Apart", Michael Parker and Roger Starkey ed., *Postcolonial Literatures, Achebe, Ngugi, Desai, Walcott* (London : Macmillan, 1995)에서는 해명이 불충분해서 납득하기 어려운 대목이 많고, 시점이 객관적이지 못해 사실주의소설이라고 할 수 없어, 유럽문학의 걸작들과 대등하게 평가하는 것은 잘못이라고 했다.

침투해 기독교를 전파하고, 경제적인 이권을 확대할 때 겪었던 시련을 백여 년 뒤에 그 곳 출신의 작가가 영어로 쓴 소설에서 다루었다. 무슨 일이 어떻게 일어났는가 밝혀 격조 높은 표현을 갖춘 작품을 통해 세상에 알릴 필요가 있어서 그랬던 것만은 아니다. 현재의 문제를 해결하기 위해 과거를 문제삼았다.

식민지 통치에서 벗어나 아프리카의 독립을 이룩하는 길이 어디에 있는가 하고, 기독교와 영어를 앞세운 유럽문명 속에 깊이 들어간 세대가 심각하게 물으면서 잃어버린 주체적 정신을 되찾고자 했다. 아프리카 사람들은 몽매하고 열등해서 지배를 받아 마땅한가? 독립을 할 자격이 없는가? 아프리카의 전통문화란 것은 타파해야 할 미신인가? 이런 의문에 대답하기 위해서 과거로 되돌아가야 했다. 침략을 당해 무너지던 전통사회를 재인식해서 자기 당대에 요구되는 의식의 각성을 이룩해야 했다.

그것은 타고르가 《고라》에서 수행한 것과 기본적으로 동일한 과업이었다. 타고르가 그린 인도사회에서는 힌두교의 지혜를 높은 수준으로 실행하고 있는 지도자가 존경받는 것처럼, 아프리카에도 전통종교에서 높은 가치를 부여하는 이상적인 인간형이 있다. 오콩쿼는 그런 인물이 되기 위해서 노력했다. 그렇게 하는 것이 의식각성의 마땅한 방향으로 제시되었다.

아버지는 나태하고 무능하다는 소리를 듣는 사람이었으므로, 오콩쿼는 아버지 대의 불명예를 씻고자 했다. 굳건하고 믿음직한 용사가 되어 신뢰를 회복하겠다는 목표를 세우고 실천했다. 씨름대회에 나가 장사가 되고, 전쟁에서도 용맹을 떨치고, 모든 행실에서 모범을 보이고자 했다. 모든 행동을 평가하는 가치기준이 되는 신앙을 돈독하게 지녀, 마을에서 받드는 신을 굳게 믿고, 신이 분부하는 바를 어김없이 실천했다. 마을 사람이 신앙을 통해서 일체감을 가지도록 하는 구심점 노릇을 했다.

그런데 일차 시련이 닥쳐왔다. 전쟁에서 포로로 잡은 소년을 데리고 살면서 자식처럼 길렀는데, 죽여야 한다는 신탁이 내렸다. 차마 할 수 없는 일이었지만, 신탁을 어길 수 없다고 생각해 따라야 했다. 그러자 그 소년을 형처럼 여기던 오콩쿼의 아들은 참담함을 느껴 반발했다. 오콩쿼 또한 죄책감을 느껴 마음이 괴로워하면서, 신에 대한 회의를 처음 품게 되었다. 그러고 있을 때 마을에는 불상사가 계속 일어났다. 소년을 죽이는 데 앞장선 마을 사람이 죽고, 장례식장에서 오콩쿼의 총이 오발해 그 사람의 아들도 죽는 참상이 벌어졌다. 그 때문에 오콩쿼는 마을에서 7년 동안 추방되는 징벌을 받았다.

오콩쿼가 추방 기간이 지나 마을로 복귀하니, 그 사이에 많은 것이 달라졌다. 백인들이 마을에 나타나고, 기독교 교회가 이웃에 생겼다. 백인들과 한 패가 되어 이익을 챙기는 사람들이 생겨났다. 소년의 죽음 때문에 반발하던 오콩쿼의 아들은 기독교 신자가 되어 집을 나갔다. 그런 사태를 그대로 둘 수 없어, 오콩쿼는 신앙의 전통을 다시 일으키기 위해 애썼다.

그럴 때 커다란 충돌이 일어났다. 마을 사람들이 가장 존중하는 종교 행사를 기독교 신자가 고의로 망쳐 신을 모욕해 죽였다고 했다. 그래서 밤새 비통한 소리가 들린다고 하는 험악한 사태가 벌어졌다. 죄 지은 사람을 숨겨둔 백인 선교사에게 분개한 군중이 찾아가, 신을 섬기고 조상의 혼을 숭배하는 풍속을 이해하지 못한다면 떠나가라고 했다. 그러나 선교사는 "여기는 하나님의 집이니 이곳을 더럽히는 것은 내가 살아 있는 동안에 보지 못한다"고 응수했다.[74) 군중은 교회를 불태우고, 출동한 군인들에게 잡혀갔다. 투옥되었다가 벌금을 내고 석방되는 수모를 겪고 돌아온 뒤에, 오콩쿼는 "가슴 깊이 쌓인 쓴맛" 때문에 잠을 이루지 못한 다음 날 마을 사람들이 모인 자리에서 말했다.

오늘 아침 이곳에 모인 우리들은 선조님들에게 충실하지만, 우리 형제 중에는 동족을 저버리고 조상의 땅을 더럽힌 사람들도 있습니

---

74) *Things Fall Apart*, 134면.

172

다. 저 오랑캐와 싸우면 우리 형제와 동족을 상하게 하는 일도 있게
됩니다. 그래도 우리는 싸워야 합니다. 우리 선조님들은 형제를 죽이
는 것 같은 일은 상상도 못하셨을 것입니다. 그러나 선조님들에게는
백인이 나타나지 않았습니다. 그러므로 선조님들이 하시지 않은 일
을 해야 합니다.[75]

조상을 받든다면서 조상이 하지 않은 일을 해서 형제들을 해치는 것
은 있을 수 없다고 생각하는 사람들이 많아 이렇게 말했다. 선조들은
백인이 나타나지 않은 평화로운 시절에 살았으므로 분열을 경험하지
않았지만, 지금은 백인을 물리치기 위해 백인과 한 패가 된 형제도 용
서할 수 없다고 했다. 싸움을 시작하면서 고민하지 않을 수 없는 문제
에 관해서 마을 사람들의 이해를 구했다.
　그런 말을 하고 있을 때 백인의 말을 전하는 심부름꾼들이 들어닥쳤
다. 말을 그치고, 집회를 해산하라고 했다. "당신도 위력을 잘 아는 백인
이 해산을 명했다"고 했다는 것이 그 이유였다. 그 말에 분개한 오콩쿼
는 칼을 들어 그 사람을 쳤다.[76] 화가 난 관리가 군인들을 데리고 오콩
쿼를 잡으러 가니, 오콩쿼는 시체가 되어 나무에 매달려 있었다. 시체를
끌어내리고 장례를 치루는 일에 관해 의논하다가, 관리를 안내하던 마
을 사람, 관리가 데리고 온 심부름꾼, 그리고 관리는 다음과 같은 말을
주고받았다.

<hr>

75) 같은 책 143~144면. 원문은 : "We who are here this morning have remained
　　true to our fathers, but our brothers have deserted us and joined a stranger
　　to soil their fatherland. If we fight the stranger we shall hit our brothers and
　　perhaps shed blood of a clansman. But we must do it. Our fathers never
　　dreamt of such a thing, they never killed their brothers. But a white man
　　never came to them. So we must do what our fathers would never have
　　done."
76) 같은 책, 144면. 원문은 : "The white man whose power you know too well
　　has ordered this meeting to stop."

"저 사람은 움무오피아에서 가장 위대한 용사였습니다. 그런데 당신들이 자살을 하게 만들었군요. 이제 개처럼 매장당하다니 …… ."

"닥쳐!" 심부름꾼 가운데 한 사람이 쓸데없이 외쳤다.

"시체를 끌어내려라." 관리가 심부름꾼 우두머리에게 말했다. "그것을 이 곳 사람들 전부와 함께 관청으로 데려가라."[77]

그 관리는 자기가 오랫동안 경험한 바를 정리해 《니제르 강 하류의 원시부족 평정》(*The Pacification of the Primitive Tribes of the Lower Niger*)이라는 책을 쓰려고 한다는 것을 알리면서 작품이 끝났다. 심부름꾼을 죽이고 자살한 사람의 이야기는 한 장을 별도로 써서 다룰 만한 흥밋거리가 될 수 있으리라고 생각했다고 했다. 식민지 개척자는 자기가 하고 있는 일이 얼마나 잘못되었는가 짐작하지도 못하면서 홀로 유식하다. 그런데 싸우다 죽은 희생자들에 관해서는 알지 못하고, 식민지 관리의 보고서를 믿고 아프리카를 이해하고, 세계사를 논하는 사람들이 허다하다.

소설이 무엇인가 밝히기 위해서 앞에서 자세하게 고찰한, 케냐의 작가 은구기(Ngugi)의 《울지 마라, 아이야》(*Weep Not, Child*, 1964)는 민족해방투쟁을 다룬 소설이다. 주인공으로 등장시킨 아이의 의식이 식민지 상태에서 벗어나 깨어나는 교양소설 전개의 과정을 보여주면서 독립전쟁의 정당성을 입증했다. 유럽소설을 받아들여 넘어서는 제3세계의 작업이 얼마나 당당한 결과를 이룩할 수 있는가 알려주었다.

주인공은 백인이 실시하는 교육을 받아 영어를 배우고 기독교를 믿

---

77) 같은 책, 147면. 원문은 다음과 같다.

"'This man was one of the greatest men in Umuofia. You drove him to kill himself; and now he will be buried like a dog …….' He could not say any more. His voice trembled and choked his worlds.

'Shut up!' shouted one of the messengers, quite unnecessarily.

'Take down the body,' the Commissioner ordered his chief messenger, 'and bring it and these people to the court.'"

으면 백인처럼 잘 살 수 있다고 하는 기대를 가지고 어려운 조건을 무릅쓰고 열심히 공부했다. 그런데 자라나면서 차차 세상을 바로 알게 되고, 독립전쟁 때문에 당한 가족들이 수난을 겪고 자기 의식을 개조해 새로 태어났다. 제3세계 전역에서 널리 확인될 수 있는 보편적인 전환 과정을 선명하고 간결한 표현을 통해 설득력 있게 정리했다.

독립전쟁을 정면에서 다룬 작품도 적지 않으며, 그 좋은 예로 인도네시아 작가 프라무디야(Pramoedya Ananta Toer)의 작품 《게릴라 가족》(*Keluarga Gerilja*, 1950)을[78] 들 수 있다.[79] 네덜란드 식민지였다가 일본군 통치에 들어갔던 인도네시아는 제2차세계대전이 끝난 1945년 8월에 선포한 독립이 1949년 11월에 성취되기까지 4년 동안 영국군의 도움을 받아 다시 진주한 네덜란드군을 상대로 치열한 전쟁을 치렀다. 자기 자신도 투쟁에 참가한 프라무디아는 잡혀서 투옥되어 옥중에서 이 작품을 단편으로 써서 면회하러 온 네덜란드인 교수를 통해 세상에 알렸다가, 독립후 석방되자 장편으로 개작했다.

작품의 기본 설정은 아버지와 세 아들이 서로 다른 길을 갔다고 했다. 아버지 빠이잔(Paijan)은 네덜란드군의 하사관으로 근무하다가 네덜란드군이 다시 진주하자 그쪽 편이 되었다. 세 아들 사아만(Sa'aman)·차니민(Canimin)·까르디만(Cartiman)은 아버지를 따라 네덜란드군 병영에서 자라고 식민지 통치에 순응하는 교육을 받았으나 무엇이 잘못되었는가 깨닫고 독립군에 참가해 싸우는 길을 택했다. 아버지가 계속 반대하고 방해를 하자 아버지를 죽이기까지 했다.

부자간의 불화를 다룬 작품은 허다하다. 아들이 아버지를 죽였다고 하는 작품도 유럽에는 있어, 소포클레스의 《오이디푸스왕》에서 시작해

---

78) 이 작가의 이름을 어떻게 약칭할까 하는 고민을 A. Teeuw, *Modern Indonesian Literature vol. 1* (The Hague : Martinus Nijhoff, 1979)의 전례에 따라 해결한다.

79) 뿌라무디아 아난따 또르, 정영림 역, 《조국이여 조국이여》(서울 : 지학사, 1986)가 그 번역본이다.

서 도스토예프스키의 《카라마조프의 형제들》에 이르기까지의 계보를 작성할 수 있다. 그 어느 작품에서나 아들이 아버지를 죽인 것은 있을 수 없는 일이라고 하고, 어쩔 수 없는 착오나 정신질환 때문에 그렇게 되었다고 했다. 그런데 이 작품에서는 아버지를 죽인 것이 개인의 실수가 아니고, 새로운 역사를 창조하기 위해 불가피한 결단이라고 했다. 아무리 괴로워도 아들이 그 일을 맡아야 하는 불가피한 사정을 제시했다.

인도네시아에 다시 진주한 네덜란드군을 물리치고 독립을 쟁취하기 위한 싸움이 일어나고 있을 때, 네덜란드군의 사병 노릇을 하던 아버지는 그 반대 노선을 택했다. 네덜란드군에 복귀해 하사로 승진했다면서 받은 네덜란드 여왕폐하의 하사품을 한아름 자랑스럽게 안고 집으로 돌아와 세 아들에게도 네덜란드군에 입대해 충성을 다하라고 했다. 아들이 반발하고 독립을 위해 싸우겠다고 해서 언쟁이 벌어져, 부자간에 다음과 같은 말이 오고갔다.

“이놈아, 넌 애송이야! 근데 네 놈도 선봉에 서려고? 하하하! 기다려라. 착한 내 아들아. 네가 이 애비를 쓸어버리겠다는거냐, 뭐냐? 기다려 이 친구야! 내가 널 헌병대에 넣을 수도 있어. 그리고 그 곳에서 너를 고문하게 만들거다.”

그러자 차니민이 문 앞에서 아버지를 잡아끌었다.

“아버지, 그렇게 큰 소리로 떠들지 마세요. 여긴 자유의 마을인데다 청년들 집합장소예요. 유념해두셔야 해요. 입을 함부로 놀리면 맛보게 된다구요. 아시겠어요? 죽창을 들고와서 우리 가족을 몰살시킬거예요.”[80]

아버지는 아들이 하는 말을 듣지 않고, 사태가 심각하다는 것을 알아차리지 못하고, 상으로 받아 가지고 왔다고 자랑하는 술만 마셨다. 그날

---

80) 같은 책, 67~68면.

밤 아버지가 술에 잔뜩 취해 "여왕폐하가 하사한 것을 모두 토해 내고 잠들었을" 때 세 형제는 아버지를 강가로 메고 가서 총 쏘아 죽여, 시체를 강물 속에다 밀어 넣었다.[81] 그 다음에 세 형제가 어떻게 했는가 이렇게 말했다.

고개를 숙이고 꼭 일본천황이 기거하고 있는 덴노 궁전을 향해 읍하고 있는 일본 종놈들처럼 부동자세로 그렇게 한참 있었다.
"아버진 정신없이 취한 상태에서 돌아가셨으니 행복한 상황이라 할 수 있어. 그러니 우리가 슬퍼해야 할 까닭은 없는 거라구"[82]

이 말에는 네덜란드 식민지 통치 기간뿐만 아니라 일본군 점령하에서 겪은 수난까지 들어 있다. 청산해야 할 오욕의 역사를 한 몸에 지닌 아버지는 아무 것도 모르는 채 떠나갔는데, 아들들이 또 부끄러운 과거인 일본 점령기의 거동을 하고 있을 필요가 없다고 했다. 식민지 시대의 유산인 자기 망각의 비굴한 자세를 청산하고, 조국해방의 영광스러운 미래를 창조하기 위해서 어떤 희생도 감수하고 단호한 결단을 내리면 몸이 가벼워지고, 생각이 자유로워질 수 있다고 생각해, 불가능할 것 같은 결단을 내렸다.
그렇다 하더라도 아들이 아버지를 죽인 것은 용납할 수 없는 일이다. 차니민과 까르디만은 독립군의 일원이 되어 격렬한 싸움을 하다가도 그 때문에 계속 괴로워하면서, "비록 친아버지일지라도 적군에 가담하여 동족을 살해한다면 그 누가 아버지를 처치하지 않겠니?"라고 하고, 다시 "아버지가 다른 군대에 붙잡히는 몸이 되었더라면 아버지의 죽음은 더 참혹했을 거야"라고 말했다.[83] 아버지라는 사람이 자기네 친아버지인가 하는 의심과 죽인 것이 정당한가 하는 의심이 엇갈려 마음이 괴

---

81) 같은 책, 70면.
82) 같은 책, 70~71면.
83) 같은 책, 47면.

로웠다.

친아버지인가 의심하는 데는 그럴 만한 이유가 있었다. 자기네 어머니는 네덜란드군 병영에 머물러 있으면서 아버지 외의 여러 남자를 상대해서 행실이 나쁘다고 소문이 나서 "병영의 화냥년"이라고 조롱받던 여자였다.[84] 작품의 주인공인 맏아들 사이아만은 "육군 소위 베니"의 자식이라는 사실이 어머니가 과거를 회고하는 대목에 나타나 있다.[85] 딸 가운데 "네덜란드인 흐델흐델 중위"의 딸도 낳았다고 했다.[86] 다른 두 아들은 무어라고 말하지 않았으나, 죽인 아버지의 자식이 아닐 수 있다. 둘은 의문을 풀지 못하고 다음과 같은 말을 주고받기만 했다.

　　네덜란드 점령군에 속했던 그 분은 네 친아버지가 아니시란다. 내 친아버지도 아니고. 아니 내 친아버지인지도 몰라.[87]

아버지와 어머니는 둘 다 식민지 시대의 유산을 그대로 지닌 인물이다. 그런데 아버지는 자식들과 혈이 이어지지 않지만, 어머니는 그 점에서 관해 아무런 의문도 있을 수 없다. 아버지는 네덜란드를, 어머니는 자식을 신앙으로 삼았다. 그런 이유에서 아버지는 부정적으로, 어머니는 긍정적으로 그려져 있다. 아버지는 청산의 대상으로 삼고, 자식들에 대한 어머니의 맹목적이라고 할 만한 사랑은 당연하다고 했다. 아버지-아들의 축을 버리고 어머니-아들의 축은 강화해 식민지 시대를 청산하고 다시 출발하는 출발점을 삼았다.[88]

---

84) 같은 책, 23면.
85) 같은 책, 22면.
86) 같은 책, 22면.
87) 같은 책, 48면.
88) Tineke Hellwig, *In the Shadow of Change, Images of Women in Indonesian Literature* (Berkeley : Center for South and Southeast Asia Studies, University of California at Berkeley, 1994), 57~61면에서 그 점에 관해서 고찰했다.

자기네를 낳은 아버지이든 기르기만 한 아버지이든, 아버지는 식민지 시대에 겪은 오욕을 상징했다. 자식들은 아버지를 존경하지 않고 증오했으며, 아버지와는 다른 길을 택해야 한다고 생각했다. 어려서부터 가졌던 그런 생각이 자기들이 성장하고 독립전쟁이 벌어지는 시기에 이르러서 더욱 분명해졌다. 게릴라 대원이 되어 싸우러 나가서 잠시 쉬는 틈에 차니민이 까르디만에게 다음과 같이 한 말에 아버지와 결별해야 하는 결단의 의미가 선명하게 나타나 있다.

사아만 형님이 그러대. 우리 형제들은 네덜란드 병영에서, 쓰레기 더미에서 태어났다고. 그래 맞아. 우리 형제들은 쓰레기야. 이제 우리가 해야 할 임무는 그 쓰레기 더미를 더 쌓아 올리는 거야. 인간과 인간을 사랑하는 밑거름이 되도록 하기 위해서.[89]

네덜란드 식민지 통치에 협력하지 않고 민족의 존엄성을 고결하게 지키기만 한 사람들이 독립전쟁을 일으킨 것은 아니다. 병영의 쓰레기라고 한 이들 형제처럼 사람이라고 할 수 없는 오욕의 삶을 가까스로 유지해온 피해자가 선두에 나섰다. 맏형 사아만은 공무원 생활을 하다가 그만두고 서민용 삼륜 택시 베챠 운전수로 위장해 다니면서 도시 게릴라로 활동하다가 체포되어 감옥에 갇혔다가 사형당했다. 차니민과 까르디만은 무장투쟁을 하는 게릴라 부대에 들어가 싸우다가 까르디만은 죽고, 차니민은 소식을 알 수 없게 되었다.

차니민 하사와 까르디만 병장은 보초를 서 있었다. 그들은 집에서 과히 멀지 않은 곳에서 보초 임무를 수행하고 있는 중이었다. 동남쪽으로 약 40킬로미터밖에 떨어져 있지 않는 곳이니, 그만하면 집 가까운 곳이라 할 수 있는데도 집에는 일체 소식을 전할 수가 없었다.

---

89) 같은 책, 51면.

차니민과 까르디만 두 형제는 대로변 맨 앞쪽에 서 있는 큰 소나무 아래 위치한 경비 초소에서 보초를 서게 되었다. 수냉식 소총 한 자루씩을 허리에 차고 있었다. 어두운 밤이 두 사람의 형체를 비로 쓸어가듯 했지만 흐릿한 별빛이 그래도 어슴푸레하게나마 그들의 부동 자세를 알아볼 수 있게 해주었다.

두 형제는 두어 시간 전에야 이 곳에 도착하였지만, 손바닥 안을 들여다보듯이 훤히 잘 알고 있었다. 전에 수십 번 아니 수백 번 더 이 곳을 지나다녔기 때문이다.[90]

이 대목은 토마스 만의 《마의 산》에서 전장에 나간 주인공의 모습을 그린 것과 좋은 대조를 이룬다. 그쪽에서는 어딘지 모를 곳에서 아무 이유도 없이 고난을 겪고 있는 병사의 모습에 대해서 "인문주의적이고 심미적인" 상상을 하는 것은 전혀 어울리지 않는다고 했다. 그러나 여기서는 병사가 자기 집 가까운 곳, 전에도 수백 번 다니던 길을 지키고 있다고 해서, 왜 싸워야 하는가 하는 이유를 명시했다. 식민지 통치를 다시 시작하려고 하는 적을 물리치고 가족을 지키고 나라를 자유롭게 하기 위해서 목숨을 바쳐 싸우고 있는 성스러운 전투는 시를 짓고 소설을 써서 찬양해야 마땅하다.

전쟁에서 죽는 것을 두고 토마스 만은 무의미하다 하고, 프라무디아는 위대하다고 한 것은 두 작가의 역량이 서로 달랐기 때문이 아니다. 유럽이 망하는 전쟁과 제3세계가 일어나는 전쟁은 지향점이 상반되어 소설에서 지니는 의미가 판이하다. 토마스 만은 성숙된 역량으로 대단한 깊이가 있는 사상소설을 썼다고 평가하고, 프라무디아는 소설의 기법은 제대로 갖추지 않고 과격한 주장을 성급하게 폈다고 나무랄 것은 아니다.[91] 지는 해는 장중한 걸음을 하고 서서히 자취를 감추어 여유를

______

90) 같은 책, 43면.

91) A. T. Teeuw, 위의 책에서는 이 작품이 기법에 문제가 있어, "melodramatic lack of authenticity"의 결함을 지닌다고 했으며(170면) ; 정영림은 번역서에 붙

가지고 완상할 수 있게 하지만, 솟아오르는 해는 갑자기 나타나 지나치게 밝은 광선으로 눈을 찌른다.

프라무디야의 소설에서는 산다는 것과 싸운다는 것이 둘이 아니고 하나이다. 기법이야 어쨌든, 그 점에서 본질적으로 진실성을 가진 사실주의 소설이다. 살기 위해서 싸워야 하는 싸움은 용맹을 자랑하는 것과 거리가 멀고, 낭만적 환상을 배제한다. 나서서 싸우지 못하고 집에 남아 있는 가족과 단절된 관계를 회복하기를 염원하면서, 안전을 염려하고 고민을 껴안으려고 한다.

차미닌과 까르디만 두 형제는 총탄이 오고가는 전쟁터에 있으면서 집에 있는 가족들을 생각하고, 아버지라는 사람을 죽이지 않을 수 없었던 안타까운 사정을 다시 떠올리면서 괴로워했다. 위대한 투사가 사실은 얼마나 마음이 여린가 거듭 알려주었다. 그날 밤에 까르디만은 총탄을 맞고 죽었다. 그러나 그 소식마저 전할 길이 없었다. 가족들과 서로 소식을 전하지 못해 생사마저 알 수 없는 것은 커다란 비극이다. 식민지 통치를 계속하려는 무력이 저지르는 그런 횡포를 종식시키고 가족들이 모여서 단란하게 사는 날을 맞이하기 위해서 싸워야 했다.

체포되어 재판을 받은 맏형 사아만은 형무소에 갇혀 사형이 집행될 날만 기다리면서, 1킬로미터밖에 떨어져 있지 않은 자기 집에 아무 소식도 전하지 못했다. 식민지 통치자는 일체 면회도, 편지도 허용하지 않고, 생사조차 알 수 없게 하는 횡포를 저질렀다. 어머니는 아들 소식을 몰라 찾아 헤매다가 정신을 잃게 되었다. 소식을 알아주겠다고 나서는 사기꾼 때문에 피해를 보기도 했다.

사형수와 가족들 사이에 소식을 완전히 두절시키는 것은 부당한 권력의 지나친 횡포이다. 그래서 그 집행인이 반발했다. 네덜란드인과 인도네시아인의 혼혈아인 형무소 소장은 사아만에게 감복되어, 자기도 게

___

인 해설 〈아난따 또르와 인도네시아문학〉에서 "기교면에서 볼 때 이 작품은 진부한 느낌을 주고 있"다고 했다(405면).

릴라 투쟁에 가담하겠다는 생각까지 했다. 위험을 무릅쓰고 사아만을 도와주기로 작정하고, 사아만이 가족들에게 보내는 편지를 몰래 쓰도록 하고, 자기가 가지고 가서 전달했다. 어떤 어려움이 있더라도 견디어내면서 비상한 노력을 해서 큰 인물이 되라고 당부하는 맏형의 편지를 집에 남아 있는 어린 동생들이 받을 수 있게 했다.

그 편지에는 어떻게 살아가야 하는가 하는 문제에 대한 따뜻한 배려와 조국의 미래에 대한 크나큰 희망이 함께 나타나 있다. 막내 동생에게 당부해, 공부 열심히 해서 훌륭한 인물이 되라고 하면서 "학교 수업이 파하고 나면 길거리에서 담배 행상 같은 걸 하더라도 나무라지 않겠다" 하고, 생계비의 일부를 스스로 버는 것은 "자신의 용기를 시험해볼 수 있는 좋은 기회"라고 했다.[92] 그러면서 끝으로 다음과 같이 말했다.

모두들 잘 있어요. 내 사랑하는 이들 모두 안녕! 우리나라는 반드시 독립이 되고 말거야. 그리고 혁명의 싸움터에서 사라져간 모든 이들의 추억에서 다시 만나게 될테지. 대포알이나 박격포탄에 희생당하고 영국군과 네덜란드군이 내던진 수류탄에 맞아 사지가 흩어져 처참한 죽음을 당한 자들, 그들 모두가 독립이 되고나면 추모의 정으로 한 자리에 만나게 될거야.

독립! 독립! 안녕, 다시 만나게 될 때까지.[93]

그 다음은 사아만이 사형당하는 대목이다. 동서고금의 문학작품이 그런 끔찍한 일은 직접 보여주지 않는 오랜 관례를 깨고, 사형이 이루어지는 절차와 광경을 자세하게 묘사했다. 부당한 권력과 정당한 투쟁, 비굴한 출세와 당당한 처신의 차이를 명시했다. 입회인인 군의관은 예정된 시간보다 늦게 나타나 사형집행이 지연되게 하면서, 자기는 혼혈

---

92) 정영림 역, 위의 책, 297면.
93) 같은 책, 300면.

아이면서 사아만에 대한 네덜란드인의 분노를 나타냈다. 혼혈아는 충성을 해도 소용이 없다. "사형 집행수들은 순수한 네덜란드 혈통으로 아직 나이 어린 헌병대원들로 구성되어 있어",[94] 인종주의의 원칙을 분명하게 했다.

사아만은 "신은 위대하다" 하고, "독립 만세"를 외치고 쓰러졌다. 어머니는 아들의 사형 소식을 듣고 실신해 세상을 떠났다. 남은 가족들이 무덤을 찾아가 집안의 기둥에 대한 그리움을 말하는 것이 작품의 결말이다. 그것은 가족주의적 발상이라고 나무라지 말아야 한다. 아직 전쟁이 계속되고 있어, 독립투사가 조국의 찬사를 받기까지에는 아직 많은 난관이 있으므로, 가족들이 그 일을 대신했다.

앞에서 다룬 고리키와 오스트로프스키, 여기서 고찰한 프라무디야는 거의 같은 소설을 썼다고 할 수 있다. 억압에서 벗어나 해방되기 위해, 자기를 희생하면서 격렬한 투쟁을 하는 주인공의 숭고한 모습을 함께 그렸다. 불가능을 가능하게 한 투쟁의 영웅은 오직 훌륭하기만 하다고 과장법을 써서 최대의 찬사를 바친 수법도 다르지 않다. 그러나 계급모순을 해결하기 위한 투쟁과 민족모순을 해결하기 위한 투쟁은 상이해, 작품에서 차이가 있고 후대의 평가에는 더 큰 격차가 벌어진다.

고리키의 소설에서는 혁명의 동지들 사이에는 뜨거운 유대감이 있는 것만큼 적대자는 증오하면서 과감하게 공격했다. 동지들 사이의 상생으로 적에 대한 상극을 강화하는 것이 계급모순 해결의 방법이다. 그렇게 해서 마침내 적대자들을 소멸시켰다. 그런데 프라무디야는 사아만이 투쟁의 용사인 것 못지않게 사랑의 사도임을 강조하고, 혼혈인인 교도소 소장이 가족들에게 전하는 사아만의 편지를 전달하도록 해서 사랑을 확산했다. 그것은 불철저한 태도라고 나무라지 말아야 한다. 계급모순 해결과 민족모순 해결은 방법이 서로 다르다.

민족모순을 해결하기 위한 투쟁은 식민지 통치자 노릇을 한 적대적

---

94) 같은 책, 315면.

인 민족을 공격해 소멸시키는 데 이를 수 없고, 상극을 넘어선 상생을 목표로 해야 한다. 푸라무디야는 그 점을 분명하게 했다. 처음에는 혼혈인에게, 다음에는 네덜란드 사람들에게도 민족해방의 정당성을 인식시켜 동조가 되도록 하고, 인도네시아와 네덜란드 사이의 대등하고 평화로운 관계를 이룩해야 한다고 했다. 민족모순은 투쟁과 함께 화해가, 상극과 함께 상생이 이루어지는 생극의 양면을 동시에 갖추어야 해결된다는 것을 보여주었다.

귀족과 시민이 지배하던 사회를 무너뜨리고 무산계급이 주인이 되는 사회를 이룩하자는 투쟁은 지배계급에 적대적인 공격을 가해 소멸시키는 역사적인 사명을 수행하고서 지속적인 의의를 상실했다. 고리키를 창작의 전범으로 받든 작가들은 무산계급의 지배가 다시 사회모순을 가져오는 상황은 외면하고 부당한 체제를 옹호하다가 함께 물러나지 않을 수 없게 되었다. 그러나 프라무디야가 보여준 민족모순 해결을 위한 싸움은 오늘날까지도 세계 전역에서 광범위하게 계속되고 있다.

계급모순이 크게 완화되고 동서의 냉전이 거의 종식된 반면에 민족모순은 더욱 격화되어 피를 흘리게 하는 것이 이 시대 세계사의 가장 큰 시련이다. 네덜란드가 인도네시아에서 자행한 만행을 고리키의 조국 러시아가 체첸에서 되풀이하고 있는 데 대해서 고리키 노선의 문학은 침묵으로 동조하고, 프라무디야 노선의 문학은 어떻게 대처해야 하는지 명확하게 알지 못하고 있다. 미해결의 과제 때문에 문학이 분발하지 않을 수 없다.

투쟁을 넘어선 화합의 길

위에서 다룬 일련의 작품은 생각이 모자라는 소년이 험란한 시련을 겪고 세상이 어떤가 깨닫고 살아나가는 데 필요한 의식의 각성을 얻었다는 공통점이 있다. 독일의 교양소설에서 처음 확인된 그런 특징을 가

184

진 소설이 세계 도처에 생겨나서 보편화되면서 의식각성의 구체적인 내용은 시대나 지역이 달라지는 데 따라서 바뀌었다. 그 과정은 소설사이면서 또한 정치사상사이다.

그러다가 기본 설정이 원래의 것과는 반대가 되는 작품도 나타났다. 생각이 모자라는 소년이 아닌 뚜렷한 주견을 가진 성인이, 세상이 어떤가 경험하는 정도를 많이 넘어선 예상하지 못하던 충격을 받고서, 살아나가는 데 필요한 의식의 각성을 얻는 대신에 처음의 주견과는 반대 방향으로 선회하는 극적인 전환을 겪었다는 것이다. 소년이 얻었다는 의식의 각성은 여러 단계의 변모를 거쳐 마침내 외세의 억압에 굴복하지 말고 투쟁해야 한다는 것으로 귀결되었는데, 성인이 겪은 극적인 전환은 투쟁을 해결하는 길이 화합에 있다는 것으로 나타났다.

논의가 지나치게 추상적인 쪽으로 치닫지 않게 하기 위해서 작품의 실례로 먼저 베르코르(Vercors)의 《바다의 침묵》(*Le silence de la mer*, 1941)을 들어보자. 이 작품은 제2차세계대전 때 프랑스를 침공해 점령한 독일군에 맞서 싸운 프랑스 저항문학의 대표작이다. 작자는 장 브륄제(Jean Bruller)인데 자기를 숨기고 누군지 모를 이름을 사용했다. 공개적으로 내놓을 수 없는 내용이라 비밀출판을 했다. 그렇다면 독일군과 과감하게 맞서 싸우는 투쟁을 다루었을 것 같은데 그렇지 않다. 모든 일이 바다 속의 침묵 같은 상황에서 조용하게 전개되었다.

작품 서두에 "살해당한 시인 / 셍-폴-루를 추억하면서"[95]라는 말을 내놓았다. 그런 이름을 가진 시인이 독일군에 항거하다가 처형당했음을 상기시킨 말이다. 그러나 그 사건을 취급한 것은 아니다. 항거하고 처형당하고 하는 일은 일어나지 않았다. 독일군의 프랑스 침공과 점령을 한 집안에서 일어난 일로 축소해서 아주 사소한 일인 것처럼 다루었다.

---

95) Vercors, *Le silence de la mer* (Paris : Albin Michel, 1961) 25면. 원문은 : "A la mémoire de Saint-Paul-Roux / Poète assassiné."

대규모의 군사기구 시위가 앞서서 지나갔다. 먼저 사병 둘. 둘 다 금발이었으며, 하나는 키가 크며 마르고, 하나는 체구가 딱 벌어지고 손이 석공의 손이었다. 그 사람들은 집을 보고, 들어오지는 않았다. 얼마 뒤에 하사관이 왔다. 키가 큰 졸병이 수행했다. 그 사람들은 불어로 추측되는 말을 했다. 나는 한마디도 알아들을 수 없었다. 그렇지만 나는 빈 방을 그 사람들에게 보여주었다. 그 사람들은 만족하는 것 같았다.[96]

독일군이 숙소로 사용할 빈 방을 징발하러 온 일을 이렇게 서술했다. 눈에 보이는 사실만 묘사하고 아무런 설명도 달지 않았다. 그러나 암시하는 바를 쉽사리 알아차릴 수 있다. 사병 둘의 외모는 서로 어울리지 않는다는 것을 말해 교양 없고 야만스럽다는 생각을 가지게 했다. 사병 다음에 하사관이 오고, 그 다음에 방을 사용할 장교가 왔다. 독일인 특유의 위계질서를 그런 방식으로 나타냈다. 독일인이 프랑스말을 잘못해서 알아듣지 못하고 대답할 수 없었다고 하는 말을 앞에다 내놓고, 독일인의 요구를 따르는 것이 내심의 동의가 아님을 나타냈다.

그 뒤에 일어난 사건을 보아도 서술자인 중년 남자가 질녀와 함께 사는 집에 독일군 장교가 와서 숙소를 정해 얼마 동안 머무르다가 떠나갔다는 것밖에 다른 사건은 없다. 독일군 장교가 무어라고 하든 서술자는 아무 반응을 보이지 않는 것이 저항이었다. 독일군 장교는 상대방의 침묵을 깨뜨리지 못해 자기대로 번민하다가 패배를 시인하고 물러났다. 독일인 장교는 독일민족이 우월해서 유럽을 바로잡아야 하는 사명을

---

96) 같은 책, 25면. 원문은 : "Il fut précédé par un grand déploiement d'appareil militaire. D'abord deux troufions, tous deux très blonds, l'un dégringandé et maigre, l'autre carré, aux mains de carrier. Ils regardèrent la maison, sans entrer. Plus tard vint un sous-officier. Le troufion dégrigandé l'accompagnait. Ils me parlèrent, dans ce qu'ils supposaient être du français. Je ne comprenais pas un mot. Poutant leur montrai les chambres libres. Ila parut contents."

지녔다고 확신하고 있었다. 프랑스를 쉽게 점령해 다스릴 수 있는 것이 판명되어 그런 소신을 더욱 분명하게 했다. 그러나 자기가 머무는 집에 있는 사람들의 침묵을 깨뜨리지 못하는 뜻밖의 상황에 부딪혀 무력의 우위가 허망하다는 것을 깨닫게 되었다.

태도가 달라지는 것을 통해 의식의 변화를 나타냈다. 상대방이 아무 반응도 보이지 않자 자기 혼자 말이 많아지고, 처음의 소신이 흔들리고 무너지는 충격을 나타냈다. 독일인의 우월감이 허망하고, 무력을 사용해 프랑스인의 영혼을 짓밟겠다는 생각이 잘못되었다고 지껄였다.

> 정복은 무력이면 충분하지만, 통치하는 것은 그렇지 않아……. 정신은 죽지 않아……다른 것들보다 오래 간다. 정신은 잿더미에서 되살아난다.[97]

이 말은 자기가 동생과 나누었다고 한 대화의 한 대목을 옮긴 것이다. 독일이 프랑스를 무력으로 정복했다고 만족하지 말고, 프랑스의 정신을 말살해야 한다고 한 것은 동생이 했다는 말이다. 동생이 하는 말을 가져와서, 자기는 독일이 하는 짓이 잘못인 줄 알고, 프랑스의 정신에 지지를 보낸다고 알리는 데 쓰려고 했다. 그보다 먼저 프랑스에서는 문학을, 독일에서는 음악을 통해 다채롭게 이룩한 성과를 함께 존중해야 한다고 했다. 그런 이상이 무너지는 것이 참으로 안타깝다는 것을 이제 비명에 가까운 말로 나타냈다.

독일인 장교는 얼마 뒤에 다시 나타나 동부전선으로 떠나게 되었다고 작별을 고했다. 그 대목은 다음과 같이 묘사했다. 서술자는 긴장을 늦추지 않으면서 날카로운 감각으로 변화를 감지하도록 했다.

---

97) 같은 책, 74~75면. 원문은 : "Pour conquérer suffit la Force : pas pour dominer……. L'Esprit ne meurt jamais……il en a vu d'autres. Il renaît de ses cendres."

그 사람이 다음과 같이 분명하게 말할 때 입술에 미소의 그림자가 감돈다고 생각되었다.

"지옥으로."

그 사람은 동쪽을 향해 손을 들었다. "장차 썩은 시체를 거름으로 보리가 자랄 곳으로."[98]

(가) 침략집단은 아무리 강력해도 내부구성원을 설득하지 못해 약화되고 무너질 수 있다. (나) 강자와 싸우는 효과적인 방법은 무저항의 침묵이다. (다) 무력은 정신력 앞에서 꺾이고 만다. 작품에서 얻을 수 있는 교훈을 이 세 가지 말로 정리할 수 있다. (다)에 대한 확신을 가지고 (나)의 방법을 사용하면 (가)의 결과에 이른다는 것을 투쟁의 방법으로 제시했다. 그렇게 하면 독일이 패배하고 프랑스는 해방될 수 있다고 독자에게 알리려고 했다.

그러나 독일에 대한 프랑스의 승리가 바람직한 결론은 아니다. 독일과 프랑스가 평화로운 관계를 가지고 서로 마음을 열어 화합하는 이상을 함께 이룩하는 것이 바람직하다고 작품 속의 독일인은 깨달았다고 암시했다. 그것을 프랑스의 승리라고 할 것은 아니다. 그런 생각을 먼저 해서 평화를 이룩하는 데 앞서는 것은 프랑스의 승리와 하나를 이루는 독일의 승리이다. 상극의 투쟁으로는 얻을 수 없는 승리를 상생의 화합으로는 이룩할 수 있다는 것이 프랑스와 독일뿐만 아니라 다른 어떤 적대적인 민족의 관계에서도 함께 인정되는 보편적 진리이다.

다음에는 인도소설 비스므 사하니(Bhism Sahani)의 《암흑》(*Tamas*, 1973)을 보자. 이 작품은 1947년에 독립을 앞두고 인도에서 일어난 힌두

---

98) 같은 책, 77면. 원문은 다음과 같다.

"Je crus voir flotter sur ses lèvres un fantôme de sorire quand il précisa :
—— Pour l'enfer.

Son bras se leva vers l'Orient, — vers ces plaines immenses où le blé futur sera nouri de cadavres."

교도와 회교도의 싸움을 그린 내용이다. 영국이 식민지 통치를 끝내고 권력을 인도인들에게 이양하는 데 동의하자, 두 종교의 신도들이 오랜 적대감을 폭발시켜 서로 살해하는 참상이 벌어진 것을 그 어느 쪽에도 치우치지 않는 중립의 위치에서 사실대로 그리면서 화해의 길이 어디 있는가 찾고자 했다.

작가는 지금은 파키스탄 땅인 펀잡지방에서 태어나서 라호르대학에서 석사학위를, 펀잡대학에서 박사학위를 받았다. 파키스탄과 인도가 분리될 때 인도로 이주했다. 델리대학 영문학교수로 재직하고 있으며, 교수로 러시아에 7년 동안 가 있었다. 파키스탄에서 인도로 피난한 힌두교도여서 한쪽에 치우칠 수 있는 가능성을 자기 지성으로 극복했다. 러시아에 오래 머물면서 공산주의 운동에 공감하게 되어 작품 속에 등장시킨 인도공산당의 당원들이 싸움을 말리기 위해 맹활약을 하는 것을 눈여겨보도록 했다.

힌두교도와 회교도의 싸움이 언제 어떻게 시작되었으며 누구 책임인가 하는 문제는 만만치 않다. 작품에서 그 점에 관해 고찰하지 않을 수 없었지만, 선명한 결론을 내리지 않았다. 어느 편을 들지 않고 공평한 관점을 확보하려고 했다. 그러나 충돌이 전에 볼 수 없게 격심해진 직접적인 원인은 구체화해서 서술했다.

힌두교도와 회교도의 충돌은 언제든지 있는 일이지만 치안이 확보되어 있으면 큰 문제가 생기지 않았다. 그런데 식민지 통치기구가 담당하고 있던 치안을 인도인에게 이양하지 않은 단계에서, 영국인들은 종교 문제에는 개입하지 않는다는 이유에서 충돌이 일어나는 것을 방치했을 뿐만 아니라 이면에서 자극하기까지 했다. 회교도들이 극도로 싫어하는 돼지를 죽여 회교 성전에 가져다 놓도록 하는 짓을 영국인이 시켜 충돌이 일어난 내막이 차차 밝혀진다.

사건이 일어난 지방의 영국인 치안책임자가 싸움을 부추기느라고 자기 나름대로 움직이고 있는 동안에, 그 사람의 아내는 인도생활에 대해서 일방적으로 가졌던 낭만적 기대가 허사로 판명된 뒤에 무료함을 이기지 못해 술을 거푸 마시다가 오줌을 질질 쌌다. 남편이 말리고 달래도 소용없었다. 그 시간에 밖에서는 두 종교의 극렬신도들 사이에 살육전이 벌어졌다. 극단적인 대조를 이루는 그 양쪽의 광경을 함께 그리면서 작가는 식민통치가 얼마나 무책임하고, 불합리한가 명백하게 알 수 있게 했다.

누가 다시 나서서 싸움을 말릴 수 있는가? 공산주의자들이 그 임무를 맡아 나섰다. 무신론을 표방하는 공산주의자들은 힌두교도도 아니고 회교도도 아니므로 중재자가 될 수 있는 유일한 자격자이다. 어느 한쪽에 서서 상극의 투쟁을 벌이지 않아야 상생을 주장할 수 있다. 그것은 공산주의의 기본노선을 스스로 어긴 행위이다. 과학적이고 전투적인 언사를 사용해 고도로 체계화한 상극의 강령을 버리고 누구든지 할 수 있는 평범한 말로 상생을 호소했다.

사건이 벌어진 곳에도 공산당 지부가 있어 당원들이 활동했다. 공산주의자라면 계급모순을 해결하는 폭력혁명을 꾀해야 한다. 그런 목적으로 인도에도 공산당이 조직되었다. 그런데 계급모순의 문제는 어디 갔는지 행방을 찾을 수 없고, 두 종교의 신도들이 목숨을 걸고 다투어 민족모순이 극도로 심각해졌다. 그러면 어떻게 해야 하는가? 어느 쪽이 무산계급 편이고 어느 쪽이 자산계급 쪽인가를 가려 무산계급 쪽에 가담해, 위기의 상황을 혁명의 기회로 삼고 투쟁해야 하는가?

그렇게 하지 않았다. 작품 속의 공산당원들은 양쪽이 싸움을 그만두고 화합하도록 설득하기 위해서 동분서주했을 따름이다. 상극의 투쟁을 해야 하는 공산주의자가 상생의 화합을 역설하면서, 폭력투쟁과는 반대가 되는 말로 설득하는 방법을 써서 모순을 확대시키지 않고 축소시키려 했으니 기이하다 하겠지만, 그것이 최상의 대책이다. 그렇게 해서 계급모순과 민족모순은 해결 방법이 어떻게 달라야 하는가 명백하게 보여주었다.

공산당의 회의에서 내건 의제는 "모든 정당들의 대표자 회의를 소집하자"는 것이었다.[99] 그러나 회의를 시작하자 그것은 불가능하다는 반대 의견이 나왔다. 아무도 응하지 않을 것이라고 했다. 공산당 지도자가 한 사람씩 직접 찾아가서 설득한 결과 힌두교와 회교의 대표자가 한 자리에서 대면하기는 했다.

그 자리에서 평화호소문을 낭독하고 양쪽이 서명을 하라고 했다. 마지못해 동의하면서 "호소문에 서명을 한다고 해서 아무런 차이도 없습니다"라고[100] 했다. 서명을 하고 양쪽 대표가 떠나갈 때 소요가 격심해졌다. 평화호소문은 아무런 효력도 가지지 못하는 탁상공론임이 바로 판명되었다. 공산주의 이념에서 평화의 강령을 만들어내지 못했다. 설사 만들어낸다 해도 설득력이 없었다.

그러나 모두 정신이 나간 것은 아니었다. 사태의 본질을 모르지도 않았다. 종교지도자 가운데 사리 판단을 분명하게 하는 사람이 있어 흥분한 군중을 향해서 진정하라고 다음과 같이 설득했다.

여러분! 힌두와 무슬림은 형제입니다. 도시에서도 소요가 계속되고 방화가 번지고 있는데 어느 누구도 중지시키려 하지 않습니다. 지방 행정관은 마누라를 끼고 앉아 방관하고 있습니다. 우리의 적은 영국입니다. 간디 선생은 영국이 우리를 서로 싸우게 한다고 말씀하십니다. 우리는 형제입니다. 우리가 영국인들의 계략에 말려들어서는 안됩니다.[101]

군중은 이 말을 받아들이지 않았다. 연설이 끝나기도 전에 누가 몽둥이로 쳐서 터번이 벗겨지고, 신발도 사라졌다. 조소와 욕지거리가 계속되는 동안에 계속 구타를 당해 죽어야 했다. 싸움이 격화된 숨은 이유는 식민지 통치자에게 놀아난 음모꾼들이 이면에서 활동하고, 양쪽의 강경한 주장을 거듭 천명하는 종교지도자들이 표면에 나서서 선동을

---

99) 비스므 사하니, 이정호 역, 《암흑》(서울 : 지학사, 1987), 178면.
100) 같은 책, 180면.
101) 같은 책, 182면.

일삼기 때문이다. 예사 사람들은 뚜렷한 주견도 행동강령도 없으면서 군중심리에 휩쓸려 상대방의 신도들을 박해했다.

그렇게 하다가도 선동에서 멀어지고 군중에서 벗어나면 정신을 차려 상대방의 신도들을 감싸주고 보호했다. 그런 사건을 그린 대목을 하나 보자. 이크발 싱이라는 시크교도가 도망을 치다가 잘못해서 회교도의 마을에 들어가서 돌팔매 세례를 받아 죽게 되었다. 시크교는 원래 힌두교와 회교의 다툼을 해결하는 대안으로 창건된 종교인데, 회교도들은 힌두교의 한 갈래로 보고 힌두교과 함께 적대시했다. 시크교도가 죽게 되는 상황이 벌어지자, 림잔이라는 회교도는 다른 사람들을 말릴 수 없게 된 상황임을 알아차리고, 시크교도에게 다가가 회교도의 경전을 읽으라고 강요했다. 그 다음에 벌어진 일은 다음과 같다.

"말해봐. 이 새끼야······! 말하지 않으면 이 돌로 골통을 깨버릴 거야. 안보여, 이 돌."

"꾸란을 읽겠습니다."

흐느끼며 이크발 싱이 말했다.

"알라ー호ー아크바르"

"오! 알라 신이여! 알라ー호ー아크바르!"

다시 많은 사람들이 외치는 구호 소리가 들렸다.

림잔은 돌을 한쪽으로 내던졌다. 모든 사람들이 손에 들었던 돌을 던져버렸다. 림잔은 손을 앞으로 내밀면서 말했다.

"일어나, 이제 너는 우리의 형제다."

이크빌 싱의 몸은 곳곳에서 통증이 느껴지고 있었다. 그는 아직도 신음하고 있었다. 고통과 당황, 그리고 두려움으로 그는 일어서지 못했다.

"이리 와, 어깨를 맞대."

림잔이 말했다. 그리고 그는 그와 포옹했다.

림잔 다음에 계속해서 모든 사람들이 그를 껴안았다.[102]

192

상대방의 신도인 줄 알았다는 사실이 바깥 세상에 알려지면 그렇게 할 수 없으므로, 즉석에서 자기네 신도로 개종시키는 일방적인 조처를 하고서 형제라고 껴안으면서 진한 사랑을 나누었다. 공산주의자들이 전하고 다니는 화해의 권유는 효력이 없었지만, 이념이 무엇인지 모르는 사람들이 서로 사랑하는 마음은 대단한 호응력을 발휘했다. 모든 것이 암흑으로 끝나지 않고, 암흑에서 벗어날 수 있는 희망이 바로 거기 있다고 했다.

팔레스타인인 작가 카나파니(Ghassan Kanafani)의 〈하이파에 돌아와서〉(A'id ila Hayfa, 1969)는 이스라엘과 팔레스타인의 싸움 때문에 생긴 비극을 다룬 작품이다. 이스라엘을 건국한다고 영국군이 진주해 팔레스타인을 몰아낼 때 황급하게 떠나느라고 어쩔 수 없이 두고온 아들을 팔레스타인 부부가 20년이 지난 뒤에 만나러 갔다고 한 사건을 다룬 내용이다. 그랬더니 아들은 유태인에게 양육되어 이스라엘 사람이 되어, 부모를 따라오지 않고 거기 머물러 살겠다고 했다.

작자는 열두 살 때 자기 고향을 떠나는 난민 대열에 끼여 평생토록 난민촌 생활을 하면서 팔레스타인 해방투쟁을 위해 적극 나서서 해방기구의 대변인이 되고 그 노선에서 작품활동을 하다가 테러를 만나 사망했다. 작가의 사회참여가 그 정도에 이른 것은 흔한 일이 아니다. 그렇다면 강력한 전투적인 작품을 썼을 듯한데, 그렇지 않다. 목소리를 낮추어 차분한 작품을 써서 충격을 준다.

《바다의 침묵》에서는 적대자가 스스로 바뀐 것을 보여주고, 《암흑》에서는 투쟁하는 쌍방 사이에서 화해를 이룩하기 위해서 애쓰는 사람들의 활동을 그렸지만, 〈하이파에 돌아와서〉에서는 자기 쪽의 투사가 생각을 바꾸어 화합을 이룩하는 길을 찾았다. 상대방을 변화시키는 것은 어려운 일이다. 중재자가 싸움을 종식시킬 수는 없다. 그러나 자기 쪽에서 먼저 변할 수 있으면 투쟁이 화합으로 바뀌는 변화가 분명하게

---

102) 같은 책, 261면.

시작될 수 있다.

아이를 버려두고 피난을 해야 했던 것은 통분할 일이다. 혈육의 이별을 강요한 쪽에 어떤 비난을 퍼부어도 지나치지 않다. 그러나 버려두고 온 아이를 집을 차지하고 살게 된 이스라엘 사람 부부가 자기 아들로 삼아 길렀다. 아버지를 아우스비치에서 잃고 가까스로 살아나 이스라엘로 이주한 아내는 아이를 낳을 수 없어 고민이었던 차에 다섯 달 된 아이를 양자로 삼아 기르면 집을 한 채 주겠다는 제안을 받아들였다고 했다. 그 부부는 방문자 부부를 다정하게 맞이해서 그 동안 있었던 일을 자세히 알려주었다.

그런데 양쪽은 아들 때문에 서로 다른 생각을 했다. 아들을 생부모는 데려오고 싶어하고 양부모는 보내기 싫었다. 아이에게 선택권을 주자는데 합의해 의향을 물어보았더니 친부모를 따라갈 의향이 없다고 했다. 자기는 유태인이어서 양부모와 함께 살면서, 조국 이스라엘을 위해 봉사하겠다고 했다. 자기는 생부모가 누군지 모르고 살아와서 그런 것은 아니라고 하면서 다음과 같이 말했다.

어렸을 때부터 나는 유태인이었죠. 유태교회에 다니고, 유태인 학교에 다녔으며, 유태교의 음식을 먹고, 히브리어를 배웠습니다. ……두 분이 너는 우리가 낳은 아이가 아니라고 말할 때도 별로 달라진 것이 없었어요. 나중에, 두 분이 내 본래의 부모는 아랍인이라고 말했을 때에도 달라진 것이 없었어요.[103]

---

103) Ghassan Kanfani, Barbara Harlow and Karen E. Riley tr., *Palestine's Children, Returning to Haifa and Other Stories* (London : Lynne Rienner, 2000), 181면. 원문은 : "From that time I was small I was a Jew ……. I went to Jewish school, studied Hebrew, I go to Temple, I eat kosher food ……. When they told me I wasn't their own child, it didn't change anything. Even when they told me — later on — that my original parents were Arabs, it didn't change anything." 이호철·임헌영 역, 《하이파에 돌아와서》(서울 : 태창문화사, 1979), 62면 ; 민영 역, 〈하이파에 돌아와서〉, 민영·김종철 역, 《태양 속

이렇게 말하면서 자기는 이스라엘 병사가 된 것이 자랑스럽다고 했다. 부부는 그 순간에 집에 있는 둘째 아들을 생각했다. 첫 아들을 버리고 떠나온 뒤에 낳은 둘째 아들도 이제 청년이 되어 팔레스타인 해방투쟁의 전사로 나서겠다는 것을 말려두었다. 이제 그 두 아들이 전쟁터에서 만나 서로 싸울 판국이었다.

뜨거운 눈물을 흘리면서 자식을 만나 데리고 오겠다는 생각이 무너진 것은 커다란 충격이었다. 유태인이라면 누구나 적대시한 것이 잘못이다. 유태인과 팔레스타인이 서로 다른 국가적인 조직을 만들어 집단으로 만날 때에는 극도로 대립되어 있어도 개개인은 서로 얼마든지 가까워질 수 있다. 집단의 이념에서 벗어나면 사람의 진면목이 나타나, 사람이 서로 돕고 사랑해야 한다는 데 대해서 의견 차이가 없다.

집단 사이의 적대적인 관계란 허망한 것이다. 자라는 아이들은 소속이 미리 정해져 있지 않고, 어느 곳에서 누가 양육하는가에 따라서 유태인도 되고 팔레스타인인도 된다. 그 둘이 얼마든지 넘나들 수 있는데, 왜 서로 용납할 수 없단 말인가? 이제 형제가 두 나라 사람으로 나누어져 전쟁에서 만나 싸워야 하는 것을 그대로 두고보아야 하는가?

이스라엘과 팔레스타인의 싸움은 무력의 싸움만이 아니다. 정의와 불의를 가리는 정신적 다툼을 위한 선전이 또한 긴요한 구실을 한다. 어느 쪽이 평화를 원하고 어느 쪽이 전쟁을 원하는가, 누가 인류화합의 보편적인 이상을 추구하고 누가 싸움을 부추기는가에 따라서 당사자들 이외 다른 사람들의 지지 여부가 결정된다.

팔레스타인들은 무력이 모자라기 때문에 정의를 위한 경쟁에서 우위를 차지해야 한다. 팔레스타인 해방투쟁의 대변인인 카나파니는 이 작품을 내놓고, 온 세계에서 널리 읽게 해서 무력의 열세를 만회할 수 있게 하는 데 성공했다. 카나파니와 맞서서 이스라엘인이 정당하다고 하는 작가가 없는 것을 보면 카나파니의 선전활동은 성공했다. 세상 사람

의 사람들》(서울 : 창작과비평사, 1982), 209면.

들이 이스라엘인으로는 전승의 장군을 말하고, 팔레스타인이라면 카나파니와 같은 작가를 먼저 생각한다면 팔레스타인은 이스라엘과의 총체적인 투쟁에서 결코 패배하지 않는다.

그렇지만 이 작품을 팔레스타인을 위한 선전물로 이해하고 마는 것은 잘못이다. 작품에서 제시한 화합의 이상은 이스라엘과 팔레스타인, 유태인과 아랍인 사이의 오랜 다툼을 해결하는 길을 제시한 의의가 있다. 민족모순을 해결하는 보편적인 모형을 마련했다. 계급모순은 상극의 투쟁으로 해결해야 하지만, 민족모순은 상생의 화합으로 넘어서야 한다. 상극의 투쟁이 상생의 화합에 이르러야 하고, 상생의 화합으로 상극의 투쟁을 해결해야 하는 것이 서로 다르면서 같다.

식민지 통치에서 아프리카가 해방되는 과정을 다룬 소설 가운데도 화합의 길을 진지하게 추구한 작품이 있다. 세네갈의 작가 셈베느 우스만(Sembène Ousmane)이 쓴 《열풍》(L'Harmattan, 1964)이 그런 작품의 좋은 본보기이다. 작품 제목에 내세운 "열풍"은 사하라 사막 쪽에서 남쪽으로 부는 뜨겁고 건조한 바람이다. 그 말로 아프리카가 당하고 있는 식민지 통치의 수난을 상징했다. 그런 수난을 종식시키고 새 역사를 창조하기 위해서 어떻게 해야 하는가? 이 문제를 다각도로 고찰하는 작품을 썼다.

이름이 밝혀져 있지 않은 아프리카 어느 나라를 통치하고 있던 프랑스가 1958년에 주민투표를 실시한다고 했다. 찬성이 많으면 프랑스 공동체 안의 한 국가가 되는 것을 허용하겠다고 하고, 장래를 스스로 결정하라고 했다. 민의를 직접 묻는 방법을 쓴다 하고서, 찬성을 유도하기 위해서 갖가지 술책을 쓰는 데 맞서서 반대해야 한다는 운동이 전개되었다. 식민지 통치를 총체적으로 해부하면서 피지배자 각계각층 사람들이 살아오고 생각한 바가 서로 달라 내부적인 대립이 생기는 양상을 선명하게 나타내면서 마땅한 길이 어디 있는가 찾았다.

몇 달 전부터 비가 왔다. 비와 함께 풍요로움이 되살아났다. 자연

196

의 생명력이 너무 왕성해져, 며칠 사이에 빈 곳을 발견할 수 없게 되었다. 그 푸르름에서 열기 띤 약동을 황홀한 냄새와 함께 쏟아냈다.[104]

〈사냥꾼〉(Le chasseur)이라고 이름 지은 첫 대목의 이야기가 이런 말로 시작된다. 비가 오자 아프리카 숲속에서 온 천지가 푸르름을 되찾아 온갖 생명이 약동한다. 그러나 사람은 서로 불화했다. 다스리는 쪽과 다스림을 받는 쪽이 서로 용납할 수 없는 적대적인 관계를 가졌다.

백인 통치자들이 동물을 보호해야 한다는 이유로 사냥 금지령을 내려 흑인 사냥꾼이 살아갈 수 있는 길을 막았다. 사냥 금지령에 항의하던 마을의 지도자인 주술사 비타 히엔(Bita Hien)과 뛰어난 사냥꾼 디그베(Digbé)는 감옥에 갇혔다. 식민지 당국자는 두 사람을 내놓으면서 주민투표에 찬성하겠다고 하면 사냥 금지령을 어기는 것을 어느 정도 묵인하겠다고 하는 유화책을 썼다. 그러나 마을의 지도자나 사냥꾼은 주민투표가 무엇인지 모르고 알려고도 하지 않았다.

디그베는 분노를 참지 못해, 숲을 순찰하던 백인 군인을 기다리고 있다가 독화살로 쏘아 죽였다. 그런 일이 벌어지자 백인과 동행한 흑인 병사 레미 소글로(Rémy Soglo)는 생각이 달라졌다. "한 세기의 4분의 1이 되는 기간 동안, 삼색 깃발 밑에서 온갖 식민지 정복전쟁에 참여한" 과거를 뉘우치고 백인에 대한 "복종을 처음으로 거부했다." 백인의 명령을 따르기만 한 것을 부끄럽게 여기고, "이 고장의 자식인 내가 사냥을 금지하다니?"라고 반문했다.[105]

---

104) Sembène Ousmane, *L'Harmattan* (Paris : Présence Africaine, 1964), 11면. 원문은 : "Depuis des mois la pluie tombait. Avec elle, la fécondité étais revunue. La nature s'étais tant hântée d'enfanter, qu'en peu de jours l'oeil ne découvrait plus un endroit nu. Le revêtement vert s'était produit d'un élan fiévreux, avec des odeurs enivrantes."

105) 같은 책, 19면에서 "Pendant ce quart de siècle, il avait participé à toutes les conquêtes coloniale, à l'ombre du drapeau tricolore"라고 하고, 23면에서 "Pour la première fois de sa vie, après ses vingt-cinq ans de service dans l'armée

　그러나 마음속으로 어떤 생각을 하고 있는 흑인 병사라도 병사는 병사였다. 용서할 수 없는 적대자였다. 또 한 발의 독화살을 맞아 자기 상사와 같은 운명이 되고 말았다. 그러고는 아무 일도 없었던 것처럼 "물도, 식물도, 짐승도, 도마뱀도, 사람도, 모두 밤의 생명을 누리려고 했다"고[106] 하는 말로 그 대목의 이야기를 끝냈다.

　앞 대목에서는 상극뿐인 세상이라 상생이 인정되지 않는다고 했다. 그런데 둘째 대목 〈슬기로운 여자〉(La sage femme)에서는 사정이 다르다. 병원 원장으로 일하는 흑인 의사 탄가라(Tangara)가 여인 주술사 만흐 콤베티(Manh Kombéti)로부터 약초에 관한 전통적인 지식을 배워 현대의학과 합치려고 했다. 의학잡지에 기고한 글에서 다음과 같이 썼다고 만흐 콤베티에게 변역하면서 읽어주었다.

　　오늘날 치료법이 크게 발달했어도 잊어버리지 말아야 할 사항이 있다. 특히 검은 아프리카에서는 약초 사용법이 아버지에게서 아들로, 어머니에게서 딸로 전해지고 있다. 특별한 사람들이 전수받아 보존하고 있는 식물의 비밀이 모든 사람의 자산이 되어야 한다.[107]

　그렇게 해서 백인을 이롭게 하자는 것이 아니다. 백인의 의학과 흑인의 의학이 서로 필요로 하는 가치를 가져 합쳐질 수 있다는 것을 입증하면 백인의 우위는 무너진다. 백인과 싸우는 상극의 투쟁을 승리로 이끌

---

　　coloniale, il refusait d'obéir"라고 하고, 24면에서 "Est-ce moi, fils du pays, qui les empêcherait de chasser?"라고 했다.

106) 같은 책, 25면. 원문은 : "Les eaux, les plantes, les bêtes, les reptiles, les hommes, tous allaient vivre leur vie nocturne."

107) 같은 책, 37면. 원문은 : "Bien que la thérapeutique ait fait, de nos jours, d'immenses progrès, il est un fait à ne pas ignorer : en Afrique boire notamment, l'utilisation des herbes médicamentreuses est transmise se père en fils, de mère en fille. Les secrets des plantes, légués et conservés par quelques-uns, doivent demeurer le bien de tous."

기 위해서 백인의 문명과 흑인의 문명 사이의 상생을 이룩해야 한다고 했다. 백인을 활로 쏘아 죽이고 자기도 잡혀가 죽는 것과는 아주 다른 작전을 펴서, 양쪽이 함께 살면서 서로 도움이 되는 길을 찾자고 했다.

탄가라는 흑인 지식인이 나아갈 길을 보여주었다. 백인의 의학을 공부해 병원의 원장이 되었으면서도 흑인의 전통문화에 대한 깊은 존경심을 잃지 않았다. 의사가 되었다고 백인처럼 우쭐대며 살아가려고 하지 않고 가난하고 무식한 동포들 가까이 있어 만흐 콤베티의 신뢰를 얻고 비밀스러운 지식을 공개하게 할 수 있었다. 만흐 콤베티는 주민투표에서 찬성하고 반대하는 것이 무엇을 의미하는지 들어도 알지 못하지만, 탄가라는 반대해야 한다는 신념을 가졌다.

백인 통치자들이 주민투표를 실시한다고 했으니, 상극의 투쟁을 전개하기 위해 무기를 들어야 할 상황은 아니었다. 백인의 지배를 종식시키고 흑인의 독립국을 이룩하는 평화적인 방법을 어떻게 마련해야 하는가 하는 상생의 작전이 시비의 초점이었다. 주민투표에 대해서 찬성 또는 반대를 해야 한다는 주장이 그렇게 해서 갈라졌다.

주민투표에 대해서 찬성해야 한다는 쪽은 백인의 지배하에서 이득을 나누면서 성장한 흑인 시민층이었다. 백인이 차지하고 있는 이권에 더욱 깊이 관여하는 기회가 독립과 더불어 생기는 데 기대를 걸고 찬성을 주장했다. 그런 사람들의 대표자 탐반 유시도(Tamban Youssido)가 총리 후보로 등장해 식민지 통치자의 요구를 받아들이자는 운동을 전개했다. 프랑스 공동체에서 벗어나 완전한 독립을 이루어야 한다고 주장하는 사람들과 담판을 하면서 탐반 유시도는 이렇게 말했다.

정치적으로는 이 나라는 독립하기에 부적당합니다. 경제적으로 우리는 아무 것도 가진 것이 없습니다. 산업도 없고, 자본도 없습니다. 공동체에 머물러 있어야만 투자가 이루어집니다.[108]

---

108) 같은 책, 217면. 원문을 들면 : "Politiquement, le pays n'est pas apte à

그 자리에 있던 탄카라는 이에 대해서 반대했다. 프랑스와의 관계를 청산하고 경제 건설도 독자적으로 해야 한다고 했다. 탐반 유시도가 제시한 노선은 독립을 사실상 포기하는 것이었다. 그 원리를 들어 말하면, 상극을 배제하고 상생에 치우쳐 있다.

백인의 통치에 대해서 강력하게 반대하는 사람들은 마르크스주의 혁명단체를 결성해서 투쟁했다. 시인이며 화가인 레이(Lèye)가 그 주동자 가운데 한 사람이다. 탐반 유시도가 위에서 든 말을 할 때 레이는 탄카라보다 더욱 격렬하게 반대하면서 "우리의 팔, 우리의 머리가 가장 자랑스러운 재산이다"라고[109] 외쳤다.

레이는 자기 고장에 불어오는 "열풍"이 뜨겁고 건조한 바람에 지나지 않는 것이 아니고, 피압박 민중의 신음소리라고 하는 시를 썼다. 주민투표에 반대하는 의사가 관철되지 않으려고 하자, 완강한 투지를 선포하는 다음과 같은 시를 썼다.

> 나는 이 작은 길을 간다
> 손발이 잘린 채로
> 한 가닥 길을 간다
> 불타버리고 황량한 건조지대를 지나
> 격동하는 강물 위로
> 병이 들어 꽉 막힌 숲으로
> 내가 가는 길은
> 내 뼈로 골조를 만들고
> 내 살로 시멘트를 발랐다[110]

---

l'indépendence. Economiquement, nou ne possédons rien ni industrie, ni capitaux. Les invertissements ne se feront que quand nous serons dans la Communauté."

109) 같은 책, 같은 곳. 원문은 : "Nos bras, nos têtes sont la plus estimable des richesses."

여러 가닥이 만나는 큰길은 버리고 한 가닥 작은 길을 가면서 어떤 희생이라도 각오한다고 했다. 사상자가 얼마나 되는가는 생각할 일이 아니라고 했다. 식민지 통치자를 물리치고 민족해방을 이룩하기 위해서 그 길밖에 없다면 피할 수 없지만, 노선을 달리하는 세력들끼리의 내전을 그렇게 치러야 하는 경우라면 생각을 바꾸어야 한다. 그런 끔찍한 전쟁은 아프리카에서 지금도 계속되고 있어 희망을 보여주지 않고 절망이 더욱 깊어지게 한다.

이런 시는 흑인의 수난을 나타내고 항거를 촉구하는 데는 대단한 설득력을 가졌다. 백인을 독화살로 쏘아 죽이는 것과는 다른 차원의 거대한 항쟁에 불을 붙였다. 독립을 쟁취하기 위해서는 무기를 들고 싸우도록 한다. 그러나 이 노선은 상생을 배제하고 상극에 치우쳐 독립국 건설의 역량이 끔찍한 희생을 초래하는 전투에서 소진되게 한다.

상생에 치우친 탐반 유시도의 우파 노선과 상극에 치우친 레이의 좌파 노선 중간에 탄가라가 추구하는 생극의 노선이 있다는 것이 작품의 전체적인 구도이다. 작가는 탐반 유시도와는 거리를 많이 두고, 레이의 주장에 대해서는 깊이 공감했다. 그러면서 레이 쪽이 저지를 사태를 염려하면서 탄가라 쪽으로 방향을 돌리는 것이 마땅하다는 생각을 나타냈다.

탐반 유시도와 탄가라 사이에는 평화적인 방법으로 시대 변화를 겪

---

110) 같은 책, 305면. 원문은 다음과 같다.
    "Je prendrai ce sentier
    Mains et pieds coupés
    Je fraierai une voie
    A travers les savanes incendiées et arides
    Par-dessus les eaux des fleuves tumultueux
    Dans les forêts denses engorgées de maladies
    Ce sentier je le ferai
    Charpenté de mes os
    Cimenté de ma chair"

어야 한다는 공통점이, 레이와 탄가라 사이에는 식민지 지배를 실제로 청산하고 완전한 독립을 이룩하는 투쟁을 해야 한다는 공통점이 있다. 방법과 목적은 따로 노는 것이 아니다. 상생의 방법과 상극의 목적을 결합시켜, 탄가라는 양쪽의 편향성을 시정했다. 레이 쪽에서 바라는 바를 평화적인 방법으로 달성하면서 급진적인 성향을 완화해 상극에서 상생을 상생에서 상극을 이루고자 하는 것이 탄가라의 노선이다.

그러나 결론이 난 것은 아니다. 탄가라의 주장은 공상인 것처럼 보여 동조세력이 없다. 행동화할 수 있는 힘을 갖추지 못하고 있다. 작품의 결말에서 레이의 지지자들이 시위를 벌이면서 탄가라가 운동의 대열에서 벗어난 것을 나무라고, "프랑스에도 의사 가운데 반동분자가 가장 많다"고[111] 매도했다. 사냥꾼 디그베도 그 대열에 끼어 있었다.

현실은 작가가 작중인물 탄가라를 통해서 찾고 있는 중간노선은 버려두고, 우파의 극단이 아니면 좌파의 극단으로 치달았다. 독립을 하는 아프리카 국가는 대부분 그 둘 가운데 어느 하나여서 그 나름대로의 진통을 겪었다. 어느 쪽으로 기울어지든 심각한 내전을 겪지 않을 수 없게 되었다. 제3세계가 현실정치에서 인류의 이상을 실현하고 있는 것은 결코 아니다. 실현되지 못하면서도 계속 가다듬어 제시하고 있는 염원이 커다란 가치를 가진다.

다시 보기

그 동안의 경과를 되돌아보면, 의식의 각성을 추구하는 소설은 긴 여정을 겪어오면서 여러 단계의 변모를 보였다. 그 과정이 결코 한 가닥이 아니고, 여러 가닥이 각기 독자적으로 존재했지만, 의식각성의 단계

---

111) 같은 책, 311면. 원문은 : "C'est dans le milieu médical qu'il y a le plus de réacs, en France, ……."

를 이해하기 위해서는 한데 모아놓고 살필 필요가 있다. 그렇게 하면 인간 정신의 진화를 알아볼 수 있다.

소설은 유럽사회 내부의 대립을 어떻게 할 것인가 하는 데서 시작해 유럽문명의 운명이 어떻게 되는가 하는 것으로 관심이 확대되더니 세계사의 방향을 문제삼는 데까지 이르렀다. 무산계급의 처지를 바로 알아 혁명을 일으켜야 한다고 주장하는 작품이 한동안 커다란 설득력을 가지더니, 식민지하의 현실을 인식하고 민족해방투쟁을 위해 나선다고 하는 소설이 세계 도처에서 나타나 커다란 충격을 주고 있다.

처음에는 개인의 삶을 관심거리로 삼기나 하는 것 같던 소설이 점차 관심을 확대해서, 강자가 약자를 침략하고 억압해서 생긴 세계사의 시련이라는 커다란 문제를 가로맡게 되었다. 침략과 억압에 대해서는 맞서서 싸우는 것 외에 다른 방법이 없다고 하는 투쟁노선을 제시한 것이 소설에서 내린 결론이라고 하게 되었다. 소설은 정치와 무관한 예술이라고 하는 쪽에서는 어떤 불만을 나타내더라도 세계사의 전환을 위한 투쟁을 소설이 맡아나선 사실을 부인할 수 없고, 그 의의를 폄하할 수도 없다.

그러나 투쟁을 주장하는 것이 소설에서 내린 결론은 아니다. 생극의 양면 가운데 상극을 말하고 마는 것은 잘못임을 소설가들은 모르지 않는다. 이치의 근본에서뿐만 아니라, 소설을 써 다루어야 할 현실 자체에서도 상극은 상생이고 상생은 상극이다. 내외의 강자가 약자를 일방적으로 억누르는 관계에는 상극의 투쟁으로 맞서는 것이 당연하지만, 상극이 상생임을 입증해야 승리를 거둘 수 있다. 쌍방의 투쟁이 한쪽의 패망으로 끝날 수 없는 경우 상생의 화합을 투쟁의 방법으로 삼아야 한다.

계급모순을 상극의 투쟁으로 해결하는 방식을 민족모순에도 적용하는 것은 잘못이다. 계급모순보다 민족모순이 더욱 심각한 문제를 제기하는 쪽으로 단계적인 변화가 일어난 결과 이제는 상극의 투쟁과는 다른 상생의 화합이 모순 해결의 투쟁을 위해 커다란 구실을 한다, 그러한 시대변화가 소설에 나타난 것을 주목하고 평가해야 한다.

10. 소설의 위기 극복

세계소설사의 전개 양상

지금까지의 논의에서 얻은 성과를 간추려 정리하면 세계소설사의 전개 양상을 말할 수 있다. 여기서 그 결과를 제시해 소설의 위기와 극복에 대한 논의를 심화하는 단서로 삼고자 한다. 유럽문명권에서 나타난 소설의 위기를 제3세계에서 극복한다고 하는 이유와 전망이 무엇인가 밝혀 이 책의 도달점을 마련하고자 한다.

소설은 지역에 따라서는 고대나 중세에도 생겨났다고 할 수 있으나, 중세에서 근대로의 이행기에 이르러서 세계문학의 보편적 갈래로 등장했다. 세계 모든 곳은 중세에서 근대로의 이행기에 들어서서 그 시대의 모습을 공통된 방식으로 나타내는 소설을 이룩했다. 국지적인 차이점에 대한 미세한 논의보다 그 공통된 양상에 대한 거시적인 이해가 더욱 긴요하다.

중세사회의 위계질서가 흔들리고 신분과 계급, 남녀관계가 개편되는 중세에서 근대로의 이행기에, 귀족·시민·민중, 남성과 여성이 생극관계를 가지고 살아가는 양상을 그 모든 당사자들의 경쟁적 합작품으로 형상화한 서사문학이 소설이다. 자아와 세계의 대결이 상호우위에 입각해서 전개되는 데 작품외적 자아가 개입해서 만들어내는 복잡한 구조, 다층적 의미가 그렇게 해서 형성되었다. 상이한 집단들끼리의 경쟁적 합작품으로 이룩되어, 복잡한 구조와 다층적 의미를 지니는 것이 그 전의 어떤 문학갈래와도 변별되는 소설의 특징이다.

귀족·시민·민중이 함께 이룩한 소설을 '귀족-시민-민중소설'이라고 명명하자. 중세에서 근대로의 이행기 '귀족-시민-민중소설'이 세계 어디에서도 이루어져 소설이 세계문학의 보편적인 갈래이게 한다. '귀족-시민-민중소설'의 창조자 가운데 한둘이 빠진 '귀족-시민소설', '귀족-민중소설', '시민-민중소설', '시민소설' 등은 변이나 변천의 결과로 나타났다.

중세에서 근대로의 이행기가 끝나고 근대에 들어서면서 소설도 달라졌다. 생극관계를 가지고 살아가면서 소설을 함께 이룩한 귀족·시민·민중 가운데 시민이 계급사회의 지배자로 등장하면서 신분사회의 지배자 귀족은 퇴장한 것이 근대를 이룩한 사회사의 변화이다. 그런 변화를 받아들여 중세에서 근대로의 이행기소설이 근대소설로 바뀌었다.

근대소설에서 귀족은 등장하더라도 비판의 대상일 따름이고 작품창작의 경쟁적 합작 당사자의 위치는 상실하고 있다. 귀족과의 합작을 그만둔 근대소설은 이제 누구의 소설인가 하는 문제를 두 가지 방향에서 서로 다르게 해결했다. 시민과 민중이 경쟁적 합작의 당사자가 되어 시민의 지배에 대한 민중의 항거를 다룬 소설도 있다. 그것이 '시민-민중소설'이다. 귀족을 밀어낸 시민이 민중의 참여는 배제하고 자기네의 삶만 일방적으로 그린 소설도 있다. 그것이 '시민소설'이다.

중세에서 근대로의 이행기에 생겨난 '귀족-시민-민중소설'이 근대에는 '시민-민중소설'이나 '시민소설'로 바뀌었다. 그러면서 '시민-민중소설'과 '시민소설'은 아주 다른 소설이다. 소설은 상이한 집단들끼리의 경쟁적 합작품이라는 기본 성격이 '시민-민중소설'에서는 새로운 방식으로 이어지고 '시민소설'에서는 퇴색했다.

'시민-민중소설'에서는 소설이 상이한 집단들끼리의 경쟁적 합작품으로 이룩되어, 복잡한 구조와 다층적 의미를 지니는 특징이 새로운 긴장을 띠고 지속되었다. 귀족에 대한 시민의 공격보다 시민에 대한 민중의 공격이 더욱 거세게 전개되었다. 선수가 교체되면서 경기의 내용은 한층 단순해지고 그 양상은 더욱 치열해졌다.

'시민-민중소설'에서는 남녀관계도 사회적 갈등과 관련시켜 다룬다. 여성에 대한 남성의 우위가 시민의 경우와 민중의 경우에 각기 다르게 나타나 문제가 복잡해지는 것을 사회적 처지가 상이한 남성과 여성이 서로 다른 시각에서 이해하면서 논쟁을 일으킨다. '시민소설'에서는 남녀관계를 같은 처지에 있는 시민의 남녀가 성생활의 만족을 두고 서로 다투는 양상을 중심에 두고 다루어 문제를 단순화했다.

'시민소설'은 상이한 집단끼리의 경쟁적 합작품이 아니다. 집단과 집단의 관계 대신 개인과 개인의 관계를 문제삼았다. 개인과 개인의 관계를 예사 시민과 예술가의 관계로 바꾸어놓다가, 예술가 내부에서 나타나는 자아분열을 그리는 데 이르렀다. 복잡한 구조와 다층적 의미를 내면심리에서 갖춘다고 하면서 사회적인 의의는 제거하다가, 자아와 세계의 대결을 해체하는 데 이르렀다. 그래서 소설의 위기를 초래했다.

'시민소설'이 '작가소설' 또는 '예술가소설'이 되고, 다시 '내면의식소설'이 된 것은 내부분열이다. '작가소설'은 시민의식을 상실한 시민의 소설이다. '내면의식소설'은 사회적 행위의 주체로서 자각을 가지지 않고 자기 내부로 도피한 작가의 소설이다. 다른 집단과 함께 경쟁적 합작품을 이룩하려고 하지 않고 시민이 차지한 소설은 독점을 극단화하는 데로 치달아 그런 내부분열을 일으키는 것이 당연한 변화이다.

귀족에게 승리한 시민은 타락했다. 승리가 지나치면 반드시 타락해 승리를 가능하게 한 의식을 상실해, 패퇴되지 않을 수 없는 운명을 자초하게 마련이다. 그래서 선진이 후진이고 후진이 선진이 된다고 생극론이 일러주면서, 역사에 이미 등장한 그 비슷한 수많은 사례와의 비교 연구가 필요하다고 한다.

중세에서 근대로의 이행기소설을 이룩할 때는 동아시아가 앞서고 유럽이 그 뒤를 따랐다. 그 밖의 다른 문명권에서도 그 대열에 들어선 곳이 있으나 축적한 성과가 크지 못해, 유럽문명권의 도전과 침략을 받고 중세에서 근대로의 이행기의 사회변화를 겪는 경험을 새삼스럽게 소설화해야 했다. 근대화한 유럽의 지배를 받고 유럽의 근대소설을 받아들인다고 해서 근대소설을 만들어낸 것은 아니다. 근대화한 유럽의 지배는 중세에서 근대로의 이행기사회에 들어서도록 하는 변화를 가져왔으며, 근대소설을 받아들여 중세에서 근대로의 이행기소설부터 이룩하도록 했다.

근대사회를 이룩하고 근대소설을 만들어내는 데서는 유럽이 동아시아보다 앞섰다. 유럽 가운데서 서유럽이 선두에 나서서 크게 활약했다. 그것은 자랑스러운 일이지만, 그 때문에 잃은 것도 있다. '내면의식소설'에까지 이른 '시민소설'은 가장 발전된 소설이기 때문에, 소설이 해체되는 위기를 보여주고 있다. 소설의 위기에 대한 우려가 거기서 시작되어 널리 세계에 퍼졌다.

동유럽은 시민사회가 정착되지 않고 사회모순이 심각해 서유럽과 같은 길을 가지 않고, 중세에서 근대로의 이행기 '귀족-시민-민중소설'에서 근대의 '시민-민중소설'로 나아갔다. 그러나 러시아혁명과 더불어 그런 소설이 의의를 상실했다. 혁명과정을 그린 '시민-민중소설'을 정형화된 형태로 재현해 창작 당시의 현실과는 유리되게 했다. 새로운 모순을 다루어 지배관료에 대한 민중의 항거를 문제삼지 못하게 해서 소설이 제구실을 할 수 없게 만들었다.

동아시아 여러 나라는 중세에서 근대로의 이행기소설을 이룩하는 과업을 함께 수행하다가 근대소설에서는 서로 다른 노선을 택했다. 서유럽에서 이루어진 '시민소설'의 발전된 성과를 받아들여야 한다고 하는 쪽도 있다. 일본은 그 길로 나아간다. 중국과 월남, 그리고 북한에서는 러시아에서처럼 시민에 대한 민중의 항거를 그린 '시민-민중소설'을 가지고 사회주의 체제를 옹호한다. 한국은 그 어느 쪽도 아니어서 독자적인 작업을 한다. '시민-민중소설'을 계속 창작하면서 현실의 문제를 바로 다루는 제3세계문학을 하고 있다.

제3세계소설은 '시민-민중소설'로 나아가고 있어, 자아와 세계의 대결이 해체되는 위기를 겪지 않는다. 유럽문명권 '시민소설'이 막다른 길에 들어선 사태가 세계소설의 위기는 아니다. 역사의 종말이라는 것은 거짓이다. 앞서가던 쪽이 이미 이룬 바를 지키기에 급급하다가 역사의식이 고갈되어 물러나면, 뒤따르던 쪽이 앞으로 나서면서 새로운 창조력을 보여준다. 제3세계소설은 지구 전체의 시민과 민중의 대립을 문제삼으면서, 문명의 충돌을 철저하게 문제삼아 문명의 화합으로 전환시켜야 하는 과제를 안고 고민하고 있다.

이상의 사실에 관해 기존의 여러 논자들이 각기 자기 나름대로의 견해를 폈다. 그런 견해를 들어 고찰하면 여러 가지 이득이 있다. 내가 한 말이 널리 인정되고 있는 사실에 근거를 두었음을 분명하게 할 수 있다. 작품 자료를 직접 다루어서 논의를 전개하는 수고를 줄일 수 있다. 이 책을 더 길게 쓰지 않기 위해 이제부터는 작품 대신에 이론적 논의를 검토의 대상으로 삼기로 한다. 서두에서 소설 이론을 검토할 때, 다 하지 못하고 남겨둔 일을 이제 마무리하고자 한다.

유럽소설이 위기에 이르렀다는 것이 혼자 하는 말이 아니고, 사실에 근거를 두었음을 밝히고, 그 양상에 대한 이해를 구체화하는 데 기존의 논저는 큰 도움이 된다. 러시아소설이 그 대안을 제시했는가, 제3세계소설이 위기를 극복할 수 있는가 하는 문제에 관한 논의도 기존의 작업을 검토하면서 더욱 깊이 있게 하기로 한다. 변증법에 입각해서 소설사를 이해하는 업적을 들어 비판하면서 생극론의 대안을 제시해 그 둘을 비교할 수 있게 하는 것도 긴요한 작업이다.

서유럽소설의 위기 상황

유럽에서 '시민소설'의 성립을 분명하게 보여준 작가는 플로베르(Flaubert)이다. 발자크(Balzac)가 그 최후를 장식한 '귀족-시민-민중소

208

설' 또는 '시민-민중소설'과 플로베르가 처음 내놓은 '시민소설'은 바로 연속되어 있지만 커다란 차이가 있다. 플로베르는 상이한 집단들 사이의 대립에는 관심을 두지 않고, 사회사를 써야 한다고도 생각하지 않았다. 개인들 사이의 관계를 통해서 전개되는 시민생활의 한 단면을 냉철한 자세로 묘사하기만 했다. 언어를 불신하면서 조심스럽게 사용해 침묵에 가까운 서술을 하려고 했다.[1]

그렇게 한 것이 바람직한 선택이라고 시민이 평가해준 것은 아니다. 동시대의 시민은 역사의 방향에 대해서 관심을 잃으면서 소설 같은 것은 대단하지 않다고 하고 특수한 사람의 별난 취미로 여기게 되었다. 그 때문에 작가는 반발하지 않을 수 없어, 더욱 특수한 형태의 소설을 만들어내는 방향으로 '시민소설'의 내부분열을 촉진시켰다.

개인과 개인의 관계를 예사 시민과 예술가의 관계로 바꾸어놓은 '작가소설'이 등장하고, 다시 자기 내면에서 일어나는 의식의 분열을 다룬 '내면의식소설'이 나타났다. 프루스트(Marcel Proust)와 조이스(James Joyce)가 그런 변화를 끝까지 밀고나가 소설의 완성자라는 평가와 소설의 파괴자라는 비판을 함께 받았다. 한층 격심해진 문학파괴 운동은 초현실주의가 주도해 소설이 아닌 시를 통해 일으켰다.

거기까지 나아가기 전에, 예사 시민과 예술가의 분열이 심각하게 나타나기 시작한 것은 19세기말의 일이다. 그때 활동한 상징주의 시인들은 사회에서 소외되어 생기는 고독감과 무력감을 자기네가 스스로 "저주받을 시인"(le poète maudit)이라고 자처하는 말로 나타냈다. 자기도 그런 시인이라고 생각하면서도 시민사회와 예술 사이의 간격을 메워보려는 시도를 진지하게 한 사람도 있었다. 토마스 만(Thomas Mann)은 작가를 주인공으로 한 자서전인 소설 《토니오 크뢰거》(*Tonio Kröger*, 1903)를 써서 '작가소설'에 대한 자기 비판을 시도했다.

---

1) Philippe Dufour, *Flaubert ou la prose du silence* (Paris : Nathan, 1997)에서 그 양상을 다각도로 분석했다.

문학이란 결국 천직이 아니고 저주이다. …… 다른 사람들, 평범한
사람들, 정상적인 사람들과는 수수께끼 같은 대립적인 관계에 있어
각인 찍힌 존재라고 그대는 느끼기 시작한다. 반어, 불신, 반대, 인식,
감정의 심연이 있어 그대를 다른 사람들로부터 떼어놓고, 그것이 더
욱더 깊어져, 그대는 고독하고, 이제부터는 의사소통이 가능하지 않
게 된다.[2]

문학이 저주라는 것은 작가가 저주받을 위치에 있다는 말이다. 시민
사회가 성립되자 문학에 위기가 닥친 상황을 일찍이 20세기초에 그런
말을 앞세워 선명하게 그렸다. 자기도 앓고 있는 병의 심각한 증세를
객관화해서 진단하려고 했다.

작가는 시민사회에서 예술가가 겪는 소외와 고독을 심각하게 문제삼
으며 예술에 대해서 자학을 하면서도 시민을 동경하는 자세는 버리지
않았다. "반어, 불신, 반대, 인식, 감정의 심연"을 가져 의사소통이 이루
어지지 않는 문학을 선택하면서 다른 한편으로는 부정하려고 하는 이
중의 태도를 가지면서 문학을 구제할 수 있는 가능성을 찾았다. 예술이
그 자체로 지니는 가치를 훼손하지 않은 채 시민사회의 인정을 받을 수
있기를 바랐다.

문학이 깨끗하게 하고 신성하게 하는 작용, 인식과 언어를 통한 정
욕의 파괴, 이해, 관용, 사랑에 이르는 길인 문학, 언어의 속죄 능력,
인간정신 일반의 가장 고귀한 표출인 문학정신, 가장 온전한 인간이

---

2) Thomas Mann, *Frühe Erzählungen* (Frankfurt am Main : S. Fischer, 1981),
299면. 원문을 들면 : "Die Literatur ist überhaupt kein Beruf, sondern ein
Fluch. …… Sie fangen an, sich gezeignet, sich in einem rätselhaften
Gegensatz zu den anderen, den Gewönlichen, den Ordentlichen zu fühlen, der
Abgrund von Ironie, Unglaube, Opposition, Erkenntnis, Gefühl, der Sie von
den Menschen trennt, klafft tiefer und tiefer, Sie sind einsam, und fortan gibt
es keine Verständigung mehr."

며, 성자인 문학인, ─사물을 이렇게 관찰해야 충분히 자세하게 파악
할 수 있지 않는가?

그대는 그렇게 말할 수 있다. …… 그대들의 작가, 존경할 만한 러
시아문학, 본래대로의 신성한 문학을 올바르게 보여주고 있는 것에
관해서는 그렇게 말할 수 있다.[3]

문학이 사람의 정신을 고귀하게 하는 정화작용을 포기하려고 하지
않았다. 그런 문학이 서유럽에서는 위태롭게 되었지만 동유럽 특히 러
시아에서는 건재한다는 것을 알고, 그쪽을 동경했다. 그러나 그런 차이
가 나타나는 이유가 무엇인가는 생각하지 못했다. 서유럽의 '시민소설'
이 러시아의 '귀족-시민-민중소설' 또는 '시민-민중소설'과 어떻게 다른
가에 대해서 역사적인 위치까지 생각하면서 깊이 따지지 못했다.

예술에서 길을 잃은 시민, 어린아이의 좋은 방에 대한 향수를 가진
방랑자, 해로운 양심이 있는 예술가 …… .

나는 두 세계 사이에 서 있으면서, 그 어느 쪽에도 안주하지 못하
고, 따라서 조금 부담스럽다. 그대들 예술가는 나를 시민이라고 일컫
고, 시민은 나를 체포하려고 했다. 그 둘 가운데 어느 쪽이 내게 더
고통스러운 병이 되는지 나는 모른다.[4]

---

3) 같은 책, 302면, 원문은 다음과 같다.

"Die reinigende, heiligende Wirkung der Literarur, die Zersörung der
Leidenschaften durch Erkenntnis und das Wort, die Literatur als Weg zum
Verstehen, zum Vergebene und zur Liebe, die erlösende Macht der Sprache,
der literarische Geist als die edelste Erscheinung des Menschengeistes
überhaupt, der Literat als vollkommer Mensch, als Heiliger, ─ die Dinge so
betrachten, heiss, sie nicht genau betrachten?

Sie haben ein Recht, so zu sagen, …… und zwar im Blick auf das Werk
Ihrer Dichter, auf die anbetungswürdig russische Literatur, die so recht
eigentlich die heilige Literatur darstellt, von Sie reden."

4) 같은 책, 340면. 원문은 다음과 같다.

토마스 만은 러시아작가가 아니므로 자기 쪽의 이야기를 할 수밖에 없었다. 자기가 살고 있는 곳에서는 예술가가 시민사회에서 소외되고 있는 것이 문제라고 하면서 이렇게 말했다. 작품의 주인공은 작가가 희망하는 대로 시민이면서 예술가이고 예술가이면서 시민이고자 했으나, 그런 화합을 다른 예술가들은 받아들이지 않고 시민도 거부했다.

그래서 파국이 닥쳐오고 있었다. 토마스 만은 자기 자신이 환자이면서 의사 노릇도 하면서 진지하게 고민하고 해결책을 찾으려고 해서 높이 평가된다. 그러면서 또한 개인의 노력으로 대세를 거스를 수는 없다는 것을 입증하는 증인 노릇을 했다.

토마스 만의 노력은 푸르스트(Marcel Proust)와 견주어보면 특색이 더욱 뚜렷해진다. 토마스 만은 "문학이란 결국 천직이 아니고 저주이다"라고 했는데, 푸르스트는 "문학은 진정한 삶이고 천직이다"라고 하는 반론을 마련했다. 《잃어버린 시간을 찾아서》(*À la recherche du temps perdu*)라고 하는 긴 소설에서 자기 내면의 의식을 불러오는 일을 장황하기 이를 데 없이 하고서 그런 결론을 내렸다. 그것이 무슨 뜻인가 알려면 전후에 있는 말을 들어보아야 한다. 그 가운데 가장 요긴한 구절 둘을 인용한다.

진정한 삶, 마침내 찾아서 밝힌 삶, 그 결과 진정으로 체험한 삶은 바로 문학이다. 그런 삶이 어느 의미에서 예술가뿐만 아니라 다른 모든 사람들도 매순간 자리 잡는다. 그러나 그것을 해명하려고 하지 않아 알아볼 수 없다.[5]

"······ ein Bürger, der sich in die Kunst verirrte, ein Bohemien mit Heimweh nach der guten Kiderstube, ein Künstler mit schlechtem Gewissen ······.

Ich stehe zwischen zwei Welten, bin in keiner daheim und habe es folgendessen ein wenig schwer. Ihr Künstler nennt mich einen Bürger, und die Bürger sind versucht, mich zu verhaften ······. Ich weiss nicht, was von beiden mich bitterer kränkt."

식물을 키워낸 종자처럼 나는 죽을 수 있다. 스스로 알아차리지 못
하는 채, 전에는 책상에 앉아서도 그 주제를 찾아내지 못하면서도 쓰
고자 했던 책과 나의 삶이 관련을 가져야 한다는 것도 눈치도 못챈
채, 나는 그런 삶을 살아왔다는 사실을 발견했다. 그렇게 해서 지금까
지 나의 삶은 이 한 마디 말로 요약될 수 있으면서 또한 요약될 수
없다 : 천직.[6]

인용한 대목에서 한 말이 무슨 뜻인가 알려면 쉽게 풀이할 필요가 있
다. 작가는 자기도 모르는 사이에 의식 저변에 축적되어 있는 기억을
되살려 작품을 이룩한다고 했다. 그렇게 해서 자기 삶을 되돌아보고 그
의미를 해명하는 작업을 누구든지 언제나 생각할 수 있지만 작가만 이
룩하므로, 진정한 삶의 체험이 문학에서나 가능하다고 했다. 그런 작품
창작은 작가가 온 생애를 바쳐 이룩한 결과이므로 천직 수행이라고 할
수 있다. 그러나 작가는 스스로 의도하거나 방향을 정하지 않은 채 그
일을 이룩하므로, 천직이라는 생각을 한 것은 아니라고 했다.
작가가 사회와의 관계를 의식할 때에는 "천직이 아니고 저주"라고
하던 문학창작이 작가는 자기 내면으로 시선을 돌려 깊이 간직되어 있
는 기억을 되살리기만 하면 된다고 하자 "천직"으로 바뀌었다.[7] 내면의

------

5) Marcel Proust, *A la recherche du temps perdu* (Paris : Gallimard, 1954), III,
   895면. 원문은 : "La vraie vie, la vie enfin découverte et éclaircie, la seul vie
   par coséquent réellement vécue, c'est la lttérature; cette vie, en un sense,
   habite à chque instant chez tous les hommes aussi bien que chez l'artiste.
   Mais ils ne la voient pas, parcequ'il ne cherche pas à l'éclaircir."
6) 같은 책, 899면. 원문은 : "Comme la graine, je pourrais mourir quand la
   plante se serait développée, et je me trouvais avoir vécu pour elle sans
   savoir, sans que ma vie me parût devoir entrer jamais en contact avec ces
   livres que j'aurais voulu éclire et pour lesquels, quand je me autrefois à ma
   table, je ne trouvais pas de sujet. Ainsi toute ma vie juaqu'à ce jour aurait
   pu et n'aurait pas pu être résumée sous ce titre : Une vocation."
7) Christian Salmon, *Tombeau de de fiction* (Paris : Denoël, 1999), 115면에서

기억은 다른 사람들과의 사회적인 관계에서 형성되었어도 자기 의식의 일부로 바뀌어서 마음대로 휘어잡을 수 있고 재창조할 수 있다. 그래서 문학 창작이 천직으로 바뀌었다.

기억에다 상상을 보태 비유를 지어내고 상징을 만드는 일에 몰두하면 즐겁다는 것을 위에서 인용한 대목만 읽어보아도 알 수 있다. 외부세계는 잊고 그렇게만 하는 것이 천직이라고 하니 작가는 행복하다. 천직을 자기 나름대로 수행한 결과 이룩된 창작물이 다른 사람들에게는 이해되지 않고 괴이하게 보여 저주받은 상태에 있다는 증거가 되어도 개의하지 않으면 그만이다.

작가와 외부세계와의 관계를 다루던 '작가소설'을 작가 자기만의 것으로 만들고자 하자 '내면의식소설'이 생겨난 것은 필연적인 변화이다. 토마스 만의 '작가소설'에서는 작가의 곤경을 문제삼았는데, 푸르스트의 '내면의식소설'에서는 작가의 곤경이 사라지고 없다. 그래서 병이 나은 것은 아니고, 더 심해졌다. 자기가 환자인 줄 모르는 정신질환의 환자는 증세가 심각한 환자이다. 자가 진단이나 치료는 하지 못하므로 전문의를 찾아야 한다.

전문의의 진단

'시민소설'이 '작가소설'로, 다시 '내면의식소설'로 바뀌면서 생겨난 파탄을 진단해 원인을 밝히고 치료법을 내놓겠다고 하는 수많은 전문의 가운데 누구보다도 앞선 사람이 루카치(Georg Lukacs)이다. 루카치는 '시민-민중소설'로 나아가는 길을 버리고 '시민소설'이 내부분열이나 일으키는 것은 역사발전에 역행하는 타락의 길이라고 경고하고, 그런 증세가 나타난 이유와 유래를 밝혀 논했다. 시대변화가 작품에서 어떻게

이에 대해 분석했다.

나타났는가 구체적으로 고찰한 성과가 있어 소중하게 이용할 수 있다.

유럽의 시민문학이 타락하게 된 것은 1848년 7월혁명 이후의 일이라고 했다. 그때부터 "무산계급은 역사상 처음으로 결전을 각오하고 무장을 한 집단으로 세계사의 무대에 등장했으며, 시민계급은 그 시기에 처음으로 자기네의 경제적·정치적 지배의 존속만을 위해서 싸웠다"고[8] 한 것을 커다란 변화로 들었다. 수세에 몰린 시민계급은 사회적 대립이나 역사의 발전에 대한 인식을 버려 사태의 본질을 망각하는 것을 심리적 방어의 수단으로 삼았다.

그런 증세가 헤겔을 버린 데서 잘 나타났다고 했다. "그 전에는 독일에서 정신생활의 중심표상이었던 헤겔이 '갑자기' 망각에 빠져들었으며, '죽은 개'가 되었다"고[9] 한 것이 그 때문에 일어난 변화였다. 대립과 투쟁에 대한 변증법적 사고를 버리니 소설에서 전개되는 자아와 세계의 대결이 약화되고 해체되게 마련이었다.

그러나 시민계급의 의식이 혼미해진다고 해서 역사가 종말에 이른 것은 아니었다. '시민소설'에 맞서는 '시민-민중소설'을 노동계급이 주도해서 만들어내서 소설사에서도 새로운 시대가 시작되었다. 그런 변화가 일어난 양상에 대해서 루카치는 다음과 같이 말했다.

(18)48년 이전의 시기에는 시민계급이 이념적으로 사회발전의 선

---

8) Georg Lukacs, Der historische Roman, Werke 6 (1965, Neuwied : Luchterhand, 1969), 107면. 원문은 : "das Proletariat betritt hier zum erstenmal die weltgeschtliche Büne als eine bewaffennete, zum Entscheidunskampf entsclossene Masse; die Bourgeosie kämpft in diesen Tagen zum erstenmal um das nackte Weiterbestehen ihrer ökonomischen und politischen Herr-schaft." 이 책은 1937년에 러시아어 번역으로, 1954년에 독일어 원본으로 출판되었다. 영역본 Hannah and Stanley Michell tr., *The Historical Novel* (Boston : Beacon, 1962), 국역본 이영옥 역, 《역사소설론》(서울 : 거름, 1987)도 있다.

9) 같은 책, 208면 원문은 : "Hegel, früher die Zentralgestalt des geistigen Lebens in Deutschland, ist 《plözlich》 in Vergessenheit geraten, ist zum 《toten Hund》 geworden."

도자였다. 진보에 대한 역사적 옹호의 새로운 방식으로 그 시기 이념의 총체적 발전을 위한 커다란 길을 제시했다. 무산계급의 역사관은 그 기반 위에 서서 마지막 위대한 단계의 시민계급 이념을 비판과 투쟁을 통해서 지속시키는 방식으로 그 한계를 극복하면서 발전했다.[10]

1848년에 그런 변화를 겪고 시민계급이 진보적인 성향을 상실하자 시민의 사실주의가 퇴조를 보이고 '시민소설'이 위기의 증후를 나타냈다고 진단했다. 위기의 증후를 요약해서 지적한 루카치의 용어는 '개인화'(Privatisierung), '근대화'(Modernisierung), '이국정서'(Exotismus)이다.[11] 그 셋 가운데 문제가 적은 것부터 들어 고찰하기로 한다.

'이국정서'는 자기가 당면하고 있는 현실을 떠나 먼 시공에서 일어난 상상의 사건을 다루는 도피적인 경향을 지칭하기 위해서 쓴 말이다. 그것은 그리 큰 문제가 되지 않는다. 플로베르의 《살랑보》(*Salammbô*)를 예로 들어, 예술적 정취를 먼 곳에서 찾으면서 당면한 현실에 대해서는 무관심을 나타낸 것이 문제라고 했는데, 다른 작품에도 널리 나타나는 두드러진 현상은 아니다.

'개인화'는 "개인관심사로 만들기"라고 하면 뜻이 더 잘 드러난다. 사회적이고 집단적인 문제는 버리고 개인의 관심사만 다루는 문학을 하게 된 것을 지적한 말이다. 그것은 '시민소설'의 기본 특징이라고 할 수 있어 힘들여 논할 필요가 있다. 그런데 루카치는 작품의 양상과 그 변천과정에 대한 분석을 깊이 있게 하지 않았다. 그런 폐단이 나타난 소

---

10) 같은 책, 209~210면 : 원문은 : "In der vorachtundvierziger Periode war die Bourgeosie auch ideologisch die Führerin der geschellschaftlichen Entwicklung. Die neue Art der historischen Verteidigung des Fortschritts bezeichnet den grossen Weg der gesamten ideologischen Entwicklung dieser Period. Die Geschichtsauffassung des Proletariats hat sich auf diesem Biden entwickelt durch eine kritische, kampvolle Weiterbildung der letzten grossen Etappe der bürglichen Ideologie unter Überwindung ihrer Schranken."

11) 같은 책, 222~230면에서 이에 관해 고찰했다.

설의 본보기로 자연주의소설을 들고 졸라(Zola)의 작품을 나무란 것은 핵심에서 벗어나 있다.

'근대화'는 모더니즘의 경향을 띤 문학을 하게 된 것을 뜻한다. 루카치가 말하는 모더니즘이란 합리적이고 총체적인 사고를 상실한 퇴폐적인 사조이다. 제국주의 단계에 들어서 독점자본가는 상승기 시민의 건강한 사고방식을 잃고 비합리주의에 사로잡혀 병든 문학을 하게 되어, 그 특징이 모더니즘으로 나타났다고 하는 것이 루카치의 일관된 주장이다.

시민문학이 타락의 길에 들어선 것은 자연주의가 등장할 때부터라고 하고, 자연주의를 비판하는 것을 긴요한 과업으로 삼았다. 사회상을 정태적으로 그리기만 한 플로베르보다 사회모순을 바로잡아야 한다고 한 졸라 쪽이 더 문제라고 하면서 더욱 강도 높은 비판을 했다.

권력은 작가들이 그것과 맞서 싸운다고 의식하면서 실제로는 그것에 복종하는 경우에 문학을 얕보는 성향을 가장 두드러지게 나타낸다. 우리는 보았다 : 직접적인 현실의 충실한 재현으로 한정된 작업만 하는 자연주의는 문학이 역사를 움직이는 본질적인 힘을 감동적인 수법으로 표현해 생동하게 할 수 있는 가능성을 빼앗았다.[12]

졸라의 작품에 대해서 이렇게 말한 것은 잘못되지 않았다. 다른 데서 자연주의소설에서 "이야기하기"를 버리고 "그리기"를 택해, 사건의 역동적인 전개 대신에 사실의 정태적 묘사에 힘쓴 결과 사실주의를 파괴

---

12) 같은 책, 250면. 원문은 : "Die Macht ungünstiger Tendenz für Literature erweist sich dort am auffallendsten, wo die Schriftsteller bewusst gegen sie ankämpfen und praktish doch unter ihren Botmässigkeit geraten. Wir sahen : die Beschränkung des Naturalismus auf getreue Wiedergabe der unmittelbaren Wirklichkeit (und ausschliesslich auf diese) hat die Literatur der Möglichkeit beraubt, die wesentlichen tribenden Kräfte der Geschichte lebendig, in bewegter Handlung zu gestalten."

했다고 나무란 것도[13] 그 나름대로 타당성이 있다. 그러나 졸라의 자연주의를 비판의 표적으로 삼아 얻을 수 있는 성과는 많지 않다. 자연주의소설은 유럽소설에 위기가 시작되었음을 말해줄 따름이다. 사회적 모순의 묘사를 나무라는 것을 능사로 삼지 말고, "개인화"의 시각이 사회에서 작가 자신으로 바뀌고 내면의식으로 향하게 된 심각한 증세를 문제삼아야 한다.

졸라의 자연주의에서 잘못되기 시작한 소설을 바로잡는 대안은 누가 마련했는가? 이것이 또한 중요한 문제이다. 반동이 있으면 진보가 있게 마련이다. 한쪽을 나무랐으면 한쪽은 칭송해야 한다. 역사의 진보에 대한 신뢰를 상실하고 퇴폐적인 경향에 사로잡힌 시민문학의 반동적인 경향을 청산하고 새로운 희망을 주는 문학이 어디 있는가? 루카치는 이 문제를 제기하고, 자기 시대에 일어나고 있는 휴머니즘의 항거문학이 바로 그런 문학이라고 했다.

우리시대의 휴머니스트들은 자본주의의 비인간화에 대한 항거를 작품창작의 출발점으로 삼는다. 작가가 민중생활로부터 비극적으로 소외되고, 고립되어 있으며, 자기 자신에게만 의지해야 하는 사정이 이러한 항거에서 아주 커다란 비중을 차지한다. 이런 항거가 균형이 없고 모순된 방식으로 '추상성'에서 '구체성'으로 점차 발전하게 되는 것이 상황의 본질에 포함되어 있는 사항이다. 그 이유는 민중생활과 결합되고 친밀하게 되는 이러한 구체성이 일반적으로 점차 단계적으로 이루어지기 때문만이 아니고, 부분적으로는 이들 작가가 제국주의 안에서 문학이 사회적으로 고립되어 있기 때문이기도 하다.[14]

---

13) "Erzählen oder beschreiben", *Easys über Realismus, Werke 4* (Neuwied : Luchterhand, 1971)에서는 그렇게 해야 할 이유를 문학원론의 차원에서 밝혀 논했다.

14) Georg Lukacs, *Der historische Roman*, 410면. 원문은 : "Die Humanisten unserer Zeit gehen in ihrer Produktion gerade von einem *Protest gegen die*

이렇게 규정되는 휴머니즘 항거문학은 소설의 위기에 휘말리지 않았다고 하는 것이 과연 타당한가 의문이다. 예외적으로 훌륭한 개인이 사회 전체를 위해 훌륭한 작품을 썼다고 하는 것은 납득하기 어렵다. 지식인이 소외를 겪고 고립되어 자기 자신에게만 의존해야 하므로 자본주의에 대해 항거의 길로 나섰다고 하는 것은 부당한 말이다. "이런 항거가 균형이 없고 모순된 방식으로 '추상성'에서 '구체성'으로 점차 발전하게 되는 것이 상황의 본질에 관해 포함되어 있는 사항이다"는 말 이하의 진술은 수긍할 수 없다. 소외되고 고립되어 고민하는 지식인은 자기네 불행을 극복하는 대안이 되는 역사적 전망을 세우지 못해, 민중생활과 가까워질 수 없고, 항거와는 다른 반발을 일삼다가 문학의 위기를 가중시키기만 했다.

논의의 관점을 바꾸어야 한다. 소설은 서로 다른 계급들의 경쟁적 합작품이라는 원론을 재확인해야 한다. 민중과 합작하고자 하는 시민이라야 항거의 소설을 쓸 수 있었다고 해야 한다. 시민이 사회를 지배하는 위치로 올라간 뒤에도, 시민과 무산계급의 경쟁적 합작품인 소설은 계속 역사의 움직임을 생동하게 나타냈다. 비판적인 지식인이 시민의 사고방식과 이상을 간직한 채 무산계급의 요구를 받아들여 합작하는 소설이 비판적 사실주의라고 하든 사회주의적 사실주의라고 하든 한 동안 소설을 살려나갔다.

---

entmenschenden Wirkung des Kapitalismus aus. Im diesem Protest spielt die tragische Entfremdung der Schriftstellers vom Volksleben, seine Isolierheit, sein Auf-sich-selbst-Gestelltsein, eine ausserordentlich wichtig Rolle. Es liegt aber im Wesen der Lage, dass dieser Protest sich nur allmählich, ungleichmässig und wiederspruchsvoll von der *Absraktheit* zur Konkretheit entwickeln kann. Und zwar nicht nur aus dem allgemeinen Grunde, dass die Konkretheit der Verbindung und der Vertrautheit mit dem Volksleben nur allmählich, nur schrittweise überhaupt erobert werden kann, sondern teilweise wegen der inneren Dialektik des Kampfes dieser Schriftseller gegen die gesellschaftlich isolierte Lage der Literatur im Imperialismus."

　그러한 사실은 혁명시기까지의 러시아소설에서 특히 선명하게 나타
나는데 논의의 대상으로 삼지 않았다. 1937년 러시아판 서문에서 러시
아문학을 다루지 못하는 것은 자기가 읽을 수 있는 번역판이 불완전하
기 때문이라고 변명했다. 혁명후의 문학을 자유롭게 평가하지 못하는
불만을 말을 둘러 나타내느라고 톨스토이나 고리키도 거론하지 않았다.
모스크바에서 식객 노릇을 하면서 밥값을 해야 하니 고민이 컸다. 《세
계문학 속의 러시아 사실주의》를 써서 빚을 갚기는 했다.[15] 그러나 그
책에 수록된 글은 1936년에서 1964년까지 썼다. 고리키는 1936년에, 톨
스토이는 1944년에 논했으며, 솔제니친은 1964년에 논하면서 스탈린시
대에 대한 비판을 문제삼았다.

　루카치가 모스크바에 가 있는 동안에, 무산계급의 투쟁을 고취하는
사회주의적 사실주의 소설은 정치적 구호가 되었다. 무산계급이 독점적
인 위치를 차지해서 체제를 수호하고자 하는 사회주의 국가에서는 소
설은 긴장된 갈등을 잃고 쇠퇴하는 길에 들어서지 않을 수 없었다. 그
점을 논하지 않았고, 논할 수 없었다. 그래서 그 대신에 휴머니즘에 입
각한 항거문학을 평가의 대상으로 택했다.

　그렇게 하는 구실을 레닌의 제국주의 이해에서 찾았다. “혁명적 진보
를 위한 전투의 진영과 계속 야만적으로 되는 반동을 단순히 기계적으
로 무산계급과 시민계급 사이의 고정된 대립으로 환원시키는 것은 역
사관이 너무나도 협소해 아주 피상적인 견해일 것이다”라고 하고, “레
닌은 또한 제국주의에 대해서, 그 반민주적인 성향이 인류생활의 전영
역에 걸친 소시민적, 민주적 반대가 함께 일어난다고 말했다”고[16] 하는

---

15) Georg Lukacs, *Der russische Realismus in der Weltliteratur, Werke 5* (1964,
　　Neuwied : Luchterhand, 1969) 그 책이다.

16) Georg Lukacs, *Der historische Roman*, 308면. 원문을 그 전후에 한 말까지
　　함께 든다. “Uns interessieren hier die Revolten und Wiederstände gegen
　　diesen Nidergang der Literatur. Die Epoche des Imperialismus ist nicht nur
　　die Periode der Verfaulung der Kapitalismus, sondern zugleich die der
　　grössten Umwälzung in der Menschheitsgeschichte, der proletarischen

견해를 끌어와서 사회주의 사실주의를 평가하는 대신에 그 외곽에 있
는 동조자들의 문학을 평가하려고 하다가 그렇게 되었다.

루카치는 서유럽소설에 닥친 위기가 그대로 두고볼 수 없는 질병이
라고 경고한 공적이 있고, 그 증세와 원인을 진단하는 일은 잘해서 명
의라고 칭송할 수 있다. 시민이 지배계급이 되어 수세에 몰리자 '시민소
설'이 타락의 길에 들어섰다고 한 것은 탁견이다. 그러나 장차 나타날
사태를 예견하고 치료법을 발견하는 데서는 무력했다. 휴머니즘의 항거
문학이 위기를 극복하고 타락을 시정하리라는 것은 빗나간 대책이다.
부분적인 현상을 지나치게 확대한 잘못이 있을 뿐만 아니라, 역사적인
전망이 빗나갔다.

루카치의 시야를 넘어선 곳에서 새로운 역사가 전개되었다. 자본주
의의 타락에 항거하고, 제국주의에 반대하는 문학을 지식인과 민중이
합작해서 전개하면서 소설을 계속 생동하게 하는 과업은 유럽에서 사
라지고, 제3세계에서 세차게 전개되었다. 파시즘에 반대하는 휴머니스
트들이 불안하게 시작한 과업을 곧 중단하고, 사회주의 체제하의 작가
들은 그렇게 한다고 줄곧 표방하면서 사실은 그 반대쪽을 택하지 않을
수 없어서 버려둔 세계문학사의 전환이 제3세계에서 이루어졌다. 그것
은 루카치가 전혀 이해할 수 없는 사실이었다.

제3세계의 작가들은 어느 정도 특권을 누리는 계급의 출신이고 식민
지 교육을 받은 지식인이지만 식민지 통치에 반대하고 민족해방을 추

Revolution, Entscheidungskampfes zwischen Kapitalismus und Sozialismus.
Und es wäre einer sehr grosse Oberflächlichkeit, eine ausserordentliche Enge
des Geschichtspunktes, wenn man die Lager der kämpfenden Kräfte des
revolutionären Progresses und der sich immer stärker barbarisierenden
Reaktion einfach und mechanish auf einen starren Gegensatz von Proletariat
und bourgeoisie reduzieren würde······ hat ebensfalls Lenin darauf
hingewiesen, dass gegen den Imperialismus, gegen seine antidemokratischen
Tendenzen auf sämtlichen Gebieten des menschlichen Lebens auch eine
kleinbürgerlich-demokratische Opposition erhebt."

구하는 과정에서 자본주의의 타락, 제국주의의 횡포를 심각하게 문제삼고, 소외의식이나 고립감을 떨쳐버리고, 민중과의 합작을 확고하게 이룩할 수 있었다. 문학창작을 하는 과정에서 작가 자신이 민중이 되어, 민중을 주체로 한 역사인식을 작품화하기 위해 애썼다. 그러면서 창작한 작품은 제국주의자의 언어를 사용하든 자기네 언어를 사용하든 민중에게 직접 전달되지 않는 모순을 간직하고 있어, 지식인 작가와 민중이 하나가 되지 못하게 했다.

서유럽의 근대소설이 사실주의에서 이탈해 소설을 해체하는 위기에 이르렀다고 진단을 하는 데 아우에르바하(Erich Auerbach)도 커다란 구실을 했다. 아우에르바하는 유럽문학의 사실주의 전통을 대표작 중심으로 고찰하는 작업을 하다가, 스탕달(Stendhal), 콩쿠르(Concourt) 형제, 졸라(Zola)가 좋은 본보기를 보여주던 사실주의소설의 상실로 유럽문학이 위기에 이르렀다고 했다. 유럽문학사를 통괄해서 고찰하는 거시적인 작업의 일환으로 최근의 질병을 진단해서 커다란 설득력을 가진다.

루카치는 졸라를 비난의 대상으로 삼았는데, 아우에르바하는 졸라까지는 건재하던 사실주의가 20세기초에 이르러서 훼손되고 패퇴되었다고 하고, 그 본보기를 울프(Virginia Woolf)의 소설 《등대로》(*To the Lighthouse*, 1927)에서 찾았다. 그 작품의 한 대목을 고찰하다가 프루스트와 조이스에 이르는 내면심리소설 전반의 특징을 지적했다. 긴요한 대목을 원문 그대로 제시해야 구체적인 논의가 가능하다.

이 모든 작품에는 세계몰락의 느낌 같은 것이 있다 : 다른 어느 것보다 더욱 별난 작품인 《율리시스》에서는 애증 양면에서 자극되어 유럽의 전통을 종횡으로 빈정대면서 휘젓고 다니고, 예민하면서 고통스러운 냉소를 하면서, 해득할 수 없는 상징을 나타내, 최대한 정밀하게 분석을 한다 해도 화소가 여러 겹 교체되기나 하는 황량한 영역 외에 다른 무엇을, 작품의 의도나 의미에 관한 것은 찾아내지 못한다. 또한 다른 대부분의 작품도 의식을 다면적 반사 수법을 사용하면서,

독자에게 출구 상실의 느낌을 준다 ; 무언가 혼란되고 무언가 모호한 것, 묘사하는 사실과 적대적인 것이 빈번하게 나타난다. 살고자 하는 의지나 그 즐거움을 버리고자 자기네가 사용하는 가장 생소한 형식의 표현을 택하는 경우도 드물지 않다 ; 문화의 산물인 가장 미묘한 문체의 매체를 사용해 문화에 대한 적대행위를 드러낸다 ; 때때로 혐오스럽고 극단적인 파괴의 충동이다. 모호하고, 의미를 한정할 수 없는 것이 모든 경우에 거의 공통적으로 나타난다 ; 같은 시대 다른 예술 갈래들에서도 발견되는 바로 저 해득할 수 없는 상징이다.[17]

'내면의식소설'의 대표작을 조이스의 《율리시스》(*Ulysses*)로 들고 그 특징에 관해 이렇게 말했다. 작품을 직접 읽고 논하고자 하면 그 속에

---

17) Erich Auerbach, *Mimesis, Dargestellte Wirklichkeit in der abendländischen Literatur* (Bern : Francke, 1946), 512~513면. 원문은 : " …… es liegt etwas wie Weltuntergangsstimmung über all diesen Werken : vor allem über dem Ulysses mit seinem höhnischen, von Liebeshass inspirierten Durcheinander-wirbeln der europäische Tradition, mit seinem grellen und schmerzhaften Zynismus, mit seiner unbedeutbaren Symbolik – denn auch die genaueste Analyse wird kaum etwas anderes zutage fördern als Einsichten in die vielfache Verschränkung der Motive, nicht aber etwas wie Absicht und Sinn der Werkes. Auch die meisten anderen Romane, die das Verfahren der vielfältigen Bewusstseinsspiegelung verwenden, geben dem Leser ein Gefühl der Ausweglosigkeit; etwas Verwirrendes oder Verschleiertes, etwas Wirklichkeit, die sie darstellen, Feindliches zeigt sich häufig; nicht selten Abwendung vom praktische Lebenswillen, oder Freude an der Darstellung seiner rohesten Formen; Kulturfeidschaft, zum Ausdruck gebracht mit den subtilsten Stilmitteln, die die Kultur geschaffen hat; zuweilen ein verbissener und radikaler Zerstörunsdrang. Fast allen ist gemeinsam das Verschleierte, Unabgrenzbare ihres Sines; eben jene unbedeutbare Symbolik, die sich auch sonst, in anderen Kunstgattungen der gleichen Epoche findet." 이 책은 영역판 Willard R. Trask tr., *Mimesis, the Representation of Realty in Western Literature* (Princeton : Princeton University Press, 1968)가 있고, 영역판을 국역한 김우창·유종호 역, 《미메시스, 서구문학에 나타난 현실묘사》(서울 : 민음사, 1987)가 있다.

빠져들어가 방향을 잃기 때문에 하기 어려운 일을 아주 잘 해주어 크게 도움이 된다. 위의 인용구에서 한 말을 이제부터의 논의에서 주어로 삼아야 하는데, 너무 번다하므로 "극단적인 파괴의 충동"으로 "해득할 수 없는 상징"을 만들어냈다는 것으로 요약을 삼자. 다시 줄여 "파괴의 충동-해득할 수 없는 상징"이라고 하자.

'내면의식소설'뿐만 아니라 같은 성향을 지닌 다른 여러 예술에서도 함께 나타내고 있는 공통된 특징이 "파괴의 충동-해득할 수 없는 상징"이라고 하고, 그 모습을 선명하게 드러내 설명한 것은 아우에르바하의 공적이다. 그러나 그것의 정체가 무엇이고, 왜 생겼으며, 어떻게 평가해야 하는가? 이에 대한 논의는 제대로 진전되지 않았다.

유럽문학의 전통과 가치는 사실주의에 있는데, "파괴의 충동-해득할 수 없는 상징"의 문학은 사실주의를 저버렸으므로 비난받아 마땅하다는 것이 아우에르바하의 지론이다. 그런 견해는 루카치가 제국주의시대의 비합리주의 때문에 소설의 위기가 생겼다고 한 것보다는 핍진하다 할 수 있는 면이 있으나, 아직 많이 부족하다. 사실판단이 정확하지 않고, 인과판단은 갖추지 않았으며, 가치판단이 너무 단순하다.

소설의 위기를 사실주의의 상실이라고 하는 것은 소설의 본질을 잘못 파악한 데 근거를 둔다. 파괴된 것은 사실주의가 아니고 자아와 세계의 대결이다. 사실주의는 현실과의 관계를 두고 하는 말이지만, 자아와 세계의 대결은 작품구조를 두고 하는 말이다. 소설은 사실주의문학이라고 하지 말고, 자아와 세계가 대결하는 문학이라고 해야 무엇이 문제인가 분명해진다. "파괴의 충동-해득할 수 없는 상징"의 작품에서는 소설을 소설답게 하는 기본 요건인 자아와 세계의 대결이 와해되어 소설 존립의 위기가 나타났다.

서유럽의 '시민소설'이 '작가소설'이 되고 다시 '내면의식소설'로 바뀌는 과정에서 소설은 서로 다른 집단 사이의 경쟁적 합작품이라고 하는 기본 특징을 버려 작품 내부에서는 자아와 세계의 대결이 와해되었다. 자아와 세계의 대결 구조를 "파괴의 충동"으로 훼손시켜 나타내고자 하는 의미에 혼란이 생겨 "해득할 수 없는 상징"만 남았다. 그것은 귀족을 몰아내고 사회의 지배자가 되어서는 민중의 항거를 외면하고, 역사 발전은 더 필요하지도 않다고 착각한 시민이 내부 분열을 겪지 않을 수 없게 되는 당연한 결과이다.

다른 집단과의 대립적 관계가 의식에서 사라지고 자기 집단만 남으면 반드시 내부분열을 겪게 마련이다. 서유럽의 시민은 인류 역사상 전례 없는 승리를 거두고, 자유의지의 발현, 물질생활의 향상, 과학기술의 발달 등의 위대한 업적을 이룩했기 때문에, 내부에서 분열되는 진통을 겪어야 했다. 시민의 분열로 소외된 작가는 자기 의식의 분열을 겪게 된 증세를 작품에다 나타냈다.

서로 이질적인 것들은 '和而不同'의 관계를 가지지만 서로 동질적인 것들은 '同而不和'의 관계를 가진다고 공자가 일찍이 갈파했다. 시민이 귀족이나 민중과 가진 '和而不同'의 관계는 자아와 세계의 대결 구조를 분명하게 하면서 작품과 현실의 대응이 가능하게 해서, 생극이 제대로 이루어졌다. 그러나 시민이 자기 내부의 분열을 겪으면서 빚어낸 '同而不和'의 관계는 자아와 세계의 대결 구조를 훼손하고 작품과 현실의 대응이 불가능하게 해서, 생극이 어긋나 해체되었다.

이른바 신소설 이후의 문제

서유럽소설에 닥친 위기를 분석하는 작업을 루카치나 아우에르바하보다 더욱 진전시킨 업적이 적지 않아, 논의를 정밀하게 하는 데 도움이 된다. 루카치는 졸라의 자연주의소설을, 아우에르바하는 조이스의 '내면의식소설'을 비판의 표적으로 삼았는데, 그 뒤에 사태가 더욱 악화되었다. 프랑스에서 '신소설'(nouveau roman)이라는 것이 나와 자아와 세계의 대결 구조 해체의 위기 증세를 더욱 심각하게 나타냈다. 소설의 위기가 '신소설'에 이르기까지 가중되어온 과정을 살핀 아스티에(Pierre

A. G. Astier)라는 논자의 견해를 들어보자.

　　프랑스소설이 19세기에 사실주의 및 자연주의의 위대한 작품들에 의해 최고봉에 이르고, 그 정체성의 근본이 되는 확고한 안정을 이룩한 이후에는, 어느 소설가든 재능이나 재간 또는 식견이 대단하다고 해도 크게든 작게든 격렬한 논쟁을 일으키지 않고서 인정할 만큼 소설의 현상태를 수정할 수는 없게 되었으며, 그런 논쟁에서 끝으로 하는 말은 소설 장르의 보호자들, 이미 확립된 소설 전통을 수호하고자 하는 투사들에게 돌아가지 않을 수 없게 되었다고 할 수 있다.[18]

　　이 말에 몇 가지 명제가 포함되어 있다. (가) 프랑스소설은 19세기 사실주의, 자연주의소설에서 최고봉에 이르렀다. (나) 그때 소설의 규범이 확립되고, 새로운 발전은 없었다. (다) 기존의 소설을 혁신하고자 하는 노력은 격렬한 논쟁을 불러일으키기나 하고 바람직한 결과를 가져오지 못한다. (라) 소설의 규범을 수호하려는 사람들이 물러나지 않는다.

　　이들 명제에 대해서 나는 내 나름대로의 견해를 가지고 있다. (가)에서 자연주의소설은 제외해야 한다. 자연주의소설은 소설의 하강선을 보여주었다고 하는 루카치의 견해는 타당하다. (나) 그때 확립된 규범이 전세계에 전파되어, 소설의 발전을 저해하는 구실을 하고 있으나, 유럽이 아닌 곳에서는 그 규제를 물리치고 새로운 가치를 가진 소설을 만들

---

18) Pierre A. G. Astier, *La crise du roman français et le noveau réalisme* (Paris : Debresse, 1968), 15면. 원문은 : "Il semblerait que le roman français, ayant atteint son apogée au cours du XIXe siècle avec les grandes oeuvres réalistes et naturalistes, ait trouvé en même temps qu'un équilibre stable son identité foncière, et qu'aucun romancier, quels que fussent *son génie,* son talent ou son rayonnement, n'ait pu dès lors modifier sensiblement ce *statu quo* sans occasionner immédiatement des querelles plus ou moins violentes, à l'issue desquelles le dernier mot revenait infailliblement aux conservateurs du genre, aux partisans de la tradition romanesque aisi établie."

어낸다. (다) 하강기에 시도하는 혁신은 기존의 규범을 해체하기나 하고 새로운 의의를 가진 창조를 하지 못한다. (라) 소설의 규범을 수호하려는 사람들은 대부분 어느 시대나 있는 문학 규제자이므로 평가하기 어렵다.

그렇게 한 다음 프랑스소설의 변천을 단계별로 설명했다. 1830년부터 황금기에 이른 프랑스소설이, 1880년부터는 퇴락하는 길에 들어서고, 1890년부터 1914년까지 기간 동안에 심리소설로 바뀌었다가, 1950년대부터 '신소설'이 나타났다고 그 동안의 경과를 정리해서 말했다. 앞 시기 작품들에서도 이미 나타난 소설의 위기가 '신소설'에서 가장 심각하게 되었다고 하면서, "새로운 사실주의" 소설이라고 자처하는 '신소설'의 특징에 대해서 다음과 같이 말했다.

명료함, 질서, 일관성의 고전적 원칙, '보이는 세계는 허망한 질서에 지나지 않는다'고 하는 지성적인 개념, 그리고 주어진 조건은 변하지만 (그러므로 헛되지만) 확고한 (그러므로 진실된) 현실에 감각과 상상력으로 이를 수 있다고 하는 합리적인 신념에 근거를 둔 고전적 사실주의와는 반대로, 새로운 사실주의는 '객관적이고 진실된 세계와 신화적인 세계 사이의 구별이 없고, 나타나는 것에 대한 단일한 해석이 있을 따름'이라고 하는 신화적인 의식과 합치되고, 진실된 실체란 오직 우리에게 나타나 있고, 우리의 상상이나 지각을 구성하고 있는 것일 따름이며, '어떤 존재자의 존재는 나타난 것과 정확하게 맞아들어간다'고 하는 현상학 또는 실존적인 생각과 합치되어 …… 고전적인 것에 반대하고, 지성적인 것에 반대하는 비합리주의의 관점에서, 모호하고, 질서가 없고, 일관성을 잃었으며, 나타나는 것이 현실적인 것과 같은 정도의 질서를 지녀, 현실이 환상과 혼동되는 세계를 그리거나 만들어낸다.[19]

---

19) 같은 책, 307~308면. 원문은 : "Contrairement, en effet, au réalisme

현실과 환상의 혼동, 세계의 복잡성과 불안정성, 계속되는 진행, 사
물의 끊임없는 변화, 근본적으로 일관성이 없는 상태, 가장과 합쳐진
변신, 묘한 것과 애매한 것, 경이와 마술, 폭력과 잔혹, 죽음의 모습
등이 거기 나타나 있다.[20]

아우에르바하가 "파괴의 충동–해득할 수 없는 상징"이라고 한 것보
다 훨씬 심각한 증후를 지적했다. 한 말로 정리하면 "무언지 모를 것"을
소설에다 그리고 있다는 말이다. 그것은 소설의 파괴이고 다른 무엇이
아니다. 소설의 파괴는 의식의 파괴이고 문명의 파괴이다. 외면적으로
는 번영을 누리고 있는 유럽이 내면의식에서는 파멸의 길로 들어섰다
는 것을 소설이 가장 잘 나타내고 있다.

'신소설'에까지 이른 소설의 변화를 어떻게 이해해야 하는가 하는 문
제에 대해서 깊이 있는 논의를 거듭 전개하고 있는 사람이 지마(Peter

---

traditionel fondé sur les principes classiques de clarté, d'ordre, et cohérence,
sur la conception intellectualiste selon laquelle 《le monde apparent n'est que
l'ordre de l'illusoire》, sur la coyance rationaliste en une réalité stable (et donc
vraie) accessible à l'homme en dépit des données changeantes (et donc
fausses) de ses sens ou de son imagination, le nouveau réalisme (en accord
avec la conscience mythique pour qui il n'y a pas 《deux images du monde,
l'une "objective", "réelle", et l'autre "mystique", mais une lecture unique du
paysage》; en accord aussi avec la phénoménologie ou la pensée existentielle
pour qui la seule réalité vraie est celle que nous livre et qui constitute notre
conscience imaginante ou percevante, et pour qui 《l'être d'un existant, c'est
précisément ce qu'il paraît》.······ anti-classique, anti-intellectualiste, et
irrationaliste, à peindre ou à créer un monde obscure, déordonné, incohérnt,
où l'aparent étant du même ordre que le réel, la réalité se confond avec
l'illusion."

20) 같은 책, 308면. 원문은 : "confusion du réel et de l'illusoire, complexité et
instabilité du monde, mobilité, passage continuel et incessante transformation
des êtres et des choses, inconstance foncière et métamorphose jointe au
déguisement, ambiguïté et équivoque, merveilleux et magie, violence et
cruauté, spectacle de la mort en marche, etc."

V. Zima)이다. 책을 프랑스어로도 쓰고 독일어로도 쓰는 국제적인 학자
가 유럽소설의 역사를 통괄해서 이해하는 심도 있는 이론을 제시한다.
  소설이 달라진 양상을 발자크와 프루스트를 비교해서 논한 것이 우
선 주목할 만하다. 발자크의 소설과 프루스트의 소설의 차이점을 소설
론의 범위 안에서 문제 삼지 않고, 의사소통 방식의 변천과 관련시켜
고찰하는 새로운 논의를 전개했다. 그런 내용의 문학텍스트의 사회학을
새롭게 개척해서 문학사 이해를 새롭게 한다.

  발자크가 살았던 자유로운 사회와 프루스트처럼 독점자본주의 시
대 금리생활을 하는 사람들의 사회는 의사소통을 하는 언어가 같지
않았다. 앞의 경우에는 행동하기 위해서 의사소통을 한다(소설에서
대화가 하는 구실이 그렇게 설명된다). 뒤의 경우에는 행동을 하는 대
신에 의사소통을 한다. 프루스트는 역사적인 맥락에 대해서는 관심
을 가지지 않았으므로 발자크 '방식'으로 대화하는 의사소통과 그리
고 '인간극'의 대화를 비판했다. 프루스트는 사회적인 의사소통의 역
사적인 문제를 그 문제의 한 영역인, 자기 계급의 사회방언에 지나지
않는 속된 대화에 관한 것으로 축소시켰다 ……．
  서사의 문장이나 대화에 대한 프루스트식의 비판은 개인이 현실의
주인이고, 개인이 현실을 '이야기하면서' 이해할 수 있고 지배할 수
있다고 하는 자유로운 시민의 사고방식이 얼마나 헛된가 밝혀내는
경우에만 완전히 정당화될 수 있다. 20세기초에 프루스트, 카프카, 뮤
질, 조이스는 (인간은) 자유롭다는 환상을 파괴하기 시작했다. 모호한
현실은 불투명하게 되고, 개인은 비합리적이고 이해할 수 없는 톱니
바퀴에 내맡겨졌다 …… .[21]

---

21) Pierre V. Zima, *L'ambivalence romanesque, Proust, Kafka, Musil* (초판
    1980, 개정판 Frankfurt am Main : Peter Lang, 1988), 144~145면. 원문은 다음
    과 같다.
      "Le langage communicatif n'est pas la même dans la société libérale de

소설의 특징을 의사소통 방식의 차이로 설명하려고 하는 시도는 평가할 만하다. 프루스트가 독점자본주의 시대의 금리생활자의 의사소통 방식으로 소설을 썼다는 것은 그 자체로 타당하다. 프루스트는 살아가기 위해서 남들과 함께 일할 필요가 없었던 사람이어서 남들과 만나지 않고 자기 내면에 침잠해서 잃어버린 기억을 되살리는 데 몰두할 수 있었다. 그러나 함께 든 다른 작가가 다 그런 것은 아니다. 프루스트처럼 살 수 있었던 사람들만 소설을 쓴 시대가 온 것은 아니다.

의사소통 방식의 차이는 자아와 세계가 어떻게 설정되는가에 따라서 이해하는 것이 적절하다. 사회적 위치가 서로 다른가, 사회적 위치는 같으면서 취향만 서로 다른가, 자기 자신이 분신인가에 따라서 서로 다른 방식의 의사소통을 한다. 소설의 변천을 그런 관점에서 논하면 무엇이 문제인가 분명하게 드러난다.

발자크 시대까지의 '귀족-시민-민중소설'이나 '시민-민중소설'은 사회적 위치가 서로 다른 자아와 세계 사이의 의사소통을 작품화했는데, 프루스트뿐만 아니라 함께 든 몇 작가의 경우에 '내면의식소설'의 의사

Balzac et dans la société des rentiers de l'âge monopoliste que fréquente Proust : dans le première, les individus communiquent *pour agir* (ce qui explique la fonction du dialogue dans le roman); dans la seconde, ils communiquent *au lieu* d'agir. Le fait que Proust ne tient pas compte du contexte historique explique pourquoi il étend sa critique du discours communicatif de la conversation au 《style》 balzacien et aux dialogues de *la Comédie humaine*. Il réduit le problème historique de la communication sociale à un aspect de ce problème : à un conversation mondaine qui est la sociolecte de sa class.

……la critique proustienne de la syntaxe narrative et du dialgue est parfaitement jusifiée, dans la mesure où elle révèle à quel point il était illusoire de croire-avec la bourgeosie libérle-que l'individu est le maître de la réalité : qu'il peut la comprendre en la 《raconter》 et la dominer. Au début du XXe siècle, Proust, Kafka, Musil et Joyce se mettent à démanteler l'illusion libérale. Le réel ambigu apparît comme opaque et l'individu semble être livré en proi à un engrenage irrational et incompréhensible …… ."

소통이 자기 자신의 분신들 사이에서 이루어졌다. 타인이라도 자기 기억 속에 들어와서 자기가 되어, 대화를 하더라도 자문자답이다. 세계가 자아화해서 자아와 세계의 대결이라고 할 만한 의의가 없어졌다. 세계가 자아화하는 문학은 서정이다. 아무리 긴 소설이라도 기본 성향에서 서사를 이탈해 서정으로 기울어졌다. 그것이 바로 소설이 위기에 이른 심각한 증후이다.

프루스트 단계의 소설을 지나 '신소설'이 생겨나면서 소설의 위기는 더욱 심화되었다고 했다. '신소설'의 특징이 무엇인가 규정하고 그것은 소설뿐만 아니라 사고형태와 학문논리 전반에 광범위하게 나타난다고 했다. 그래서 다음과 같은 주목할 만한 논의를 전개했다.

지금 시기에, 서사적 순차구조물인 이야기와 '실존적 거대-서사구조물'인 사회사를 불신하는 회의적인 소설가들은 현대 전위운동의 선구자 노릇을 한다. 초현실주의자들, '신소설'의 작가들, 몇몇 철학자(푸코, 데리다), 언어학자(그레마스)가 그런 전위운동을 하면서, 역사적인 개념과 문제를 제거해 인문주의 이념이 남아날 수 없게 한다.[22]

왜 이런 해체 현상이 생겨나는가? 이 물음에 대한 답은 역사 창조와 관련시켜 찾아야 한다. 역사를 총체적으로 인식할 수 있는가는 개인이 힘이 있는가 무력한가에 달려 있지 않고 사회를 개조하고 역사를 창조하고자 하는가, 나서서 투쟁하지 않더라도 그럴 의지나 그래야 한다는 문제의식을 가졌는가에 달려 있다. 역사는 이미 종말에 이르러 새로운

---

22) 같은 책, 145면. 원문은 : "À l'histoire actuelle, les romanciers sceptiques qui doutaient de l'histoire en tant que syntagme narratif et de l'histoire sociale en tant que 《macro-syntagme existentiel》, appaissent comme des précurseurs de l'avant-garde moderne : des surréalistes, des 《nouveau romancies》 et certains philosophes (Foucault, Derida) et linguistes (Greimas) qui ont relégué des concepts d'histoire et de sujet historique au domaine idéologique d'un humanisme dont les positions deviennent intenables."

방향이 모색될 수 없고, 새로운 방향으로 나아가기 위해서 투쟁하는 것을 생각할 수 없다고 하면 역사의식이 와해되어 과거의 역사도 제대로 이해하지 못한다.

인류역사의 어느 시기를 지배하던 모든 강자들도 각기 자기네가 인류역사의 정점에 이르러 그 이상의 발전은 없다고 착각해 역사의식을 상실했다. 자기네의 우월감에 대한 자아도취를 모호한 허무주의적인 언설로 절묘하게 장식해 나타냈다. 지마 같은 논자는 그런 추세에 휩쓸리지 않고 무엇이 잘못되었는가 찾아내 바로잡으려고 하지만 역부족이다. 안에 들어가 있고 밖으로 나오지 못하므로 문제의 전모를 파악할 수 없고, 현재의 시점에 머무르고 미래를 내다보지 못해 대안이 없다.

지마의 논의는 거기서 끝나지 않았다. '신소설'의 양상을 좀 더 구체적으로 파악하는 작업을 별도로 전개했으므로 함께 고찰하기로 하자. "알랭-로브그리예의 신소설은 이념적인 담화와 맞서고 있을 뿐만 아니라, 모든 가치문제 논의를 형이상학적이라고 여겨 거부한다"고[23] 한 것이 핵심 요지이다. 그런 특징이 작품에서 어떻게 나타났는가? 이에 대해서 다음과 같이 말했다.

이념 및 이념적인 문제제기 또는 가치판단과의 단절과 관련해서, 저자가 《신소설을 위해서》에서 "이야기를 하는 것이 전적으로 불가능하게 되었다"고 한 것이 결코 과장이 아니다. 자기 소설은 이러한 인식과 직결되어 있어, 전통적인 이야기의 도식을 체계적으로 파괴했다.[24]

---

23) Peter V. Zima, *Roman und Ideologie, Zur Sozialgeschichte des modernen Roman* (München : Wilhelm Fink, 1986), 27면. 원문은 : "Alain Robbe-Grillets Nouveau Roman wendet sich zwar auch gegen den ideologischen Diskurs, lehnt aber die gesamte Wertproblematik als mtaphysisch ab." 이 책 국역이 서영삼·김창주 역, 《소설과 이데올로기, 현대소설의 사회사》(서울 : 문예출판사, 1996)로 나와 있다.

24) 같은 책, 27면. 원문은 : "Angesichts dieses Bruchs mit der Ideolgie und allen

이념 배격이 이야기의 파괴를 가져왔다는 것은 이야기가 무엇인가 밝히는 데 중요한 단서가 된다. 그러나 이념이 무엇인가 하는 문제, 이념과 소설의 관계에 관한 견해는 받아들일 수 없다. 이보다 앞서서 "탐색과 열거로 자기 자신의 토대와 가치규범에 대해서 항상 새롭게 의문을 던지는 비판적인 담화와는 반대로, 이념적인 논의는 의미론적으로나 통사론적으로는 완전한 세계로 나타난다"고[25] 했다. 이 얼마나 단순한 구분인가?

이념적인 논의는 거의 다 상대방을 비판하면서 새로운 대안을 찾고자 하므로 비판적인 담화이고 또한 탐색이다. 완전한 세계를 제시하는 것은 수세에 몰린 이념의 허세일 따름이다. 세상의 논설을 절대적인 권위주의와 대안이 없는 비판으로 양분하는 것은 새로운 진실을 찾을 수 없게 된 절망감의 표현이다. 그런 사고방식 때문에 학문이 공연한 시비가 되고, 소설이 이야기를 잃었다.

소설이 지배이념에 대한 비판을 이념 완화의 방법으로 전개하다가 모든 가치관을 부정하는 데 이르러서 그 자신을 파괴했다고 하는 것은 부당한 견해이다. 지배이념의 비판과 모든 가치의 부정은 결코 동일시될 수 없다. 모든 가치를 부정하는 것은 지배이념 긍정의 한 방법임을 저자 지마도 알아차렸다. 그러나 지마는 이념을 다시 규정하거나 이념 대신에 다른 개념을 사용해서 소설이 무엇을 상실했기 때문에 해체의 위기에 빠졌는가 말하지 못했다. 그것은 자아와 세계의 대결을 이루는

ihren Fragenstellungen oder Werturteilen übertreibt der Autor keineswegs, wenn er in *Pour un nouveau roman* lapidar bemerkt : 《Das Erzählen ist vollends unmöglich geworden》(Raconter est devenu proprement impossible). Seine eigene Romane knüpfen an diese Erkentnis an, indem sie tradierte Erzählschemata systematish destruieren."

25) 같은 책, 20면. 원문은 : "Im Gegensatz zum kritischen Diskurs, der im Essayismus und in der Parataxis stets von neuem die eigenen Grundlagen und Wertzetzung in Frage stellt, erscheint die ideolgische Rede als eine semantisch und sytaktische heile Welt; ……."

사회적 주체들 사이의 생극론적 관계이다.

신소설의 작가들은 이념적 추구의 포기가 진보라고 여기고, "이념 및 이념에 의해 조작된 가치를 모두 신뢰할 수 없게 하려는 의도는 아주 비판적이라고 할 수 있지만, 기존의 가치를 전부 부정하는 이념 비판은 지금 있는 그대로의 것을 수긍하는 정반대로 선회하지 않는가 하는 의문이 일어나게 한다"고[26] 한 지적은 타당하다. "전통적인 가치를 파괴하기 위해 온갖 노력을 한 결과 교환가치의 무차별성이 지배하는 기존의 상황을 수긍하는 데서 동시대 전위운동의 일반적인 문제점이 드러난다"고 하는[27] 사실도 잘 지적했다.

역사학적이고 사회학적인 '이야기'마저도 더욱더 의심스럽게 취급되는 시대에, 로렌스나 프루스트에서 뷰토르까지에 단선적 발전이 이룩되었다는 견해를 정립할 수는 없다. 지금 이룩하고 있는 모형은 정치적이고 경제적인 조건에 따른 가치의 위기는 가치전범·분류체계와 함께, 이야기가 소속되는 주체성의 토대 또한 해체하는 사회적인 추세를 가져온 책임이 있다는 가설에 근거를 둔다. 이야기란 다름이 아니라 개인적이거나 집단적인 주체가 담화의 형태로 구체화한 것이기 때문이다.[28]

---

26) 같은 책, 230면. 원문은 : "Die Absicht, alle Ideolgien und die von ihnen mannipulierten Werte zu diskrediditieren, mag durchaus kritisch sein; es drängt sich aber die Frage auf, ob die totale Ideolgiekritik als globale Negation bestehender Wertsetzungen nicht in ihr Gegenteil umschrängt : in die Bestätigung des status quo."

27) 같은 책, 230~231면. 원문은 : "An dieser Stelle tritt ein allgemeines Problem zeitgenössischer Avangarde-Bewegungen zutage, die alles unternehmenden, um tradierte Wertmuster zu zersetzen, Verhältnisse bestätigen, in denen die Indifferenz des Tauschwerts dominierte."

28) 같은 책, 246면. 원문은 : "In einer Zeit, in der auch das historische und soziologische 《Erzählen》 mit waschendeder Skepsis betrachtet wird, soll keine lineare Entwicklung von Lawrence oder Proust zu Butor postuliert

지마의 분석은 여기까지 이르렀다. 이야기의 상실은 문화 전반의 현상이므로, 로렌스나 프루스트에서 뷰토르에 이르기까지의 소설이 가야 할 길로 갔다고 하는 단선적 발전의 이론을 세울 수는 없다고 했다. 그것은 잘못되었다 하고, 그 이유를 찾으려면 가치의 위기를 사회의 해체에서 찾아야 한다고 하고서, 논의를 더 진전시키지 못했다. 거기서 한걸음 더 나아가려면 유럽의 경우를 다른 문명권과 비교해서 고찰해야 한다. 변증법에서 생극론으로 관점을 바꾸어야 한다.

소설의 위기를 문제삼으면서 장래를 염려하는 논의는 이 밖에도 많이 있다. 그 가운데 극단으로까지 나아간 것을 들면, 소설은 종말을 고하게 될 것이라고 하는 주장도 있다.[29] 소설의 종말이 어떻게, 왜 다가오고 있는가? 이 물음에 대답하기 위해서 다음과 같이 거창한 논의를 펴는 것도 볼 수 있다.

소설가들이 허구로 이루어진 문학형태를 관장하는 힘과 권위를 가졌다는 것과는 아주 상반되게, 비평가들은 남의 일에는 관심을 가지지 않는 경우에서 종말을 우울하게 받아들이는 경우까지 정도의 차이는 있지만, 소설이 사라지리라는 것을 오래 전부터 예견했다. 종말의 징조는 소설 자체의 형태 속에 있다. 소설은 경험의 연속을 서두·중간·결말로 갈라 정리하면서 역사를 형상화하는 것을 기본적인 사명으로 한다. 소설가들이 작품의 결말을 발견하려고 하는 동안에 비평가들은 모든 소설의 결말을 찾고 있는 사태 사이에는 무언지 모를

---

werden. Das hier konstruierte Modell gründet indessen auf die Annahme, dass die politische und wirtschaftliche bedingte Krise der Werte für einen gesellscaftlichen Trend verantwortlich ist, der zugleich mit den Wertmustern und Klassifikationen die Grundlagen der Subjektivität zersetzt, zu denen das Erzählen gehört; denn das Erzählen ist nichts amnderes als die diskursive Verwirklichung eines indiduellen oder kollektiven Subjekts."

29) Bernard Bergonzi, *The Situation of the Novel* (London : MacMillan, 1970)에서 그런 주장을 폈다.

연관이 있다.[30]

소설의 종말을 가져오지 않을 수 없는 그 자체의 약점은 "경험의 연속을 서두·중간·결말로 갈라 정리"하는 데 있다고 했다. 그렇게 하는 것이 오늘날의 삶을 나타내는 방식으로는 부적당해서 배격된다고 했다. "사라지고 있는 국면의 역사나 사회에 지나칠 정도로 깊이 뿌리를 내리고 있어, 소설은 오늘날의 현실을 파악하지 못한다"고[31] 했다. 소설을 개조하는 것은 불가능하다고 하고 그 이유를 다음과 같이 밝혔다.

소설을 온통 현대화하고자 하는 요구는 언어매체가 전통과 완강하게 연결되어 있어 받아들여지지 않는다. 인쇄된 책 속에 들어가면 세계의 모습이 달라져야 하는 제약조건이 더 큰 문제이다. 그런 사실에서 교훈을 얻은 전위 소설가는 다른 매체 즉 영화에서 커다란 가능성을 발견하고자 한다.[32]

---

30) 같은 책, 13면. 원문은 : "There is a further paradox in the fact that despite the commitment of the novelists to the power and authority of fictional form, critics have for longtime been predicting the end of the novel, in tones raging from cool indifference to apocalyptic gloom. The apocalyticism may, indeed, be inherent in the form. The novel is concerned, above all, with carving shapes out of history, with imposing a beginning, a middle and an end on the flux of experience, and there might be obscure connections between the need for a novelist to find an end for his novel, and the preoccupation of critics with seeing an end for all novels."

31) 같은 책, 14면. 원문은 : "the novel is too rooted in a vanishing phase of history and society to grasp contemporary reality : ……"

32) 같은 책, 30면. 원문은 : "…… demands for the total modernization of the novel are likely to be defeated by the stubbornly traditional qualities of the verbal medium, and by the further limitations that worlds are likely to assume when they are set down in a printed book. The lesson seems to be that the avant-garde novelist will find great possibilities in other media, notably the cinema."

236

이런 고찰을 거쳐, 소설은 한 세대 안에 사라지고, 소설이 하던 구실까지 영화가 맡게 될 것이라는 결론을 내렸다.[33] 그러나 그 책을 쓴 1970년부터 한 세대를 지났지만 소설은 사라지지 않고 계속 번창하고 있다. 그렇다고 해서 결과가 틀린 예언은 되돌아볼 필요가 없다고 할 것은 아니다. 소설은 사라지고 영화가 그 자리를 온통 차지할 것이라는 생각은 널리 퍼져 있어 계속 문제가 된다.

서두·중간·결말을 갖춘 작품을 쓰기 어렵게 된 것이 소설의 위기이고 종말에 이른 증거라고 한 지적은 일면적인 타당성이 있다. 오늘날 서유럽의 소설은 그런 곤경에 처해 있다. 그렇다고 해서 서두·중간·결말을 갖추려고 하는 것 자체가 오늘날의 삶과는 맞지 않은 시대착오의 발상이므로 소설은 물러나야 한다고 하는 것은 잘못이다. 오늘날의 삶도 과거·현재·미래로 전개되는 역사의 한 장면이므로 서두·중간·결말을 갖추어 다루어야 한다. 그렇게 하지 못하는 것은 역사의식을 상실했기 때문이다. 사물을 역사적으로 이해하지 않고 동시적으로 관찰하기만 하니 사건 전개를 갖추어 소설을 쓰기 어렵게 되었다.

소설은 종말을 고하고 그 자리를 영화가 차지하리라고 하는 것은 잘못된 예측이다. 영화와 더욱 가까운 관계에 있는 연극도 영화 때문에 죽지 않고 살아 있으면서 영화와 선의의 경쟁을 한다. 소설과 영화는 병존할 것이다. 책을 읽는 행위는 계속된다. 읽어야 할 책 가운데 소설이 계속 커다란 비중을 차지한다.

소설·연극·영화는 모두 자아와 세계의 대결을 나타낸다. 자아와 세계의 대결을 나타내는 방식이 달라서 서로 구별된다. 작품외적 자아가 소설에서는 지문을 통해 개입하고, 연극에서는 개입하지 않고 숨어 있고, 영화에서는 해설자의 목소리나 촬영의 시각으로도 개입한다. 자아와 세계의 대결은 작품외적 자아의 개입과 그 자체의 전개 두 가지 방식에 의해 서두·중간·결말을 갖춘다. 서두·중간·결말이 소설에서는 필

---

33) 같은 책, 13면.

수적이지만 영화에는 반드시 그런 것만은 아니다.

　소설의 위기는 서유럽에서만 두드러지게 나타난다. 서유럽소설의 위기가 다른 곳에서도 일제히 나타나는 것은 아니다. 다른 곳에서는 소설이 살아 있다. ‘내면심리소설’이나 ‘신소설’ 같은 것이 거의 없고, 서두·중간·결말을 갖추어 과거·현재·미래의 연관관계를 문제삼는 소설이 계속 창작되어 자기 고장뿐만 아니라 그 밖에서도 광범위한 관심을 불러일으키고 있다.

　서유럽소설은 ‘고백록’을 모형으로 한 일인칭소설로 시작되었다. 신을 외면해 ‘고백록’을 가짜로 만들면서, 건달의 행각을 자랑하고, 연인을 상대로 해서 사랑을 하소연하는 전개 방식으로 세계와의 대결을 구현했다. 시민이 선두에 서서 귀족의 지배체제를 뒤집어엎는 기간 동안에는 삼인칭 객관적 시점을 사용하면서 인간관계의 생극을 다면적으로 그리는 소설이 나타났다가, 작가가 시민사회에서 소외되면서 일방적 서술로 되돌아갔다. 소설의 위기가 거기서 시작되었다.

　처음부터 있던 약점이 역사 발전의 하강기를 맞이하자 크게 확대되어, ‘내면심리소설’이라는 것이 나타났다. 대화의 통로를 잃은 작가들이 종잡을 수 없는 내면의식을 노출시키면서 자기만족을 추구하다가 ‘신소설’에 이르러 그 의의마저도 부정해, 자아와 세계의 대결을 아주 해체했다. 그 질병은 전염성이 있어도 세계 전체에 퍼지지 않았다. 다른 여러 곳은 ‘고백록’에서 유래한 약점이 없고 역사의 하강기가 닥치지 않아, 소설의 위기를 함께 겪지 않는다.

러시아소설의 가능성과 좌절

　서유럽소설이 19세기 후반에 이미 위기의 증세를 나타내고 있을 때 러시아소설은 건전하게 발전하고 있었다. 토마스 만이 〈토니오 크뢰거〉에서 “존경할 만한 러시아문학, 본래대로의 신성한 문학을 올바르게 보여주고” 있다고 한 것이 그 말이다. 서유럽소설은 ‘시민소설’로 바뀌고 그 다음 단계의 내부적인 분열로 들어갈 때, 고골리(Gogoli), 톨스토이(Tolstoy), 고리키(Gorky) 같은 러시아 작가들은 ‘귀족-시민-민중소설’이나 ‘시민-민중소설’을 써서 사회모순을 해결하고 역사창조의 방향을 제시하는 작업을 힘써 했다.

그것은 무슨 까닭인가 하면서 의아하게 생각하지 말자. 후진 러시아가 소설에서 선진 서유럽보다 뛰어난 것은 선진이 후진이고 후진이 선진인 생극론의 명제에 비추어볼 때 당연한 일이다. 서유럽과 러시아가 그런 관계를 가졌을 뿐만 아니라, 러시아를 포함한 유럽 전체와 제3세계 또한 그런 관계를 가진다. 안팎의 경쟁자를 물리치고 선진을 자랑스럽게 이룩하면서 보수화되는 세력의 좋은 본보기를 보인 서유럽의 시민은 역사발전이 끝났다고 착각하고, 자아와 세계의 대결을 해체해 소설을 무력하게 했다. 그러나 선진 때문에 피해자가 된 후진 쪽에서는 선진과 후진 사이의 새로운 대결을 역사 이해의 열린 시야에서 해결하려고 하는 비판세력이 소설을 되살린다.

러시아에서는 소설이 시민문학으로 시작되었다고 누구도 말하지 않는다. 러시아에서는 시민의 성장이 미흡한 탓에, 민중이 소설 형성에서 긴요한 구실을 하면서 귀족과 민중의 경쟁적 합작품을 만들었다. 민중이 소설을 계속 발전시킨 것은 아니다. 민중이 아닌 귀족이 주도적인 작가가 된 뒤에 러시아소설은 본격적으로 발전되었다. 그러나 귀족작가가 자기네 이야기를 하는 데 그치지 않고, 민중이 주도권을 가지고 이룩한 소설의 전통을 이어 민중의 처지를 그리고 민중의 대변자가 되고자 해서 위대한 소설을 창작했다.

러시아에서 하층 민중은 귀족작가의 소설에 등장해서 동정을 받는 존재만은 아니었으며, 소설창작에 직접 관여하기도 했다. 이른 시기에 활동한 작가 출코프(Chulkov)와 코마로프(Komarov)는 하층민 출신이었다. 출코프는 궁중극단의 하급직원이자 배우였고, 코마로프는 농노였다. 그래서 민중 축제에서 상층을 풍자하는 놀이를 하던 “하층의 전통에 힘입어 신고전주의니 감상주의니 하는 공식적으로 평가되는 문학을 웃음거리로 만든 것이 자연스러운 일이었다.”[34] 그런 전통이 고골리 이후의 소설에 수용되어, 민중의 소리를 전하는 데 쓰였다.

러시아의 귀족은 농노가 피땀 흘려 가꾼 곡식을 서유럽에다 값싸게 내다팔고 사치품을 수입해 서유럽 사람이 된 듯이 행세했다. 촌스러운 러시아말을 버리고 가장 세련되었다는 프랑스말을 썼다. 오늘날 제3세계에서 볼 수 있는 현상이 미리 벌어졌다. 민중의 편에 서고자 한 러시아의 귀족 지식인들이 깊은 번민에서 벗어나 그릇된 사회를 근본적으로 뒤집어놓는 소설을 내놓아 문학사를 쇄신했다.

귀족과 농노, 도시와 농촌, 유럽중심주의와 민족적 전통 사이의 대립이 계속되어 소설에서 다루어야 할 심각한 주제가 되었다. 그 점에서 러시아소설은 제3세계소설과 유사하다. 나폴레옹의 침공을 격퇴한 것은 제국주의 침략을 물리치고 민족해방을 이룩한 것과 상통한다. 그런 고민에서 생기는 거대한 주제가 러시아소설을 크게 성장하게 했다.

러시아소설은 “그 자체로 놀랄만하게 성숙된 형식, 위대한 문학의 요건인 유기적 질서를 구현하는 개성, 사회경제적 개혁에 관한 격렬한 논란이 혁명으로까지 치닫는 시기에 빚어지는 진퇴양난의 시련을 깊숙이 보여주는 형식을 마련하고 인물을 설정하려고 노력하는 창조적 역량의 절정을 보여주는 당당한 작풍”을[35] 갖추었다고 하는 찬사가 지나치지

---

34) David Gasperetti, *The Rise of the Russian Novel, Carnival, Stylization, and Mockery of the West* (DeKelb : North Illinois University Press, 1996), 5면. 원문은 : “Novelists like Chulkov and Komarov found it quite natural to ridicule the officially sanctioned literature of neoclassicism and sentimentalism owing to their close association with the literary subculture.”

35) Richard Freeborn, *The Rise of the Russian Novel* (Cambridge : Cambridge Uiversity Press, 1973), 267면. 원문은 : “their own remarkable maturity of form, their own organic individuality as great works of literature and their majesty as works which represent the summit of their creators’ achievement in striving to evolve forms and characters that would adequately convey their deeply felt concern for the human dilemma in an age of violent polemic,

240

않다. 그 특징이나 의의는 동시대 서유럽소설과 비교하면 더욱 두드러진다.

계급 사이의 대립을 통해서 사회문제를 다룬 점에서 스탕달이나 발자크가 한 작업을 러시아소설에서 다시 했다고 할 수 있다. 그러나 대립이 해결해야 할 모순이라고 하고, 해결의 방향을 찾고자 한 것은 전에 없던 일이다. 역사의 전개를 거시적으로 파악하면서 사회개혁의 방향을 인류가 나아갈 길이 어느 쪽인가 진지하게 물으면서 찾았다.

그런 작업을 하면서 서사시를 이어받았다. 서사시의 시대가 끝나고 소설이 시작되었다고 하지 않고, "소설은 신이 버린 세계의 서사시"라고 하지 않고, 서사시에서 못 다 이룬 과업을 소설에서 성취하고자 했다. 러시아문학의 지도적인 비평가 벨린스키(Belinsky)가 "우리 시대의 서사시는 소설"이라고 한 말이 그런 의미를 가져, 러시아소설은 서사시 창조의 지속적인 과제를 물려받아 역사의 방향에 대해 거시적인 통찰을 보여주고자 했다.[36]

러시아 작가 가운데 톨스토이는 소설을 서사시로 만드는 데 특히 뛰어난 성과를 이룩했다. "톨스토이는 서사시를 향하는 성향이 강력한 소설을 만들어냈다"고[37] 하거나, "톨스토이의 손에 들어가자, 소설은 역사를 복사하면서 재창조하는 이중의 구실을 명확하게 수행하는 쪽으로 나아갔다"고[38] 하는 것이 그 점을 두고 하는 말이다. 톨스토이는 러시아

---

socio-economic reform and incipient revolutionary change."

36) Frederick T. Griffiths and Stanley J. Rabinowitz, *Novel Epics, Gogol, Dostoevsky, and Narrative* (Evanston, Illinois : Northwestern University Press, 1990)에서 그런 견해를 폈다. 인용구는 2면에서 가져온 "The epic of our time is the novel"이다.

37) Georg Lukacs, *Die Theorie des Romans* (Neuwied : Luchterhand, 1971), 130면. 원문은 : "…… hat Tolstoi dieses Formen des Romans mit stärtsten Transzendenz zur Epopöe geschaften."

38) Richard Freeborn, 위의 책, 274면. 원문은 : "In Tostoy's hands, the novel — evidently aspires to be simultaneously both a replica of history and its re-creation."

자체와 동일시되었다고까지[39] 하는데, 그런 작가를 다른 나라에서는 찾기 어렵다.

러시아는 뒤떨어진 곳이어서 위대한 문학을 산출했다. 서유럽과의 관계에서는 민족모순이, 내부에서는 계급모순이 심각한 러시아의 후진성이 소설의 발전을 가속화하는 선진의 과업을 수행했다. 폭정에 항거하는 정치운동은 직접적인 탄압을 받고, 학문은 아직 수입학에 머무르고 있었던 탓에, 민족모순과 계급모순을 진단하고 해결하는 과업을 소설가가 맡아서 하지 않을 수 없어서, 소설의 기능을 최대한 확대했다. 극복해야 할 시련이 커야 역사의 방향에 대해서 진지하게 고민하는 위대한 소설이 생겨난다는 것을 입증했다.

그러나 선진이 언제까지나 선진인 것은 아니다. 러시아소설의 위대한 발전이 사회주의혁명으로 더욱 촉진된다고 자부했으나, 그럴 수 없었다. 톨스토이는 "러시아혁명의 거울"이라고 하면서 그 과업을 이어 발전시키라고 한 레닌의 교시는 실현될 수 없었다. 아무리 정당한 주문이라도 교시의 형태를 띠고 주어지면 본래의 의의를 상실한다. 사회주의체제의 모든 우월성이, 그것을 실현하는 주역이 특권화되고 관료주의의 유혹에 깊이 빠져들어가자 남아나지 않게 된 것과 같은 일이 문학에서도 일어났다.

고르키가 좋은 본보기를 보인, 혁명을 이루기까지 있었던 투쟁의 문학은 "사회주의를 지향하는 사실주의"가 소설을 한단계 더 발전시킨다고 인정할 수 있게 한다. 그러나 "사회주의 체제하의 사실주의"는 그렇지 못하다. 그 둘을 '사회주의 사실주의'라고 통칭하고, 앞의 것을 들어 뒤의 것을 합리화하는 논법은 타당하지 않다.

앞에서 이미 고찰한 바와 같이, 고리키의 작품은 '시민-민중소설'의 좋은 본보기가 되어, 혁명 진행을 촉진하는 구실을 실제로 수행했다. 그

---

39) Alexandre Fodor, *Tolstoy and the Russians, Reflections on a Relationship* (Ann Arbor, Mich. : Ardis, 1984), 146면.

러나 혁명이 성사되어 고리키가 작품을 통해서 염원하고 제시한 소비에트공화국이 이룩되었다. 고리키는 공산당이 이끌어가는 새로운 체제가 요구하는 문학창작의 전범을 이룩했다고 크게 숭앙되었다. 그 뒤를 이었다고 하는 것들 가운데 오스트로브스키(Nikolai Aleksevitch Ostrovsky)의 작품이 특히 높이 평가되어 소비에트문학의 최고걸작이라는 영광을 차지했다. 혁명이 일어날 때 있었던 영웅적인 투쟁을 고리키가 마련한 전범을 따르면서 칭송한 것이다.

그러나 고리키의 작품과 같은 소설을 다시 썼다고 해서 고리키가 한 일을 한 번 더 한 것은 아니다. 오스트로브스키 같은 소비에트 작가는 과거의 이야기를 더욱 극단화해서 재현하는 작품을 써서 당대의 독자들이 집권 공산당을 따르도록 설득하는 구실을 했다. 혁명의 정당성으로 혁명후에 들어선 체제의 정당성을 입증하고, 혁명의 영웅을 본받아야 할 교훈으로 제시했다. 혁명을 위해 헌신한 영웅이 모든 어려움을 무릅쓰고 공산당의 지침을 높이 받들고 인민을 위해 봉사한 것처럼 사회주의 건설기에도 공산당을 충실하게 따르라고 했다.

영웅적인 투쟁을 그리는 방법을 고정화시키고 규격화시켜 가치관이나 행동지침을 확고하게 통일하고, 이탈자가 생기지 않게 하고자 했다. 그것은 작가 자신의 선택이기 이전에 당국의 요구였다. 작가는 당국의 지시를 받아 당의 정책을 인민에게 전하는 기술자였다. 인민을 교양시키는 소설을 쓰라는 요구를 작가는 충실하게 따라야 했다. 인민의 나라가 인민을 억압하는 새로운 현실은 다룰 수 없게 작가들을 묶어두어, 사회 내부의 격동을 생동하게 표출하는 창작을 할 수 있는 길을 막았다.

소설의 주인공을 구시대의 낡은 인간형으로 하지 말고 사회주의 사회 건설을 위해 진력하는 긍정적 인물로 하라는 것은 실현 가능하지 않은 무리한 요구이다. 긍정적 주인공의 모습을 훌륭하게 그려내 널리 감동을 주어 따르도록 해야 좋은 작품을 썼다고 하는데, 그것은 실제로 불가능한 일이었다. 긍정적 인간상을 이루는 요건이나 특징은 당에서 제시한 노선을 벗어나서 임의대로 지어낼 수 없어 작가의 재량권이 제

약되고, 추상적인 개념 수준을 넘어서지 않아 생동하는 인물을 만들어
내기 어려웠다. 애써 그려놓아도 이미 알려진 사실을 재확인하는 데 그
쳐 독자가 흥미를 가지지 않았다. 긍정적 주인공에 대해서 다음과 같이
지적하는 말이 적절하다.

긍정적 주인공은 오직 하나의 지평, 어떻게 해서든지 도달해야 할
한계, 또는 목표에 지나지 않는다. 그런 인물은 형상을 제대로 갖추지
못하고, 다른 사람들과의 관계를 통해 개척지, 경계, 지평을 제시하는
구실을 할 따름이다. 긍정적 인물의 인간관계가 그런 목표에 이르는
궤적이다.[40]

긍정적 주인공을 그리려고 한 작품이 스스로 주장하는 진실성을 잃
고, 감동을 주지 못하는 것은 '민중소설'을 만들어 상이한 집단의 경쟁
적 합작품일 수 없게 한 탓이다. '시민소설'에서 보인 평면화의 폐단을
반대 방향에서 함께 보여주었다. '시민소설'이 내적 분열을 거쳐 '작가소
설'로 바뀌고, 다시 '내면의식소설'로 바뀌면서 내적 분열을 거치면서 소
설의 위기를 더욱 심각하게 나타낸 것과 같은 변화를 '민중소설'도 겪었
다. 민중의 선도자라고 자부하면서 혁명을 일으킨 사람들이 지배자로
등장하고 관료화하면서 '민중소설'이 '무산계급독재소설'이 되고, '지배
관료집단소설'이 되었다.
그런 변화는 문학이 관료주의의 지배를 받게 했다. 문학을 지배하는
관료의 위치에 오른 작가들은 창작에는 힘쓰지 않고 다른 작가를 감독

---

40) Régine Robin, Catherine Porter tr., *Socialist Realism, an Impossible
Aesthetic* (Stanford, California : Stanford University Press, 1992), 292면. 원문
은 : " ······ the positive hero can only be a horizon, a limit to be reached in
indeterminancy, a goal. In writing of representation, he is not figurable as
such; his sociogram can then function, remain active, play on a frontier a
border, a horizon. The sociogram of the positive hero became the very trace
of that goal."

하고 비판하는 것을 좋은 일거리로 삼아, 수고는 적게 하고 위세는 많이 누렸다. 그러나 작품창작이 아닌 다른 일에서는 보람을 찾을 수 없는 작가들은 주어지는 요구를 그대로 따를 수도 없고 정면에서 어길 수도 없어, 그 양극단 중간의 길을 찾았다.

과거의 어느 시기나 지방의 한 고장에서 벌어지는 다소 한가하고 느슨한 사건을 자기 나름대로 다루는 것이 그런 대안이었다. 자기네 시대 러시아 전체가 나아가야 하는 방향을 두고 치열한 토론을 벌이려고 하지 않고, 자연주의 수법을 사용해 서정적 풍물지를 마련하면 비난의 표적이 되지 않고 작품창작을 계속할 수 있었다. 숄로호프(Sholokhov)의 작품 《고요한 돈강》(*Tikhiy Don*)이 그 가운데 특히 뛰어나 나라 안팎에서 높이 평가되었다.

그런 작품은 사회와 개인, 역사와 생활을 하나로 연결시키기 아주 어려워, 관심이 개인생활 쪽으로 치우치는 것이 불가피했다. 그러다가 마침내 개인의 생활에 국한된 소설을 쓰는 파스테르나크(Pasternak)나 솔제니친(Solzhenitsin) 같은 작가들이 나타나 소비에트 체제의 붕괴를 촉진했다. 그 결과 러시아소설은 서유럽소설과 다를 바 없게 되어 하강선을 함께 그었다.

사회주의 혁명 이후 러시아소설의 변질은 중국의 경우에도 거의 그대로 나타났다. 중국에서 사회주의 혁명이 성공한 1949년부터 개혁·개방의 새로운 노선이 채택된 1978년까지는 공산당의 정책을 받드는 단일 노선의 소설이 지배적인 위치를 차지했다. 그것이 대단한 발전이라고 하던 종래의 평가가 시정되면서 오늘날에는 여러 측면에서 반성론이 대두하고 있다.

지난 시기의 소설은 “속류화·도식화·관념화·만화화”의 경향이 있고, “유형화와 모델화” 때문에 더 많은 폐단을 자아냈다 하고, 그 이유가 작가의 역량이 부족한 것만은 아니라고 했다. “인물형상 창조가 흔히 생활에서 출발하여 생활 본래의 모습에 따라 복잡한 생활”에서 이루어지지 않고, “외재적인 관념에서 출발”한 것이 잘못이라고 했다. 그 결과

"각양각색의 복잡한 인물을 단순화하고", "공통성에만 지나치게 신경을 쓰고", "단선적 성격의 특징을 가진 인물"을 만든 것이 문제라고 했다.[41]

긍정적인 인물의 활동상을 그리라는 것이 공산당의 요구였다. 그렇게 해서 이루진 작품은 '찬양을 중시하는 현실주의'의 경향을 지녔다고 한다. 그 가운데 특히 뛰어난 작품이라고 평가된 趙樹理의 《三里灣》은 농업합작화 운동을 그리면서 사회주의 농촌의 장래에 대한 크나큰 기대를 나타냈다. 그런데 "농촌의 낙후인물 형상의 창조"에 뛰어난 능력을 보이고, '선진인물'은 "약간의 이상적 색채를 부여함으로써 인물이 초보적으로 개성과 특징을 갖추게 하였다"고 한다. "선진인물은 낙후인물보다 성공적이지 못하고 미학가치도 크지 못하다"고[42] 평가된다.

다른 어느 작가도 공산당에서 요구하는 대로 작품을 쓸 수는 없다. '선진인물'의 무한한 가치를 생동하게 형상화해서 깊은 감동을 주라고 요구하면 그대로 될 수 있는 것은 아니다. 주관적인 의지의 한계를 알아야 한다. 그런 인물에 대한 이해가 잘못되고 형상화가 그릇되었다는 비판을 받지 않기 위해서 비상한 노력을 하면 그런 인물을 죽이는 결과를 초래한다.

오늘날 중국에서는 그런 잘못을 반성하고 소설을 다시 살리기 위해 애쓰고 있다. 그러나 그 방향이 문제이다. 서유럽소설을 따라가는 것은 소설을 죽이는 길이다. 제3세계소설과 함께 나아가는 것이 마땅한데, 과연 그럴 수 있는가 문제이다. 사회주의 중국을 움직이고 있는 관료집단과 민중 사이의 대립을 문제삼으면서 상이한 집단 사이의 경쟁적 합작품을 다시 만들어야 하는데, 계급대립이 있을 수 없다는 이유에서 그렇게 하지 못하게 막는다면 소설이 살지 못하고, 문화 창조가 활기를 잃는다.

---

41) 金漢, 《中國當代小說史》(1990), 김정호 역, 《중국현대소설사, 1949~1989)(서울 : 문학과지성사, 1996), 73면.
42) 이상 모두 같은 책, 146~147면.

제3세계소설의 대안

　제1세계에는 소설이 무엇인가 치밀하게 논하는 수준 높은 이론가, 소설의 위기를 정밀하게 진단하는 전문의가 많다. 제2세계의 논자들은 세계사의 전개를 거시적으로 고찰하는 이론을 갖추고서 무엇이든지 자신 있게 말한다. 제3세계는 이론에서 아주 열세이다. 그 두 곳의 소설론을 수입해다가 서투르게 흉내내는 사람들이 비평가로 행세하고, 자국의 소설 연구를 전공으로 하는 학자들은 초보적인 실증에 머무른다. 전문의는 고사하고 의사 면허를 가진 사람들조차 많이 모자라고, 거시적인 이론이 이따금 있어도 민간요법 수준이다.

　그러나 제3세계의 소설론이 뒤떨어졌다고 해서 소설이 뒤떨어진 것은 아니다. 오히려 그 반대이다. 제3세계는 소설론이 뒤떨어졌어도 소설은 앞서나간다. 그것은 기이한 일이 아니다. 생극론의 당연한 이치이다. 소설론이 뒤떨어졌으므로 소설은 앞서나간다. 그 점을 바로 알면 제3세계소설론을 새롭게 정립해서 제1·2세계소설론의 허세를 시정할 수 있다.

　제1세계에서는 소설 자체가 새로운 희망을 보이지 않아 소설을 다루는 의사들이 아무리 명의라도 진단만 하고 치료는 하지 못하는데, 제3세계에서는 소설의 모습을 바로 알면 아직 경험이 부족한 의사라도 힘들이지 않고 크게 행세할 수 있다. 제3세계소설이 보여주는 전망을 받아들여 제1세계나 제2세계의 소설까지 살피면 세계소설사의 이론을 일거에 마련할 수 있다. 나는 그렇게 하는 데 앞장서서 이 책을 쓰면서 다른 사람들도 눈을 크게 뜨고 부지런히 일하자고 선동한다.

　제1세계에서는 자기네 소설만 논한다. 제2세계의 논자들은 제1·2세계소설만 안다. 그러나 제3세계에서는 제1·2·3세계소설을 다 볼 수 있다. 제1세계에서 망친 소설을 제2세계의 길에 들어선 러시아나 중국이

살리지 못해 그 과업이 제3세계로 넘어왔다는 사실을 앞의 두 세계에서
는 모르고, 제3세계에서만 알 수 있다. 넓게 보고 제대로 알 수 있는 곳
에서 소설 일반론을 새롭게 이룩하고 세계소설사를 통괄해서 이해해야
하는 것이 당연하다. 변증법을 생극론으로 바꾸어놓는 곳에서 그 일을
먼저 하면서 제3세계 전체, 세계 전체의 분발을 촉구하는 것이 당연한
일이다.

그러나 제3세계소설이 그렇게 해야 한다는 당위론을 전개하는 것이
능사가 아니다. 추상적인 이론에 머무르지 않고 구체적인 사실을 충분
히 포괄해야 한다. 변증법에서는 이론의 타당성을 보장하기 위해 부당
하게 제거하거나 무시해온 다양한 사실을 무리 없이 받아들여서 새로
운 원리 입증의 증거로 삼는 것이 생극론의 장점이다. 그렇게 하기 위
해서 대등의 관점에서 세계를 이해해 널리 살피고 많은 것을 받아들여
야 한다.

제3세계소설이 지금까지 말한 과업을 실제로 수행하는가? 구체적인
검증을 어느 한 곳에서 시작하기 위해 먼저 인도로 가보자. 인도는 제3
세계를 대표할 수 있는 위치에서 제1세계나 제2세계에서는 하지 못하
는 일을 해서 인류에게 새로운 희망을 준다는 것을 소설을 통해서 확인
할 수 있다.

인도는 자본주의도 사회주의도 아니면서 그 둘을 적절하게 조화시키
려고 한 제3세계 국가의 표본이다. 제1세계 노선의 정당이든 제2세계
노선의 정당이든 자유롭게 활동하지만 나라 전체를 지배하지는 못한다.
그 둘 사이에서 중립을 택한 제3세계 노선의 정당이 국정을 담당한다.
문학을 하는 여건도 제1세계와도 다르고 제2세계와도 다르다.

인도의 작가들은 해결해야 할 사회문제에 적극 참여하면서, 특정 이
념에 의한 구속은 받지 않는다. 스스로 판단해 사회문제 해결을 자기
소관사로 삼고, 사회정의 구현에 앞장서며, 미래의 역사를 창조하는 방
향을 제시하기 위해 진력한다. 집권정당을 위시한 어떤 권위라도 비판
할 수 있다.

248

제1세계에도 제2세계에서도 없는 그런 조건이 작가에게 최상의 활동을 보장해준다. 인도의 작가들은 제1세계 작가가 사회를 외면하고 자기 내부에 침잠하므로 아무 소용이 없게 된 사상의 자유나 언론의 자유를 소중하게 사용해, 제2세계에서는 허용되지 않은 사회비판을 소신껏 전개한다. 제3세계 작가라면 어디서나 그럴 수 있어야 한다는 원칙이 구체적으로 실현되는 곳이 많지 않아 인도의 본보기가 아주 소중해진다.

인도가 영국의 식민지 지배에서 독립된 다음 이룩한 힌디어소설 10종을 분석한 연구서가 있어 인도소설의 양상을 이해하는 데 도움이 된다.[43] 거기서 내린 결론은 두 명제에 집약되어 있다. "소설가는 사회 자체를 다루어야 할 대상으로 삼는다"고 하고,[44] "소설가 자신이 사회의 산물이다"라고 했다.[45]

소설가들은 중산층에 속하지만, 때로는 자기네와는 직접 연결되지 않는 것처럼 보이는 하층민과 감정이 통하는 유대관계를 가졌다. 하층민의 처지에 대한 고려가 창조력을 발휘하게 하는 원천이다. 자기네 계급과 유대를 가지고자 하는 계급을 둘 다 그리는 데 소설가들이 익숙해 있다. 참여자 노릇도 하고 관찰자 노릇도 한다.[46]

인도작가의 사회적 위치에 관해서 이렇게 말했다. 중산층 출신의 작

---

43) Sulochana Rangeya Raghava, *Sociology of Indian Literature, a Sociological Study of Hindi Novels* (Jaipur : Rawat, 1987).
44) 같은 책, 154면. 원문은 : "Novelist takes his matters from society itself."
45) 같은 책, 155면. 원문은 : "Novelist himself is the product of society."
46) 같은 책, 155면. 원문은 : "Though these novelists themselves belong to the middle class, but at the same time, they have an emotional affinity for the lower class with which they seem to have direct contact. The lower-class has become the reference group which has inspired them to creativity. It has thus become convenient for writers to portrait their own class and the class of their affinity. They seem to have become participant-observers."

가들이 하층민에 대해서 깊은 공감을 가지고, '시민-민중소설'을 이룩한
다. 그 둘의 관계를 긴장되게 파악하는 것이 창조력의 원천이다. 사회문
제 해결에 직접 참여하기도 하고, 그 관찰자 노릇을 하기도 하는 이중
의 관여는 서로 다른 집단의 경쟁적 합작을 맡아 나서는 방식이다.

  그런 과정을 거쳐 창작되는 인도소설은 생동하는 긴장감을 갖추고
있다. 시민 출신인 작가가 하층민에 대해서 호의를 가지고 그 대변자가
되고자 하지만 두 계급 사이의 불일치가 스스로 의식하지 않는 가운데
잠재되어 있어 소설의 진행과정에서 충돌을 일으킨다. 시민인 소설가가
시민이기를 부인하고 하층민이 되고자 하기 때문에 소설에서 시민과
하층민이 대등한 위치에서 생극의 관계를 가질 수 있다.

  인도는 경제발전이 뒤떨어지고 국민소득이 낮은 나라이다. 문맹자가
많고, 독자의 구매력이 부족하고, 출판이 발달되지 않았다. 그 때문에
"소설만 쓰고 다른 직업을 가지지 않은 작가는 평생토록 금전문제와 투
쟁해야 한다" 하고, "작가의 경제적인 처지, 문학을 직업으로 삼을 수
없어 생기는 소외감이 등장인물들의 모습을 통해 작품에 깊이 반영되
어 있다"고 하는 형편이다.[47)

  인도의 작가가 그런 처지에 있다는 것은 불행이면서 행운이다. 그 때
문에 작가는 시민의 안일을 누리지 못하고 하층민의 고난에 동참하면
서, 사회는 개인이 각자 자기 일을 하도록 조직되어 있는 유기체가 아
니고 복잡하게 얽힌 모순구조임을 절감한다. 소설가가 긴장해서 소설이
타락할 수 없게 한다.

  사회의 문제를 있는 그대로 그리는 것으로 만족하지 않고 해결책을
찾으려고 한다. "소설가가 쓰는 글이 사회변혁을 위한 도구 노릇을 한

---

47) 같은 책, 157면. 원문은 : "Those who depend merely on writing and did not
take up any other job, had to face an economic struggle during their
life-time", " …… the economic status of the writer, his literary self and
professional alienation do have a deep imprint on his writing which he
expresses through the characters in his novels."

250

다”는[48] 것이 당연하다고 여기고, 그렇게 할 수 있는 원리를 현대사회사상의 범위 안에서 찾으려고 하지는 않았다. 영국의 식민지 통치와 함께 닥쳐온 유럽문명의 도전을 넘어서고, 그 뒤에 더욱 격심해진 사회의 분열과 대립을 해결하기 위해서는 대융합의 원리를 인도의 전통사상에서 가져와야 한다고 생각했다.

대융합의 원리란 남들이 알기 쉽게 말한다면 “총체적 휴머니즘”이라는 것이다. 그것은 과거와 현재를 연결시키고, 문명의 충돌을 해결할 뿐만 아니라, 서로 다른 현대사상을 하나로 합치는 구실도 한다. 사회사상에서는 서로 갈라질 수밖에 없는 간디주의와 마르크스주의가 문학에서는 쉽사리 하나가 되어 “총체적 휴머니즘” 안에 수렴된다.

'총체적 휴머니즘'의 이념을 타당하게 구현하면서 소설가들은 자기네 소설의 궁극적인 사명이 인도문화의 광범위한 영역에서 제기하는 이상과 소망을 실현하는 변혁을 올바른 방향에서 이룩하는 데 있다고 제시한다. 혁명적인 이념에 의해, 진보적인 세대가 이룩하는 사회변혁을 작품에서 그린다. …… 지금까지 검토한 힌디소설가들은 기존의 사회상황을 그리면서 새로운 개념, 이념, 정감, 세계관을 제공해 독자들의 마음속에 새로운 세계관을 창조하는 참여작가이다.[49]

---

48) 같은 책, 160면. 원문은 : "Novelist's writings serve as an instrument of social change".

49) 같은 책, 161면. 원문은 : "By condignly projecting the ideology of 'total humanism', the novelists present the ultimate test of their work which would bring about a transformation in the right direction to suit the Indian culture-wide purpose(ideals and aspirations). The writings depicting social transformation through the revolutionary ideologies, through progressive generations. …… The hindi novelists under review are thus committed writers who, while projecting existing social conditions, provide a new framework, ideology. ethos and world view, to create a new social consciousness in the minds of their readers."

말이 지나치다고 할 수 있으나, 평가의 정확성이 문제가 되는 것은 아니다. 소설의 위기에 관해서는 전혀 말하지 않고 소설의 긍정적인 의의에 대해서 최대의 찬사를 바친 것은 소설이 살아 있어 광범위한 영향을 제대로 끼치고 있다는 명백한 증거이다. 소설이 살아 있을 뿐만 아니라 새로운 생명을 얻고 있다. 소설이 이렇게까지 평가된 것은 전에 없던 일이다.

소설의 사명에 관해 한 말을 정리해보자. 사회적 대립을 빚어내는 현실의 모순을 그리는 데 그치지 않고, 대립의 당사자들 사이의 토론을 통해 해결의 방향을 찾는 것이 소설에서 할 일이라고 했다. 상극의 관계를 상생의 관계로 발전시켜야 한다고 하고, 그 과정이 '총체적 휴머니즘'을 실현하는 것이라고 했다. 그것은 너무 막연한 생각이어서 어느 정도 실현 가능성이 있고, 상극과 상생의 관계를 과연 올바르게 파악했는가 의심되기도 한다 하겠으나, 소설의 기여를 최대한 높이 잡은 공적은 크게 평가해야 한다.

소설가가 사회문제 해결까지 염원하면 기존의 사상을 받아들여 전달하게 되어 자유로운 창조자의 자격을 상실한다고 하는 우려를 인도소설은 씻을 수 있다. 설정한 목표가 막연하고 미완성인 만큼 작가가 주체적으로, 창조적으로 수행해야 할 일이 많이 남아 있다. 마르크스주의를 따르다가 문학을 망친 전례를 인도에서는 나타나지 않았다. 그렇게 해서 사상을 중요시하면 예술성이 손상된다는 말이 타당하지 않다는 것을 입증한다.

제3세계소설에 대한 평가

인도는 제3세계소설을 이해하는 데 표준이 되고 모범이 되는 사례를 제공하지만, 다른 여러 곳의 소설이 다 그런 것은 아니다. 인도에서 볼 수 있는 것과 다른 형태의 제3세계소설을 아프리카에서 찾을 수 있다.

양쪽을 다 살펴야 제3세계소설의 전모를 짐작할 수 있다.

인도소설은 아프리카소설과 상당한 차이가 있다. 인도는 소설을 창작하고 보급할 수 있는 사회적 여건이 어느 정도 마련되어 있으며, 소설 창작에서 민족어를 사용하고, 제1세계와의 관계보다는 자기 내부의 문제를 다루는 작품이 더 많다. 그런데 아프리카에서는 소설 창작의 여건이 더욱 미비하며, 민족어 대신 유럽의 언어를 사용하는 것이 예사이고, 내부의 문제보다 유럽문명권과의 관계가 더욱 긴요한 관심사이다.

제3세계소설에는 인도형과 아프리카형이 있다고 할 수 있다. 인도형이라고 할 수 있는 나라에는 아랍세계 여러 나라, 이란, 말레이시아, 인도네시아, 타이, 월남, 한국 등이 있다. 그런 곳에서는 자기 언어로 소설을 쓴다. 아프리카와 같은 곳을 더 든다면 필리핀도 있고, 라틴 아메리카 여러 나라도 있다. 필리핀에는 영어로 쓰는 소설이 많고, 라틴 아메리카에서는 스페인어나 포르투갈어로 소설을 쓴다.

인도형의 소설은 자기 나라에서 읽을 따름이고 국제적으로 알려져 있지 않다. 제1세계나 제2세계소설과 어떤 차이가 있고 어떤 관계에 있는가 하는 논의도 활발하지 않다. 그런 비교론은 아프리카소설을 대상으로 해서 아프리카의 논자들이 맡아놓고 전개하고, 유럽의 논자들도 거기 참여해, 소설론의 측면에서는 아프리카소설이 제3세계소설을 대표한다. 유럽에서는 죽은 소설이 제3세계에서는 살아 있다고 명확하게 선언하는 일도 아프리카에서 맡아 나섰다.

인도형 소설에서는 창작이 앞서고 이론은 뒤떨어져 있다. 그것이 제1세계소설과는 다른 제3세계소설의 전반적 특징이라고 했다. 그런데 아프리카형 소설은 사정이 다르다. 창작한 작품을 해설하고 평가하면서 제3세계소설의 의의를 제1세계소설과 비교해서 밝히는 이론적인 작업이 활발하게 진행되고 있다.

그 이유는 두 가지라고 할 수 있다. 아프리카 작가가 영어나 불어로 창작한 작품은 널리 알려져 비교해서 검토해 일반론을 도출하기 쉽기 때문에 이론이 발달한다. 이론을 전개하는 저술도 작품처럼 영어나 불

어로 써서 유럽에서 출판하는 경우가 흔해, 유럽의 독자들을 상대로 제
1세계문학과 제3세계문학의 비교론을 전개하는 데 힘써야 설득력이 가
중된다.

　아프리카의 작가들이 선두에 서서 이룩하고 있는 제3세계문학이 유
럽의 제1세계문학에 어떤 차이와 의의를 가지며, 세계문학사의 새로운
전개를 위해서 무슨 기여를 하는가? 아프리카의 논자들은 이 문제를 정
면에서 다룬다. 제1세계의 논자 가운데 제3세계문학에 대해서 호의적인
평가를 하는 사람들이 있어 토론이 오고간다. 그 경과와 내역을 두루
살피려면 많은 노력이 있어야 하므로, 가장 긴요한 것만 몇 가지 들어
핵심이 무엇인가 밝혀 논하기로 한다.

　얼마 전에 소설은 신이 죽었듯이 죽었다고, 적어도 18세기나 19세
기 형태의 소설은 죽었다고 선언하게 되었다. '신소설'을 찾는 운동도
있었으나, 그것이 새로운 신을 찾는 것과 같은 운동인지, 그런 노력이
성공을 거두었는지 나는 확실하게 알지 못한다. 소설이라는 이름을
부르면 응답을 하는 무엇이 아프리카나 라틴아메리카에서는 살아 있
다는 신호를 보내는 것만은 확실하다.[50]

　아프리카의 작가 은구기(Ngugi)는 이렇게 말했다. 유럽에서는 죽었
다고 하는 소설이 아프리카와 라틴아메리카에서는 살아 있다고 했다.
아프리카는 유럽의 식민지 지배를 받았으며, 독립후에도 뒤떨어져 있는

---

50) Ngugi wa Thiong'o, *Decolonizing the Mind, the Politics of Language in African Literature* (London : James Currey, 1981), 64면. 원문은 ; "Not so long ago the novel, like God, was declared dead, at least in its eighteenth and nineteenth century forms. There was even a movement in search of nouveau roman but I am not sure whether there was also a parallel movement in search of a new God or, for that matter, whether the search was fruitful. What's clear is that something answering to the name 'novel' has been showing significant signs of life somewhere in Africa and Latin America."

곳이다. 소설을 써도 출판하기 어렵고, 소설을 읽을 만한 물질적인 여유와 정신적 능력을 가진 독자가 많지 않은 곳이다. 그렇기 때문에 소설이 살아 있다.

여기서 소설 흥망의 일반론을 정비할 수 있다. 소설을 위해 필요한 모든 여건이 잘 갖추어진 유럽에서는 죽은 소설이 전혀 그렇지 못한 아프리카에는 살아 있다. 그것은 납득할 수 없는 일이 아니고, 생극론의 이치에 비추어보면 너무나도 당연하다. 선진은 후진이고 후진은 선진이며, 발전은 퇴보이고 퇴보는 발전이다.

서유럽소설은 위기에 봉착했을 때 동유럽 러시아에서는 사회모순을 고발하고 혁신을 요구하는 소설을 계속 내놓아 소설사의 새로운 장을 열었던 것과 같은 일을 이제 아프리카를 위시한 제3세계에서 하고 있다. 제1세계소설의 잘못을 제2세계에서 바로잡는다고 하던 주장이 제2세계소설이 제1세계소설과는 다른 방향에서 파탄을 보여 허사가 되고만 뒤에, 소설을 다시 살리는 과업을 제3세계가 맡아나섰다.

그럴 수 있는 이유는 제3세계에는 소설을 써서 다루어야 할 심각한 문제가 있기 때문이다. 지배자와 피지배자, 보수세력과 혁신세력 사이에서 벌어지는 내부의 갈등도 심각하지만, 세계적인 범위에서 전개되고 있는 제1세계와 제3세계 사이의 투쟁이 소설에서 다루어야 할 더욱 큰 주제가 되기 때문이다. 제1세계의 작가들은 자기네가 가해에 가담하고 있다는 사실을 부인하면서 그런 투쟁이 전개된다는 사실을 무시하고 밖으로 향한 시선을 안으로만 돌려 내면의식 속으로 침잠하고 있지만, 제3세계의 작가들은 세계사의 피해자가 역사를 바로잡는 과업 수행을 선도해야 한다는 자각을 소설을 통해 나타내려고 한다.

유럽소설과 아프리카소설의 차이점이 생긴 이유는 역사적인 위치나 사명감이 다른 데 있다고 하고 말 것은 아니다. 위에서 든 은구기의 말에서 신의 죽음과 소설의 죽음을 연결시킨 논법에 논의를 심화시킬 수 있는 단서가 있다. 유럽에서는 신이 죽었듯이 소설도 죽었다고 한 것은 비유가 아닌 사실로 이해할 수 있다. 기독교의 신에게 자기 죄를 말하

고 용서를 구하는 ‘고백록’에서 유래한 유럽소설은 신에 대한 신앙을 상
실하고 신이 죽었다고 하는 단계에 이르자 가치관의 파탄을 보이고 작
품구조의 해체를 겪게 되었다. 기독교가 없는 곳에서는 신의 죽음을 경
험하지 않았으며 소설이 ‘가짜 고백록’이어야 할 이유가 없다. 거시적인
역사의식을 되찾기 위해 자기네 신화를 이어받는 것이 아프리카소설의
사명이다.

제3세계소설이 세계문학사에서 차지하는 위치를 밝히는 것이 이제
긴요한 과제로 등장했다. 그렇게 하기 위해서 제1세계 유럽의 소설과
제3세계 아프리카의 소설은 어떤 차이가 있고 어떤 관계에 있는가 밝혀
논한 여러 견해가 제시되어 있다. 그 가운데 몇 가지를 들어 검토하기
로 한다.

“백인의 우월성은 ‘正’이다. 흑인의 입장은 ‘反’으로서 가치를 가지
고”, “인종차별이 없는 사회에서 인간성을 실현하는 ‘合’을 준비한다”
고[51] 아프리카 시인들의 시선집에 붙인 서문에서 사르트르(Sartre)는 말
했다. 소설의 경우도 다르지 않아, 그 말을 소설을 논하는 데 적용할 수
있다. ‘정’·‘반’·‘합’이라는 변증법의 용어는 적절하게 선택한 것 같다. 그
러나 자세하게 살피면 문제가 있다. 문제를 밝혀 논하고 온당한 대안을
마련해야 논의가 바람직하게 진전될 수 있다.

백인의 우월성에 관한 ‘정’의 주장을 반대하는 흑인의 주장은 ‘반’이
라고 할 수 있다. 그러나 아프리카소설이 ‘반’으로만 이루어져 있는 것

---

51) Jean-Paul Sartre, “Orphée noir”, Senghor ed., *Anthologie de la nouvelle
poésie nègre et malgache de langue française* (1948) 서문에서 한 말이다. 그
글이 Jean-Paul Sartre, *Situations III* (Paris : Gallimard, 1949)에 수록되어 있
으며, 인용구는 280면에 있다. 원문은 : “la suprimité du blanc est la thèse : la
position de la Négritute comme valeur antithétique ⋯⋯ préparer la synthèse
ou réalisation de l’humain dans une societé sans races.” Carroll Yoder, *White
Shadows : a Dialectical View of the French African Novel* (Washington D.
C. : Three Coninents, 1991), 10면에서 그 대목을 인용하고, 아프리카소설 이해
의 기본 관점으로 삼았다.

은 아니다. 아프리카소설은 백인이 우월하다는 주장을 부정하고 흑인이 우월하다고 하지는 않고, 사람은 누구나 대등하다는 평등주의를 대안으로 제시한다. 유럽의 근대문명과 아프리카의 전통문명은 어느 한쪽의 가치를 들어 상대방의 의의를 부정할 수 없는 관계를 가진다고 한다. 그것은 '반'을 거쳐 '합'에 이른 주장이다.

인종차별이 없는 사회가 '합'이라고 하면 그런 목표는 실현되지 않았고 쉽사리 실현될 수 없다. 거기까지 가는 동안에는 백인의 '정'과 흑인의 '반'이 둘 다 온전하지 못하다는 이유로 함께 비난받아야 한다고 할 수는 없다. 백인과 흑인을 '정'과 '반'의 자리에 놓고 비교하는 것은 잘못된 논법이다.

인종차별이 없는 사회가 이루어지지 않았어도 아프리카소설은 '정'과 '반'을 합친 '합'을 제시하고 있다. 유럽에서는 죽은 소설을 아프리카에서 살려내는 것이 그 때문이다. 소설의 죽음이라는 '정'을 그 자체로 부정하는 '반'의 행위만으로 소설을 살릴 수는 없다. '정'과 '반'의 다툼을 포괄하면서 해결하는 '합'을 이루므로 소설이 살아난다.

이치를 이렇게 파악하려면 변증법을 생극론으로 바꾸어야 한다. 앞에서 헤겔에 대한 검토를 하면서 변증법의 소설미학 대신에 생극론의 소설미학을 이룩해야 한다고 한 주장의 의의를 여기서 재확인할 수 있다. 생극론에서 보면 '정'과 '반'은 상극이고, '합'은 상생이다. 상극의 단계인 '정'과 '반'을 넘어서서 상생의 단계인 '합'에 이르는 것이 변증법적 발전이다. 그러나 생극론에서는 상극과 상생이 별개의 것이 아니라고 한다.

'정'과 '반'의 상극 자체가 '합'의 상생이다. 상극이 상생인 줄 모르면 상극에 머무르고, 상극이 상생인 줄 알면 상생에 이른다. 제1세계의 편견에 사로잡혀 있는 유럽소설은 상극이 상생인 줄 모르고 상극에 머무르고 있지만, 제3세계의 대안을 제시하는 아프리카소설은 상극이 상생이라고 하는 상생을 구현한다.

문학에서 사용한 방법은 갈등에 찬 상황에 대한 작가들의 참여를 보여주는 것이다. 작가들은 서사형식을 사용해 주인공과 자기네를 동일시하면서, 각자가 느끼고 있으면서 넘어서기는 어려운 긴장을 나타낸다. …… 주인공이 나타내는 소극적인 태도를 작자의 의도를 알아내는 독자는 극복할 수 있다. 식민지 사회의 부조화에 대해서 말하려는 것이다. 작가들은 역사학자들과 같은 방식의 이해를 찾으려고 하지 않고, 상황을 넘어서자는 주장을 편다. 소설은 사회현실을 묘사하면서 문학적인 의의를, 즉 독자가 묘사된 상황에 머무르지 않고 작가가 심각하게 제시한 막다른 골목에서 벗어나는 길을 찾는 반성적인 사고를 하도록 하는 의의를 가진다. 분석한 소설들의 목표는 있는 것과 있을 것 사이의 연결, 서구문명의 전통과 아프리카사회에 속하는 전통 사이의 화해를 찾자는 데 있다.[52]

식민지사회의 모순 때문에 희생되는 주인공을 제시하고서, 모순을 극복하는 길을 찾자고 하는 것이 아프리카소설의 사명이고 주제이다.

---

52) Ulrike Schuerkens, *La colonisation dans la littérature africaine, essai de reconstruction d'une réalité sociale* (Paris : L'Harmattan, 1994), 241~242면. 원문은 : "Les procédures littéraires employées démontrent l'engagement des auteurs devant des situations conflictuelles ……. Les auteurs en utilisant la forme narrative et en s'identifiant avec le protagoniste principal, montrent les tentions que ces individus ressentent et qu'ils n'arrivent que rarement à dépasse r……. La passivité apparente des protagonistes peut être transcendée par un public comprenant le message de l'auteur : celui de l'incohérence du mond colonial. Lea auteurs ne cherchent pas l'entendement dans le sens de l'historien. Ils veulent communiquer un message qui arrive à dépasser la situation. Ces romans, bien que décrivant des réalités sociales, ont une signification littéraire, et ceci, pour le lecteur qui, par la réflexion, arrive à ne pas en rester à la simple situation décrite et à chercher des issues à l'impasse ressentie par l'auteur. L'objet de l'ensemble des romans analysés est de cherche une cohérence entre ce qui est et ce qui sera : la réconciation de deux traditions, celle de la culture occidentale et celle apartenant aux societés africaines."

그러므로 사회상을 있는 그대로 그리고 마는 자연주의로 기울어질 수 없다. 역사의 방향을 찾고자 하는 치열한 문제의식이 있어 긴장에 찬 소설, 깊은 감동을 주는 소설을 쓴다. 모순을 투쟁으로 해결하자고 하는 데 그치지 않고 투쟁이 화합이고 화합이 투쟁이라고 하는 생극의 원리로 해결책을 찾고자 해서, 신화이기도 하고 서사시이기도 한 소설을 이룩한다.

제3세계에서는 소설이 "신이 버린 세계의 서사시"가 아니고, "떠나간 신을 다시 찾는 서사시"이게 한다. 유럽소설이 위기에 빠져 타락하고 해체되고 있을 때 제3세계의 소설은 소설 본래의 긴장을 차원 높게 갖추고, 서사시의 이상주의를 되찾기까지 한다. 현실을 있는 그대로 묘사하는 데 그치지 않고 있어야 할 것을 추구하면서 그 둘이 분리되지 않게 한다고 했다.

그 점을 유럽소설의 경우와 견주어보자. 유럽소설에서는 현실이 어떤가 알려주는 데 그치는 발자크의 소설과 추구해야 할 이상을 제시하는 톨스토이의 소설이 서로 다른 길을 갔다. 톨스토이는 잘못된 현실에 관해 알려주는 작업을 많이 하고 그 대안이 되는 이상의 타당성을 입증하려고 했지만, 종교에서 가져온 이상이 비약이어서 현실과 따로 노는 것을 막지 못했다. 발자크는 상극에 머무르고, 톨스토이는 상극과 상생을 하나이지 못하고 둘인 상태로 보여주었다.

아프리카소설은 그렇지 않아 상생을 이룩하는 대안을 종교에서 가져오지 않고, 도덕적 훈계자 노릇을 할 생각도 하지 않는다. 인도의 작가들이 추구하는 '총체적 휴머니즘' 같은 것도 없다. 작가는 독자보다 우월한 위치에 서지 않는다. 견디기 어렵게 열악한 상황에서 자기 자신이 당하고 있는 고난을 토로하면서 그릇된 현실을 비판하는 작업 자체를 있어야 할 것에 대한 추구로 삼는다.

사람은 누구나 대등하므로 인류는 서로 화합해야 하고, 유럽문명과 아프리카문명은 조화를 이루어야 한다는 것이 자기가 살아나가기 위해서 달리 선택할 여지가 없는 요구사항이다. 그 요구를 어떻게 실현해야

하는가, 그 내용이 무엇이어야 하는가는 작가가 말하지 못하고 있어 독
자가 생각하지 않을 수 없게 하고, 작가와 독자의 토론사항으로 남겨두
었다. 독자는 훈계를 듣고 가르침을 받는다는 생각을 하지 않고 토론에
주도적으로 참가한다. 그렇게 해서 상극이 상생이고, 상생이 상극임을
가장 절박한 사정에서 최대한의 설득력을 가지고 입증하는 소설을 모
범이 되게 만들어냈다.

소설은 처음부터 생극론을 구현하면서 등장했다. 그런데 중간에 상
생과 상극이 서로 어긋나는 사고가 생겼다. 상극만의 소설, 상극과는 이
질적인 상생을 갖춘 소설이 나타난 것은 그리 심한 일탈이 아니다. 상
극을 피해나가고자 하는 '작가소설', 상극을 내면심리 속에서만 추구하
는 '내면심리소설', 상극을 무효로 만드는 '신소설'이 차례로 등장해 소
설의 생극구조를 해체해 소설을 망친다. 그런 위기를 극복하는 대안은
'생극소설'을 되살리는 것이다.

제3세계에서 널리 시도하고 있는 진정한 '생극소설' 창조 과업을 아
프리카에서 특히 모범이 되게 수행해 아프리카소설이 세계사의 희망이
게 한다. 세계의 경제사나 정치사에서는 아프리카가 희망일 수 없고 절
망의 이유가 된다. 그러나 절망의 이면에는 희망이 있고, 절망이 바로
희망이다. 아프리카의 절망적 상황에서 인류 전체가 희망을 가지게 하
는 위대한 소설이 자라난다.

가장 처참하게 절망해야 할 곳에서 가장 희망에 찬 소설이 이룩되는
것이 당연한 이치이다. 유럽문명권 제1세계는 번영을 경제적인 번영과
정치적인 발전을 자랑하고 있어 소설이 망쳐진 것과 정반대의 상황이
그렇게 나타나고 있다. 인류 역사는 그처럼 극적인 대조를 거치면서 예
상하기 어려운 반전을 거듭해왔다.

유럽소설은 근대소설을 이룩하는 데 앞선 추세를 가속화해서 지나치
게 발전했기 때문에 쇠퇴의 길에 들어섰다. 그것은 선진이 후진이 되는
전형적인 사례이다. 유럽에서 소설이 위기에 빠진 것은 다른 곳에서는
소설이 살아난다는 증거이다. 한쪽에서 해가 지면 다른 쪽에서는 뜨는

260

것과 같은 이치이다.

서양소설과는 달리, 탈식민지소설은 단순하게 '출현'한 것이 아니다. (정치에서나 문화에서나) 민족주의를 주장하고 자기 자신에 대한 이해를 추구하는 의도적인 행동을 근거로 해서 생성했다. (전)식민지의 소설가들은 자기네 사회가 식민주의나 신식민주의에 맞서는 힘을 보탤 수 있는 서사양식을 의도적으로 선택했다.[53]

유럽소설은 단지 '출현'했는데, 제3세계소설은 그렇지 않고 "의도적으로 선택"한 창조물이라고 한 것은 타당한 견해이다. 유럽에서는 소설이 무엇인가 명확하게 알지 못하고 어떤 소설을 내놓겠다고 작정하지 않은 채 쓰다가 보니 소설이 되었다. 유럽뿐만 아니라 동아시아 소설사도 소설이 자연발생적으로 성장한 역사이다.

그러나 제3세계에서는 유럽의 전례를 보고, 소설에 대한 명확한 이해를 가지고, 유럽에서 마련한 근대소설을 그대로 받아들이라는 요구를 받고 소설을 만들었다. 유럽의 모형에서 취할 것은 취하고 버릴 것은 버려, 독자적인 노선을 스스로 선택해 유럽소설과는 다른 소설을 마련했다. 의도적인 선택이 민족의식을 구현하자는 것만은 아니다. 자아와 세계의 심각한 대결이 생극의 원리에 따라 이루어지도록 하는 것이 더욱 중요한 선택이다.

식민지 지배와 민족해방운동의 싸움은 힘겹게 진행된다. 제국주의와 민족주의 이념상 논쟁에서는 민족주의가 정당하다고 주장해도 제국주

---

53) Chid Okonkwo, *Decolonization Agnostics in Postcolonial Fiction* (London : MacMillan, 1999), 196면. 원문은 : "Unlike the Western novel, however, the decolonization novel did not simply 'emerge'. It arose primarily through conscious acts of nationalist (both political and cultural) assertions and quest for self-definition. ······ Novelists in the (ex)colonial world made a conscious choice to the fictive mode as an auxiliary force in their societies' confrontations with colonialism and neocolonialism."

의가 쉽사리 물러나지 않는다. 그러나 자아와 세계의 대결을 해체하고 생극구조를 죽인 소설과 살린 소설의 대결은 승패가 명백하다. 민족해방운동이, 제3세계의 민족주의가 인류 역사의 새로운 희망임을 입증하는 것은 쉽지 않다. 그러나 죽은 소설을 살리는 작업이 세계문학사에서 어떤 의의가 있는가는 명확하게 논증할 수 있다.

여기서 세계소설사 전개를 되돌아볼 수 있다. '고백록'에 연원을 둔 유럽소설은 자아의식의 일방적인 표출로 치닫다가 세계와의 대결을 잃고 해체되는 위기에 이르렀다. 처음부터 있던 약점이 사회의 지배자로 등장한 시민이 역사창조의 의지를 상실하자 구제 불능의 상태에 이를 만큼 심각해졌다. 그러나 '전'이라고 자처한 동아시아소설은 객관적 시점에서 사회관계를 문제삼는 작업을 계속 치열하게 진행한다. 역사소설이나 사회소설이 건재하면서 규모가 확대되는 것이 그 때문이다. 아랍소설에서 물려받은 '마카마'의 유산 또한 비판의 기능을 성실하게 수행하고 있다.

유럽 밖의 소설이 소설의 위기에 말려들지 않는 것은 그런 전통 덕분만은 아니다. 자아와 세계의 대결을 줄곧 심각하게 경험하고 있는 것이 더 큰 이유이다. 제1세계와 제3세계 사이의 세계사적 갈등이 위대한 소설을 낳는다. '전'이나 '마카마'에 상응하는 기록문학의 전례에 의거하지 않고, 설화와 직접 연결되는 조건에서 유럽소설의 충격을 정면에서 받은 인도나 아프리카의 소설은 바탕이 부실해 종속을 감수해야 했던 것은 아니다. 문화제국주의와의 투쟁이 새로운 소설작법을 만들어내 소설의 위기를 극복하는 구체적인 대안을 제시하게 한다.

유럽의 언어로 창작하는 아프리카의 작가들은 유럽소설에 진 빛을 죽어가는 소설에 새로운 생명을 불어넣어 갚으려고 분발한다. 자아와 세계의 거대한 조화를 아프리카신화를 되살려 이룩하면서 유럽소설에서 받아들인 미세한 기법을 부품으로 활용하는 작전을 통해, 문명의 충돌이 문명의 화합이게 하는 작업을 설득력 있게 진행한다. 소설의 기본적인 특징인 생극구조를 지금까지 다른 어떤 소설에서보다 더욱 역동적이게 한다. '시민소설'· '작가소설'· '내면의식소설'의 편파성을 시정하고 총체적인 '생극소설'을 새롭게 창조하는 작업에서 자기 소설을 잇는 동아시아소설보다 앞서 나가, 세계문학사의 장래를 낙관할 수 있게 하는 투쟁을 선도한다.

마치는 말

정치나 경제에서 제1세계는 위세를 자랑하고 번영을 구가하지만, 소설의 경우에는 이제 모든 것이 끝나고 장래가 없다고 제1세계의 논자들이 자진해서 고백한다. 자기네 소설만 그렇다고 하지 않고 세계 소설이 모두 그렇다고 하는 착각만 시정하면, 그것은 참으로 정직한 증언이다. 제1세계는 망하기 때문에 제3세계가 희망을 준다고 하는 말을 다른 쪽에서 하면 웃겠지만, 소설에서는 인정하지 않을 수 없는 사실이다.

그러나 왜 그런가 밝혀 논하는 이론의 작업은 아직 미비하다. 제3세계소설을 의도적으로 창조하는 데 호응해서 제3세계소설론을 이룩하는 작업도 뚜렷한 자각을 가지고 진행되었다. 그런 책이 파리나 런던의 서점에서도 흔히 보인다. 그러나 제3세계소설을 그 자체로 옹호하는 데 그치고, 제1세계소설에서 보이는 파탄과 제3세계소설에서 제시하는 희망을 대조해서 검토하는 거시적인 이론을 갖추지 못하고 있다. 동아시아소설에 대해서는 전혀 모르니 논의를 확대할 수 없다. 소설의 세계사는 아직 생각도 하지 못해 국부적인 논의를 빗나가게 하고 있다. 세계사의 전개를 변증법에 입각해 이해하는 것을 최상의 대책으로 삼고 있어서 아프리카의 절망에서 인류의 희망인 소설이 이루어지는 이유는 설명할 수 없다.

유럽소설은 단지 '출현'했지만 제3세계소설은 의도적으로 창조되었다 했는데, 소설론 또한 그런 차이점을 가져 마땅하다. 소설에 대해서 이러저러한 논의를 한 것이 축적되어 유럽의 소설론을 이룬 성과를 제3세계에서 그대로 받아들여 소설 이해의 지침으로 삼는 것은 어리석은 일이다. 제3세계소설을 의도적으로 창조한 이유와 방법, 그 의의 등에 대한 이해를 심도 있게 구현하는 작업을 스스로 해서 제3세계소설론을 마련하고, 그 성과를 적용해 유럽소설도 재론해야 한다. 그렇게 해서 세계소설의 이론을 마련해야 하는 임무가 제3세계 연구자들에게 부과되어 있다. 그런데도 아직 아무도 그 일을 맡아 나서지 않고 있다.

그런 형편을 타개하기 위해 나는 이 책을 썼다. 소설론의 새 역사를 창조해 근대를 극복하고 다음 시대로 나아가는 데 필요한 지침을 삼을 책을 쓰면서 변증법을 생극론으로 바꾸어놓는 작업도 함께 시도했다. 많은 노력을 기울였어도 아직 미흡하다. 책 한 권 분량으로는 지나치다고 할 만한 일을 했지만, 되돌아보니 문제 제기를 엉성하게 한 데 그쳤다고 하지 않을 수 없다.

제3세계소설의 모습을 되도록 광범위하게 고찰하면서 그 진면목을 보여주려고 노력했다. 인류의 고전이 될 수 있는 명작이란 제1세계에나 있으며, 제2세계 작품이 일부 거기 추가될 수 있을 따름이고, 제3세계는 정치나 경제뿐만 아니라 문학도 뒤떨어진 곳이어서 볼 만한 것이 없다는 편견을 작품론을 통해 시정하지 않고서는 모든 논의가 헛되다. 그러나 지금에 와서 되돌아보면, 노력한 만큼 성과가 있었던 것은 아니다.

제3세계소설을 널리 살피려고 했지만 많이 부족하다. 민족어로 쓴 작품은 번역이 없으면 읽을 수 없고, 해득 가능한 언어로 쓰거나 번역되어 있는 작품이라도 많이 구해 보지 못했다. 아주 중요한 작가나 작품을 빼놓았을 수 있다. 작가와 작품에 관한 자세한 고찰은 혼자 감당하기에 너무나도 벅찬 작업이다. 각국 문학 전공자들이 광범위하게 참가해 큰 규모의 공동연구를 해야 한다.

소중한 것은 발상이고 이론이라고 믿고 이 책을 내놓는다. 소설의 기본 특징인 자아와 세계의 상호우위에 입각한 대결을 중세에서 근대로의 이행기에 귀족·시민·민중이 경쟁하면서 합작해 이룩할 때에는 동아시아를 뒤따르던 유럽에서 근대화에서 승리자가 된 시민이 소설을 독점해 대결구조를 파괴한 세계문학사의 위기를, 이제 제3세계에서 극복하는 것이 생극의 당연한 과정이다. 최대한 간추리면 이 문장 하나로 나타낼 수 있는 이론 도출이 이 책에서 이룬 성과이다.

　이 책에서 제시하는 이론이 타당한가? 타당하다고 인정될 만큼 입증되었는가? 이에 대한 논의는 나의 소관사를 벗어나서 독자에게로 넘어간다. 이 책을 쓴 가장 큰 보람은 나무라는 사람들을 많이 만나는 것이다. 소중한 작품을 대강 엉성하게 다루면서 무리한 추측을 함부로 했다고 분개하는 말이 여러 전공자들 사이에서 광범위하게 들리면 내가 할 일은 했다고 자부한다. 이 책을 나무라는 분들이 모두 나서서 서로 힘을 합쳐 후속연구의 역군이 될 것으로 기대하면서, 혼자서 감당하기에는 너무나도 힘겨운 작업을 여기서 끝내고자 하니 양해해주기 바란다.